光文社文庫

文庫書下ろし

メロディアス

異形コレクションLⅧ

井上雅彦 監修

光 文 社

この作品は光文社文庫のために書下ろされました。

メロディアス

CONTENTS

CONTENTS

LVIII
FREAK OUT COLLECTION

編集序文

井上雅彦

闇を愛する皆様。

五十八冊目の《異形コレクション》をお贈りします。

令和となり、デザインも新たに「復活」してから、本書でついに十冊目。

応援してくださる皆様のおかげです。あらためまして、心よりの御礼を捧《ささ》げます。

だからこそ、今宵《こよい》は、感謝の気持ちを込めて、皆様をご招待したわけです。

こちら……世にもメロディアスなコンサート・ホールへ。

ご披露《ひろう》いたしますものは、言葉で綴《つづ》られた名曲たち、心をときめかせるサウンド、そしてなによりも妖しく美しく奏《かな》でられる戦慄《せんりつ》豊かな――いえ、旋律《せんりつ》豊かな物語。

五十八冊目の《異形コレクション》――今宵のテーマは〈メロディアス〉！

耳を澄ましてください。

闇の中で聞こえる音たちに。

風のそよぎ。夜の啼《な》き声。幽《かす》かな衣擦《きぬず》れ。遠い汽笛《きてき》。あるいは、星の動く音。

それとも、跫音《あしおと》？　予期せぬノック？　高まるあなたの鼓動《こどう》でしょうか。

すべての妖しい音たちも、ここではメロディアスに響き合うのです。

メロディアス。

——耳慣れない言葉……だと思われる方もいらっしゃるかもしれません。

英語の綴りでは〈melodious〉——「メロディ（melody）＝旋律」を形容詞化したもので、「メロディの美しい」「旋律に豊んだ」「妙《たえ》なる調べ」という意味で使われる言葉です。

たとえば——美しい声を「メロディアス・ヴォイス」と言うように。

そうなのです。今回の《異形コレクション》のテーマは〈音楽〉や〈音〉。

すなわち、脳の〈聴覚野《ちょうかくや》〉に妖しく美しく響き渡る怪奇、幻想、恐怖、驚異——そんな世にも異形な短篇小説ばかりを集めてみたというわけです。

と、ここまで書くと——ホラーを愛する皆様のなかには、あの有名な論考を、思い浮かべる方々もおいでになるやもしれません。そう。あの江戸川乱歩《えどがわらんぽ》の『怪談入門』です。

『怪談入門』とは、様々な西洋の怪奇小説を読んできた江戸川乱歩が、その当時の日本では「超自然小説」という概念が広く知られていないことに気づき、それらを「怪談」と名づけて論じてみせた、日本ではじめての「怪奇幻想」「ホラー小説」の入門書です。（超自然のホラー・フィクションのみならず、日本で変格探偵小説と呼ばれてきた作品群の一部や、怪奇性の高いSFまでをも、乱歩は「怪談」という概念でまとめています。）

このなかで、乱歩は「怪談」を、そのモチーフ（要素）別に「九種類」のサブジャンルに分類しているのですが、そのひとつに「音又《また》は音楽の怪談」がありました。（ちなみに、そのサブジャンルを列記してみますと、「透明怪談」「動物怪談」「植物怪談」「絵画彫刻の怪談」「音又《また》は音楽の怪談」「鏡と影の怪談」「別世界怪談」「疾病、死、死体の怪談」「二重人格と分身の怪談」――以上の九種類です。）

さて、「音又《また》は音楽の怪談」。

乱歩は、このなかで、〈怪談〉に、いかに音の描写が重要であるかを教えてくれています。『怪談入門』の他の項については、乱歩は、その分類（モチーフ、サブジャンル）に属する怪奇小説の実例を幾つも紹介しています。（たとえば、「透明怪談」なら、モーパッサン「オルラ」、アンブローズ・ビアス「妖物《ようぶつ》」、ジャック・ロンドン「光と影」など。「動物怪談」ならマリヤット「人狼《ひとおおかみ》」、レ・ファニュ「緑茶」、香山滋《かやましげる》「海鰻荘奇談《かいまんそうきだん》」など。）

しかしながら、この「音又《また》は音楽の怪談」では、「音楽怪談」の実例として挙げたのは、ラヴクラフトの当時未訳の「エーリッヒ・ツァンの音楽」ただ一作のみ。

そのかわり、他のサブジャンルに分類した作品（「別世界怪談」に属するとして紹介しているブラックウッドの「柳」、ラヴクラフト「ダンウィッチの怪」など）では、怪異が出現するシーンにおける奇怪な「音」の描写について、実に愉《たの》しそうに紹介しています。「音の怪談」というより「怪談の音」。

むしろ、乱歩は、それについて語りたかったようです。

たとえば、初代三遊亭圓朝《さんゆうていえんちょう》の「牡丹灯籠《ぼたんどうろう》」における「カランコロン」という下駄の音。あるいは、幽霊屋敷の「ラッピング」。現代でも「ラップ音」としてテレビなどで紹介されるこの用語を、乱歩は当時から書いています。

乱歩は「怪談の音」をことのほか重視しています。怪談にとって〈音〉は、恐怖を盛り上げるための〈手続き〉〈段取り〉として、欠かすことの出来ない要素だからでしょう。

そういえば……。今年の夏、ホラーのシーンで話題を読んだ雑誌の特集号がありました。マガジンハウスの『BRUTUS』（№1013）「もっと怖いもの見たさ。」。

このなかで、映画音響の仕事をされている黄永昌《コウヨンチャン》さんが「映画の環境音が怖い。」という見開き頁《ページ》で、複数のホラー映画の環境音について言及しています。

そのなかで、最も私が共感した環境音が、『エクソシスト』（1973年）で精密検査を受ける少女リーガンの「レントゲン写真を入れ替える音」でした。まさに、この〈音〉が、これから起こる恐怖を暗示する絶妙の〈手続き〉なのでしょう。あの甘美な主題曲から、凄《すさ》まじい悪魔の絶叫に至る時間の合間に、耳のみならず背筋をも震わせていたのが、あの〈音〉……。

私が選ぶとしたら『異人たちとの夏』(1988年)の不気味なFAXの音。(あの映画は音楽も素晴らしくプッチーニの「ジャンニ・スキッキ」のアリアが、幽霊とあれほど響き合うとは思わなかったのですが、もうひとつ怖《おそ》ろしい音があのレコードのシーンの最後に――。)

などなど、そんな、ホラーな「音」たちを集めていく愉しみ。

これもまた、メロディアスな恐怖へのプレリュード。

「音」というなら、「声」もまた、重要な要素でしょう。

動物の声。萩原朔太郎《はぎわらさくたろう》の「青猫」。詩人が文字で書く不気味な声は、映画の効果音とは異なって、目から聴覚野を刺激します。「おああ、今晩わ」「おああ、今晩わ」「おぎゃあおぎゃあおぎゃあ」――この文字列だけで、青い世界に引きこまれます。

萩原朔太郎は、エドガー・アラン・ポオからも学んできました。怪奇と幻想の大家による「大鴉《おおがらす》」。その鳴き声が「never more《ネヴァー・モア》」と聞こえるという奇怪な暗合。いや、動物の声というなら、蟋蟀《こおろぎ》のすだく声から狼の遠吠えまで、思い出される怪奇幻想シーンは数々ありますが、やはり、レイ・ブラッドベリの「霧笛《むてき》」――灯台の霧笛と孤独な恐竜の共鳴は心に残るものがあります。これもまた、はじまりを告げる序曲といえるでしょう。この映画化作品は、のちの有名な怪獣の印象的な跫音や咆哮《ほうこう》へと連なっていったのです。

「声」といえば――「歌声」も忘れてはなりません。歌うのが人であれ、人外であれ。水死を誘うローレライやセイレーンの声もまた世にも妙なるメロディアス・ヴォイスでしょう。自殺者を呼ぶレコードと都市伝説化した実在するポップス「暗い日曜日」については乱歩も言及しています。（致死性の媒体ということなら、のちの〈呪いのビデオ〉などの先駆的な存在ともいえるわけです。）死を呼ぶ歌といえば、死を呼ぶ盲目のギター弾きの老人の物語、チャールズ・ボーモント「とむらいの唄」などは、〈音楽怪談〉の座を「エーリッヒ・ツァンの音楽」と二分するかもしれません。

ならば、ツァンの弾くヴィオールと競演してもらいましょう。〈楽器〉が恐怖を運ぶ異形のアンサンブルを考えるなら、須永朝彦《すながあさひこ》「契」の美しき吸血鬼のチェンバロに、管楽器は日《ひ》影丈吉《かげじょうきち》の「オウボエを吹く馬」や、ラヴクラフト「未知なるカダスを夢に求めて」の魔王のフルートに、皆川博子《みながわひろこ》「龍騎兵《ドラゴネール》は近づけり」からは、名手のバグパイプに。タイトルを聞くだけで耳の痛くなりそうな琵琶法師《びわほうし》の名も浮かびますが、作者・小泉八雲《こいずみやくも》には鈴の音が鳴る「破約」という怪談もありました。〈鈴〉とは音の響きは異なりますが、エイクマンの忘れ難き名作「鳴り響く鐘の町」もまた、世にも妙なる調べといえるでしょう。

メロディアスなコンサートのチューニングが、すでにはじまっています。

五十八冊目の《異形》のアーチストたちが、満を持してお届けする至極《しごく》のメロディ。

あとは、あなたの――読者の皆様のご参加を待つばかり。

素晴らしいメロディアス・ヴォイス――甘美《かんび》なる悲鳴のご準備を。

梨

【不思議】合唱中に謎の声が聴こえる!?
音楽史に残る不思議な話
「天使の声」について解説【恐怖】.mp4

●『【不思議】合唱中に謎の声が聴こえる⁉︰音楽史に残る不思議な話「天使の声」について解説【恐怖】.mp4』梨《なし》

ホラー創作界に妖彗星の如く登場した話題の新鋭が《異形コレクション》初登場である。梨は、2015年、異常な存在を扱う創作コミュニティサイト《SCP財団》にPear_QU名義で登録して以来、記事投稿で人気を集め、2022年、『かわいそ笑』(イースト・プレス)にて出版デビュー。短篇集『6』(玄光社)、自由律フレーズから成る短文集『自由慄』(太田出版)など、独自の作風で展開される創作が、怪談界、ホラー小説界から熱い注目を浴びている。特に映像の分野で使われたフェイクドキュメンタリー、いわゆる《モキュメンタリー》の手法を小説に取り入れることで斬新なホラーを創りあげている新鋭作家(『近畿地方のある場所について』の背筋《せすじ》、『変な家』の雨穴《うけつ》など)のひとりとして、梨は、2024年の「ホラー・ブーム」を論じるうえで欠かせない存在とされることが多いのだが、事実、梨はこのなかにおいては、エンタテインメントとしてのホラーを創ることよりも、〈恐怖〉〈気持ち悪い感覚〉〈不快感〉を強く志向する作家であり、実験者でもある。ホラーに関しては、小中千昭《こなかちあき》と並びうる理論家といえるかもしれない。音声作品の制作に関わっていたことから、「気味の悪い」感覚を喚起するために「音の響き」を重視していると語る梨が、〈音〉〈音楽〉をモチーフに挑むことでいかなる作品が生まれるのか。じっくりと耳を澄まして、お読み戴《いただ》こう。

…

// オーディオ（m4a）ファイルのアップロードを確認しました。
// ファイルは所定のプロンプト（日本語解析B）に基づき解析《かいせき》され、生成可能なトークンに応じて文字起こしが行われます。
// loading file…
// audio start
［音楽が流れる］
こんにちは。ご視聴ありがとうございます。

いつもこのチャンネルの動画を見てくれてありがとうなんだぜ。

前回の動画からだいぶ時間が空いたわね。

ああ、「カルト教団が使っていたと噂《うわさ》の廃墟に潜入」のことだな。動画のリンクを概要欄に貼ってるから、こちらも見てくれると嬉しいんだぜ。あれから、また調べたいことが増えたからな。色々と資料を集めているうちに、ちょっと時間が経ってしまった。

変なことばかりやってるから、ネタも尽きないものね。

それじゃあ早速《さっそく》だが、今回のテーマに移るぜ。今回は趣向を変えて、とある音楽理論と、それにまつわる歴史について解説していくんだぜ。

へえ、いつものことだけど今日も唐突ね。それに音楽理論だなんて、いつもフォークロアだの超心理学だの胡散臭《うさんくさ》い話をしているあなたにしては随分と格調高そうな主題じゃない。

ちょっと気になる物言いだが、まあいいぜ。それに、恐らくお前が今思っているテイストともまた違った方向性の動画になるだろうからな。

どういうこと？

ああ、早速だが、まずはこの音を聞いてもらおう。

音、ですって？

これが何の音を表しているか、分かるか？

［音楽が流れる］

何って、単なる踏切の音じゃない。それがどうかしたの？

いや、そういうことではなくてだな。
これが「何の音を表しているか」、だ。
つまり「どのような音の重なりで構成されているか」を答えてほしかったんだが。

え、つまり今聞いた踏切の音を聴音しろってこと？　無理よ、音大生志望じゃあるまいし。一度聴いただけでどんな音かを当てるなんて、私にできるはずがないわ。

そうか。ちなみに今のはFとFｉｓ、ファとファ♯の和音になるぜ。これが踏切の音だ、というのは正解だ。地域によってCとEだったりAとCだったりするから一概には言えないが、多数にとって代表的で馴染み深いのはこの音だろうな。音楽的には「短二度の不協和音」という。

へえ。慣用句のように使っているけれど、不協和音って言葉はこういう音を表すために使うものなのね。何となく不気味な音だな、とは思っていたけど。

それにしても、不思議だよな。

何が？

今お前が感じ取った、その感覚についてだ。お前は踏切の音が「どの音で」構成されているのかは全く知らなかった。ましてそれがどんな理論に基づいて作られた和音なのかなんて知る由《よし》もない。なのにお前は、というよりも人間は、踏切に立った時に鳴るあの音を等しく不気味だと感じるわけだ。

言われてみれば、そうかもしれないわね。

地震速報や国民保護サイレンにも、これは当てはまるな。人間には、条件反射で忌避感《きひかん》を与えられてしまう音階というものがあるんだ。翻《ひるがえ》って、その音を敢えて流すことによって、焦燥や緊張を駆り立てる仕組みも存在する。今まさに地震が到達し、身の危険が差し迫ろうとしているというときにその音を流せば、人間は否《いや》が応《おう》でもその音を耳に入れてしまう。

確かに、もうすぐ震度7の地震が来るってときに環境音楽《アンビエント》やエレクトロニカを流されても、身を守るどころか眠くなってしまうかもしれないものね。

そうだな。それじゃあ次は、こんな音を聞いてもらおう。

［音楽が流れる］

なんというか、綺麗な和音ね。これがどうかしたの？　もしかして、またこの音階を聞き分けろとか言うんじゃないでしょうね。

ああ、勿論そのくだりは飛ばさせてもらうぜ。この和音は「長三和音」、いわゆるドミソの和音だ。お前も一度聴いて分かった通り、非常に明るい響きをもった自然な音階だ。不協和だった先ほどの音と比較して、非常に協調的で、安定しているんだぜ。

確かに、安定感、というのは分かるかもしれないわ。それこそアンビエントやイージーリスニングにもたくさん使われていそうな、聞き心地のいい音階ね。

イージーリスニングとは言い得て妙だな。確かに聴くのが簡単な、すなわち誰でも心地好いと感じることのできる音階というわけだ。

万人受けする音階ってことね。

そうだぜ。どんな楽曲でも、この音が最後の最後に鳴れば大抵気持ちよく終われる。クラシックの中でも特に古典の楽曲では、「全終止」とか「アーメン終止」とかそういう名前が付けられるくらいには、ひとつの定式になっていたんだ。

私たちが数百年前にできた海外のクラシックを心地いいと思うのは、そういった本能的な気持ちよさが追究された音だからなのね。歌詞や制作背景を考えるまでもなく、ただ平穏に聞き流すことができるというか。

勿論それだけが理由ではないが、重要な視点のひとつではあるな。このように、どの国の言語・文化を持った人間であろうと、本能的な快不快をコントロールできるのが「音」なんだ。サイレンもクラシック音楽もそうだが、音楽は基本的に翻訳不要だから、ただ言葉を尽くすよりも直接的に、多くの人を気持ちよく、あるいは気持ち悪くさせることができる。

［音楽が流れる］

うわ、なんで急にそんなＢＧＭ流すのよ。全然雰囲気に合わないじゃない。

ごめんごめん、だがこういう話をしていても、突然「ジョーズ」のテーマが流れると何だか焦った気持ちになってくるだろ？　ホラー映画のここぞというシーンで、バイオリンをめちゃくちゃに弾いた音が残響音《リバーブ》で流れてくるのも同じ理屈だ。概して、メロディとは言語や文章をときに優越する、とても便利なツールなわけだな。

確かに、もはや条件反射で怖いと感じてしまうわ。

そう、条件反射で怖くなる。言語を介さずとも理解できるという点で、「メロディ」はとても都合がよかったんだ。古来の神秘体験や宗教にとっては特にそうだな。

え、それが何で宗教の話になるの？

［音楽が流れる］

考えてもみろよ。このメロディというツールは、言語や出自を問わず、人が条件反射で「恐怖」もしくは「快楽」を感じてくれるんだぜ？　もしお前が宣教者や教祖だったとしたら、これほど便利な装置はないだろ。

まあ、そう言われればそうかもしれないけれど。考えたこともなかったわ。

事実、自覚的か否かはさておき、そう考えた人は昔からそれなりにいたようだぜ。古来、色んな人が様々な音の重なりに神秘性を付与して、宗教的な意味づけを与えてきた。すると、そのうち特に出来がよかったものは、いつしかジャンルとして独立する。「讃美歌」とか「神楽《かぐら》」とか、そういうポジティブな名前を付けられて、今でも重要な音楽ジャンルのひとつになっているぜ。

そうか、「讃美歌」や「神楽」って、そりゃそうだけどとても宗教的な名前ね。これは神を賛美するにふさわしい歌だ、これは神を楽しませることのできる旋律だ、というところから来ているんでしょう。

その通りだ。讃美歌の場合は聖堂で、神楽の場合は神楽殿で、神に捧げるための様々なメロディを演奏するんだ。ところで、何で賛美歌を歌う場所が決まって大聖堂なのか、考えたことはあるか？

そんなの、声がよく響くからでしょ。

それじゃあ、なんで大聖堂は声がよく響くんだ？

広いから、じゃないの？

うーん、まあ正解と言えば正解だな。少しだけ解像度を上げるとするならば、天井が高いからだぜ。もちろん演奏場所の材質や聴衆の有無によっても声の響き方は変わるから、天井が高いからこれは歌に最適な建物だ、とは言えないが。

確かに、結婚式なんかで行く教会も、すごく天井が高いイメージがあるわね。合唱隊が二、三名でも賛美歌はよく響くし。

そうだな。実は、大聖堂で賛美歌を歌う合唱隊の中では、古来からこんな話が囁《ささや》かれていたんだ。何でも、本来聞こえるはずのない、誰でもない声が、聖堂の何処《どこ》からか響いてくるんだと。口笛のような耳鳴りのような、ずうっと高い声が、特にぴたりとハーモニーが合ったときに聞こえると言われていたぜ。

なにそれ。合唱の世界に伝わる怪談話ってこと？

いや、いわゆるオカルトや恐怖の対象という感じではないな。「天使の声」などと呼ばれて、ポジティブな文脈で語られていることが多かったそうだぜ。

天使の声。なんだかワインみたいな話ね。

当時においてもそれぐらいのカジュアルさで受け止められていたようだぜ。例えばこの声を聞いた合唱団の女性が、教会の牧師にこう尋ねるんだ。以前、合唱中にこんな声が聞こえたんです、と。すると牧師はこう答えた。「それは、あなたがたの美しい歌声を聞きつけた天使の声なのです。一心に歌声を響かせているあなたたちのそばに、天使が来てくれたのでしょう」、となぁ。

へえ、なんだか素敵な話ね。でも今までの言い方だと、それは単に超常現象だというわけではないのかしら？

勿論だぜ。これは「倍音」という仕組みだ。特定の周波数の音をいくつか重ねたときに、本来鳴っていない周波数の単音が発生する。音楽理論でもしばしば参照される、れっきとした科学現象だぜ。

倍音。倍ってことは、より音程が高かったりするのかしら。

ああ。正確には周波数が高くなり、2より大きい整数倍の音がどこからか聞こえてくる。いわゆるオク上よりも、さらに高い音だ。

さっき口笛や耳鳴りみたいな音って言っていたものね。元の音にもよるだろうけど、そんな風に聞こえるってことは結構な高音だと思うわ。

例えば完全5度であるドとソの音を、声がよく響く大聖堂で何十人もの合唱団がぴったり重ねたとする。すると、その聖堂には倍音として、本来の最高音であるソよりもずっと高いミの音が、はっきりと聞こえてくるんだ。

ミの音ってことは、さっきの聞き心地のいい音と同じね。ええっと、確か長三和音だったかしら。音の位置が違うから、少し変則的な聞こえ方にはなるだろうけど、生で聞いたら綺麗でしょうね。まして大聖堂なら。

お、その通りだぜ。音楽的には、完全5度の平行による純正律ってやつだ。さっきも言った通り、クラシックや讃美歌にはそういった協和音、きれいな響きの音がたくさん含まれている。だから、音の響きやすい聖堂でたくさんの信徒がぴったりとハーモニーを合わせれば、それに引き寄せられた天使の声はより大きく響いてくるわけだ。

なるほど、それがさっき言っていた「便利」って話と結びついてくるのね。

ああ。後の流れは、大体想像できるだろう？　なにせ、彼ら彼女らを教化する立場の人々としては、これほど便利な仕組みもないわけだからな。

みんなが頑張れば頑張るほど、天使も喜んで返事をしてくれる、みたいな感じかしら。

どうやらそういう感じだったようだぜ。讃美歌の響く教会の天井から誰でもない声が聞こえてくるなんてシチュエーション、そこにハマる語彙《ごい》として「天使」はかなりお誂え向きだろうからな。この響きはすなわち天使による祝福なんだ、だからこれからも、練習に勤しむように。若干乱暴に言えばそんな風に、彼らは「音」というツールを使って、共同体の連帯と宗教的意識を高めていった、というわけだ。

音楽と宗教体験には、自然現象を介した密接な関係があるのね。

［音楽が流れる］

さて、そこでだ。ここに、数枚の楽譜がある。

楽譜？　なにこれ、楽器演奏の趣味なんてあなたにあったかしら。

これは前回の動画の素材を撮影しているときに見つけたものだぜ。

前回の動画って、カルト教団が使っていた廃墟の潜入動画のこと？

そうだぜ。あのとき、もぬけの殻《から》になったぼろぼろのセミナーハウスの大広間、恐らくはミサや礼拝など集団で集まる場所として使われていたと思われる部屋から、この楽譜を発見したんだ。

スキャニングのせいもあるでしょうけど、えらく汚く見えるわね。

だろうな。実際かなり汚れていたし、楽譜も手書きだからな。これは、それこそ音大生や作曲者が使うような「白楽譜《しろがくふ》」ってやつだぜ。ただ五線譜だけが引いてある、いわば楽譜の自由帳だな。その自由帳に直接、恐らくその宗教の信者もしくは教祖が、色々な譜面を書き連ねたのが、この楽譜ってわけだ。

これはどんな楽曲なのかしら。

譜読みをした限りだと、器楽曲ではなく声楽曲、それも合唱曲のようだな。歌詞が書かれているわけでもないから、単純な母音のみで歌われる歌曲、つまりはヴォカリーズの類だと考えられるぜ。

ヴォカリーズという分類は知らないけれど、母音のみってことは、「ア」とか「オ」のみで構成される曲ってことかしら？

ああ。お前も聴いたことはあるんじゃないか？　それこそ教会や大ホールで、特に歌詞がなく「ア」のみで歌われる、何となく荘厳な感じがする合唱曲の類だ。

言われてみれば、聴いたことはあるかもしれないわ。曲名とかジャンルを考えたことはなかったけれど。ってことは、ここにある楽譜もそういう、荘厳で綺麗な讃美歌なのかしら？

いや、それが違うんだ。多少譜読みができる人なら、いま画面に出ている画像を一見しても何となく分かるかもしれないが、これは明らかに表紙も旋法もめちゃくちゃだ。一般的な和声理論の観点から見ても、お世辞にも音楽性が高い楽曲であるとは言い難い。言ってしまえば、これはただの不協和音だ。

不協和音。手書きってことは、少なくとも宗教団体と関係のある人が書いたってことよね。彼らはなんで、そんな演奏しても意味のなさそうな楽譜を保管していたのかしら。

彼らの行方が今も分かっていない以上、確実な正解を出すことはできないぜ。しかし、ある程度の予想をすることはできるぜ。

どういう予想を立てているの？

恐らくこれは、彼らの信奉していた天使のようなものを呼び出すために、彼らが作った、あるいは発見した楽譜だったんだ。

天使を？　でも、協和音じゃないと天使の声は聞こえないんじゃなかったかしら。

だから「天使のようなもの」としているんだ。
和声理論と宗教体験の関係については、さっき説明したよな。ある条件、ある奏法がぴたりと重なると、本来聞こえるはずのない天使の声を聞くことができる。これは理論によって説明できる自然現象だ。

ええ。

それに対して不協和音は、ハーモニーがぴたりと重なることもない、支離滅裂で聞き心地の悪い音だ。天使の声が聞こえることはまずない。しかし、そんな不協和音の性質を逆手《さかて》に取ったシステムもこの世には存在する。不協和音を敢えて流すことによって、焦燥や緊張を駆り立てる、サイレンのような仕組みだ。今まさに身の危険が差し迫ろうとしているというときにその音を流せば、誰しもが「ヤバいことが起こるかもしれない」と本能で感じ取ることができるんだぜ。

それがどうかしたの？

言っただろう、条件反射だぜ。不快なハーモニーで構成されたサイレンは、大変なことが起きる予兆として流れる音だ。そして、綺麗なハーモニーを一生懸命に響かせれば、そこにいるはずのない天使が舞い降りる。

ならば、逆も成り立つんじゃないか、と彼らは考えたんだ。つまり、不快なハーモニーを一生懸命に響かせれば、その音楽が響いている場所に天使ではない何かが凶兆として舞い降りるんじゃないか、とな。

なるほど、面白い考察ね。
でも、なんでそんな論理が成り立つと考えたのかしら。

決まってるだろう。実際にその楽譜通りに演奏してみたからだぜ。

［音楽が流れる］

［音楽が流れる］

［音楽が流れている］

さっきから変なＢＧＭが流れていると思ったけれど、もしかしてこれってその［音楽が流れている］不協和音だったりするの？　てっきりホラーパートのＢＧＭだと思って突っ込まずにいたわ。

ああ。録音した音源を聴いている視聴者たちは、恐らくこのＢＧＭを大人数での演奏だと思っているだろうが、試しに楽譜通りの音を鳴らしてみた当時に演奏者は二、三人しかいなかったんだぜ。［音楽が流れている］でも、たくさんの天使の声が入った結果、お聞きの通りに［音楽が流れています］大人数での唸り声に近い音が録《と》れてしまっている。

［音楽が流れています］
［音楽は今やうねりのような歓喜の声にみちています］
なんだか、録音の声を聞く限りだと、性別も年齢もばらばらね。
讃美歌とかなら、女声《じょせい》コーラスによる合唱をイメージしてしまうけれど。
そりゃそうだぜ。だって、失踪したあの宗教団体の構成員は、性別や年齢がばらばらだったんだから。
ああ、失踪した宗教団体の思考に何故そんなに詳しいんだって思っていたけど、すでに会っていたのね。それなら合点がいくわ。
［その音楽は傍から見たら不協和音にしか聞こえないのかもしれませんが、それは確かに、かれらにとっての御使《みつか》いの降臨を示す喜ばしい知らせそのものでした］
不快なハーモニーを一生懸命に響かせれば、その音楽が響いている場所に天使ではない何

かが凶兆として舞い降りる、って言っていたわよね。その場合、そのハーモニーの音源を再生させてしまって大丈夫なのかしら。

［重なって響き続ける絶叫に引き寄せられて、やがて天上から新たな声が響きます］

［空を見上げると、そこには確かに、少なくとも天使ではない何かが蠢《しゅんどう》動していました］

そう、そこが自分も気になっていてな。だから今回、いつもと趣向を変えて、音楽理論に関する不思議な話として動画を作ってみたんだ。それがどういう結果になるかは、実際に動画を見てもらわない限りは自分たちにも分からないんだぜ。

［すべての叫びがどろどろに融《と》かされたような、うつくしく汚らしい声を上げるその姿は、喩えるならばひとひらの蝶がスープ状にとろけきった、一匹の蛹《さなぎ》のようにも見えました］

だからみんなも、コメント欄に色々感想を書いてくれると嬉しいのぜ。普段はテロップだけで流し見してる人も、今回に関しては音量を上げて観てほしいかもな。

［蛹は未熟な肉体をぶよぶよと震わせ、胎児《たいじ》のような叫び声をあげています］

［かれらもまた、それに呼応するように声を強めます］

それじゃあ、今日はこの辺で。次回の動画も見てくれると嬉しいんだぜ。

チャンネル登録と高評価を押してくれると励《はげ》みになるわ。

それでは、ご視聴ありがとうございました。

［音楽が流れています］
［音楽が流れています］
［音楽が流れています］

// audio forced termination
// テキスト生成中に不明なエラーが発生しました
// 自動文字起こしプロンプトの実行を強制終了します

坂崎かおる

エリーゼの君に

●『エリーゼの君に』坂崎《さかさき》かおる

短篇小説の素晴らしい燦《きら》めき。坂崎かおるによる、様々な文学賞における受賞歴については、《異形コレクション》初登場となった「封印」(第56巻『乗物綺談』初出)の扉裏解説を参照されたい。かぐやSFコンテスト審査員特別賞や〝日本SF作家クラブの小さな小説コンテスト(さなコン)〟日本SF作家クラブ賞、『幻想と怪奇』ショートショート・コンテスト優秀作など、そのそれぞれが輝かしい。しかし——その後も坂崎かおるの活躍は止まらない。2024年5月には、「ベルを鳴らして」が第77回日本推理作家協会賞短編部門を受賞。同1月に「文學界」二月号に発表した「海岸通り」(同7月に文藝春秋より単行本刊行)が第171回芥川賞候補となった。坂崎かおるの小説への挑戦ははじまったばかり。短篇小説好きにとってなによりもうれしいのは、2024年3月に坂崎かおるの自選短篇集ともいえる初の短篇集『嘘つき姫』(河出書房新社)が発売されたことである。

そして——《異形コレクション》に再び、この才能を迎えられた悦《よろこ》び。

本作「エリーゼの君に」は、実に怖ろしい。

固定電話の時代ならではの独特の雰囲気に静かに響く、甘いメロディと昏《くら》い悪夢の遁走曲《フーガ》。珠玉の幻想をゆっくりと味わって戴きたい。

電話の音が好きではない。それは予告もなく鳴るから。

今の時代はいい。スマホのほとんどは振動で着信を示すし、音も好きに変えられる。昔の固定電話は、単一の、メロディとも呼べない、それこそ「音」を発していた。なぜだろう。それはいつも唐突《とうとつ》に思えた。すべての電話は、かかってくる方にとっては、唐突であるにもかかわらず、今のスマホに代表される電話は、時子《ときこ》にはそうは思えない。あらかじめこちらの顔色をうかがい、お時間いかがでしょうかとご機嫌をとってから、それでは、と電話が来たことを報《しら》せるような、そんな腰の低さがある。でも、昔はそうではなかった。突然で、無遠慮で、押しつけがましい。そういう荒々しさがあった。

そんな昔の固定電話でも、あ、電話が来る、いま、呼び出しのベルが鳴るな、そういうときがある。同じぐらいの年代の人に聞いたら、ああ、あったかも、という人もいれば、なにそれ、と見当もつかない人もいる。でも、それは確かにあった。空気が一瞬、真空《しんくう》にでもなったかのように、ひゅうっと縮こまり、動きを止め、耳を澄ます。ほんとうにそれは一瞬で、瞬間で、時間がやけにゆっくりと流れるような感覚で、それからおもむろに、電話が鳴りだす。そういう電話はたいてい、ろくでもない要件だ。セールスとか、間違いとか、誰かが死んだとか、そういう。

その電話は、そういう予告のある電話ではなかった。出し抜けに、るるるると鳴り出した。その とき時子は小学生で、高学年だっただろうか。家にはひとりだった。母は出産のために入院していて、父はどうしていたかはわからない。忙しい人だったから、その日も夜勤だったのかもしれないし、母に一緒に付き添っていたかもしれない。とにかく、時子は家にひとりだった。平日だったが、学校は半日で終わっていて、彼女は宿題を済ませ、テレビを見ていた。ひとりだったから、普段は見ないようなチャンネルを回して、でも、そういう昼間の時間帯だから、子どもが楽しめるようなものはなにもなく、早々に時子は飽《あ》いていたと思う。

るるるるる

時子の家の電話の音は、かぼそく、頼りなげだった。それは犬の鳴き声に似ていた。近所の坂の下の犬。雑種のそれは外飼いで、四六時中吠《ほ》えていた。だが、声帯を切りとられ、鳴き声はかすれていた。わんわん、ではなく、紙がくしゃっと丸まり地面に落ちるような、そんな鳴き声だった。四六時中吠えるから、そのような声になってしまったのか、そのように声帯を切りとったから、外に追いやられたのか、時子にはわからない。彼女が気づいたときにはそこに犬がいて、その犬は四六時中吠えていて、そしてその声は、紙のようであった。

八回か九回を数え、迷っている間に電話の音は途切れた。それは、切々とした事情で鳴るには短く、短気な人が業《ごう》を煮やすには長すぎる、それぐらいの回数だった。時子は静かになった部屋を感じると、自分が息を止めていたことに気がついた。が、次に吸うとき、また電話が鳴りだした。今度はそこまで驚かなかった。彼女は迷ったが、母からの電話であると困ると思い、受話器をとった。

「坂井《さかい》さんのお宅？」

女性であったが、不躾《ぶしつけ》な訊《たず》ね方であった。はい、と時子が答えると、女性は、同じクラスメイトの母親だった。特に会話をしたこともほとんどない男の子で、野球がうまいことだけは知っていた。それは連絡網だった。今の時代では絶えて存在も忘れられているかもしれないが、学校からなにか急ぎで伝える必要があるとき、各家庭に配られた連絡網というプリントでもって、数珠《じゅず》つなぎのようにそれを各家庭が伝言するという決まりがあった。だいたいが名前順で、何列かに分かれていて、時子の前が、その野球のうまい男の子の家だった。

内容は細かく覚えていないが、翌日にお弁当が必要、という内容だった。給食ではなく、どうしてお弁当の日になったのかはわからない。遠足でもあったのか、給食室になにか問題でも起きたのか、不思議な伝言であったが、時子は緊張しながら、お弁当がいる、という文字を、電話の脇に置いてあったメモ帳に記した。「おべんとうがいる」。不格好なひらがなだった。

「ひとりなの？」

その野球のうまい男の子の母親は訊ねた。はい、とも、いいえ、ともどう答えていいかわからず、そういうことを教えてもよいかもわからず、時子は黙った。母からは、基本的には電話や玄関のチャイムには出なくてよいと言われていた。その母親は、時子の沈黙を肯定と受けとったのか、「がんばってね」と言い置いて、電話を切った。昔の電話は、その終わり方に余韻《よいん》があったように思う。がしゃん、がちゃり、ちん。もううまく思い出せないが、終わりの合図までの間、それから、その合図から先のつー、つー、という不通の音が鳴るまでの間。そこにはいくばくかの沈黙があり、余白があり、続きがあった。でも、その電話は切れてしまったし、時子はしばらく小さな暗い余白に耳を澄ませたあと、受話器をおろした。

連絡網は、電話の載っている棚の引き出しにあった。母は几帳面《きちようめん》だったので、学校からのプリントや必要な書類は、いつでも置き場所が定められていた。連絡網、と書かれたそのプリントで、時子の家は学校のスタートから三マス目にあり、次は「須藤《すどう》」さんのお宅だった。須藤ひかり。そう名前が書いてあり、そして、その先には、「高橋《たかはし》」さん。そこで、時子の列の連絡網は終点となっていた。

須藤ひかり、という名前はすぐにわかったが、顔はぼんやりしていた。彼女はずいぶん前から不登校で、学校に来ることはなかった。今の学年よりも前のことなので、理由もよく知らなかった。いじめのようなことがあったのか、他に理由があるのか、そのような噂《うわさ》があるかどうかも、時子は知らなかった。教室の廊下側の一番後ろの席はいつも空席で、でも、防災頭巾だけはかかっていて、時子はそれがなんだか不思議で、彼女の名前は覚えていた。

彼女の母親が、つけに来たのだろうか。でも、自分たちは会ったことがないから、きっと、休みの日とか、放課後とか、そういう誰もいない教室で、その「須藤ひかり」の母親が、椅子に防災頭巾をとりつけていったのだ。その光景を思い浮かべると、なんだか変な気分になった。

時子は少しためらったが、「須藤」さんの番号を押した。そのためらいには、明日も彼女は来ないだろうから必要だろうか、という予測があり、そのような家庭に連絡すること自体不適切なのではないか、という思いがあった。時子の胸中をそのようなはっきりとした言葉が飛び交ったわけではないが、あとから思い出せば、そのようなことを考えていたのだと思う。けれど、「須藤ひかり」が明日ひょっこり学校に来るかもしれないし、それに、彼女にかけなければ、その次の「高橋」さんのお宅に連絡が伝わらずに困ってしまうことも問題だった。最後の「9」の番号まで押すと、恐々《こわごわ》時子は受話器を耳に当てた。

「もしもし」

三回の呼び出しで、「須藤」さんは出た。もしもし、のあとは沈黙で、その短い言葉から、女性であることはわかったものの、母親なのか、「須藤ひかり」本人なのか、姉妹なのか、それはわからず、「坂井です」と、とりあえず時子は口にした。××小の、×年×組の、と、クラス名も口にした。はい、と短く「須藤」さんは返し、また声が途切れた。

「連絡網で、連絡が、あります」

時子はそんなことを言った。変な言い回しになってしまった、と思ったが、連絡、とその人は繰り返し、わかりました、と答え、がさがさという音がした。メモでも探しているのだろうか、と時子は思い、同時に、これは須藤ひかりさんなのかもしれない、とも感じた。大人か子供かは判別のつかない声色《こわいろ》だったが、そのたどたどしさは、時子の知っている成人女性とは似ていなかった。

「あの、ちょっと待ってください」

「須藤ひかり」がそう言い終える前、「ください」の「い」あたりで、保留音が流れ始めた。たららららららん、たらららん。なんだっけ、あ、エリーゼのために。題名は出てきたが、作曲した人は思い出せなかった。時子は立ったまま、その保留音を聞いた。エリーゼのために。よく聞く音楽だった。病院の待合室でも流れていた気がするし、ゴミ収集車の音楽も、これだった。時子が産んだ男の子の病院の電気式のモビールの曲もこれだったし、初めてバイトをした本屋では、レジ応援のときになぜかエリーゼを流す決まりだったが、当時の時子がそんなことを知るはずもないから、彼女はその音楽から、ゴミ収集車を想像し、道路を走らせた。頭の中の車はすぐに行き止まりに出くわし、どこへも行けなくなる。

しばらく待ったが、保留音は続いた。棚の上の置時計は、三時十五分を示していた。何時から電話をかけたか覚えていないので、正確にどれほど待っているかはわからない。試しに時子は、二十分まで保留音が続いたら切ってしまおうと思った。その五分の間彼女がしたことは、受話器と本体をつなぐコードを指でくるくる巻くことと、メモ帳への動物の落書き。動物はウサギで、わりかしかわいく描けた、と時子は思った。

当然のように三時二十分になっても保留音は続いていた。エリーゼのために。曲が何周ほどしたのかはわからない。この保留音を何度も聞いていると、へ長調に転調している部分が割愛《かつあい》され、聞き馴染みのメロディがずっと繰り返されている形のものだとわかるが、ピアノなど習っていない時子はそのことを知る由《よし》もない。ただ、覚えのある音楽が、ゴミ収集車の車と共に、どこに行く当てもなく同じところをぐるぐると回り続けるだけだ。

時子は切ろうと思い、受話器から耳を離した。だが、切ってしまうのはやはりためらわれた。あと三十秒ぐらいしたら、須藤ひかりは戻って来るかもしれない。そのとき、電話が切れていたら、彼女はどう思うだろう。裏切られた、そう感じはしないだろうか。なぜなら、彼女は、待って、と言ったのだ。どのぐらい、とは言わなかった。でも、待って、そう自分に頼んだのだ。そのとき、その相手がいなくなっていたら、彼女はますます、学校とか、そういう類《たぐい》のものを信用しなくなってしまうのではないか。そして、それは、自分の責任になりはしないだろうか。責任。時子はなによりもそれを恐れた。学校では目立たなく、大人しい時子が、なにかの責任を問われることは少ない。掃除は時間通り始めて終わるし、給食当番も、面倒くさいと思っても、休みの人がいればそれを手伝うぐらいはする。でもそれは、誰かのため、というより、なにかの不都合を自分のせいにされたくない、という思いが強かったためだ。

エリーゼのために、はまだ流れている。どうしてこの曲が、レジ応援の曲なのか、と、バイトの店長に時子は訊ねたことがあり、落ち着くから、という返答があった。慌《あわ》てるような状況こそ、落ち着くような音楽を流したい、だからだそうだ。無論、これは未来の時子の話であり、小学生の時子は、その曲の終わりのないロンド調に、平静よりもどちらかというと苛立ちを感じていた。

直接家に行こう。時子はそう思い、受話器を棚の上にじかに置いた。静かな部屋に、微《かす》かに、エリーゼのために、が響く。連絡網の裏はクラスの名簿になっていて、同級生の詳細な住所が書かれていた。名前順に並ぶそれから、「須藤ひかり」を時子は見つける。六ツ橋九丁目十五番地。大きな渡辺さんの家と駐車場に挟まれた時子の家とは町名が違うが、すぐ隣だ。市民プールがある方だと時子は思い、頭の中で道順を思い浮かべる。一度リビングに戻り、住宅地図をとってくる。九丁目、九丁目。おおよそ、プールと、ロケット公園の間だ。細かな番地の位置まではわからなかったが、一軒家のようだし、行けばわかるだろうと、時子は立ち上がった。リビングを出て、電話の置かれている棚を通り過ぎるときも、エリーゼのために、はその受話器から、静かに静かに流れていた。

ロケット公園は正式名称ではないが、子供たちの間ではそう呼ばれていた。公園の真ん中に、ロケット型の筒状の遊具があり、すべり台も横についている。公園の入口にある電信柱には、「六ツ橋9丁目3」とあった。その横を通り、時子はてくてく歩く。次の曲がり角の住所の表示は「9丁目4」となっていた。そこも通り過ぎ、時子は歩く。秋も終わりのころで肌寒かったが、まだ日差しはあった。日なたを選ぶように時子は歩き、住所の表示を見落とさないようにあたりに気を配った。

市民プールは「9丁目14」だった。あれ、と思い、その先の少し大きめの道路を渡ると、そこは「8丁目2」だった。通り過ぎてしまったのだろうか、と、時子はもう一度大きめの道路を戻り、市民プールの前まで来た。9丁目14。時子は首を傾《かし》げた。プールは一面に藻《も》が生えていて、汚らしかった。鴨《かも》がつがいで棲み着き、がっがっ、と濁った声をあげた。とりあえず時子は元来た道とは違う角を折れた。9丁目13、12、7丁目。どれだけ道をくまなく通っても、「9丁目15」はなかった。住所を見間違えたのだろうか、と、手ぶらで来たことを後悔した。せめてあの地図を持って来ればよかった、とも思った。家に一度戻ろう、と考えたが、そしてまたここまでやって来る面倒に倦《う》んだ。たぶん、そうしているうちに日が落ちてしまうだろう。かといって、ここからまた別の道をしらみつぶしに探す骨折りも避けたかった。それから、家に戻ったときに、エリーゼのために、がまだ鳴っている、と想像することも嫌だった。なぜだかはわからない。でも、それがもしまだ家の中を微かに流れていたら、と思うと、時子はいやあな気持ちになった。須藤ひかりの家まで赴き、彼女にお弁当のことを伝え、その上げたままの受話器を下ろしたかった。結局、時子はどっちつかずの気持ちのまま、消極的に、少しだけ道を変えながら、最初の公園までを目指した。

ロケット公園まで戻ると、ベンチに女の子がいて、ひかりちゃん、と思わず時子の口を突いて名前が出た。それから、そうとは限らない、と思い直した。この近所に子供はたくさんいるし、女の子だっておんなじだ。でも、近くの子なら、知っているかもしれない。

「あの」

時子は思い切って声をかけた。「九丁目の、十五番地って、知ってる?」

女の子は顔を上げた。季節外れの日焼けをしていて、その丸い瞳《ひとみ》は活発そうな印象を与えた。「須藤さん、の、おうち」

「ああ」

女の子は、肯定とも否定ともつかない返事をした。それから、真ん中に座っていたベンチの端を、ずずずとお尻をずらして空けた。女の子は時子を見て、時子も女の子を見た。座れ、ということなのかと考え、時子は隣に腰を下ろした。

「わかんない」

そう女の子は言った。言葉が短い。それから先がない。空白。

「あなた、近所の子?」

時子は訊ねた。自分と同い年ぐらいだろう、と、時子は背格好から推測した。口調が、柔らかく、軽くなるのを、自分でも感じる。女の子は返事をしない。時子の声が届いていないようにすら見えたが、続けて訊くことはためらわれた。仕方なく、時子も彼女と並んで、ただ前を見ている。目の前のロケットの遊具は、夕暮れの光の中で鈍《にぶ》く輝き、そこだけ、月面のようだと時子は思った。時子は月に行ったことはないが、図鑑で、それを見たことはあった。そこにもロケットがあり、旗《はた》があった。

たらららららららん、たらららん。

「エリーゼ」

その音楽が聞こえ、時子は呟《つぶや》いた。「のために」

女の子はその言葉に反応し、時子をじっと見た。ゴミ収集車でもいるのだろうかと、時子は辺りを見回した。その音楽は遠く、空と風の隙間《すきま》を、たゆたうように流れている。

「ベートーヴェン」

女の子が言った。へえ、と時子は思う。そうだ、ベートーヴェンが作ったんだ、と時子は思い出す。音楽の先生が言っていた。これはベートーヴェンが作曲したものです。ジャジャジャジャーン、の人。初心者のピアノ練習にも使われますね。エリーゼ。そうですね、誰でしょうね。いろいろな説があります。彼は生涯独身でしたが、浮いた噂も多く、テレーゼという彼が求婚した女性のことではないか、とも言われていますね。でも、私はね

「バイバイ」

女の子が立ち上がった。記憶の蓋《ふた》をゆっくり閉じ、時子も立ち上がる。女の子のスニーカーは新品で、真っ白だった。前日には雨が降っていて、ところどころ水たまりや汚泥《おでい》があったにも拘わらず、歩くときに見える靴底もきれいなもので、時子は不思議に思った。女の子の背中は、すぐに遠くなり、夕闇の中に消えていく。

時子は引き返すことにした。夜は迫り、「須藤ひかり」の家を探す手段はもうないように思われた。たぶん、自分がなにか思い違いをしているに違いないし、それを正す手立ては現時点では見つからない。そこまで理屈立っていたわけではないが、そんなようなことを時子は考え、自分の家への道を戻り始めた。「須藤ひかり」はおそらく明日も学校には来ない。だから、お弁当をつくる必要もない。連絡網の先の高橋さんちへは、自分が電話をすればいい。繋がらないことだってあるはずだから、きっとそういう場合のルールがあったっておかしくない。道々、時子は下を向きながら考え続け、自分自身を急《せ》かすように、息を切らし歩いた。

自分の家に帰ってきたとき、「須藤ひかり」の家の保留音が、時子の家の中を鳴り続けていたのか、彼女はよく覚えていない。その夜、父親から、赤ちゃんが生まれたことを知らせる電話があった。その電話は予告があった。空気がひゅうと縮こまり、時間の流れがゆっくりになって、食べているラーメンのつゆがゆらりと揺れて、あ、電話、鳴る、と時子が思った途端《とたん》、るるる、とそれは鳴った。まるで、指揮者が指揮棒を構えていたかのように、あまりにも鮮やかな始まり方で、しばらく時子は、その鳴り方に、耳を澄ませた。受話器をとると、父親は淡々とした調子で赤ちゃんが生まれたこと、女の子であることを告げ、いろいろと手続きがあるから帰りは遅くなる、早く寝ていなさい、というようなことを最後に訓示《くんじ》のように伝えると、電話は切れた。それは、その鳴り方に比べれば、唐突とも思える終わり方だった。時子はじいっと、いま、父親の声を運んでいた受話器を眺めた。この報せは幸福の部類であるはずなのに、そういう輪郭をもつ電話ではなかった、そんなことを時子は思った。

それから何日かして、須藤ひかりが死んだことを、時子は聞いた。

担任が神妙な面持ちで、須藤ひかりの死を教室で告げたとき、時子はまず自分のせいだと思い、それから、花がないと思った。防災頭巾はつけられたままなのに、テレビでよく見る、机の上に置かれた花瓶《かびん》と花はどこにもなかった。

時子は詳細を待ったが、そののち、担任は主だった話をしなかった。わかったのは、須藤ひかりが死んだこと、幼い死は悲劇的であること、なにか悩みがあれば教師はそれを聞く用意があること、それだけだった。何が原因で死んだのかはおろか、いつ死んだのかもわからずじまいだった。でも、自殺だと、時子は確信していた。自分が、連絡網で、連絡をできなかったからだと。お弁当のことを、伝えられなかったからだと。あの日の、エリーゼのために、の家は須藤ひかりではない間違い電話で、自分はそれを伝えられなかったのだ。それが稚拙《ちせつ》な連想であることに無論、時子は気づいていた。人が死を選ぶにはさまざまな理由があり、一意ではなく縄のように絡まり合った事象の果てに起こることだということも、感覚的にわかっていた。しかし、自分が、その引き金になったかもしれない、という可能性は、時子を苦しめた。須藤ひかりは、どこかで、連絡網のことを耳にしたのかもしれない。その日の給食がお弁当に変わったことを知ったのかもしれない。その情報の伝達を、自分は意図的に飛ばされ、知らされなかったことに、絶望したのかもしれない。それが、彼女をこの世界にとどめていた一本の糸を、切ってしまったのかもしれない。それまで、彼女をとどめる無数の糸の断ち切りに、いくら時子が関係なかったとしても、その最後の一本に自身の責任があるかもしれないというそのことは、時子にとって耐え難いことであった。

次の日、時子は担任に席替えを申し出た。須藤ひかりがいた席へ移りたいと言った。予想通り彼は難色を示したが、時子が、須藤ひかりの境遇を哀れみ、少しでも彼女に寄り添いたいのだという意味のことを告げると、単純で感激屋のその若い男性教諭は、時子のことを抱きしめんばかりに喜び了承した。時子の謂《いい》は必ずしも真実でなかったが、彼の感動ぶりに、時子自身もその行いに心を揺さぶられるのを感じた。

須藤ひかりがピアノを習っていたという情報を聞きつけると、時子は母に頼んでピアノを習わせてもらった。まるで興味のない分野だったが、根気強く、遊ぶ時間も惜しんで、時子は練習に励《はげ》んだ。幼稚園が一緒だったというクラスメイトを見つけると、彼女から須藤ひかりがディズニーのミニーマウスを好んでいたことを知り、靴下や洋服、ヘアゴムなどの小物も、ミニーマウスか、あるいはそれに似たようなピンク色にまとめた。落ち着いたファッションや色合いを好んでいた時子を知っている両親や友達は不思議がったが、彼女は意に介さなかった。

しかし、須藤ひかりを知る人物は少なかった。そもそも学校に来ていなかったのだ。得られる情報は限られていた。時子は足を延ばし、須藤ひかりを一時期担任していたという女性教諭を見つけた。彼女は定年間際のおばあちゃん先生で、今は時子とは違う学校で教鞭をとっていた。

「真面目な子だったよ」

その先生は、時子が須藤ひかりの友達であり、彼女の足跡《そくせき》をたどっているという話を容易《たやす》く信じた。「掃除当番も給食当番も、お休みの子の分まで最後までやってくれた。風邪をひいて熱を出したときに、宿題を出したいからってひとりで学校に来たなんてこともあった」

聞きようによっては褒《ほ》められるべきものでもないそのエピソードを、時子は心に刻んだ。ますます時子は、須藤ひかりを再現することにのめりこんだ。丁寧にこつこつと、何事も怠《なま》けもせずに続ける時子は、次第に信頼を勝ち得ていった。だが、変わったね、と言われることはあっても、須藤ひかりのことを、時子のことを見て思い出す者はいなかった。

やがて時子は、音楽系の大学を卒業すると、音楽の教師になった。本当は楽団に入りたかったのだが、そこまでの才能がないことを、自分ではよくわかっていた。幸いにも子供は好きで、教えるということも時子にはよく合っていた。

時子の勤めていた学校では、給食の時間に音楽が流れていた。たいていはクラシックで、市販のCDをただ放送室からかけているだけのものだった。

たらららららん、たららららん。

先生ー、これなんの曲ー？　子どもたちが訊く。エリーゼのために。これはベートーヴェンが作曲したものです。ジャジャジャジャーン、の人。初心者のピアノ練習にも使われますね。エリーゼ。そうですね、誰でしょうね。いろいろな説があります。彼は生涯独身でしたが、浮いた噂も多く、テレーゼという彼が求婚した女性のことではないか、とも言われていますね。でも、私はね。時子は言葉を止める。空気に重さを感じ、ぴしりとしたひび割れを思う。

私はね、エリーゼなんていなかったんじゃないか、そう思うの。

冬休み、久しぶりに実家へ戻った。父も母も老いていたが、リフォームをした家は奇妙に真新しく、その相対に、時子は眩暈《めまい》を覚えた。電話機はなくなっていた。「電話なんてもうかけてくる人もほとんどいないから」と母は言った。スマホでじゅうぶんだと、老眼鏡越しにぽちぽちとしていた。

ひと通りの世間話を終えると、時子は散歩に出た。ぶらぶらと歩き始めたが、すぐに自分がロケット公園に向かっていることに気づいた。公園はまだあった。錆《さび》は増えていたが、ロケットもそこにあった。誰からも、忘れ去られたような風景だった。月面よりも。

ベンチに人がいた。あの女の子だった。子供のころと同じように、足をぶらぶらさせ、白いスニーカーをはいていた。冬の透明な空気の中、白い息を吐いている。

「あなた」

時子はベンチの端《はし》に座り、そう言った。「本当は、知ってたんじゃないの」

なにを、とその女の子は訊ねなかった。ただ、寂しそうに時子を見つめた。教えてくれない、と時子がなおも頼むと、女の子は立ち上がった。歩き出す。慌てて、時子はあとをついていく。

公園を出て、女の子は迷いなく歩き始めた。それは、あのとき、時子が歩んだ道と同じだった。しかし、プールが見えてくる今はなきタバコ屋の角で、急に女の子は右に折れた。そっちは違う町ではないかと考えながらあとをついていくと、女の子の姿が消えていた。え、と時子は惑い、そのまっすぐな住宅街の道に立ち尽くした。

「こっち」

声がした。見回すと、家と家の間に隙間があり、そこは曲がりなりにも道になっていた。人が一人通ればいっぱい、というような細さだ。左は崩れかけているような家で、葛《くず》の葉が覆い隠していて、右の家は立派な二階建てで、塀も頑丈なつくりだった。女の子はその中途で、「こっち」ともう一度手招きをした。まったくの暗闇に見えるそこに、時子は息を大きく吸い、歩み入る。

しばらく進むと、家が途切れ、空き地がぽつぽつと出てきた。赤いコーンが立っていたり、工事用の資材が置いてあったりする。その先に橋がある。川はない。暗渠《あんきょ》なのだろうが、時子はその地下の水の流れを知る由もなく、女の子について橋を渡った。彼女はその端で立ち止まった。欄干《らんかん》には「六ツ橋9丁目15」と表示された看板がくくりつけられていた。古く、錆《さ》びている。橋の終わりの向こうに、二階建ての家が一軒あった。表札はないが、軒先の灯りがついていて、鉄の門扉《もんぴ》も半分開いている。

「ここ?」

時子はそう訊ねたが、女の子は返事をしなかった。かといって、そこを去ることもしない。時子と並んで、門の前に立っている。時子は近くを見たが、インターホンらしきものはない。思い切って門を押す。油が差したてのようにするりと開いた。足を踏み入れ、ドアの前まで行く。こんこん。空白。返事はない。ごめんくださあい。こんこん。空白。ごめんください、なんて言葉を使ったのはいつぶりだろう、そんなことを時子は思った。

庭に面した窓はカーテンで塞がれていたものの、人の気配があるような気がした。思い切って時子はドアノブに手をかけた。鍵《かぎ》はかかっていない。開く。玄関。靴が散らばっている。革靴、サンダル、子どものスニーカー。廊下の向こうはしんとしている。電気はついていない。ものの影は曖昧《あいまい》としている。ごめんくださあい、再び時子はそう言ったが、それは廊下の途中で落ちてしまったのか、なんの反応もない。誰もいないのかもしれない。時子は少し気を大きくして、靴を脱ぎ、そろえ、かまちに上がった。

半分ほど進んだところで、ぱっと電灯がついた。え、と振り向くと、女性が立っていた。

「おかえり」

その人はそう言った。おかえり？　時子は戸惑い、首をひねったまま、それを元に戻すこともできず、女性の次の言葉を待った。

「ご飯、できてるよ」

女性は時子の横を通り過ぎた。途端に、部屋の隅々の輪郭がはっきりとする。突きあたりの扉のすりガラス、壁のカレンダー、揚げ物のにおい、ぱたぱたというスリッパの音、電話機。電話機がある、と時子はその当たり前の光景を新鮮さをもって眺め、誘われるようにすりガラスの扉を開ける。台所が見え、食卓があった。大皿に唐揚げがもられ、茶碗と汁椀が、テーブルの長辺に二組、短い辺に一組あった。長辺の方は湯気が立ち、短辺の方は椀が伏せられていた。女性はエプロンを着け、背を向けている。案外と大きい背中で、髪をきゅっとひっつめている。洗い物を手際よくかごに入れながら、「食べちゃいなさい」と背中のまま、声をかけた。誰に？　おそらく、時子に。

時子は座った。長辺の、向かって左側。その茶碗が一番小さかったから。いただきます。

箸はミニーマウスの絵柄で、ピンク色だった。味噌汁は小松菜と油揚げ。飲むと、かつおだしがきいている。うちのと味が違う、と時子は思う。

「今日はなにをしていたの」

女性は短辺の椅子に座った。エプロンを背もたれにかけ、頬杖をついている。いつも通り、と時子は答えた。いつも通り。そう、と女性は頷き、頬杖をやめ、時子が食べる様子を見ている。

「おいしい?」

うん、と時子は答えた。本当は、味などわからなかった。ただ、違った。ご飯の炊き加減も、唐揚げの衣の味付けも、麦茶に氷を入れていることも、なにもかも。でも、時子は答えざるを得なかった。うん、おいしいよ。女性はふんわりと笑う。

ただいま、と玄関から声がして、とったたとったたと、歩く音が近づいた。すりガラスの扉ががらりと開き、ネクタイを緩《ゆる》めた男の人が入ってきた。

「ごはんになさいますか?」と、女性が訊ね、ああ、と男は、彼女の立った席に座った。

「ビール?」と女性は続けて訊き、うん、と男は頷き、唐揚げか、と手を伸ばして指でつまみ、そのまま食べた。行儀の悪い、と、笑い声まじりで女性がたしなめ、すまんすまん、と言いながら、男はもうひとつをつまみ、そのまま、時子の頭に手を載せた。

「今日はどうだった」

いつも通り、と答え、それだけではなにかが足りないと思い、楽しかったよ、と付け加えると、男は満足そうに、もう一度時子の髪を撫でた。脂がつくでしょう、と女は言ったが、不思議と時子は嫌な気分にはならなかった。

遅々《ちち》とした調子で時子は食べ続けたが、茶碗のご飯粒の最後のひとつを飲みこむと、ごちそうさま、と口にした。二人はもう食べ終わって、じっと、時子が食べる様子を見ていた。今日はよく食べたな、と男が言い、たくさん食べてくれてうれしい、と女が続けた。時子は曖昧に笑った。二人が時子の存在を否定しないがゆえに、時子も二人を拒否することができなかった。だから、一刻も早く、ここから飛び出したかった。

トイレ、と立ち上がり、そこから、すりガラスの扉を開け、廊下に出た。そろりそろりと、時子は歩く。でも、空気がひゅうと縮こまって、時間がゆっくり進むのがわかり、時子は立ち止まった。立ち止まるしかなかった。

るるるるる
それは犬の鳴き声のようにも聞こえた。声帯を切られているかはわからない。三回鳴ったところで、時子は受話器を持ち上げた。

「もしもし」

受話器の向こうは静かだ。もしもし、と時子は繰り返す。しばらくして、××小学校×年×組の、と相手は名乗りをあげる。

「連絡網で、連絡が、あります」

受話器の向こうで、遠い遠いどこかで、その人は、伝える。伝えようとしている。そこに行きたい、と時子は思う。そこからやり直したい、と時子は感じる。ピアノも、ミニーマウスも、音楽も、なにもかも嫌いだった。本屋でバイトをしてみたかったし、自分の子供をぎゅうと抱きしめたかった。そこに行きたい、と時子は思う。その世界に、行ってみたい。

「あの、ちょっと待ってください」

そう言い終わるか終わらないうちに保留のボタンを押す。たらららららん、たららららん。受話器から、微かにその音楽が響く。そのまま玄関へ行く。日は落ちている。靴をつっかけたまま、時子は夜道を走った。自分の身体が小さく、幼く、脆《もろ》くなっていることはとうに知っていた。だから、駆けている。時間に追いつかれないように。とり残されないように。ロケット公園を抜け、うちを目指した。でも、時子の家は見つからなかった。大きな渡辺さんちと、駐車場に挟まれた場所に家はなく、というよりそこに場所はなく、不自然にスキップされていた。誰かが折り紙で、そこだけ谷折りにしてつまんだみたいに。時子はその前の道路を何度か行ったり来たりし、途方《とほう》に暮れ、その場に座りこんだ。

たらららららららん、たららららん。

あの音楽が聞こえてきた。どこか遠くに。ゴミ収集車を時子は思い浮かべ、こんな時間に、それが走っているわけなどないと考えを正し、でもふらふらと、その音の方へと歩いていく。

公園を抜け、市民プールの手前のタバコ屋の角を曲がり、細い道を通って橋を渡る。たららららららららん、たららららん。門を開ける。ドアを開く。

「おかえり」

男と女が、笑顔で出迎える。「外は危険がいっぱいだよ」男が言う。「あなたはそのままでいいのよ」女が言う。廊下の電話の受話器からは、まだ微かに音楽が流れている。その曲は、何周したのだろうか、と彼女は思う。始まりは、どこからだったのだろうか。時子がそんなことを考えている間に、男が受話器をとり、静かに、置いた。

宮澤伊織

悪いお経はご遠慮ください

●『悪いお経はご遠慮ください』宮澤伊織《みやざわいおり》

《異形コレクション》ではじまった宮澤伊織の人気百合シリーズの最新作である。

なぜか霊的現象を引き寄せてしまう愛美《あみ》と霊感こそないが〈怪異のオープンソースインテリジェンス（公共情報調査）〉の達人・怪談師ふーこ。この半同棲百合コンビが降りかかる怪現象に立ち向かう連作シリーズは、第54巻『超常気象』収録の「件《くだん》の天気予報」、第56巻『乗物綺談』収録の「ドンキの駐車場から出られない」とこれまで二作が発表されているが、宮澤伊織のホラー嗜好と百合キャラ表現が見事にマッチした本シリーズには、すでに熱烈な支持が寄せられている。

さて、「音楽室の怪談」風にはじまる本作だが、音の正体がわかってくる過程はなかなかに目から鱗《うろこ》。しかも、本作には、シリーズ第一話「件の天気予報」にさりげなく顔を見せていた不思議な人物まで印象的に登場している。思わず、第54巻『超常気象』をひもときたくなる仕掛けである。

宮澤伊織の2024年の近刊は、人気のSFホラー百合シリーズの待望の最新刊『裏世界ピクニック9　第四種たちの夏休み』（ハヤカワ文庫JA）と、第6回創元SF短編賞受賞作を連作化した本格アクションSF『神々の歩法』の文庫化（創元SF文庫）。多様な活躍をも祝福するメロディアスな響き合いをお愉《たの》しみ戴こう。

1

晩ご飯を食べている最中、座卓の向こうの愛実《あみ》が急に顔を上向けて、空中の一点を見つめて動かなくなった。

「どした？」

私の問いに答えず、愛実はしばらくそのままの姿勢でいた。蚊《か》でもいたかな、と視線を追ってみたけど、私には何も見えない。

「愛実？」

もう一度声を掛けると、愛実はようやく私に目を向けた。

「何か見たの？」

「いや……見てない。見てないけど……」

愛実は首を傾げながら、宙に浮いていた箸《はし》を茶碗に運んだ。炊きたてご飯と佃煮《つくだに》を口に運んで、もぐもぐと咀嚼《そしやく》しながらも、何か解《げ》せないというような表情を浮かべている。

黙って待っていると、愛実は茶碗と箸を卓上に戻して言った。

「ふーこさん、私最近耳がおかしいかもしれん」

「みみ」

「そう、耳」

「目じゃなくて?」

「目はいい。両目とも2・0」

「すげ」

「でしょ。本読まなかったから」

得意げに愛実が言う。

「いや、確かに私なんかは暗いところで本読んでて目が悪くなるって怒られたもんだけど、本読まなきゃ目がいいってわけじゃないでしょ」

「おっと、こりゃ一本取られたね」

自分の頭をペンと叩《たた》く愛実。落語家かなんかかこいつは。こんなジェスチャーするやつ、サザエさんとかだいぶ昔のアニメでしか見たことない気がする。

「耳ってことは、何か見たんじゃなくて、聞いたってことね」

「そうなんよ。歌がね」

「歌?」

「たぶん歌……。念のため確認だけど、ふーこには聞こえなかったよね?」

私は首を振る。愛実が固まっている間聞こえていたのは、フル稼働《かどう》中のエアコンとサーキュレーターの音だけだった。近ごろは夜になっても暑くて、電気代が馬鹿にならない。愛実ハウスは日本家屋――と言えば聞こえのいい、古くてぼろい一軒家だからなおさらだ。冷房の効《き》きが悪い悪い。

「どんな歌？　知ってる曲？」

そう尋《たず》ねると、愛実は眉を寄せた。

「なんだろ……渋い感じの、男声《だんせい》合唱、みたいな？」

「思ったのと違ったな」

「なんだと思った？」

「いや、漠然《ばくぜん》と、童謡《どうよう》とかかなって……」

「なんでやねん」

「今も聞こえるの？」

愛実は心外そうに言う。

「今はなんも」

「いつから聞こえてるの、それ」

「二週間くらいかなあ。ずっとじゃないよ、ときどき、まれに」

「おい。病院じゃないのそれは」

「そこは抜かりのない私だからさ、一応ね、行ってみた」

「あ、そうなの。偉《えら》いじゃん。どうだった？」

抜かりがないかは怪しいもんだけど、褒《ほ》めて伸ばすのが私の身上《しんじよう》だ。

「なんも異常なし。でもその後も、思い出したみたいに聞こえてくるんだよね」

「野太《のぶと》い声の男声合唱が、ときどき、まれに？」

「そう、まれに」

なんだそりゃ。

「わからんけど、それって――」

ためらいながら口に出した私の言葉を引き取るように、愛実が頷《うなず》いて言った。

「霊のやつかなあ、これ」

「例のやつ……かもねえ」

自信のない私の相槌《あいづち》に、愛実はひとりで納得したように続けた。

「やっぱそうか。うん、だってなんか、聞き覚えがあるんだよ」

「え？　その歌に？」

「そう。絶対どっかで聞いたことある。子供のころだと思う」

愛実は顎《あご》に手をやって目をつぶった。

「ちょっと待って。思い出すから」

「それで思い出せるなら、最初から――」

「しっ、静かにして」

なんだこいつ。

座卓に向かう「考える人」みたいに固まっている愛実を眺めながら、私は自分のご飯を頬《ほお》張《ば》った。今日のメニューはドンキの徳用ソーセージをぶつぶつ切って、カレー粉とケチャップとウスターソースをまぶしたカリーヴルスト。半端《はんぱ》な量だったチューブにんにくを残さず使い切ったから、どうなるかと思ったけど大丈夫だった。付け合わせのポテトサラダは出来合いの惣菜《そうざい》だけど、親の仇《かたき》みたいにパセリを刻んで混ぜた。パセリだけで野菜を摂《と》ったと言い張れるくらいの量だ。愛実が好き嫌いのない子なので、食事担当としては助かっている。頼まれもしないのに勝手にやっている担当ではあるが。

「う〜〜〜ん」

「味噌《みそ》汁《しる》冷めるよ」

「ごめん。飲むわ」

目を閉じたまま、愛実が卓上に手を伸ばそうとする。

「危ない、危ない。こぼすよ、ちゃんと見な」

「待って、あとちょっとで思い出せそうだからさ……。お味噌汁、持たせて」

「マジかおまえ」

本気で言っているようなので、私は愛実のお椀を取って、左手に持たせてやった。右手には箸も。

「ありがと」

「気を付けなよ、ほんとに」

大丈夫かよと思いつつ見守っていると、愛実は頑《かたく》なに瞼《まぶた》を閉じたまま、眉間《みけん》に皺《しわ》を寄せたまま味噌汁を啜《すす》り……カッと目を見開いた。

「思い出した……」

「あ、そう？」

「音楽室だ。音楽室で聞いたんだ、あの歌」

「学校の？」

「そう。絶対そう！」

勢い込んで愛実は続けた。

「こうね、頭の中にパーッと浮かび上がってきたのよ。小学校の音楽室であの歌を聞いたときの思い出が。暗かったから夜だったと思うんだけど——」

「は？　夜？」

「うん、そう、間違いなく夜だった。でも何も見えないほどじゃなくてね、壁にあれが掛かってるじゃない、額縁《がくぶち》が。あの……髪がボサボサで目が怖い人とかの」

「音楽家の肖像画のこと言ってる？　ベートーヴェンとかの」

「そうそう！　ベートーヴェンとか、モーツァルトとか、スッペとか……うわ、懐かし」

スッペとか久しぶりに聞いたな。確かにいたけども。

「その肖像画がさ、みんな私の方見て歌ってんの。私ひとりだし、なんかみんな怒ってるっぽかったし、えーどうしようってなってたんだよね」

そうだったそうだった、と納得したように頷いて、愛実が食事に戻ろうとするので、私は耐《た》えきれず声を上げてしまった。

「何だぁその話⁉」

「え？　いや、言ったまんまだけど」

「いやいやいやおかしいだろぉ。まずなんで夜の音楽室に一人でいたのよ」

「んん？　それは……なんでだったかな」

「音楽家の肖像画が歌ってるの明らかに異常だろうがよぉ。懐かしいとかいうレベルじゃないって」

愛実は首を傾げて不思議そうに言った。

「言われてみたらおかしいなこの話。なにこれ？」

「だから訊いてんのよ」

「え、怖」

「怖いよ、ちゃんと。で、その歌が最近また聞こえるようになったってこと?」

「そうなるね」

「聞こえるだけ? 実害は?」

「んー、強いて言うなら眠りが浅くて、仕事中ぼんやりするくらいかな」

「それはそれで困るね」

「ほんとだよ。そんで、ぼんやりしてるとまた聞こえてくるんだよね、歌が。聞こえてる間はそっちが気になって不注意になるしさあ。昨日なんか赤信号なのに気付かなくて車道に出そうになった」

「おぉい! 実害出てんじゃん!」

「えー、この程度で実害は言い過ぎじゃない?」

「言い過ぎじゃない! 今までもそうだったでしょ。愛実のそれ、ほっとくと洒落《しゃれ》にならないことになるから早めに手を打った方がいいって」

「じゃあ……やっぱりこれ、霊のやつ?」

「間違いなく例のやつだよ!」

ヒートアップする私を前に、当の本人は、やっぱそうかあ、などとのんきなことを言っている。原因不明の祟《たた》られ体質、ひとり物怪録《もののけろく》女の愛実は、昔からしょっちゅう怪奇現象に見舞われている。怖い体験というだけでなく、ちょっと笑えないレベルの、心身に危険が及ぶ状況に陥ることもしばしば。

　学生時代に知り合って、放っておけなくて、気がついたら週四くらいのペースで通う半同居みたいな感じになった。いや、将来的に二十三区内の戸建てである愛実ハウスに転がり込んで暮らすという打算《ださん》込みだけども。様子を見ながらじわじわ作戦を進めているが、一応、歓迎はされてると思う。少なくとも現時点で、遠慮してほしい感は出ていない。

「でもさあ、ふーこさん。どうすりゃいいと思う、これ」

「ん～。まあなんか考えるよ」

「頼りになる女だねえ、アンタは」

「任しておきなって」

　例によってなんにも思いつかないまま私は胸を張った。

「とりあえず明日調べに行ってくるわ」

「どこに？」

「図書館」

「一緒に行っていい？」

「え、いいけど仕事は？」

「明日臨時《りんじ》で休み。ビルに工事が入るんだって」

「あ、そうなんだ……じゃあ、図書館デートするかぁ」

「しようぜ、デート」

屈託《くったく》なく笑う愛実の顔を見ていると、いやもう絶対この子を不幸にしたくないなと思う。

愛実から聞いた過去の異常な経験の数々は、人によっては一生のトラウマになるようなものばかりだ。怖い体験や不思議な話を集めて人前で話すという、怪談師《かいだんし》の仕事をしている私が言うんだから間違いない。妖怪絵巻の『稲生《いのう》物怪録』はまだ牧歌的だったけど、愛実の場合は、怪奇現象が総出《そうで》で祟り殺そうとしているかのような害意を感じる。なのに愛実はずっと、明るくて、素直で、善良なままでいる。本当にすごいやつなのだ、愛実という女は。

一生幸せでいろ、愛実。

私がそうしてやるから。

霊感もないし、怪奇現象をどうにかするような知識も能力もなーんにもないけど……なんとかするから。

愛実が味噌汁を飲み終わって、お椀を座卓に置いた。

「いやー、さすがふーこのお味噌汁だね。飲むだけで忘れてた記憶《きおく》も思い出せたもんね」

「んなわけないだろ」

「飲み終わってからでなんだけど、これ入ってたの何？　スースーする感じの野菜」

「ミョウガのこと？」

「ミョウガ！　へえー！　初めて聞いた」

「嘘《うそ》でしょそれは」

「いや、これ美味しいね。また作ってよ」

「いいよ。気に入ったんならよかった」

少なくとも食事に関しては合格点をもらえているようだ。怪奇現象とか抜きにして、これだけで幸せになってくれるなら気楽なんだけど。

2

翌日は午前中から、二人で最寄りの図書館に出かけた。最近はもう一日中めちゃくちゃに暑くて、日が高くなる前に家を出ないと心が折れるし身体に悪い。自転車で十分くらいかけて図書館に着いた時点で、もう気温は軽く三〇度超え。館内に入って冷房を浴びるまで生きた心地がしなかった。

「それで、何をどう調べるんですか、ふーこさん」

「そうねえ……どうすっかな……」

息も絶え絶え、流れる汗をウェットティッシュで拭《ぬぐ》いながら、私は答える。毎日出勤している愛実に比べると、私は明らかに運動不足だし、暑熱馴化《しょねつじゅんか》ができていない。

「音楽室での体験だから、順当に学校の怪談から当たってみようか」

「あーなるほどね？　学校だもんね」

適当な相槌を打つ愛実を引き連れて、本棚の間を歩いていく。ここは愛実ハウスの最寄りの図書館で、何回も来ているから、求めるジャンルの資料がどの棚にあるかはわかっている。そんな馴染みの場所に二人でいるのはなんだか新鮮というか、不思議な感じがした。

リサーチでいつもお世話になっているのは民俗学の棚だ。心霊とか妖怪とか怪奇現象とか、そういう怪しげな本はだいたいここに押し込まれている。真面目な民俗学の研究者からしてみれば言いたいことがあるかもしれない。毎回同じ棚を見に来るのも芸がない話だが、こちとら意外さを求めて来ているわけではないから勘弁《かんべん》してもらおう。

怪談の中でも〈学校の怪談〉というのは人気のサブジャンルで、資料の数も多い。ほとんどの人は学校に通った経験があるから、舞台が馴染み深いぶん、怪談への没入感が増すのだろう。自分の学校で語られていた怖い話を思い出す人も多いはずだ。

関連しそうな本を民俗学の棚から何冊か取って、それから検索端末で調べて出てきた子供向けの怪談本を、児童書の棚からピックアップした。

図書館の片隅に二人分の席を確保して、持ってきた本を積み上げる。

「私は何したらいい？」

愛実が声を潜《ひそ》めて訊いた。平日の午前で、館内にはまだ人が少ない。私も小さな声で答えた。

「こっちの子供向けの怪談本チェックして、愛実のケースに関係ありそうな話とかあったら教えて」

「よかった。そっちの難しそうな本読めって言われたらどうしようかと思った」

「おめーも読めるだろうがよぉ、同じ大学行って同じ講義受けてたんだから頭の程度同じだろ」

「うん、できるかどうかで言われるとできるだろうけど、やりたくはないんだよね」

「なんだおまえ」

「まま、そこはそういうのが得意なふーこ先生にお任せしますって。てか、関係ありそうな話ってどこでわかんの？」

「音楽室で体験した話なんでしょ？　音楽室の怪談っていろいろあると思うし、そういうのの中に愛実の記憶と似た話があるかもしれないし……まあなんかピンときたら言ってよ」

「りょ」

しばらく二人でそれぞれの本に向かい合って、静かな時間が過ぎていった。冷房の効いた真夏の図書館に二人、これで読むのが小説とかなら優雅《ゆうが》な夏の休日だが、いかんせんやっているのは怪談の調査だから風情はまるでない。

音楽室の怪談というのは、いわゆる〈学校の七不思議〉の枠組みで語られることが多い。その中でも特に有名な話が二つあって、一つは「誰もいないのに鳴るピアノ」。もう一つが

「目が動くベートーヴェンの肖像画」だ。ほとんど日本全国どこの小学校にも類話があるんじゃないだろうか。鳴るのが音楽室じゃなくて体育館のピアノだったり、目が動くのが昔の校長の写真だったり、そういう細部の違いはあるにしても。

ピアノじゃなくてトランペット。ベートーヴェンじゃなくてモーツァルト。類話のバリエーションは数え切れないほどあるだろうが、逆に、これらの話に共通するものはなんだろうか。

勝手に鳴るピアノ。睨《にら》んでくる肖像画。共通するのは「動くはずのないものが動く」ということ。それがこの話のエッセンスだ。

そこまで要素を削《そ》ぎ落とすと、かなりの数の怪談に当てはまってしまうことになる。でも実際そうなのだ。人間は「勝手に動く物体」を怖がるという性質を持つ。これを踏まえて今回の愛実が巻き込まれている〝例のやつ〟を見直すと、何かわかることがあるだろうか……。

ん？　いや待てよ、なんだかしっくり来ないな。

自分の考えの筋道に違和感を感じて、私は（頭の中で）立ち止まった。

愛実の話を改めて思い返す。夜の音楽室、肖像画に囲まれて、変な歌を聴かされる……。道具立ては確かに学校の怪談と共通している部分が多いが、なんとなく変な感じがするのはどうしてだろう。

……歌か。

よくある「目が動くベートーヴェン」は別に歌うわけじゃない。肖像画から抜け出してピアノを弾く、他の肖像画に描かれた音楽家と喧嘩《けんか》する、なんてバリエーションもあるが、肖像画が全員揃って合唱を聴かせてくるというのは、端的《たんてき》に言って意図がわからない。

そうだ、この「意図のわからなさ」も違和感の原因のひとつだ。学校の怪談の多くは、怖がらせようというポイントがはっきりしている。「肖像画の目が動いてる！」怖い！「ピアノが勝手に鳴ってる！」怖い！　どちらも何を怖がればいいのかわかりやすい。でも、愛実の話は何？「肖像画の男声合唱団が歌を聴かせてくる！」怖い……けど、ちょっと情報が多すぎる気がする。小学生にありがちな、要素後付けでごちゃごちゃになったという感じもしない。たとえば「肖像画の合唱を聴いたら死んじゃうんだって！」とかならわかりやすいのに。

まだ何か、愛実が忘れているディテールがあるんじゃないだろうか。そう思って横を見ると、愛実は真剣な顔で子供向けの怪談本に没頭《ぼっとう》しているようだった。

「なんか関係しそうな話あった？」

顔を近付けて訊くと、愛実がウオッと声を上げてのけぞったのでこっちが驚いた。静かな図書館に愛実の声が響き渡っていく。愛実が口を押さえて、周りの視線を避けようとするみたいに身を低くする。

「ああーびっくりした。ごめんごめん」

「そんなに驚くと思わなかった」

「つい集中しちゃってさ。面白くて」

「あ、ほんと？　何が面白かった？」

「テケテケって知ってる？　あれビジュアルが怖いね！　うちの学校にはいなかったな〜」

全然関係ない話を読んでた。

「音楽室の怪談はどうだった？」

「あ、そうそう！　音楽室ね！　何本か音楽室が出てくる話見つけて読んだんだけど、なんていうかこう……」

「違和感？」

愛実は両手をわきわきさせて言葉を探している。

「それだわ。違和感があって。ん〜なんだろうなと思って、考えてたんだけど」

「うん」

「あのさ、ふーこの小学校って、音楽室にピアノあった？」

思いがけないことを訊かれて面食らった。

「あったと思う……いや、うん、あったあった。先生がそれ弾いて、みんな歌ってたもん」

「だよね。思い返してみると私の小学校もそうだったたんだよ。でもさ、私ゆうべ思い出したって言ったじゃん、夜の音楽室でどうこうって記憶」

「言った」

「ないんだよね。あの記憶の中に、ピアノが」

「……ん？　それは、どういうこと？」

混乱する私の前で、愛実は難しい顔をして続けた。

「あれって、本当に音楽室だったのかなって」

……おい。

「ちょっと一旦待って」

「ＯＫ。一旦ね」

「音楽室じゃない可能性がある？」

「かも。でも壁に何枚も難しい顔した肖像画が並んでたんだよね。そういう教室って、音楽室くらいだと思うんだけど」

少し考えてみた。確かにそうかもしれない。似たものを探すなら、なんとなく校長室には歴代の校長先生の写真が掛かっているイメージがあるが、自分が実際に見たのか、映画か何かで刷り込まれたのか考えると、ちょっと自信がない。

「だから音楽室だと思ったんだけど……ピアノがなくて」

「うーん……？」

どういう意味があるのか見当が付かない。

「ごめんね、後出しで」

「いや、それはいいんだけど……。そうだ、こっちからも訊きたかったんだ。その、愛実が聴かされた合唱って、聴いたらどうなるとか、そういう記憶はある？」

「どうなるって？」

「耳から血を噴《ふ》くとか、死ぬとか、肖像画の中に連れ去られるとか、そういう」

「あー、はいはいそういうのね。特にないと思う。全然思い当たらない」

「じゃあ歌詞が怖いとかいうパターンかな。なんて歌ってたか憶えてない？」

「歌詞ってあるのかな、あれ。なんかゴニョゴニョ言ってるようにも聞こえるけど、意味があるように思えないんだよね。かなり低い声で聞き取りづらいし」

「そうかあ」

行き詰まってしまった。腕を組んで考えていると、愛実が私の前にあった民俗学の本を取って、ぱらぱらめくりながら言った。

「私がなんかに巻き込まれるたびに、こうやって色々調べてくれてるんだ？」

「んー。まあね」

「はー、マジかあ。頭が上がんないよ」

「いいのいいの。仕事の役にも立ってるし、Ｗｉｎ－Ｗｉｎよ」

「ありがとねえ」

「逆に言うと、私にできるのってこれくらいだから……」

「これくらいって？　図書館で調べること？」

「うん。愛実が巻き込まれてる〝例のやつ〟がどういう性質のものなのか探るためには、こういう本で過去の事例を当たるしかないのよ。何年か前まではネットも結構使えたんだけど、最近はもうＡＩの作った嘘か転載で薄まった情報しかないから、本を読んだほうがいい」

「こういう、公共の図書館にある本とかでもいいんだ？　なんかもっと……博物館にあるみたいなボロボロの本とか、巻物みたいなのに秘密の情報が書かれてたりするイメージだった」

「古文書《こもんじょ》もちゃんと図書館に入ってるのよ。さすがに実物は触れないけど、最近は電子化されて閲覧《えつらん》できるものも多いし」

「ほえーそうなんだ」

「そういう、調べれば誰でも辿《たど》り着くような情報だけを頼りに、怪異の性質と対抗策を探る――というのを、私みたいな人間は地道にやるしかないわけ。ＯＳＩＮＴ《オシント》ってやつ」

「あー、おしんこね。ふーん……なんでそんな変な名前なの？」

「ただの略語。公開情報調査、オープンソースインテリジェンスを縮めただけ」

「そういうことかあ。何かと思ったよ」

愛実は腑《ふ》に落ちたように何度も頷く。私はため息をついた。

「霊感とかあれば話は違うんだろうけど……私には何の能力もないし、そういう人にツテもないから」

内心不甲斐《ふがい》なさを感じながら私が言うと、愛実が首を傾げた。

「ふーん？　でも、ふーこって怪談屋さんじゃない」

「うん」

イベントとか人前で怪談を話してギャラをもらう私みたいな仕事は、いつのころからか怪談師と呼ばれるようになった。私も誰かに説明するときはそう言うし、名刺にもそう書いている。でも本当は愛実の呼ぶ〈怪談屋さん〉という言い方のほうが好きだ。気取っていないし、ちょっとかわいい。子供のころの「お店屋さんごっこ」を思い出す。

「ツテがないって言うけどさ、怪談屋さんって、霊感のある人とも会ったりするんじゃない？　そういう人と話したりはしないの？」

「うーん、まあ話すっちゃあ話すんだけどね。霊感っていうか、変なもの見ちゃう人って、別に見たくて見てるわけじゃないから、怖い話を求めてヘラヘラ近づいてくる怪談屋にいい感情持ってくれるかっていうと、必ずしもそうじゃないだろうな〜って思ってちょっと気が引けるんだよね」

「あー、私もふーこじゃなきゃ嫌かも、訊かれるの。ふーこそんな軽薄じゃないもんね」

「そう？」

ちょっと喜んだ私に、愛実は背中を丸めて首を傾けると、げっそりした顔で言った。

「愛実ぃ……悪いんだけどさぁ……なんかまだ私が聞いてないような体験あったら、聞かせてくんないかなぁ……へへッ」

「私そんな卑屈《ひくつ》な感じかなあ!?」

憤慨《ふんがい》する私を見て、愛実は声を出さずにゲラゲラ笑っている。器用な真似しやがって。

「これ似てると思うんだよね」

「似てるから余計腹が立つんだよなあ！」

私が愛実にネタをねだるのは、だいたい怪談会の前日とかの、精神的に追い詰められているときだから、確かにこんな感じだと思う。私はむっつりと頭を下げた。

「いつも大変お世話になっております」

「いえいえとんでもない、こちらこそ」

愛実に頭を下げ返されて、私は話を戻す。

「まあ、そういう引け目みたいなのは私が勝手に感じてるだけだし、誰にも言えなかった体験を吐き出せるからって喜んで話してくれる霊感持ちの人もいるから、人それぞれだけど……どっちにしても、変なものが見えるのと、それに対処できるのとはまた別だし、相談しても困らせちゃう。愛実も前言ってたじゃん、昔からお祓《はら》いとか拝《おが》み屋とか色々行ったけど全然効果なかったって。そういうプロに相談してダメなら、ただ見えるだけの人に話したって、お互い不幸になるだけだからね」

「確かに。そうなんだよな〜、どうしようホンマに――」

そう言う途中で、愛実が、はっと顔を上げた。

「あ……まただ」

「え、また聞こえてきた？」

「うん。ちょっと静かにしててね、聞かなきゃならないから」

聞かなきゃならない？

私が見守る前で、愛実はぼうっと宙を見上げて視線をさまよわせながら、愛実にだけ聞こえる歌に耳を傾けている。口を半開きにして、眼球を上に向けた顔は、集中しているというよりは呆《ほう》けているようで、見ていてものすごく不安になった。

これは……絶対まずいぞ。客観的に観察できるような超自然現象は何ひとつ起こっていないが、私にはわかる。愛実は今、確実によくない音を聴かされている。

「愛実……愛実！」

肩に手を掛けて揺さぶると、愛実はぼんやりと私の方を向いた。

「大丈夫、ちょっと……」

「うーん……わからん」

「わからんか……」

まだ理性を失ってはいないようなのでほっとしたが、事態はおそらく悪化している。昨日より明らかに愛実の様子がおかしい。このまま続くと多分、いずれ……持っていかれる。

まだぼんやりと虚空《こくう》を見つめている愛実の横顔に向かって、私は呟《つぶや》いた。

「せめて私にもその歌聞こえるといいんだけどなあ」

「え……どうして？」

「どうしてって……何も聞こえないんじゃ対策の練りようがないからさあ」

「あーそっかあ……じゃあ歌ってみようか」

「え？　歌えんの？」

「上手くは歌えんけどねえ」

寝ぼけたような曖昧《あいまい》な顔でそう言うと、愛実はすっと息を吸って、歌い始めてしまった。

いや……歌か？　これ。

愛実の口から出てくるのは、ううう、うううう……という、かなり押し殺した感じの、低い唸《うな》り声だった。喉《のど》の奥で唸りながら口の中でむにゃむにゃ言っているようだったり、調子の上がり下がりがあったりはするから、確かに何らかの音楽ではあるのかもしれない。ただ、歌というよりこれは、どちらかというと——

頭上でブツッと音がしたかと思うと、唐突《とうとつ》に館内放送が喋《しゃべ》り出した。

〈ご来館の一部ご利用者様にお願いします。館内で、悪いお経を唱えるのはご遠慮ください。

繰り返し申し上げます。悪いお経を唱えるのは、おやめください〉

またブツッと音がして、放送が途切れた。

「え、いま何か言ってた？」

愛実が我に帰ったように瞬《まばた》きをした。

「う、うん」

「ごめん、なんて？　全然聞いてなかった」

「お経を……やめろって」

言いながら腑に落ちる思いがした。

「やっぱりそうなんだ。愛実が聞いてるそれ、歌じゃないよ。お経だ」

「お経――」

まだ聞こえているのか、愛実が耳を澄ますように上を向いて言った。

「これお経っていうんだ」

「えっ……」

さすがに絶句《ぜっく》してしまった。

お経を、知らない？　そんなことある？

私が呆然としているのを察してか、愛実は言い訳するように続けた。

「いや、知ってるよ。お経ってものがあるってことは。でも聞いたことなかったからさ」

「ああー……そうなんだ」

愛実が不安そうな顔になった。

「もしかして、みんな聞いたことある感じ？　お経って」

「今の今までそう思ってた。いや、ちょっと待ってよ。じゃあさ、その男声合唱団は愛実を囲んでお経唱えてたってわけ？」

「そうなるかねえ」

「それ男声合唱団じゃなくて、お坊さんだったりしない？」

「うーん、いや、坊さんではなかった。薄い人はいたけど」

髪の話はしてないんだよ。

「その人ら、肖像画に描かれた人たちだったんだよね？　ベートーヴェンとか」

「そう思ったんだけど……もしかして違うか？　額《がく》に入った、バストアップでこっち見てる人の絵が、壁の上の方にずらっと掛かってて……」

どういうことか理解してしまって、私は頭を抱えそうになった。

「わかったわ。愛実、わかった」

「え、なになに？」

愛実が無邪気に食いついてくる。

「あのさあ、私ら他人様《ひとさま》から体験談を集める怪談屋さんには、一つ鉄則みたいなのがあってさ。話を聞かせてもらってるときには、絶対にその人の話を否定しちゃいけないんだけど……今回ばかりは言わせてもらうわ」

「おう、言ってよなんでも」

「その部屋、音楽室じゃないわ。仏間《ぶつま》だ」

愛実はきょとんとした顔になった。

「あー……どういうこと？」

「音楽家の肖像画でもない。遺影《いえい》だよそれ。愛実、仏間で壁にかかった遺影にお経聞かされてたんだよ！」

すべてに辻褄《つじつま》が合ってしまった。そりゃピアノもないわけだ。

「遺影ってあれか。死んだ人の？」

「そう！」

「マジかあ。いや、でも確かに、思い返してみると、足元畳だった気がしてきた」

先に思い出してほしかった〜、とは思うが仕方ない。学校の怪談とか調べてたのはまったくの的外れだったわけだ。

「まあ、ともかく一歩前進はした」

一歩進んで二歩下がる、かもしれないが、愛実を不安にさせないように私は言い切った。

「いったん仕切り直すとしてだ、次は——」

考えをまとめながら喋っていたら、不意に強い視線を感じた。振り向くと、本棚の間をこっちに向かって歩いてくる人影が目に入った。

エプロンをした図書館の司書さんだった。三〇代後半くらいだろうか、背の高い女性で、険しい顔でこちらをまっすぐ見ている――いや、睨んでいる。

ずんずん近づいてきたその司書が、私たちの机の横で立ち止まった。眉間にぎゅっと皺が寄っている。その目ははっきりと私に向けられていた。

「困るんですよ。やめてもらえませんか」

「は、はい？」

「こうも館内で禍《まが》い真似をされると、こちらとしてもせざるを得なくなってしまいますから、本当にどうしようもなくなる前にやめてもらわないと」

「何――なんの話ですか？」

戸惑って訊き返したが、司書はハーッと苛立《いらだ》たしげな息を吐いて、まるで私が悪事を働いてとぼけているみたいに、責めるような目を向けてきた。

「前にも言いましたよね。また、手遅れになるまで気付かないつもりですか」

何を怒られているのかはさっぱりわからないままだが、私は思い出した。この人には前にも会ったことがある。愛実が件《くだん》の不吉な予言で困っていたとき、この図書館に調べ物に来て、そのときも何か意味のわからない怒られ方をしたのだ。

「もしかして、さっきのお経のこと言ってます？　館内放送で――」

私が訊くと、司書は「わかってるくせに」とでも言いたげにかぶりを振った。その顔が、愛実の方に向けられる。

「ああ。そういうあれですか」

愛実を見下ろしながら、司書はぶっきらぼうに言った。

「気の毒だとは思いますが、なにしろ公共の場なので。速やかに場を明《あ》けらかにしてもらえますか」

私に目を戻して、ダメ押しするように言った。

「お二人とも」

雰囲気で、どうやら出て行ってほしいと言われているのは察した。言っている意味はさっぱりだが、公共の場である図書館で利用者に退出を求めるというのは相当だ。

なのに、なぜか私はすんなり受け容れてしまった。館内放送の言う〈悪いお経〉――あれをこの空間に持ち込んでしまったことを咎《とが》められているのだ、それはしかたがない。自然にそう思っていた。愛実も同様に、抗弁《こうべん》するそぶりも見せなかった。私たちは顔を見合わせることもなく席を立って、司書の横を通って歩き出した。
二、三歩行って振り返ると、司書は私たちが積み上げたままの本を片付けようと、卓上に屈み込んでいた。もう私たちには視線を向けていない。その立ち居振る舞いに異常な要素は何一つないので、さっきの一方的な会話がなければ、普通に仕事をしている職員にしか見えなかった。

私たちに館内で変なことをするなと怒ったこの人は、霊感的なものを持ち合わせているのだろうか。怒られついでに私は、思い切って訊いてみた。

「悪いお経って、なんなんですか？」

司書は振り返りもせず、ぶっきらぼうに言った。

「お経が本来悪いもののはずがないでしょう」

「……なるほど？」

短い答えを頭の中で反芻《はんすう》しながら、私はきびすを返した。

なるほど、なるほど。確かにそうだ。

お経は本来、悪いものではない——。

出口に向かって歩いていく愛実の背中に、私は声を掛けた。

「待って、愛実。帰る前に、借りていくものがあるから」

3

また炎天下を自転車で帰ってきた私たちは、交替《こうたい》でシャワーで水を浴びて、ようやく人心地を取り戻した。ゴウゴウと音を立てて頑張っているエアコンの下、畳の上にあぐらをかいて、冷凍庫から持ってきたあずきバーを開ける。昼ご飯の時間は過ぎているが、暑さのせいで二人とも食欲がなかった。

「てか、あれ？　なんで怒られたんだっけ、うちら」

タオルで頭の水気を取りながら、愛実が我に返ったように言った。昼間のシャワーで洗髪の必要もなさそうなものだが、頭皮の温度を下げないと耐えられなかったのだ。

「悪いお経を唱えたからって言ってた」

「あー、そっかそっか。……悪いお経って何だ？」

「それなのよ」

まだ歯が立たないほど硬《かた》いあずきバーを舌の熱で溶かそうとしながら、私は言った。

「お経って、よく怪談に出てくるんだよね。肝試しに廃寺《はいでら》に行ったら、どこからともなくお経が聞こえてきて逃げ帰ったとか、空き部屋のはずの隣の部屋からお経が聞こえてきたとか。学校の怪談でもあるよね、夜の教室からお経とか、トイレからお経とか」

「お経聞こえてきがちだねぇ」

「きがち。でもさ、それってよく考えたら変なんだよ。だって、お経ってお釈迦様の教えをまとめたものだもん。それ自体は別に怖いもんじゃないはず」

「あれ？　じゃあなんで……」

「そう。怪談に出てくるお経って、なんとなく不気味な雰囲気作ってるだけなんだよね。お経のイメージがお葬式とかお寺とかに結びついてるってだけで」

「えー、じゃあ別に怖くないじゃん」

拍子《ひょうし》抜けした顔の愛実に、私は頷く。

「死んだ人に向けられるお経を、まだ生きてる人に向かって唱えるという行為が不吉だとは言えるかもしれないけど……現代人はお経の言葉の意味がわからないからぼんやり不気味だと思ってるだけで、実のところ中身はなんも怖くないからね」

「夜更かしするなーとか、ちゃんと風呂入れーとか言われてるかもしれないわけね」

「まあ言われてないとも言い切れないな。お経って確か何万種類もあるはずだから」

「へえー、一大ジャンルじゃん？」

「で、愛実が仏間で聴かされたお経ってなんだよって話になるんだけど、これもやっぱり、なんとなく怖いイメージだけのお経もどきだろうなって。ただし、だから無害かっていうと怪しくて、あんまりよくないものなのは確かだと思う」

「わざわざ館内放送で怒られるくらいだもんなぁ」

「というわけで、愛実に取り憑《つ》いてるその……なんか、よくないやつを」

「霊のやつを」

「そう、例のやつを、追っ払いたい……そのために何をすればいいか、ですが」

「はい」

神妙な顔になる愛実。

「思ったんだよね。そんな中途半端なお経もどき、逆に普通のお経ぶつけてやれば勝てるんじゃねって」

愛実が目を瞬《しばたた》いて、私の言葉を繰り返した。

「勝てる……？」

「というわけで、さっき借りてきた。お経のCD」

図書館から出る前に、CD棚から探してきたのだ。仏説阿弥陀経《ぶっせつあみだきょう》。般若心経《はんにゃしんぎょう》もあったけど、私の実家が浄土真宗だったから、多少聞き覚えのあるこっちにした。

私が鞄から取り出したCDに、愛実は懐疑的な目を向けた。

「霊のやつって、お経でなんとかなるもんなの？　悪いけど私、ふーこよりお釈迦様に信用ないかもしれん」

過去にお寺に頼ってどうにもならなかった経験からして、もっともな疑念だ。

「今回に限ってはいけると思ってる。ひとつは、さっき言ったお経のイメージの問題。もうひとつは……お経は音楽でもあるから、同じ音楽のフォーマットに乗っけてしまえば抵抗できると思うんだ」

「わかんないこと言い出したな。説明してよ」

私は頷いて、自分の考えを話し始めた。

「まず一個目、お経のイメージの話ね。お経が怪談の雰囲気作りに使われるようになったのって、時代的にはかなり最近のはずなんだ。お寺が今よりもっと生活に身近で、お経の詳しい意味まではわからないまでも、ありがたいものだってみんなに思われてた時代には、怪談に出てくるお経は魔除《まよ》けの切り札だった」

国際日本文化研究センターが公開している、〈怪異・妖怪伝承データベース〉というウェブサイトがある。その名の通り、日本の伝承に残る怪異や妖怪が何万件も登録された民俗学のデータベースだ。そこで「お経」で検索すると、出てくるのは、怪しい物事をお経で退けたという話ばかり。

「ふえー、ほんとだ。謎の赤子の泣き声がお経で止んだとか、魚が獲《と》れなかったのがお経唱えたら獲れるようになったとか、蛇《へび》が出たのがお経で出なくなったとか……なんかめっちゃ便利じゃん、お経」

私のスマホの画面に表示された検索結果を覗き込んで、愛実が感心したように言った。

「昔はこんな感じだったんだよね。お経が不気味な要素として扱われるようになったのは、日本人の生活から仏教が切り離されていった、戦中から戦後にかけてだと思う」

「じゃあ私に祟ってきてる霊のやつも戦後生まれってことか」

「まあそんな感じ。要は愛実がお経を不気味だと思ってるからよくない。お経のイメージが変われば、謎の遺影男性合唱団を、なんかありがたいお釈迦様の言葉を聞かせてくる奴らにダウングレードできる」

「ごめん、男声合唱団とか言っちゃってたけど、よくよく思い出してみたら女の人の遺影もあった気がしてきたわ」

「OK、じゃあ混声合唱団ね」

「それそれ。もう一つの、音楽がどうこうって話の方は？」

「ああ、お経ってさ、普通に音楽じゃん。伝統的な宗教音楽。節回しもあるし、楽器で伴奏も――」

説明を続けようとする私の前で、愛実が不意に顔を上向けた。真上を見るくらいに首をのけぞらせて、白い喉が私の前にさらけ出される。

「どうした？」

「やばい……来たかもぉ」

「マジか、ちょっと待って」

「待てない、待てない」

呻《うめ》くように言う愛実の身体が硬直して、天井に向けられた口からひときわ低い唸り声が漏れ出してきた。あの「悪いお経」だ。

「待て待て待て、まだ準備出来てねーんだって」

私は慌てて立ち上がって、床の間に駆け寄った。もともと愛実のお祖母《ばあ》さんが暮らしていたこの家には、まだあちこちに雑多なガラクタが残されていて、この座敷も例外ではなかった。確かこの辺で見たような……という私の記憶は正しくて、床の間に雑然と積まれたままの箱や家電の間に、黒くて大きなCDラジカセが見つかった。

手に持ったあずきバーの処遇に困って、いったん口にくわえてから、CDラジカセを持ち上げた。埃《ほこり》に顔をしかめながら畳の上に置き直して、グルグル巻きになっていたコードをほどき、コンセントに差し込む。電源が入った。よし、使える。ほっとしながら、座卓にお経のCDを取りに戻った。愛実は上を向いたまま、白目を剝いて唸っている。

「愛実！　おい、大丈夫かぁ⁉」

呼びかけに返事がなかった。まずい、どんどん悪化している。なんにも悪いことをしていない愛実をこんな目に遭わせやがって。クソが。力が抜けた手からアイスが落ちそうになっていたのをそっと取って、自分のと並べて座卓に置いた。申し訳程度にティッシュだけ敷いておいた。

CDラジカセなんて何年ぶりだろう。昔、学校の行事か何かで触ったきりかもしれない。CDを入れて再生ボタンを押す。わずかな間を置いて、しゃがれた声が流れ出した。

〈仏《ぶ》〜〜〜説《せ》〜〜〜〜、阿《あ》〜〜弥《み》〜〜陀《だ》〜〜〜〜経《きょ》〜〜〜〜〜〜〉

タイトルコールだ。

「愛実！」

顔を近付けて名前を呼ぶと、唸り声の合間にわずかな呻きが返ってきた気がした。

「聞こえてる？　聞こえてるって仮定して話すけど、今から私がありがたいお経を、パチモンじゃなくてマジのやつを唱えるからさ、がんばってこっちに乗ってきてよ」

CDには歌詞カードがついていて——これを歌詞カードと呼ぶのが正しいのかはわからないが、ともかく、CDに合わせて読経《どきよう》できるようになっていた。ちなみに私は別にお経の心得があるわけではなく、葬式や法事で仏説阿弥陀経の小冊子を渡されて、お坊さんに合わせて唱えたことが二、三度あるだけだ。まあ一回もないよりはいいだろう。

「いいかぁ、愛実、一緒に歌うからな！　行くぞ！」

CDの方はもう調子よくお経を始めていた。歌詞カードを目で追って、いまどの辺を唱えているのか探す。フリガナはあるけど全部漢字だからわかりにくい！　しばらく視線をさまよわせてようやく見当が付いた。ボーカルに合わせて、私も歌い始めた。

「む……むーりょうしょーてんだいしゅーくー」

無量諸天大衆倶。何のことだかわからないまま歌っているけど、大丈夫だろうか。そんな思考が頭をよぎるが、始めてしまったものはしょうがない。

「さいほーかーじゅーまんのくぶつどーうーせーかい、みょうわーごくらくごーどーうーぶっ」

西方過十万億仏土有世界、名曰極楽其土有仏。ここは字面《じづら》から意味がわかる気がする！　西に十万億人（？）の仏がいる世界があって、それを極楽と言いますよ、的な意味だろうか。多少外していたにしてもニュアンスはだいたい合っていると思う。

その後の歌詞も比較的意味が推測しやすかった。極楽はいい匂《にお》いがして、イカす音楽が流れていて、オシャレな建物が建っているとっても快適な場所で、綺麗で珍しい鳥がいっぱいいますよ、という説明パートだ。しかも極楽では青、黄、赤、白の光が輝いているらしい。意外と派手だが、私の解釈が間違っているのかもしれない。

「じょーじゅうにょーぜー、くーどぐしょうーーごんーーーー」

お経が区切りに差し掛かって、クヮーン……と仏具の音が響いた。お寺で見たことのある、分厚い金属でできたお椀型のパーカッションだ。ボーカルは次のパートにそのまま進んでいく。私は愛実の様子を見るために、いったん唱えるのを止めた。

「愛実、どう？　どんな感じ？」

「う……ん」

ずっと続いていた、喉を潰したような唸り声が一瞬途切れて、愛実が呻いた。呻き声に過ぎなくても、誰かに勝手に発声器官を使われているのとは違う、愛実自身の声だった。返事をされたと解釈して、私はテンション高めに呼びかけた。

「よーし、いいぞお。そのままこっちに合わせてきて！」

お経を聞いたこともなかった人間相手に、我ながら無茶なことを言っている。でも、この方法なら行ける気がしてきた。

お経に戻る。うーしゃーりーほーひーぶーうーむーりょーむーへん。しょーもんでーしーかいあーらーかん。ほーとんどー意ー味ーがーわーからないけーどー合ーわーせーてーとーなえるーとー独特のーグルーヴ感がーあーるーよー。

愛実に説明する暇もないまま始めてしまったが、私の立てた理屈はこうだ――お経を一種の音楽だとするなら、愛実を祟っている「悪いお経」が流れるのと同時に本来のお経を流してやれば、どちらが音楽的に優れているかの勝負に持ち込むことができる。音楽的な優劣にどんな基準があるのか、専門的にはいろいろ言えるのだろうが、ここではシンプルに、愛実の脳みそを取り合ってどっちが勝つか、つまり愛実がどっちをいい音楽だと思うかという主観的な勝負になる。そして私は、伝統的なお経、つまり何千年もの仏教音楽シーンを乗り越えて現代まで生き残っているアンセムが、愛実を苦しめるためだけの、ぽっと出のお経もどきに負けるとは思わない。

……たぶん。

いいや、これでダメだったら他のジャンルを片っ端から試すまでだ。ボカロ曲でもいくかな、同い年だから子供のころ刺さってたであろう曲はだいたいわかるし――

「ふ……ふーこ、ちょ、ちょっと待って」

「愛実！」

やった！　意識が戻ってきた。

一瞬喜んだけど、愛実はまだ朦朧《もうろう》としているようだった。

「やばいおかしくなりそう。頭の中で二つお経が流れてて、でも全然嚙《か》み合ってなくて不協和音になってて……」

「よーしいいぞ！　その調子だぁ！」

「何がぁ!?」

「お経が戦ってるんだよ、愛実の頭の中で！」

「ええ〜、やめてほしい〜」

「文句言わない！　愛実も一緒に歌って！」

「ちょっと無理言わないでよぉ」

「無理じゃない！」

「せめて歌詞カードくれぇ！」

……そりゃそうか。

一緒に歌詞を見られるように、愛実の隣に移動する。

「ほら、今この辺。いい？　行ける？」

「おわあ漢文じゃん！　無理だあ」

「フリガナあるから見かけほどじゃないって、はい、にゃくうーぜんなんしーぜんにょーにん、もんぜーあーみーだぶー」

「な、なむあみだぶ？」

「いいぞいいぞ、にゃくいちにち、にゃくにーにち」

「にゃ、にゃく、にゃー？　なんて？」

「なんか日数読み上げてるだけだよ、にゃくしちにち、いっしんふーらん」

「一心不乱……え、急にわかるようになったかもしれん」

「よーしょーしょーじゅー、げんざいごーぜん」

「揚州商人、現在午前……もう午後だよね？」

「字を読め、字を」

ともかく会話する能力は戻ってきた。このまま押し切れば勝てる！　行け！　愛実！　頭の中から悪いお経を追い出すんだ！

グルーヴに乗っていると、だんだん気持ちよくなってきた。同じ歌詞が繰り返し出てくるのも盛り上がりどころだ。三千大千世界《さんぜんだいせんせかい》、説誠実言《せつじょうじつごん》……というフレーズの四回目のリプライズに差し掛かったところで、ふと上が気になった。視線を上げた私は、そこに今までなかったものを見てぎょっとした。

私たちを取り囲むように、空中に四角い枠《わく》が並んでいた。黒い額縁のようなその枠の中には、ぼんやりした影が浮かんでいる。

「あ……愛実の言ってたやつってこれ⁉」

私のひきつった声に、愛実も顔を上げて、オワッと叫んだ。

「これだこれ！　音楽家！　え、じゃあ今ふーこにも見えてんだ⁉」

「見えてるけど……いや……どうなのかな……」

少なくとも私には、音楽家には見えなかった。というか遺影にすら見えない。枠の中の影は、そう言われたら人間のバストアップにも思えるという程度の曖昧なフォルムだ。

しかし、一つだけはっきり感じ取れるものがあった。視線だ。枠に囲まれたそいつらは、みんな私たちを見ている。その視線に気付いて私は顔を上げたのだ。

啞然《あぜん》としていると、影たちがいっせいに唸り始めた。

「あっくそっ、また」

愛実が耳を塞《ふさ》いだ。「悪いお経」だ。今度は私にも聞こえる。

〈いわぁいぃのお　はてぇにぃ　うぬぼれぇ　がらぁみぃ……〉

〈うぶぅなすぅ　みちぃのぉお　けどぉしぃ　がまるぅう……〉

〈あびぃのぉお　おらびがぁあ　みみぃなきぃ　くくりぃ……〉

〈よなきのぉ　はらぁにぃい　ひがぁりてぇ　はてぇぬぅ……〉

意味不明ながら、何やら不吉なものを感じさせる歌詞だった。節回《ふしまわ》しはのったりしていて、お経より民謡とか浪曲《ろうきょく》に近い。愛実は座ったまま頭を抱えて、身体を前後に揺すり始めている。耳を傾けているうちに私も意識が飛びそうになっていた。半開きの口から涎《よだれ》が落ちそうになったのを感じて、はっと気付いた。

危ない。口元を拭って、CDラジカセのボリュームを上げる。大音量で流れ出す仏説阿弥陀経。

「愛実、耳ふさいだらだめだ！　こっちに集中して！」

「のべぇのぉ……ふぐるまぁ……えっ何!?　うるさっ」

「いいから歌うぞ！　歌詞いまここ、はい！」

リードボーカルに続いて私は歌った。愛実を引きずるように声を張り上げる。

「しょーごーねんぎょーしゃーりーほっ！」

「ぜ、ぜーしょーぜんなんしーぜんにょーにん！」

「ぐーしょーごーねんかいとくふーたいてん！」

「おーあーのくたらーさんみゃくさんぼーだーいー！」

於《お》阿《あ》耨《のく》多《た》羅《ら》三《さん》藐《みゃく》三《さん》菩《ぼ》提《だい》。この部分、今の今までアノクタラ山脈という場所があるのだと思い込んでいた。よく見たら字が全然違う。ちゃんと読めとか愛実に言ったばかりなのに、私も人のことは言えなかった。

CDの中ではお経と一緒に拍《ひょう》子《し》木《ぎ》みたいなパーカッションが使われている。そんなものの持ち合わせはないから、私たちはいつの間にか手拍子で代用していた。打つタイミングをCDに合わせる余裕なんてない。絶え間なくリズミカルに手を叩きながら大声で歌い続ける。悪いお経をかき消すように。勝手なアレンジで申し訳ないが、お釈迦様はそんなことで怒るほど懐《ふところ》が小さい人ではないはずだ。でも客観的に見たら私たちは、シンバルを打ち鳴らす猿《さる》のおもちゃみたいだったと思う。

一心不乱に歌っていたら、とうとうお経が終わった。ボーナストラックとかカップリング曲が始まったりするかと一瞬思ったけどそんなこともなく、部屋は急に静かになった。

私たちを囲んでいた謎の額縁混声合唱団は、いつの間にか姿を消していた。

「……どう、愛実？」

「……いなくなった気がする」

「確か？」

そんなこと訊かれたって困るだろうとは思うが、つい訊いてしまった。愛実は真面目な顔で宙を睨みながら答えた。

「わかんないけど……なんかスッキリした感じすんだよね。ふーこが霊のやつを追い払ってくれると毎回こんな感じになるから、大丈夫だと思う。ありがとね」

「そっか……よかった」

そんな感じになるんだ？　初耳。

安心したのか、愛実はがっくり頭を垂れた。

「あ～、めっちゃ喉使った。しばらくカラオケ行ってなかったからな、鍛えないと」

「さすがに疲れたね……うわ、十五分くらいずっと歌ってたのか」

「マジで？　一曲長っ！」

怪異をお経で撃退するという、あまりにもベタな体験をしてしまった。意味合いが若干違う気はするものの。これが神道の祝詞《のりと》だったら最寄りの神社にお賽銭《さいせん》の一つも入れるところかもしれないが、仏教の場合はどうなんだろう。仏壇に線香でも上げるか、墓参りでもするか……。

「そういやさ、この家って愛実のおばあちゃん住んでたんだよね。仏間ないの？」

「ないよ」

「ないんだ」

「おばあちゃんキリスト教徒だったし」

「あ……ああー！　そういうことね！」

愛実がお経を聞いたことがない謎があっさり解決してしまった。

「はー、でもまた聞こえてきたらどーしよ。お経も持ち歩くべき？」

「はは。どうだろ。お経読みながらタバコで一服とかするともっと魔除けになるかも」

「マジで？　やさぐれた坊さんみたいになってきたな」

私は手を伸ばして愛実の頭を撫《な》でた。

「やさぐれてなくてえらいよ、愛実は」

「あ、そーう？　へっへ」

「タバコは冗談。無理しなくていいかんね」

「いやホントよ。この前久々に吸ってみたけど、咳き込んで死ぬかと思ったもん」

悪いお経、完全に撃退できたと思っていいだろうか。まあ……たぶん大丈夫じゃないかな。あいつらもこっちの音楽性が優れてることを思い知って、田舎に引っ込んだだろう。大丈夫じゃなかったら、次こそボカロ曲に頼ろうと思う。

「あ、やば！　アイス！」

愛実が座卓の上に目をやって叫んだ。ティッシュの上に二本並んだあずきバーは、表面がだいぶ溶けている。手を伸ばしかけた愛実が、途中で首を傾げた。

「これ、どっちがどっちの？」

「……ごめん、わかんないわ」

アイスどころじゃなかったから、自分のがどっちだったかまったく記憶にない。溶け具合も同じくらいだ。

「んじゃ、こっち私ってことで」

愛実は右のあずきバーを取って、何のためらいもなく口に運んだ。

「うめー！　いやーやっぱ一仕事終えた後のアイスって最高だわ」

「それはマジでそう」

適当なことを言う愛実に同意しつつ、残った方を取った。こいつのこういうところがいいんだよな……と思いながら、私は少し柔《やわ》らかくなったあずきバーに歯を立てた。

篠たまき

軸《じく》月《つき》夜《よ》

●『軸月夜《じくつきよ》』篠《しの》たまき

江戸川乱歩《えどがわらんぽ》『怪談入門』の「音又《また》は音楽の怪談」では、耳で感じる恐怖の物語の数々が紹介されているが、この章における乱歩の論考は〈聴覚〉に留まらず、〈色彩（視覚）の怪談〉〈匂い（嗅覚）の怪談〉など、人間の感覚と怪談について話題が拡がっていくのが、なかなかに興味深い。

篠たまきの本作「軸月夜」は、旧家の掛け軸の絵の会話が聞こえてしまうという〈聴覚〉の異形譚でありながら、聴覚、視覚、嗅覚に、味覚、触覚と、人間の感覚器官すべてを心地よく刺激する物語であることに圧倒される。感覚器官の機能を〈官能〉と呼ぶのだから、篠たまきの本作は本質的な〈官能小説〉と呼ぶに相応《ふさわ》しい。しかし、なんといっても、本作は、正真正銘のホラー作品なのである。

『怪談入門』の例でいうならば、この作品は「音又《また》は音楽の怪談」の前章にあたる「絵画彫刻の怪談」にも該当する。実に贅沢《ぜいたく》な逸品だ。

なお、篠たまきは、２０２４年11月に『女童《めわらわ》観音《かんのん》・まどい巫女《みこ》～人喰《ひとくい》観音スピンオフ』を電子書籍のみにて刊行。副題の通り『人喰観音』（早川書房）の特別編として、かつて「ＳＦマガジン」に掲載された短編等を収録した連作短篇である。

僕の大叔父が一人で住んだ町屋には、お布団部屋と呼ばれる薄暗い和室がありました。襖《ふすま》で客間と仕切られ、押し入れに入り切らない客布団がいくつも積まれた部屋でした。柿渋色《かきしぶいろ》の木目《もくめ》天井に蛍光ランプ、黄土《おうど》色の粗《あら》い砂壁、長押《なげし》に掛けられた黒い鉄鉤《てつかぎ》には「お軸さん」と呼ばれる条幅《じょうふく》の掛け軸がいくつも吊られて壁をみっしりと埋めておりました。

細い肢体とくねる口髭《くちひげ》の観音様《かんのんさま》の墨絵がありました。可憐《かれん》なお地蔵様や少女のような制吒《せいた》迦《か》・矜羯羅童子《こんがらどうじ》もおりました。

鎧姿《よろいすがた》で邪鬼《じゃき》を踏む毘沙門《びしゃもん》様や筋骨隆々《りゅうりゅう》とした鍾馗《しょうき》様が睨《にら》む彩色画もあったのです。

古い町屋は「本家」と言われ、ことあるごとに親族が集まる場になっておりました。

大人は遅くまで客間でしゃべり、子供はお布団部屋で早々に眠るのです。

お布団部屋でふと目をさました夜半のことでした。

襖の隙間《すきま》から客間の灯りが筋状に流れ込み、大人達の声が、さわさわ、さわさわ、と遠い潮騒《しおさい》のようにさざめいておりました。

天井には乳白《にゅうはく》ガラスの笠を着た豆球が灯り、周囲には子供達が累々《るいるい》と眠ります。

うつらうつらとする視界の中、壁のお軸さんの神仏達がじっと僕を見つめておりました。

目がさめていたのなら錯覚と思ったことでしょう。まばたきしたり、見る角度を変えたりして真偽を確かめたことでしょう。けれども僕は眠たくて、ぼんやりとお軸さん達を眺めるだけでした。

やがて和紙に描かれた神仏達の瞳が、きょろり、きょろり、と動き始めます。次に慈悲深げな、あるいは凛《りん》とした唇が、にぃ、と半月に似た笑《え》みの形に変わるのです。

「好ましい子が寝ているではないか」

「やっと生まれ落ちてくれたのだね」

淡い風鳴りに似たささやきがお軸さんからこぼれます。

声と呼ぶにはひそやかで、音と言うには意志が明瞭に過ぎました。

うっすらと開いた目の前で、描かれた衣や領巾《ひれ》が絵から浮き出て棚引き始めます。次に足指や沓先《くつさき》が和紙の外に蠢《うごめ》き、するり、するり、と神仏達が畳に降りて来たのです。

砂壁には絵を失った掛け軸が並びます。

彼らが歩くと、さらさら、さらさら、とあえかな衣擦《きぬず》れが伝わります。畳と足裏が触れては離れる気配が、忍びやかな音の波をこしらえて耳たぶを打つのです。

黄色い豆球が照らす座敷の中、肉の厚みを得た神仏が僕を囲んで座ります。

顔の脇に毘沙門様が胡座《あぐら》をかくと、組まれた足で裾《すそ》が割れました。股《また》から膝《ひざ》にかけて布を押し上げる太い筋肉の凹凸《おうとつ》が見えています。

無骨《ぶこつ》な指が僕の耳に触れ、そろそろと首筋を撫で下ろしました。

「丈夫な好《よ》い子が生まれ落ちたものだ」

指を鎖骨の窪《くぼ》みに埋めながら言いました。凛とした、たとえようもなく品の良い声でした。

もう片側にほっそりとした観音様が横座りになり、男とも女ともつかない声でつぶやきます。

「この子がうまく育てば良いのだが」

投げ出された足指の間からヨルガオの花に似た甘く重たい薫香《くんこう》が漂います。

「今は子が死ににくい世なのだよ」

そう応えたのは錫杖《しゃくじょう》を持つお地蔵様でした。

「育っておくれよ。あれはそう長くないのだから」

野太く、優しい声は鍾馗様のものでした。

周囲に座り込み、裾の奥に太腿《もも》をのぞかせて、神仏達はひそひそと謡《うた》うように語り続けます。

なんてめでたい、実にめでたい……

ああ、ありがたい、ありがたい……

吐息の震えに近い声が幾重《いくえ》にも被《かぶ》りあい、やがて神仏達は立ち上がり、手拍子と足拍子で踊り始めるのでした。

とんとん、さらさら、と音律とも振動ともつかないざわめきがお布団部屋を浸します。

空気の波打ちがひたひたと皮膚を叩き、ひらめく裳裾《もすそ》が頬をなぶります。観音様の 弄《もてあそ》ぶ宝珠《ほうじゅ》が、こぉろこぉろ、りぃろりぃろ、と鳴りました。お地蔵様の錫杖が、しゃんしゃん、しゃらしゃら、と響きます。鍾馗様の刀が、ひゅう、ひゅう、と空を斬り、毘沙門様の兜《かぶと》を飾る朱房《しゅぶさ》が、さわり、さわり、と泳ぐのです。

あまたの音が混じり合い、鼓膜《こまく》に蜜を擦《す》り込むかのような感触に変わってゆきました。身をとろかす音曲《おんぎょく》を奏《かな》で、眠る子供を踏みつけて神仏達は狂おしく踊ります。僕以外は誰も目をさましません。寝息すら途絶えさせ、きゅうきゅうと踏まれるだけなのです。

お地蔵様の足裏が額を蹴《け》り、観音様の足指が唇に喰い込みます。熱い肉を滾《たぎ》らせた鍾馗様の踵《かかと》が頬を窪ませ、毘沙門様の沓が顎《あご》を砕くほどにめり込みます。

眼前に足と裳裾が去来し、妙なる調べがお布団部屋に満ち満ちて、宝珠が、錫杖が、房が、刃が静かな音波となって酩酊《めいてい》へと誘《いざな》うのです。

木目天井は夜空のように暗く、灯る豆球は雲間の満月のようにおぼろです。絶え間なく踏みにじられるうちに、足裏や沓底の重みが甘やかになってゆきました。そしてお布団部屋は幽《かす》かな音色《ねいろ》と切ない蹂躙《じゅうりん》の陶酔境として完結したのです。

あれが夢だったのか、うつつだったのか、わかりません。

繰り返し味わったのか、一度きりのことだったのかも定かではありません。

こうして僕は本家を好む子供になりました。

盆正月を楽しみにし、お布団部屋の夜を心待ちにし、羽根のはたきでお軸さんの埃《ほこり》を払う大叔父を手伝うようになったのです。

けれどもやがて本家から足が遠のく時期がやってきてしまいました。

なぜならお布団部屋に眠るのは小さな子供だけでしたから。

中学生に近づくと大人と一緒に客間や居間に寝かされます。同じ年頃の子は古臭いからと本家を避けるようになりました。

さらに十代の男子の生活には忙しさと目まぐるしさがひしめいていたのです。

勉強に部活に友達に塾。女子やまんがやゲームやアイドル。ありきたりな変化に削られ、お布団部屋の思い出は薄れ、擦り切れ、いつしか記憶の奥底に沈んでいってしまったのでした。

○

大人になって古い町屋を訪れたのは大叔父の通夜の夜だった。

両親がたちの悪い風邪をひいたため、僕が名代《みょうだい》で列席することになったのだ。

「いつの間にか大きくなったなあ」

「最後に見た時は小学生だったのにねえ」

久しぶりにあう親戚が僕を見て懐《なつ》かしそうな声をあげる。

打ち覆いの下の大叔父の顔は記憶より年老いて、けれども年齢の割に若々しく色白で、閉じられた瞼《まぶた》のあたりが妙に艶《つや》めいていた。

枕飾りの線香がくゆる中、親族が語りかけてくる。

「特にかわいがっていたお前が通夜に来てくれて、この男も喜んでいるだろうに」

「本家に泊まるとちょこまかとお布団部屋の掃除を手伝っていたものねえ」

聞くうちに思い出がぽつぽつと蘇る。

お軸さんを柔らかな鶏毛《けいもう》のはたきで払う大叔父の手つき、白いまつ毛の中の穏やかな瞳、お布団部屋に香《こう》を焚《た》きしめる細い指先。

「若い頃は女がよくこの家に押しかけていたものさ」

「なのにこの男はどの女にもつれなくて」

通夜振る舞いの席で知らなかった故人の逸話が語られ始めた。

「冷たくされて傷ついた女はみんな黙って町から出て行ってしまってなあ」

「どの女もそれっきり戻らなかったよ」

「ああ、確かに」と僕は記憶を探りながら相槌《あいづち》を打つ。「大叔父さんはハンサムな人でしたから」

「掃除も料理も達者な男だったから女房なんぞいらなかったんだろう」

「割烹着《かっぽうぎ》が似合う男性でしたね。大叔父さんの手作りお菓子は子供達に大人気でした」

「プリンやカステラやババロアを器用に作るハイカラ男だったなあ」

「昔はこんな田舎に洋菓子屋なぞなくて、子供らが喜んで本家に集まったもんだ」

つましいくらしぶりだったけれど貧しげではなく、着るものにしわひとつなく、男所帯のむさ苦しさを感じさせない人だった。

夜がふけると通夜語りは本家の由来に移り、この家の来し方をつらつらと聞かされた。

在郷の地主だった先祖は戦後の農地改革で土地を失い、便の良いこの町場《まちば》に移り住んだとか。代々伝わる調度品やお軸さんが旧《ふる》い家から運び込まれたとか。

品々の来歴が尽きた後は最年少の僕に興味が向けられた。

大企業の本社勤務で出世街道まっしぐらだって？　と言われ、小さい営業所の閑職《かんしょく》に飛ばされました、と正直に答えたら、会社勤めに異動はつきものだ、と軽く言い切られた。結納《ゆいのう》したらしいが式はいつだ？　とたずねられ、相手の浮気で破談になりました、と自嘲《じちょう》ぎみに告げたら、若い時分の色恋は人生の肥やしだ、と励まされた。

高収入の色男に婚約者を寝取られただの、失恋のショックで大ミスをやらかして馘《くび》は免れたものの降格と左遷の憂き目にあっただの、その程度の挫折は長く生きた人々にとって些細《ささい》なつまずきに過ぎないようだ。

久しぶりに顔をあわせる親族達は深夜まで昔語りを続け、その後、僕を含む若手数名に寝ずの番を割り当てて引き上げて行った。

翌日は徹夜のまま力仕事や雑用でこき使われ、会食やら諸手続きやら後片付けやらが終わる頃にはとっぷりと日が暮れていた。

黒々とした夜空に天の川が淡く流れ、通夜提灯《ちょうちん》が月の代わりに闇を照らす、暗い、暗い、夜だった。

疲れ果てて早々にお布団部屋に倒れ込むと、客間の話し声が意味を成さないよどめきになって耳に届く。

卵色の豆球、古い畳の匂い、忍び入る線香の煙と和室の埃の気配。この座敷の風情《ふぜい》は昔と変わらない。ただ、お軸さんは昔よりずっと数を減らし、まばらに壁に下がるだけになっていたけれど。

疲れ切っているのに眠れない。ここにいると子供に戻った気になって、大人としての生活が遠い昔の事に感じられ、妙に目が冴《さ》える。

心変わりした婚約者に追い縋《すが》って追い払われた醜態も、周囲の同情と嘲笑《ちょうしょう》に晒《さら》された屈辱も、降格人事で将来を閉ざされた鬱屈《うっくつ》も、全てが他人事《ひとごと》に思えてしまうのだ。

寝返りをして耳元に蕎麦殻《そばがら》枕の軋《きし》りを聞いた時、お軸さんの絵が、ぼぅ、と浮いた気がした。

ふいに身体の奥に忘れていた感覚が蘇る。

そして皮膚がまろやかな踏まれ心地を思い出す。

次の瞬間、掛け軸に描かれた神仏達の唇がいっせいに、にぃ、と微笑《ほほえ》んだ。

「ずいぶんと大きくなったものよ」

「育って戻るとはありがたい」

ひそひそとしたささやきだった。

昔、聞いたはずの声だった。

さらさら、さらさら、と衣擦れの摩擦が波及する。

本紙の下方で足指や沓先がうぞうぞと動く。

そしてお軸さんの神仏達が、するり、するり、と身に厚みを帯びて抜け出て来たのだった。

足裏と沓底が、きしり、きしり、と古畳を踏みしめる。

錫杖の遊環《ゆうかん》がしゃらしゃらと鳴り、宝珠がりぃろりぃろと転がり、抜き身の刀がひゅうひゅうと風を切る。

幾多の微音が混じりあい、旋律となり、あえかな曲調をこしらえて広がっていった。

「丈夫な男に育ってくれたものよ」

「楽の音《ね》を聴く子は長じて戻るもの」

「ようように間にあってめでたやな」

しとしと、ひたひた、と畳と足底が触れあっては離れる。枕元に沓が沈むと空気の揺らぎが頬をさする。耳に沁《し》みる波紋は旋律までいかず、けれども物音よりは曲調を帯びていた。裳裾をなびかせ、腰布《こしぬの》をそよがせて神仏が舞う。足拍子のたびに足裏と沓底が、しゃんしゃん、しゃんしゃん、と畳や布団の上に踊る。

次に何が来るかを知っている。

重たくて狂おしい圧が頭部にかかるのだ。顔が歪《ゆが》む。身が震える。それが重みのせいか、悦《よろこ》びのためかはわからない。神仏達はえも言われぬ調べに乗り、ぎゅうぎゅう、ぎちぎち、と踏みつけた。潰されそうな頭骨が軋り、顎が歪み、頬を抉《えぐ》られて酩酊する。

眼前には幾多の足がひらめく。

快美な重み、とろりとした痛み、あたりにかぐわしい音がさざめく。

やがて神仏達が僕を車座《くるまざ》に取り囲んだ。

闇夜の満月に似た豆球が彼らの輪郭を浮かせ、抱き起こされて、抱きしめられて抱き返すと指が肉を得た神仏の肢体にめり込む。

背後から筋肉をまとった太い腕がまきついて、ごつごつとした指が鎖骨の窪みに沈んだ。くねる足が絡みつき、やわやわと締めつけて、やがて裳裾の奥に取り込まれ、柔らかく温かな肉の中に何度も何度も沈み込んでいったのだった。

一通りの略式法要の後、僕は形見分けにお軸さんが欲しいと申し出た。親族は驚いて返答を保留したけれど、呼ばれた鑑定士が落款《らっかん》もない掛け軸など無価値と告げたため、すんなりともらい受けることができたのだ。

とは言っても一人暮らしのアパートに古い掛け軸はあまりにも不似合いだ。白い壁紙よりは黄土色の砂壁、合板の洋室よりは木目天井の座敷こそが彼らにはふさわしい。

幸い勤務する営業所は地価の安い土地にあった。長年こつこつと結婚資金を貯めていたから貯金はある。左遷で支店採用に変更され、めざましい昇進や昇給への道は断たれたけれど、遠方への転勤の心配はなくなった。

僕は迷いなく小さな中古住宅を買い、北西の一室を砂壁と木目天井の和室に造りかえたのだ。

窓は雨戸で塞ぎ、電球をくるむ乳白ガラスの笠を買い、本家の絵襖に似た襖を取りつけてお軸さん達を迎え入れた。湿気がこもれば雨戸を開けて風を通し、雨の日は窓を閉じて除湿して、夜には幽寂《ゆうじゃく》な旋律と熱い踏舞《とうぶ》を待ちわびるのだ。

けれどもすぐに気がついた。神仏が抜け出すのは毎夜ではないということに。

新しいお布団部屋で一人寝を重ね、舞い降りる悦楽を待ち焦がれ、失望を繰り返し、やがてあれは新月の夜だけの秘事と悟ったのだ。

新しいお布団部屋で初めて彼らの蹂躙《じゅうせん》を受けたのは、空気がひんやりと乾く時期だった。やせ続けた下弦《かげん》の月が空に溶けて消え失せた夜のできごとだった。

澱《よど》んだ室内に風を通す時、澄んだ空に天の川がちらちらと瞬《また》いていた。

窓を閉じ、豆球を灯すと室内に小ぶりの月夜が幻出する。夢見心地の一夜を諦めてまどろんだ夜半に、お軸さん達の揺らぐ気配を皮膚が捉えたのだ。

絵の瞳が、きょろり、きょろり、と動く。裳裾がゆらゆらと泳いで本紙の外にひるがえる。そして、足裏が、沓底が、新しいお布団部屋の畳を踏みしめて僕の周りを謡い踊り始めたのだ。

場所は違ってもしんしんとした音容は同じ。ずっしりと、あるいはやわやわと踏み潰して骨身を軋らせる重みも変わらない。

しゃんしゃん、しゃんしゃん……

こぉろ、こぉろ、こぉろ……

りろりろ、りろりろ、りぃろりぃろ……

折り重なる音色が造られたお布団部屋を満たし、閉じられた室内で柿渋色の天井が天球になり、豆球が小さな満月に変化《へんげ》し、僕は待ち続けた悦楽に打ち震えた。

それからは新月のたびに耳をとろかす妙音を聴いた。甘い足踏みの圧に悶《もだ》え、喜悦にわななき、身が馴染《なじ》むにつれて没我の時に謡《うた》に乗せた意思を聞くようになったのだ。

「湿り気が多いから風を入れておくれ」

「黴《かび》の粉が飛ぶ前に白檀《びゃくだん》を焚くがよい」

「夏の気が強い。戸を開けて葦簀《よしず》を下げるように」

求めを叶え続けるうち、古びて黄ばんでいたお軸さん達に艶と張りが出てくるのがわかった。お布団部屋には焚きしめた香と、枯れた黴の匂いと、古めかしい和紙の薫《かお》りが沁みてゆく。

けれどもどれほど気をつけてもかさかさに乾いて、茶色く朽ちて、音もなく畳に落ちてしまうお軸さんがいた。

柱や軸木が黒ずみ、本紙がひび割れ、緒が細く痩せ、そして微細な欠片《かけら》となってぽろぽろと畳に落ちてしまうのだ。

どうすれば防げるのかがわからない。

どう弔《とむら》えばいいのかもわからない。

お軸さんの残骸《ざんがい》を手にすくうと、細かな塵《ちり》になって微風や吐息に流れ、ぱらぱらと空気に溶けて、消えていってしまう。

そう言えば、大叔父の通夜の夜、お軸さん達は昔より大幅に数を減らしていた。

彼らは掛け軸に擬態した生き物として死を迎えているのだろうか。あるいは妖《あやかし》と呼ばれる類《たぐい》のもので幽世《かくりよ》へ身を移しているだけなのだろうか。いや、全ては僕の見る夢に過ぎないのか。

恐ろしいのはお軸さん達が数を減らし、いつかいなくなってしまうこと。けれども、どうしたらいいのか、何をしてあげればいいのかがわからない。

理解できるのは彼らがしばらくはここにいてくれるだろうこと。そして僕を愛《いと》おしみ、僕に頼り、僕に悦びを与えてくれること。ただそれだけだ。

小さな平家でくらすうち、俗世への興味は薄くなり、昇進やら、色恋やら、金銭やらへの希求は遠くなっていった。

職場にいるのは覇気《はき》のない所長と無口な課長とぽっちゃりした事務の女の子だけ。島流し部署とか窓際営業所とか揶揄《やゆ》される勤務先は今の僕にあっていた。

つましく生きられる給与があればいい。めんどう事に関わらず、お布団部屋の房事《ぼうじ》が保たれていればいい。

大切なのはお軸さん達の健《すこ》やかさ。そして幽かな音律に浸り込み、踏圧の甘美《かんび》を味わうことだけ。

いつか最後のお軸さんが消えるまで、静かにつつがなく過ごしたいと祈るだけだった。

珍客が訪れたのは夜風の涼しさを肌寒さと感じ始める頃だった。

早目に風呂を終わらせてくつろいでいたら、突然、耳障りなチャイムが響き渡ったのだ。悩ましい新月の夜だった。

妙々とした音のさざ波に浸り、柔らかな足裏や剛毅《ごうき》な沓底に身を委《ゆだ》ねるはずの夜だった。

この時間に宅配？　などと思い、確かめもせず玄関を開けたのが失敗だった。

消した門灯の脇に小柄な女が立っていた。街灯が逆光になって顔がわからない。

「どちら様ですか？」

「急にごめんね、来ちゃった……」

答えた声が元婚約者のものとわかるまで少し時間がかかったと思う。

前より髪が伸びて、少しやせていたけれど、小首の傾《かし》げ方や少し反《そ》り腰の立ち姿に見おぼえがあった。

別れてから一年もたっていないのに、未練を引きずって酒浸りになったのが何十年も昔のことのようだ。

「元気そうね。入ってもいい？」

暗がりに目が慣れると顔が見える。そこそこ美人のはずなのにもう魅力は感じない。かわいいと思っていた表情も愛しくない。

玄関に滑り込まれたのは僕の迂闊《うかつ》さだ。

自分の心の変わりように驚いて立ち尽くしていたせいだ。

「どうしてここの住所を？」

上《あが》り框《かまち》の前に立ちはだかってたずねた。連絡は全てブロックしたはずなのに。

「前の部署の人に教えてもらったの」

彼女は甘え声で共通の知人の名前を告げ、僕は元同僚の口の軽さに舌打ちをした。

「どうしているのかな、って思って来たの。今、つきあってる人もいないって聞いたし」

「帰れよ。婚約者に誤解されるぞ」

「もう婚約者なんていない！」

とっさに意味が理解できなかった。運命の人と結ばれたいの、であう順番を間違えただけなの、などと言い放ってあっさり僕を捨てたはずなのに。

「ねえ、私達、やりなおせないかな？」

「は？」

「私、どうかしてたみたい。本当に愛する人はあなただけって、やっと気がついたの」

きょとんとする前で女が続ける。

「いつも私のこと、許してくれたよね？　どんなわがままもきいてくれたよね？　過ちをバネにして絆を深められると思うの」

女の髪が、身体が、臭《くさ》い。香水なのか柔軟剤なのか、人工の花の臭気がきついのだ。

「お家、買ったのよね？」生あたたかい腕が絡んできた。「きれいにリフォームしたのね。

ここは静かだし、交通の便もそう悪くないし、二人であたたかい家庭を作れそう」

遅まきながら思い出した。

彼女の〝運命の人〟は収入も、見た目も、親の経済力も、将来性も、何もかもが僕よりずっと上だった。けれども常に女性関係の噂が絶えない男だった。

数多いライバルの中から選ばれたものの、すぐに目移りされ、長年つきあった僕との復縁を狙う、という流れが容易に想像できる。

「タクシーを呼ぶ。もう来ないでくれ」

「いじわるを言わないで」

許されると信じ切っている声だった。

僕が彼女にべた惚《ぼ》れだと思い続けている表情だった。

「ね、中を見せて。いいでしょう？」

きつい甘臭を撒《ま》き散らしながら彼女は靴を脱いで側の引き戸に向かう。

開けるな！　と怒鳴ったけれど無視された。

「ここが寝室？　部屋の数が多いのね」

鼻にかかった声を出しながら彼女は戸を開け、そしてその場に立ち尽くした。

引き戸の向こうは大切なお布団部屋。

窓には襖が取りつけられ、古紙の匂いが沁み入り、焚き重ねられた薫煙《くんえん》が漂い、砂壁に古めかしいお軸さん達が吊られている。

「いやだ。なにここ、気持ち悪い……」

ぎりぎり、ぎりぎり、と何かが鳴る。

僕が怒りで奥歯を嚙み締める音だった。

「骨董品《こっとうひん》だらけでびっくりしちゃった」

一瞬だけ戸惑ったものの、彼女は即座に笑顔をこしらえた。

「レトロな部屋もすてき。風情があるわ」

黄桃色《おうとう》に塗られた爪先が座敷を侵し、ぎしり、と濃緑の畳縁《たたみべり》を鳴らす。

「入るな！　出て行け！」

「大きい声を出しちゃ嫌。まだ怒ってるの？　ごめんね。本当にごめんね」

引きずり出そうと腕を摑んだらわめかれた。

「痛い！　離して！　こんなに謝ってるのに！　なんでそんなに心が狭いのよ！」

開いた窓から夜風が流れ込む。天の川の昏《くら》い中洲《なかす》が窓の中央に黒々と浮いている。

漆黒《しっこく》の深淵に目を吸われた一瞬、彼女がもがき、その手がお軸さんを打った。

生身の女の肉体が、清らかでなまめかしい者に接する穢《けが》らわしさにまた叫ぶ。

僕の声がお布団部屋に響き、共鳴するかのように、ぶるり、とお軸さん達が揺れた。

見なれたひそやかな動きではなかった。

明確にぶるぶると震え、絵の輪郭を激しくぞよめかせ、信じられないほどの俊敏さで神仏達が踏み出て来たのだ。

しゃん、と遊環が高く鳴る。

お地蔵様がしなやかに身を反らせ、錫杖を投げ放って女の身体をずぶずぶと貫いたからだ。

びゅう、と抜き身の刀が吠える。

鍾馗様の腕の筋肉が太く膨らみ、握られた刃で細首が斬り落とされた。

畳を鮮血がびしゃびしゃと濡らす。

首が、ごろり、と転がり、長い髪が筋を引き、少し間を置いてから、どう、と華奢《きやしや》な肉体が崩れ落ちた。

切断面や刺傷《ししよう》から、ごぼごぼと血が噴き上がる。生首の眼球がぐるりと裏返り、充血した白目が瞼の中にひくつく。

神仏達がわらわらと女に群がった。

その足運びは僕を踏みしめて舞い踊る、幽玄でしのびやかなものではない。獲物を狩る肉食獣に近い、猛々《たけだけ》しく、荒々しく、同時にとても精悍《せいかん》なものだった。

女を囲んだ者達が僕を流し見て、にたり、と笑い、夜気《やき》を震わせて心を伝える。

「ここに女が来たら屠《ほふ》るだけよ」

「待ちに待った好餌《こうじ》が得られてありがたい」

首を落とされた女が裸に剝《む》かれる。金剛杵《こんごうしょ》の先端が目を抉り、宝剣がざくざくと四肢を切り分け、三叉《みつまた》の戟《ほこ》の先端が骨を潰す。

神仏達がぶつ切りの骨肉を素手で摑んで頰張《ほおば》り始めた。

立膝や胡座で座り込み、裾の奥に太腿をのぞかせ、衣を血に染め、べしゃべしゃ、ぴちゃぴちゃ、と音を立てて貪《むさぼ》るのだ。

恐ろしくなどなかった。

神々《こうごう》しく思えるほどだった。

僕を踏み乱した者どもが獣じみた様相で肉を喰《くら》う様子がただ愛しく、喜ばしく、めでたいだけだった。

赤く濡れた唇がてらてらと光る。

毟《むし》られた肉が馥郁《ふくいく》と香る。

血を吸った髪の束がじゅるじゅると吸い込まれる。

こりこり、ぼりぼり、かりかり……

くちゃ、くちゃ、ぴちゃり、ぴちゃり……

骨と肉と歯と唇が触れ合う音がかぐわしい。

咀嚼音《そしゃくおん》と嚥下《えんげ》音の麗《うるわ》しさは奏でられる音律に勝るとも劣らない。

喰ってなどいないはずの肉の旨味が僕の口中《こうちゅう》に伝わった。ぬるい脂のとろみが、産毛《うぶげ》がけぶる生皮の歯触りが、ただ、ただ、心地よい。

口に唾液が溢れる。こぼれた涎《よだれ》を神仏が舐め取って「これもまた甘露《かんろ》」とつぶやいた。

匂いと音と味が忘我の痙攣《けいれん》を呼び起こし、僕は濡れた畳の上に倒れ込んでいった。

彼らは饗宴を終えて狂おしく謡い踊り、ひそひそとした音に混ぜて、教える。

「お前の精はこの上ない甘露なのだよ」

「ただ時には女が要《い》るのだよ」

「女の骨肉は交合に臨む滋養なのだから」

愛くるしい童子と踏み懲《こ》らしめられていた邪鬼が這いつくばって、いつまでも、いつまでも、畳に広がった血を舐め、吸っていた。

毘沙門様の口から髪が垂れ、鍾馗様の髭がぞっぷりと濡れている。

けたけた、けたけた、けたけた、と女を腹に収めて神仏の形をした者どもが笑う。

「久々の滋味が行き渡る」

「美肴《びこう》が我らの身にかわる」

「これで飛べる。盛り時に殖《ふ》えられる」

謡い、慶《よろこ》ぶ声がしんしんと連なった。

しゃんしゃん、こぉろこぉろ、りぃろりぃろ、とお布団部屋がかそけき音色に満たされる。

「この先も若い女を捧げておくれ」

「肉付きのよい方が喰い応えがあるのだよ」

神仏達が切々と乞い、命じた。

彼らは僕の身体を抱き取り、顎を指で持ち上げ、顔を見つめてため息を漏らす。

「実に良い顔貌《がんぼう》をしていることよ」

「さぞかし女に好まれるだろうに」

「年に一度、女を呼ぶのなど容易《たやす》かろう」

わかりました、約束します、また供えます、と喘《あえ》ぎながら、咽《むせ》びながら僕は応じた。

だってお軸さん達のしもべなのだから。

彼らの奏でる楽の音の虜《とりこ》なのだから。

求めるものを捧げよう。

ひたすら仕えよう。

そして褒美《ほうび》に霊妙な音調と足裏をいただくのだ。

鼓膜をしめやかな旋律が愛撫する。

耳から忍び入る節まわしが頭蓋《ずがい》の中を掻き乱す。

窓の中に天の川がきらめき、天の中洲が黒々とした深淵になり、細い支流が光芒《こうぼう》の枝となって仄《ほの》めいていた。

そしてこの夜から僕はお軸さん達の忠実な隷僕《れいぼく》となったのだった。

お軸さん達は目に見えてあでやかになった。

和紙のくすみが薄くなり、緒が強靭《きょうじん》になり、地のあたりに張りが増したのだ。

鶏毛のはたきで払うと、みっしりとした肥沃《ひよく》さが手に伝わり、微風を受けるたび重たい質感を感じさせる。

けれどもなぜか次の新月の夜、神仏達は抜け出してはくれなかった。

女の肉で力を得たはずなのに。命の漲《みなぎ》りを放っているというのに。

僕がどんなに焦《じ》れても求めても応えない。火照《ほて》りを冷ますために窓を開けても動かない。

彼らはゆるゆるとした夜風に吹かれ、ただ黙って砂壁の上に佇《たたず》むだけだったのだ。

窓の外では天の川の角度がゆっくりと変わり、夜が更《ふ》けると彼方《かなた》の街明かりが薄くなる。

待ちくたびれて、悶えて、問いかけた。

どうして出てきてくれないの？

女を得たらもう悦ばせてはくれないの？

焦燥《しょうそう》と嫉妬に震える前でお軸さん達が風にはためいた。

かたかたと軸先が壁を打ち始める。それはいつものしずしずとした波動とはほど遠く、何かしらの渇望を含む、狂おしく、切なげな音だった。

ひゅう、となまめかしい風が吹き込んだ。枯れかけた草木の匂いや秋虫の蠢く土の薫りが嗅覚に沁みてゆく。

こつこつ、こつこつ、と軸棒が壁に鳴り、たわたわと裂地《きれじ》が波を打つ。

一陣の強風が室内に渦巻いた時、お軸さんの掛緒が細い細い蛇のようにのたうって鉄鉤から外れていった。

ああ、落ちてしまう。

愛しい品々が畳に打ちつけられてしまう。

手を伸ばしたけれど届かなかった。

なぜなら彼らは落下などせず、天井に舞い上がり、風に乗って泳ぎ、ふわふわと、ゆらゆらと、窓の外に飛び出てしまったのだから。

何幅ものお軸さんが連なり、群れを成し、天の川を遡《さかのぼ》るように西の方角に飛翔した。

僕を残して行かないで……

仕え続けるから一人にしないで……

声にならない願いを叫び、虚空《こくう》をかきむしったけれど摑めなかった。

指先を最後の軸先がかすめ去り、お布団部屋には剝き出しになった砂壁が残された。

膝が崩れ落ち、窓枠を握りしめ、月のない夜空に嗚咽《おえつ》した。

楽の音をください……

踏みつけてください……
抱きしめてください……
神仏の名を唱え、天の川を仰ぎ、僕はいつまでも忍び泣きを続けた。

お布団部屋に倒れた僕を見つけたのは、無断欠勤を心配して訪ねて来た課長だった。病院に運ばれ、全身を調べまわされたけれど異常は見つからず、ろくに受け答えもできないからと心療内科にまわされ、何やら薬が処方されて翌日には家に帰された。

職場から病気休暇の許可がおり、魂が抜けたようにお布団部屋にぼんやりと座るだけの日々が始まった。

夜になると気の良い上司二人が交代で様子を見に来てくれる。

事務の女の子は毎日、手作りの料理を持参して甲斐甲斐《かいがい》しく世話を焼いてくれる。

僕は彼らの訪問を淡々と受け入れ、気の抜けた礼をし、言われるがままに食事をしたり着替えをしたりした。

浮世のことなどどうでもいい。お軸さんとのくらし、肉の愉悦《ゆえつ》、心の陶酔、それら全てが失われてしまったのだから。

お軸さんが徐々に減っていくことは知っていた。いつかは最後の一幅が消え果てる覚悟もできていた。けれどもこんなに突然に別れが訪れるとは思ってもいなかったのだ。

天候が崩れても窓は閉じなかった。

雨滴がこぼれ入っても、枯葉が舞い込んでも、寒風が吹いてもお布団部屋の窓は開けたまま、ぼんやりと外を眺め続けるのだ。

窓辺で待っていればいつかお軸さん達が舞い戻ってくれるようで。空を見つめていれば、天の川の微光を背負って飛び入ってくれるようで。

食事を持って来る女の子が、寒いから、風邪をひくから、と窓を閉じる。僕はそれを止めない。けれど彼女が帰って一人になるとすぐに窓を開ける。

「若い女は独身の男を見逃さないな」

見舞いに来た所長が無反応な僕に俗っぽい軽口を叩いた。

「このままだと取引先の女子社員もおしかけて来るぞ」

果物を持って来た課長も無器用な冗談を言う。

窓の向こうにわずかな季節の移り変わりが見えていた。

夜から朝に変わる短い間に銀杏《ぎんなん》の臭いが強まり、どんぐりの乾く香りが増し、地面に朽ちる葉の腐臭が濃くなってゆく。

そよぎこむ風が冷えてゆき、正午の陽光が微かに低くなり、深夜に沈む月の肉付きが良くなった。

長い日々に感じていたのに、後で暦を確かめてみたら僕が虚脱状態にあったのはほんの数日だけだった。

天の川に小舟のような上弦《じょうげん》の月が浮かぶ夜、秋風に混じる古めかしい和紙の匂いを確かに僕は嗅ぎ取った。

窓に駆け寄って夜空を仰ぐと、西の方にちらちらと泳ぐひと群れが見えたのだ。

最初は蚊柱《かばしら》くらいだったけれど、だんだんと短冊めいた一幅一幅が見分けられるようになった。

近よるごとに掛け軸の形が明瞭になってゆく。彼らは茫漠《ぼうばく》とした天の川を渡り、地平にほのめく町明かりを横切り、この窓を目指して飛んで来たのだ。

神仏の姿が見えてくる。中廻《ちゅうまわ》しの絹目がくっきりと浮き上がる。そして、するすると、ひらひらと、空気をかき混ぜながら、お軸さん達は砂壁の上に舞い戻って来たのだった。

鉄鉤に収まった彼らは安らいでいるように見えた。外を漂って少し汚れ、けれどもどこか晴れ晴れと艶めいていたのだ。

跪《ひざまず》いて泣き濡れて、もう消えないで、どこかに行ってしまわないで、と僕は懇願した。

砂壁にすがり、望みは何でもききますから、女ならいくらでも差し出しますから、と言い続けたのにお軸さん達は応えない。

彼らはじっと壁に収まり、哀れな下僕の声を浴びて静かに佇むだけだった。

翌日はひたすら眠り続け、その次の日から出社した。鷹揚《おうよう》で無気力な上司達は、気苦労のせいだろう、ストレスはうまく発散しろ、などと彼らなりの同情を示してくれた。

お軸さん達はどこに行っていたのか。どうして帰って来てくれたのか。また僕を残して消えてしまったりしないのか。考えてみてもわからない。

不安な気持ちで埃に汚れたお軸さん達を羽根のはたきで払い、室内に乾いた風を入れ、防虫に檜葉《ひば》の香を焚きしめた。

二度と消えないで、置いていかないで、と祈る日々を送り、次の新月の夜にやっとお軸さん達の声をもらうことができたのだ。

いつものように踏みしだかれて萎《な》え果てて、朦朧《もうろう》とした心に彼らの意志が伝播《でんぱ》した。

「遠い西の地に戻っていたのだよ」

「久々に女を啖って飛ぶ力を得たもので」

「他所《よそ》に棲む同胞《はらから》と集《つど》い、交わり、殖えるために」

踏み続けられて弛緩《しかん》した僕を膝に抱き、神仏達が語り聞かせる。

お軸さんは人の家に宿って生き、人に悦びを与えて人に庇護される者どもだということを。

普段は人の精をもらって過ごし、旧暦の神無月《かんなづき》の頃、西の地に群れ集ってお軸さん同士の交接を重ねるのだと。

「滋養が足りず長く飛べずにいたのだよ」

「このまま絶えるはずだったが」

「久方ぶりに肉を得て、飛び、孕《はら》みあう力を得たもので」

語りを乗せた音の波打ちを聴くうちに快い安寧《あんねい》で満ち足りる。

捨てられたのではなかったから。見限られたのでもなかったから。そしてお軸さん達が消え果てたりはしないと知ったから。

恋しい者達がお布団部屋にいてくれさえすればそれでいい。

僕を選び、僕に頼り、新月の夜に音の波で撫でつけ、逞《たくま》しく艶麗《えんれい》な足で踏みつけてくれるだけでいい。

「番《つが》う時期に必ず飛べるものではなく」

「雨風があれば叶わず、寿命を迎えれば滅ぶだけ」

「人の精だけでは滋味が足りず、肉を得ないと殖えるには難しく」

懇々《こんこん》と伝えた後、彼らは僕の顔を覗き込んでまたねだる。

「秋には脂ののった女を供えておくれ」

「若くてよく肥えた女にするのだよ」

わかりました、わかりました、と僕は喘ぐ。

望むようにしますから、求めるものを捧げ続けますから、と繰り返す。

そして、せがむ。西の地に行っても必ず戻ってください、と。新月の夜には僕だけを愛《め》で続けてください、と。

衣が揺らぎ、宝珠が鳴り、刃が唸る。音律に乗って彼らが望みに応じる気持ちがひしひしと伝わってくる。

これまでにない安堵と幸福に酔い痴《し》れた。

夢幻の音曲と悩ましい蹂躙だけでは得られない心のぬくもりを、あの時、僕は確かに得たのだった。


木の葉に茶色みが増すにつれ、何幅かのお軸さんがほんの少しずつ厚みを増していった。本紙や中廻し周囲が膨らんで、軸先や緒がほのかに太まって、どこか重たげに鉄鉤に下がるのだ。

普段の彼らは言葉を発しないけれど、悟った僕は注意をこめて埃を払い、長押にかかる鉄鉤を増やし、お布団部屋の温度と湿度を保ち続けた。

木枯らしが終わる季節になると膨れたお軸さん達はぺりぺりと剥がれ、二つにめくれて、薄く頼りない何幅かを増やしたのだ。

少し様相を変えた神仏がいくつか下がっていた。全く同じ絵柄に分かれた一幅もいた。がらりと違った図柄で生まれたものもある。

砂壁を飾るお軸さんはつつがなく数を増し、新しい者達は日を追うごとに厚く、色濃く、くっきりとした絵柄になっていった。

彼らは夜ごとに和紙の匂いを強め、育つほどに踏みつける足裏や沓底に滲む艶味《えんみ》を濃厚にさせてゆく。

僕は新月の夜に陶酔をもらい、秋になると若く肥えた女を捧げるようになった。

次の年の贄《にえ》は、お軸さん達を失っていた時期に手料理を持って来た女の子だ。

ぽっちゃりとした彼女はあからさまに僕に好意を示していた。だから、たまに食事に誘い、無難な距離感を保ち、翌年の秋に改まった口調で家に招いたのだ。

馳走《ちそう》にされる女は嬉々として誘い込まれ、お香がくゆるお布団部屋で咬《か》み千切《ちぎ》られ、咀嚼され、啜《すす》られて聖なる滋養に昇華した。

骨も歯も髪の毛も、全てお軸さん達が残さず貪り喰ってくれた。畳にこぼれた血も跡形もなく舐め取ってくれた。

持ち物は僕が細かく砕いて捨てる。電波を発する機器は近くに停まるトラックの荷台に放り込み、遠くに運び去らせた。

美しい饗宴、麗しい摂食、愛しい神仏達が腹を満たし、歌垣《うたがき》に備えて肥え太る。

自分は選ばれた男。

饗餐《きようさん》を供える栄誉に浴する人間。

女一人が消えた後、周囲の人々が少しばかり騒いだ。けれども成人が行方不明になった時の捜索など淡白なものだ。

彼女の失踪の記憶は次第に薄まり、僕につれなくされて傷ついて家出したという噂だけが残された。

翌々年は近場で獲物を探さず、少し離れた都市で狩りをした。

人の行き交う盛り場、あるいは家出少女が群れる場所に行けばいい。女が男と消えても、二度と戻らなくても、誰も気に留めない街などいくらでもある。

僕には若い女が必要だ。ふっくらと肥えた肉体が欲しいのだ。

求めるのは耳に沁み入る音曲と心身を眩《くら》ませる踏舞だけ。

守るのは満月めいた豆球が灯るお布団部屋とそこに息づく愛しい神仏達だけ。

こうして僕はお軸さん達に身を捧げ、祝福された奴僕《ぬぼく》となり、甘やかな褒美を乞いながら生きてゆくことになったのだ。

○

小さな営業所で定年退職を迎えた後、僕は大きめの家を買いました。

古い住処《すみか》を売り払い、退職金の一部を使い、明るくて広い居間と走り回れる長い廊下と布団を並べられる座敷がある民家を得たのです。

近くに小川が流れます。川原に歩道がくねります。そぞろ歩けばカブトムシやクワガタのいる整備された里山に辿り着くのです。

ここは子供にとって魅力的な場所に違いありません。

転居してすぐ、縁遠かった親族が子連れで遊びに来るようになりました。

今では休みのたびに子供達が訪れます。

僕は好々爺《こうこうや》と呼ばれる老人になりました。

覗き込む鏡には懐かしい男の顔が映ります。白いまつ毛の奥の、穏やかで、優しげで、奥底に熱を宿した瞳が、遠い、遠い、思い出の中の大叔父に重なるのです。

誰もが僕を無害な老爺《ろうや》と思っています。

もの静かで、子供が喜ぶお菓子を作る、子供が大好きな独居の老人です。

この町の風景と季節行事も親族を惹《ひ》きつけてやみません。春は川原の桜並木、夏は花火に蛍狩《ほたる》り、秋の神社祭りに冬のどんど焼き。そして無料で泊まれる家と美味しい手作りおやつと、優しい、優しい、お爺さん。

この家には子供が群がります。

蝶が花に吸い寄せられるように。あるいは羽虫が食虫植物に囚《とら》われるように。

同級生を連れてくる子もいます。

関係がわからないほど遠い親戚の子もやって来ます。

そして、子供達の寝部屋には、壁にひしめくお軸さん達が待ち受けるのです。

古びた風情を気味悪がる子には穏やかに、何度も、僕が教えます。

「大昔、地主だった先祖が旧い家から持ち出した大切な家宝なんだよ」

「貴重な品に触れて、育って、この価値がわかる大人になっておくれ」

大好きなお爺さんに諭《さと》されて子供達は渋々うなずきます。

そしてお軸さんの棲むお布団部屋で素直に眠ってくれるのです。

しゃんしゃん、しゃんしゃん……

こぉろ、こぉろ、こぉろ……

りろりろ、りろりろ、りぃろりぃろ……

新月の夜、楽の音が寝間《ねま》から漏れ聞こえると僕は期待にうち震えます。

眠る子の中に妙なる調べを聴く者はいるのでしょうか。

踏みしだかれて夢見心地になる幼子は訪れているのでしょうか。

僕は歳を取りました。お軸さんが好む精気をとうに失っています。若く肥えた女を狩るのも難しくなりました。

お軸さんが少しずつ減り続けています。

天の川の遡上《そじょう》もしばらく見ておりません。

だから次代に繋ぐのです。

先を任せる者を得たいのです。

わずかな希望をこめ、子供好きの年寄りを演じ、僕は幼い者どもを招き続けます。

今夜も祈らずにはいられません。

お軸さん達が絶えたりしませんように。

楽の音に魅せられ、踏まれ蕩《とろ》けて身を震わせ、長じてここを継ぐ者が生まれておりますように。

客のない夜、僕は一人でお布団部屋に眠ります。至福の音調に枯れた身を浸し、踏みにじられ、愉悦に老体をよじるのです。

この幸福はいつまで保《も》つのでしょうか。

あと何年、こうしていられるのでしょうか。

移り変わる季節を眺め、次々に産み落とされては育つ者どもをもてなし、死ぬまでの年月を僕は過ごし続けてゆくのです。

阿泉来堂

歌声

●『歌声』阿泉来堂《あずみらいどう》

《異形コレクション》に初参加となる新しいホラーの血。

阿泉来堂は、２０２０年に長篇『ナキメサマ』（角川ホラー文庫）にてデビュー。同作は、ＫＡＤＯＫＡＷＡ主催の横溝正史ミステリ＆ホラー大賞（２０２０年度・第40回）読者賞に選ばれた作品で、土着的な因習をモチーフとする民俗学的なホラーでありながら、その結末に至るまで、二重三重に読者を翻弄する罠が仕掛けられている。いわば上質な〈叙述トリック〉であり、私は一読後、１９８０年代の《新本格ミステリ・ムーブメント》を連想したほどだった（〈叙述トリック〉としては、むしろ〈新本格〉よりあとの、上遠野浩平《かどのこうへい》以降のライトノベルが醸成《じょうせい》してきたテクニックとも思われる）。すなわち、阿泉来堂は因習ホラーや心霊ホラーに意欲的にミステリの手法を取り入れてきた作家といえる。『ナキメサマ』に登場した探偵役の作家・那々木悠志郎《ななきゆうしろう》を主人公にしたシリーズもの『ぬばたまの黒女《くろめ》』『忌木《いみき》のマジナイ　作家・那々木悠志郎、最初の事件』（ともに角川ホラー文庫）や、〈贋物霊媒師〉シリーズ（ＰＨＰ文芸文庫）、〈バベルの古書猟奇犯罪プロファイル〉シリーズ（角川ホラー文庫）など、長篇の収穫が頼もしいが、時折、アンソロジーに発表する短篇も貴重な逸品が少なくない。

本作は、視覚を失った男が聴覚の異変から状況を推理する物語だが、阿泉来堂のもうひとつの特徴、スプラッタ描写の凄まじさも遺憾なく発揮されている。

1

その声が聞こえた時、私は歩くのをやめ、うつむけていた顔を持ち上げた。

何を言っているのか、何かを言おうとしたのかもわからない不明瞭《ふめいりよう》な声だった。

動きを止め、私は黒く塗りつぶされた世界を見渡し、首を巡らせて両耳に意識を集中させる。

声は一つではなかった。

男性の声
女性の声
どちらともつかぬ中性的な声

それらが折り重なって、穏やかな空気を切り裂くように響いた瞬間、私は目が覚めるような衝撃を受けた。

忙《せわ》しなく胸を叩く鼓動に急《せ》かされながら、首を巡らせて音のする方向を探る。

声がしたのは繁華街の中心部と思われる方向からだった。路肩《ろかた》のガードレールや電柱、街路樹なんかを手探りで確かめながら、私は再び歩き出す。その間にも、進行方向からはいくつもの声が響いてきていた。

そのいずれもが、先ほどの声と同様にとても透き通った、それでいてオペラ歌手が劇場に響かせるかのように力強いものであることがわかる。

いったいこれは何なのだろう。

歌というには不明瞭で、歌詞も聞き取れない。だが、その声色はたとえようがないほど美しい。

歌詞やメロディなどそっちのけで、ただただ聞き惚れてしまうほどの圧倒的な美声。その不可思議な歌声に、私は一瞬で魅せられてしまったらしい。人の往来の多い繁華街で、病院着のまま、両目を包帯で覆われた男がさまよう姿は、周囲の人たちにはさぞ珍しいものに見えているはずだ。

二週間ほど前、私は自宅の階段から誤って転落した。その際、頭を強く打っただけでなく、落下した先にあった姿見に激突し、割れた破片《はへん》によって両目を損傷した私は、事故前後の記憶と共に両目の視覚を失うという事態に見舞われて、現在も入院中の身である。

これまで何の不自由もなく暮らしていたはずが、唐突に視覚を失ってしまったことで、私の生活は一変した。食事をしたり、トイレで用を足したりはもちろん、あらゆることを妻の介助なしではできなくなったし、中学の音楽教師という職も失うことになるはずだ。

本来なら、そういった先の見えない不安や視力に頼らず生きていかなくてはならないという事実に恐怖を覚え、取り乱したりするものだろう。だが私の心は、自分でも驚くほど冷静で、自分のことはもちろん、外界で起きているあらゆる出来事に興味が持てなくなっていた。転落時の出来事に関しても、妻が話してくれた内容を疑いもせず鵜《う》呑みにしているだけだった。

そんなふうに、何もかもが些末《さまつ》で取るに足らぬことのように思え、この身に降りかかった災難すらも遠い何処《どこ》かで起きた他人事《ひとごと》のようにしか感じられないのだ。

担当医は、そうした私の厭世的《えんせいてき》な心理状態が、感覚の乱れを引き起こしているのではないかと分析した。視覚を失ったことで、以前から抱えていた世の中に対する嫌悪や恐怖といった感情が、より強く脳に作用するようになった。その強いストレスを緩和するために、脳が記憶や感情を意図的に鈍化させ、心を「閉じる」ように仕向けているのではないかとほのめかすのだ。

医者の言うことがどこまで本当かは定かではない。ただ彼の言葉通りに、私は検査とリハビリの時間以外は何をするでもなくベッドに横になり、食事と排泄を繰り返すばかりの無気力な入院生活を送っていた。

そんな赤子同然ともいえる状態の私が、どうやって病院を抜け出し、町中らしいこのあたりまでたどり着いたのか、自分でもよくわからない。道中、よく車に撥《は》ねられたりしなかったものだと思うが、気がついたときには、この通りをあてどなく歩いており、蜜に吸い寄せられる蜂のように、不思議な声のする方向へと引き寄せられてきてしまったのだ。

そうして文字通り盲目的に声のする方向へと進んでいた私は、思わぬ衝撃を受けてよろめいた。歩行者と思《おぼ》しき人物が、ほとんど正面衝突という勢いで私にぶつかってきたようだった。

「すみません……」

こちらが謝る暇もないほど切羽詰まったような口調で、男性は半ばパニックに陥ったかのように乱暴な言葉をまくし立てると、そのまま足早に立ち去っていった。

失礼な態度に内心で毒づきながら、再び声のする方へと進んでいった。五分と進まないうちに、響いてくる美声はどんどん厚みを増していく。

やがて、人だかりの波が私を阻んだ。一瞬、私と同じく『声』に誘われた人々かと思ったが、彼らは私を押しのけるようにして声の発生源とは逆の方向へと駆けていく。

何かのパレードだろうか。前方、さほど距離の離れていない位置から、ひときわ大きな美声が響き渡り、うっとりするような歌声が幾重にもこだまして、繁華街を埋め尽くした。

やはり何かのイベントでもやっているのだろう。異国の言葉を用いたミュージカル調の演目かもしれない。

この耳が異常をきたして以来、初めて聞くことのできた美しい声に、私はすっかり感情を揺さぶられ、深い感動の渦に呑み込まれていた。

すっかり消え失せてしまったかに思われた私の感情は、確かにこの胸の内に存在し、感動に打ち震えているのだった。

大学時代、通い詰めていたジャズバーで、初めて真奈《まな》の歌声を聞いた時の衝撃が蘇る。光を感じることのない私の目はこの時、暗闇を切り裂くように光を放つ歌声の主を感じていた。

私は人波をかきわけ、その光に手を伸ばす。

そして、その光を手中に抑えようかというまさにその瞬間、私は全身に強い衝撃と痛みを感じ、地面に倒れ込んだ。

薄れゆく意識の中、遠くの方から、誰かが私の名前を呼んでいる気がした。

2

重く、どす黒いタールのような粘液が体中にへばりついている。

そんな感覚を覚えながら目を覚ました私は、身体の下にあるのが、病室のベッドとは違う、手触りの良いシーツの感触であることに気付く。馴染みのある匂いがしたことからも、それが自らの寝室のものであることに思い至ると、驚きと安堵の入り混じった曖昧《あいまい》な溜息をついた。

　耳をそばだてて気配を探ってみるが、室内に人の気配はない。

　耳鳴りがするほどの静寂。いったい今は何時で、気を失ってからどれくらいの時間が経過しているのかがわからず、何とも言えない不安が胸に広がっていった。

「真奈？」

　妻の名を呼んでみたが、応じる声はない。ベッドから降り、壁伝いにドアまで行って廊下に出る。冷えた空気がむき出しの顔や首筋に突き刺さるのを感じながら、壁伝いに階段へと移動し、手すりにしがみついて慎重に一階に下りた。リビングのドアを開けると、それまでうるさいくらいに響いていた二つの笑い声が、ぴたりと途切れる。

「和史《かずし》くん、目が覚めたのね」

「よかった。大丈夫か只野《ただの》」

　パタパタと駆け寄ってくる真奈の足音。そして重量感のあるもう一人の足音が続く。

「俺だよ、森重《もりしげ》だ」

「森重……？」

　思わず聞き返してしまった。それは大学時代、決して少なくない時間を共に過ごした友人——いや、親友の名前だった。

真奈と出会ったジャズバーを私に紹介してくれたのも、他でもないこの男だ。在学中は真奈を含めた三人でよく飲みに行ったりしたのだが、私と真奈が付き合い出した頃から、就職活動なども重なって、何となく疎遠になり、そのまま大学を卒業してしまった。

以来、一度も顔を合わせていなかったその友人が、どういうわけか私の家にいる。不可解ともいえるこの状況に、私はただただ困惑した。

「ほんと、久しぶりだよな。五年ぶりか？」

「違う違う。もう六年だよ」

当時と変わらぬ親し気な口調の森重と真奈のやり取りに、私はあの頃に戻ったような錯覚を覚える。だが唯一異なるのは、二人の声が出来の悪い機械音声のように耳障りな、しゃがれ声であることだった。何かの薬品で焼けただれた喉から血にまみれた声を絞《しぼ》り出そうとするような二人の声が耳から侵入し、脳髄《のうずい》をいたぶる。

その耐えがたい不快感はしかし、すでに私の日常の一部と化していた。実をいうと私は、事故によって視覚を失っただけではなく、他人の声が奇妙にしゃがれて聞こえてしまう聴覚異常を引き起こしていた。他の物音には一切障害がないのだが、唯一、人間の喋《しゃべ》り声だけが歪《ゆが》んで聞こえてしまうのだ。これが先の医者の言葉にある精神的なストレスの影響なのか、それとも頭を強く打ったことによる脳の異常なのかについては、明らかにはされていない。ただ現状としては、一つの事実として、私は視力と聴力それぞれに異常をきたし、二重のハンデを背負うことになったということである。

「どうして、お前がうちにいるんだ?」

「どうしてもこうしてもあるか。お前、交差点に飛び出そうとしていたんだぞ。慌てて止めようとしたら、前から来た通行人とぶつかって転倒しちまって……」

森重曰《いわ》く、同僚とランチを取ろうとしていたところ、眼前を盲人のようなおぼつかない足取りでふらついている私を発見したのだという。慌てて駆け寄ったときには既に遅く、他の通行人にぶつかって転倒。助け起こそうとしたが、意識を失っていたため近くに止めていた車に乗せて自宅に運んでくれたらしい。その後、車中で病院から抜け出した私を探していた真奈に連絡を入れ、二人は自宅前で合流したのだという。

「倒れたときに頭を打ったり、他に怪我をした様子がなかったって聞いたから、病院に戻る前に休ませようって話になったんだけど、どこも痛むところはない?」

真奈が私の腕に軽く触れ、心配そうに尋ねる。それに首を振って応じ、私は友人が立っているであろう方向へと向き直る。

「何から何まで世話になってしまったらしいな。偶然とはいえ、本当にすまん」

頭を下げた拍子に、こめかみのあたりに鈍い痛みが走った。

顔をしかめると、二人は左右から身体を支えるようにしてソファに座らせてくれた。

「それにしても只野、お前入院中だったらしいじゃないか。なんだって勝手に抜け出して、あんなところにいたんだ？」

　真奈から前後の事情を聞いたらしい。

「……声が聞こえたんだ」

「声？」

　森重のざらついた声が怪訝《けげん》そうに繰り返す。

「すごく透き通った女性の声だった。いや、一人だけじゃない。たくさんの綺麗な声が響きあっていて……とにかく素晴らしい歌声だった。今日はあそこで、イベントか何かやっていたんだろ？」

　私の問いに対し、すぐに返答はなかった。

　当惑したような、奇妙な沈黙。

　それも当然の反応だろう。彼らには、私があの美しい声を聞いてどれほどの感動を得たのかなど、想像もつかないだろうから。

　ある日唐突に視力を失い、他人の声が奇妙なしゃがれ声でしか聞こえなくなった。暗闇に閉ざされた世界で唯一頼ることのできる聴覚にまで異常をきたし、来る日も来る日も地の底から響いてくるかのような不気味な声ばかりを耳にしてきた私にとって、あんなに美しい歌声を聞くことができたのは、奇跡と呼ぶにふさわしい出来事だった。

　美しい声を聞く。たったそれだけのことが、今の私にとっていかに重要かつ貴重なことであるかは、この苦しみを正しく知る者でなければ理解することは難しいだろう。

「……本当に、そんなものが聞こえたのか？」

「聞き間違えるはずはない。あんなに美しい歌声が、お前には聞こえなかったのか？」

「いや、俺は……」

森重は困惑したように、もごもごと決まりの悪い様子で口ごもった。

覚えがないというのだろうか。今度は私の方が彼に疑惑を抱きかけたが、そういうこともあるのだろうと、すぐに思い直す。

人間というのは意識の生き物だ。どれだけ綺麗な歌声が辺りに響いていても、他のことに気を取られて意識に入らなければ、ただの『音』としか認識できない。自動車の運転中、他のことに気を取られ、前方不注意で事故を起こす人はざらにいるし、ドラマに集中していたせいで、隣で喋っている相手の声が耳に届かないということだってある。

「和史くん、あのね……」

ぽつりと、真奈が声を上げた。

何か、言いたいことでもあるのだろうか。しかし、躊躇《ため》いがちに言葉をさまよわせたまま、一向に先を続けようとしない。

「真奈、どうかした？」

「実は……その……」

何か、とてつもない秘密を打ち明けようとでもするみたいに、真奈は浅い呼吸を繰り返していた。彼女の沈黙が長引けば長引くほど、私は正体不明の焦燥感に取り憑かれ、気持ちが落ち着かなかった。

やがて真奈はひゅっと息を吸い込み、意を決したように何かを言おうとしたのだが、それを先回りするかのようなタイミングで、森重の声が彼女を遮った。

「只野も目を覚ましたことだし、俺はそろそろお暇《いとま》するよ。真奈ちゃん、ご飯ごちそうさま。とてもおいしかった」

「うん、どういたしまして。簡単なものしか作れなくて……」

真奈は毒気を抜かれたような声で、遠慮がちに言う。

「そんなことないよ。真奈ちゃんは歌もすごかったけど、料理の腕もすごいんだなんて感心しちゃったよ。只野がうらやましいな」

ははは、と口の中に泥を詰め込まれたような奇怪な音を立てて森重は笑う。その不気味な笑い声はともかくとして、彼は昔からこんな風に、ごく自然に女性を褒められる男だった。

胸の奥にしまい込んだいくつかの記憶が不意に蘇った。

以前にも、これと似たような出来事があった。

朗らかに笑う森重と、彼に褒められてはにかむ真奈。その時の彼女の顔が本当に嬉しそうで、心なしか頬を赤くしているように見えて、私はいつも、無理に視線をそらしていた。

「それじゃあ、またな只野。ちゃんと退院したら、飯でも食いに行こうぜ」

「ああ、わかった」

苦い記憶をおしのけて、その一言だけを絞り出した。

「私、下まで送ってくるね」

その時、真奈がひときわ雑音の混じった不快な声で言った。

軽やかな足取りで私のそばを通りすぎ、帰り支度を済ませた森重を追って廊下に向かう真奈からは、普段以上に香水の香りが強く漂った。

何処となく釈然としない気分を味わいながらも、私は連れ立って出ていく二人の気配を見送った。

3

それから数日後、医者に退院を認められて自宅療養に切り替えた私は、あの美しい声の持ち主を探すため、毎日のように街に出るようになった。

だが、何の手掛かりもなく闇雲に繁華街を歩き回るだけでは、声の主を探し出すどころか、手がかりを得ることすらままならない。ましてや今の私は目が見えないのだ。まだ使い慣れない白杖を片手に、耳だけを頼りにして雑踏を歩き回ったところで、成果が挙がるはずもなく、ただただ時間だけが過ぎていった。求めれば求めるほどにフラストレーションが蓄積され、ここ数日は特にイライラすることが増えた。

この日も、いつものように捜索を行っていた私は、すっかり意気消沈《しょうちん》していた。あの日、天からの祝福とばかりに歓喜の声に包まれていた繁華街は、一転して不快で薄気味の悪い、がちゃがちゃした喧噪《けんそう》に包まれている。じりじりと照り付ける季節外れの強い日差しすらも、私を嘲り笑っているような気がして、胸がむかむかした。

道の途中で立ち止まると、後ろからやってきた誰かの不機嫌そうな舌打ちが聞こえ、追い越しざまに白杖を蹴りつけられた。思わずよろついて近くの建物の外壁に手をつき、もたれかかる。

多くの人が行き来する足音と、四方八方から今にも押し寄せてくるような無数の気配。そして、あの不気味に濁ったしゃがれ声が、まるで嵐のように私を押し包む。それらは今や、不可視の暴力となって私を苛《さいな》み、追い詰めようとしていた。これまでの人生では、何とも思わなかった人ごみが、今は薄気味の悪いケダモノの集団であるかのように思える。

そんな不快極まりないものに囲まれて行う無意味な捜索活動に、私は唐突に嫌気が差してしまった。

連日の捜索でただでさえ体力を消耗しているのに、ここ数日はまともに睡眠すらとれていない。そうした不安定な精神状態だからこそ、視力の欠如と耳の異変によって乱された私の心と身体は、唯一そのダメージを打ち消すことができるであろう、あの美しい声を求めてやまなかった。

だが、それももう限界を迎えつつあった。心身ともに疲弊しきった私は捜索を中断し、水の中を歩くような気分で身体を引きずりながら帰宅した。一度ソファに倒れ込むと、起き上がるのがとても難儀に感じられ、喉が渇いているというのに、起き上がる気力は少しも湧いてこなかった。クッションに顔を埋《うず》め、まどろみにも似た眩暈《めまい》をやり過ごそうとしていた時、家に真奈の姿がないことに気が付いた。

彼女とはもう一週間近く、まともに会話をしていない。

最初のうちは、盲目状態の私が毎日どこに出かけているのかを気にしていたようだが、「歌声を探しているんだ」と説明すると、彼女は黙り込み、それ以上追及しようとはしなくなった。何か知っているような反応に思えなくもなかったが、思い過ごしだろうと自分に言い聞かせた。仮に彼女が声の正体を知っていたとして、それを隠そうとする理由が分からないからだ。

考え事をして少し冷静になったせいか、忘れていた喉の渇きがふつふつと湧き上がってきて、私は身体を起こした。

リビングでは、テレビニュースが無遠慮にがなり立てていた。

『二週間前にS市の繁華街で発生し、多くの犠牲者を出したこの事故の被害者を追悼するため、多くの人が集まっています。現場から中継です』

女性リポーターは、繁華街に集まった人々に話を聞いていく。

番組によると、以前あの繁華街でダンプトラックとバスの衝突事故があり、バスは中央分離帯に乗り上げて横転。制御を失ったトラックは、街角で選挙演説をしていた候補者と集まっていた聴衆の列に突っ込んでいったのだという。一方の横転したバスはあっという間に炎上し、脱出が遅れた数名の乗客が生きたまま焼かれて命を落としたのだそうだ。

身近な場所でこのように凄惨《せいさん》な事件が起きていたことを、私は今初めて知った。更に驚いたことに、この事故が起きたのは、私があの繁華街で『歌声』を聞いた日であった。

「なんだって……？」

私は慄然として、その内容に聞き入った。

事故が起きた正確な時刻は語られていない。だがもし、身近でこんな大事故が起きていたとしたら、目の見えない私だって気づいたはずだ。となると、私が気を失い、森重と真奈によって自宅に運び込まれている間に起きたと考えるのが妥当か。

もし通行人と接触して転倒し、森重に自宅へ連れ帰ってもらっていなければ、私も事故に巻き込まれ、トラックに轢《ひ》かれていたかもしれない。そんな風に思うと、今更ながら肝《きも》が冷えた。

だが、次にリポーターが話を聞いた女性が辺り構わず、喚くように泣きじゃくる。息子夫婦とまだ幼い孫が犠牲になったことを訴える声を耳にした瞬間、私はさっきの驚きなど比べ物にならない、まさしく雷に打たれたような衝撃を感じた。

悲痛に震え、涙ながらに嘆いているはずの女性の声が、私には息をのむほどに美しく聞こえたのだ。

普通ではありえないような不可解な状況に直面し、私は自分の耳を疑った。聞き間違いではないか、幻聴ではないかと疑いもした。しかし、テレビのスピーカーから流れてくる女性の声は、ソプラノ歌手が、常人には届かないような高音域を響かせ、高らかに歌い上げるかのように響いている。

「こんなこと……ありえるのか……？」

信じられない思いで自問する間にも、マイクが拾い上げた被害者遺族たちの嘆きの声は、そのいずれもが清く澄み渡る美声に彩られ、さながら聖歌隊の讃美歌のように私の耳を強く刺激した。

その時、激情とも呼ぶべき感動に強く心を揺さぶられた私は一つの閃《ひらめ》きを得た。もやがかかったように不鮮明だった思考に光が差し、闇を切り裂く一条の輝きに導かれるようにして、私はこの不可解な現象の答えにたどり着いたのだった。

私の耳は、他人の声が汚らわしいものに聞こえるだけではなく、嘆き悲しむ声を美声としてとらえてしまうという、おぞましくも奇妙な答えに。

「嘘だろ……そんな……そんなことが……」

私はリビングの床にしりもちをつき、愕然《がくぜん》として呟いた。だが気持ちとは裏腹に、天使の美声とも呼ぶべき美しい声が鼓膜を震わせるたび、ぞくぞくとした言い知れぬ快感が背筋を駆け上がり、脳髄を侵食していく。

人々が悲痛に苦しむその声を、私の耳は『美しいもの』としてとらえている。そのいびつでおぞましい事実に恐怖する一方で、私は抗いきれぬ快感のようなものに身をゆだねた。

あの時、私が直面していた無数の美しい声による大合唱は、目も当てられぬような惨状と化した事故現場にこだまする多くの人々の苦痛の声や、助けを求める声だったのだ。

そのことに気付く由《よし》もなく現場に向かっていった私は、逃げ惑う人々とぶつかって転倒してしまったのだ。

そのことに思い至った時、私は背後に気配を感じて振り返った。

「知っちゃったんだね。事故のこと……」

年老いた老人のものと呼ぶにふさわしいしゃがれ声。口調から、それが帰宅した真奈であるとわかる。

発言から察するに、真奈は事故が起きたことを知っていたのだろう。そう理解すると同時に、私は数日前に彼女が何事か言いかけていたことを思い出す。

私が耳にしたのは歌声などではなく、ダンプに轢かれ、身体をすりつぶされた聴衆や、生きたままその身を焼かれ、助けを必死に求めるバスの乗客の声。そして、その凄惨な光景を前にした多くの野次馬たちの悲鳴であったことを、彼女は伝えようとした。その時点で、彼女にはわかっていたのだ。私がずっと求め続けていた至福の歌声の正体が、本来ならば耳にすることすら厭《いと》われる人々の嘆きの声だったというおぞましい事実が。

「うぅっ……ぐあぁ……！」

私は突き刺すような痛みを脳髄に感じ、頭を抱えて床の上をのたうち回った。焼けた釘《くぎ》を鼻の奥に突き刺し、脳味噌をかき回されているかのような激しい痛みに呻《うめ》きながら、半ば絶叫めいた声を喉から迸《ほとばし》らせた時、私の脳裏に一筋の稲光のような閃きが瞬《またた》いた。

それは、失われたと思われていた事故当時の記憶だった。あの日、私は体調不良を理由に普段より早く帰宅した。玄関口には見慣れぬ革靴が置かれ、バスルームからは、シャワーの音がして……。

「和史くん……？　ねえ、大丈夫？」

問いかけてくる真奈へと顔を向け、私は湧き上がる怒りと共に荒い息を吐き、肩を上下させる。

「真奈……君は私を裏切っていたのか……。私の留守中に、この家で森重と……」

怒りをあらわにした私の態度を見て、真奈はすべてを悟ったのだろう。

「思い……出したの……？」

「それも一度きりじゃない。何度も何度も、私の……私たちの家で君はあいつと……森重が私をここへ運んでくれた時も、君はずっと奴と一緒だったんだろ？」

真奈は何も答えなかった。その沈黙こそが、私の指摘が真実を指し示していることを、如実に物語っている。

あの日、私を助けてくれた森重は、たまたま事故現場に居合わせたわけではない。奴は、聴覚異常で私が入院しているのを良いことに、真奈と会っていたのだ。そして、未曽有《みぞう》の大事故を目《ま》の当たりにして驚いたのもつかの間、その現場に盲目の私がふらふらと現れたのだから、更なる驚きに見舞われたことだろう。

転倒した私を放置できなかったのは、腐ってもかつての親友同士という情ゆえか、それとも単に、真奈と逢瀬を重ねていたことに対する罪悪感からか。

いずれにせよ奴は偶然を装って、真奈は真奈で、病院から姿を消した夫を案じて後を追ってきたフリをして、不自然な鉢合わせのつじつま合わせをしたのだ。

「真奈、君は私を裏切っていたのか……」

歯の隙間から絞り出すように言葉を吐き、私は真奈がいるであろう方向に踏み出した。現世をさまよう亡者《もうじゃ》のように迫る私に、真奈は恐れをなし後退りしたのか、家具にぶつかる音がする。

「やめて……そんな目で私を見ないでよ……」

真奈は、呻くように言った。きっと、その顔は恐怖に歪んでいることだろう。

「あなたが悪いんじゃない。『あの子』を失ってからずっと、私は悲しくて苦してどうしようもなかった。だから、それを乗り越えたくて子供を作ろうって言ってきたのに、和史くんはなんだかんだ理由をつけて断り続けた。大切にする振りをして、腫物《はれもの》を扱うみたいに私に接していた。君はそこにいてくれればそれでいい？　二人の生活が幸せ？　そんなのは全部、子供を持ちたくないから出てくる言い訳だよね？」

奇妙なことに、その声はかつての真奈の美しい声のままだった。あの美しい歌声と同様か、それ以上の魅惑的な彼女の声が、強烈に私の耳朶《じだ》を打ち、強く余韻を残す。

そのことにただただ驚愕し、唖然としてしまった私を責め立てるように、真奈はその先をまくしたてた。

「悪いけど、私は嫌だよ。和史くんと二人っきりなんて。結婚当初は私だけを見て愛してくれることに幸せを感じていたけど、流産してからは、あなたを気味悪く感じるようになった。言葉も態度も、何もかもが芝居がかっていて嘘くさいの。いつも私の話を聞いているふりをして、実際は私の声を聞いていただけ。そうでしょ？　子供の事だって、本当は生まれなくてよかったと思っているんだよね？　私を独占するためには、子供は邪魔《じゃま》だもの。たとえ自分の子供でも、あなたは私が他の誰かのものになるのが許せなかった。だからあの時、私が階段から落ちるのをただ見ていたんでしょ？　手を伸ばせば助けられたはずなのに、それをしないで私が転落していくのをじっと見ているだけだった」

　これまでため込んだ鬱憤《うっぷん》を晴らすかのように、半ば破れかぶれになって、真奈は声を荒らげる。そう、確かにそうしているはずなのに、彼女の声は何処までも透き通った清流が如く、澄み切った美しさでもって私の耳に届く。

「だから、私も同じことをしたんだよ。バスルームから飛び出した森重くんに刃物を持って襲い掛かろうとしたあなたを止めるために、私はあなたを殴った。力が入りすぎたせいで、意識を失ったあなたは、ゆっくりと倒れていって……」

　最後まで口にすることを忌避《きひ》するように、真奈は押し黙った。

　息の詰まるような沈黙がリビングに降りる。その一方で私は、閉ざされていた記憶の扉がゆっくりと開いていく感覚を味わっていた。

　全ての点と点が繋がり、線となって、私の身におきたすべてが地図となって広がり、脳内のスクリーンに映し出されていく。

　逃げ惑う森重に襲い掛かったものの、真奈に阻まれて玄関の姿見に激突した私は、砕けた破片で両目を損傷し、頭を強く打って意識を失ったのだった。

　二人は悩みに悩んだ挙句、私が階段から転落したという事実を捏造《ねつぞう》し、救急車を呼んだ。

　血まみれの私をそのまま放置するほどの悪人ではなかったようだが、その場を取り繕うために ついた嘘が、そのまま事実になったのは、彼らにとって僥倖《ぎょうこう》だったことだろう。その後、病院で私が意識を取り戻した時、視覚とともに記憶を失っていると知った真奈は、その嘘を真実にするべく振舞った。

視力を封じられた私を懸命に介助してくれたのも、すべては罪悪感からくる罪滅ぼしの行為でしかなかったのだと思うと、息が詰まるような虚しさに襲われる。

「本当は、和史くんがあんなことになってすぐに家を出ようと思った。でも、目の見えないあなたを捨てることはできなかった。だから、せめてあなたが元通りの生活ができるようになるまで支えることにしたの。だから、もういいでしょ。私の声にしか興味がない人と、これ以上一緒には暮らせないよ」

耳をふさぎたくなるような醜《みにく》い言葉も、この美しい声で語られるのなら、それはまるで音楽のように、私の心を癒してくれる。それがたとえ、研ぎ澄まされたナイフのように私を傷つける類の言葉であったとしても。

ついに自分の耳の異常の正体が、わかり始めていた。

歓喜が全身を満たしていた。

「ねえ、何なのその顔？　なんで笑ってるの？　ちゃんと聞いてよ。ねえったら！」

たどり着いた真実に半ば恍惚《こうこつ》としていた私の表情は、更に真奈の感情を逆なでしたらしい。

「目が見えなくなってからも、私は身を粉《こ》にしてあなたに尽くしてきたのに、あなたはそうやって、都合が悪くなると私の言葉なんて聞こうともしない。そんな人をどうやって愛せっていうの？　あなたと一緒に過ごすこの牢獄みたいな家で、私はずっと我慢してきた。でも、森重くんと再会して私は救われたの。私にとってこの家は、あなたなんかと過ごすためじゃなくて、私のことをちゃんと見てくれる森重くんと過ごすための……」

真奈が最後まで言い切るのを待たず、私は彼女に掴みかかっていた。

「いや、やめてっ！」

髪の毛を掴み、力任せに頬を張ると、真奈は悲鳴を上げながらリビングの床に転がった。

その時、彼女が発した悲鳴に私は酔いしれた。

それは本来の彼女の声――いや、それ以上の澄み渡った清涼さでもって私の耳朶を打った。同時に、脳裏に浮かぶのは先ほどのテレビに映し出された、事故直後の凄惨な映像と、そこから聞こえてくる、天使の歌声とでもいうべき美しい声の数々。

そう、これは『真実の声』だ。

私は視力を失った代わりに、この素晴らしい聴覚を授かったのだ。

人は平気で嘘をつき、心にもない言葉で他人を傷つける。そうすることで、内に秘めた本音や弱さを覆い隠し、虚勢を張って自己を大きく見せようとする。

どんなに親しい間柄でも、どんなに読心術に長《た》けていても、人の心の中を正しく覗き見ることができないように、その言葉が真実であるかを見極めることはできない。

しかし、怒りや憎しみ、そして深い悲しみといった感情のままに思いを吐き出す時、人は偽りの声をかなぐり捨てて『真実の声』を解き放つ。

今、真奈が発しているのは、死に瀕した人間が抱く嘘偽りない恐怖の感情だ。そして、私は視力を失った代償にその『真実の声』を美しい歌声に変換して聞く力を得たのだ。

痛みを訴え、憎しみと恐怖とを混在させる怯えた声であるはずの真奈の悲鳴は、今の私にとっては快楽へと通じるある種の興奮剤になっていた。『真実の声』は、それほどまでに甘美で蠱惑的《こわくてき》な幻想へと私を誘《いざな》おうとしていた。

さながら血と涙と快楽が占める、地獄のような幻想へと。

――もっと聞かせてくれ。

私は、内なる声に導かれるようにしてこぶしを振りかぶり、床に倒れた真奈の脇腹を殴りつけた。

「あああっ！」

期待した通りの美しい、い、い、声で、真奈が悲鳴を上げる。

顔を天井に向け、ゾクゾクするような快感にその身を震わせた私は、あまりの心地よさに吐息を震わせた。

それからキッチンへ向かい、手探りでラックから引き抜いた包丁を手に戻ってくると、息苦しさに呻いていた真奈が、ひっと短い悲鳴を上げた。

「な……何を……するつもりなの……」

恐怖に染め上げられた魔性の声を耳で咀嚼《そしやく》する。

――まだ足りない。もっとたくさん聞かせてくれ……。

心の中で懇願しながら、私は真奈に覆いかぶさった。目が見えずとも、彼女の声と、恐怖に震える体臭が居場所を明確に教えてくれるため、見失うことはなかった。あっという間に馬乗りになって見動きを封じ、逆手《さかて》にした包丁の切っ先をセーター越しの肌にあてがう。

「や、やだ！ やめっ！ ああ……いやああああああ！」

ためらうことなく力を込め、まずは右肩を突き刺した。刃が滑り込んでいくと同時に、真奈の悲鳴は絶叫へと転じる。痛い。やめて。許して。そういった言葉を繰り返し、意味を成さない音を発する真奈の声は、鼓膜を通じて体内に侵入し、微細な触手と化して頭蓋の奥へと侵入し、脳髄をドロドロに溶かしてかき回していく。そんな破滅的な妄想に、私は心底から酔いしれた。

まだまだ足りない。もっと彼女の声を――恐怖によって洗練された本当の歌声を聞かせてほしい。そんな欲求が肉体を支配し、暴力的ともいえる衝動が押し寄せてくる。

理性などというものは、私を裏切り、かつての友と逢瀬《おうせ》を重ねていた彼女に対する怒りと共に、遠い彼方へと吹き飛んでしまったらしい。

そして私は、極めて原始的ともいえる本能に突き動かされるようにして包丁を握る手に力を込め、肩口に突き立てた刃をゆっくりりと、二の腕の方に移動させる。ミチミチと音を立て、腕の皮膚が切り開かれていく。切断された動脈から熱くたぎるような血液が大量に迸り、私の顔や身体、そしてカーペットを瞬く間に濡らしていった。

白目を剝き、小刻みにその身体を痙攣《けいれん》させる真奈は、この世のものとは思えぬ声で歌う。強烈な快感に身もだえしながら、私は獣じみた本能に従って更なる力を込めた。途中、手首の骨で引っかかったため、半ば強引に振り抜くと、血管をぶちぶちと引き裂きながら手首を通過する感触があり、さらに大量の血液が噴出した。

瘧《おこり》にかかったように全身を震わせながら、真奈は信じられないほどの声量で一心不乱に歌い続ける。

この世で最も美しいその悲鳴《こえ》を少しでも長くこの耳に刻み付けるため、私は慎重に妻の身体を切り刻んでいった。

井上雅彦

吼《ほ》えるミューズ

●『吼《ほ》えるミューズ』井上雅彦《いのうえまさひこ》

個人的な2024年の近況としては、7月に三十年前に出した第一短篇集『異形博覧会』の再刊に続いて、10月には《異形コレクション》収録作を中心に編んだ最新短篇集『宵闇色《よいやみいろ》の水瓶《みずがめ》 怪奇幻想短編集』を刊行。これらはすべてが独立した短篇だが、本作は連作短篇。ヴィクトリア朝のロンドンを舞台に、精神科医レディ・ヴァン・ヘルシングと司書のジョン君が活躍する幻想ミステリ連作。私の長篇デビュー作『異人館の妖魔《ファンタズマ》〈ヤング・ヴァン・ヘルシング〉』の「娘」を主人公にしたものだが、この作品で描いたシーボルトの幻の著作『日本妖物誌《ファンタズマ・ヤポニカ》』がキーとなるという設定。令和の《異形コレクション》第50巻『蠱惑《こわく》の本』の「オモイツヅラ」が第一作。以降、第52巻『狩りの季節』、第55巻『ヴァケーション』、第56巻『乗物綺談』に発表してきた。《異形コレクション》以外では一作のみ「青いコビト」という作品を、新紀元社『幻想と怪奇16 ホラー×ミステリ ホームズのライヴァルたち・怪奇篇』に出張（?）寄稿している。それを含めて、本作品で六作品目。自分としては、このように同一キャラクターを長く続けた体験は、はじめてのように思われる。

さて、本作は〈楽器〉をテーマに書いた新作。登場する楽器についてここでは詳しくは書かないが、ザ・ビートルズ時代のジョン・レノンが「おが屑《くず》の匂いがする」楽曲を創りたいと、この楽器の音色《ねいろ》を所望《しょもう》したエピソードのみを、書き添えておこう。

実を言えば、今でも聞こえる。

あの不思議な楽曲が。

世にも妙《たえ》なるメロディが。


もちろん……心理的なものなのだろう。言ってしまえば、ただの空耳《そらみみ》。言葉を工夫するならば、聴覚の戯《たわむ》れ。おそらく、そういった種類のものだと認識している。

はっきりしているのは、あの日、最初に僕を魅了した「世にも妙なるもの」とは、聴覚を通じてやってきたものではなかったことだ。なにかと問われるなら、それは嗅覚。えもいわれぬ芳香《ほうこう》だ。

これまで嗅《か》いだことのない香り……いや、かつてどこかで味わったことのあるような……懐《なつ》かしい空気のなかに含まれていたような……なんとも不思議な香りなのだ。

鼻腔《びこう》を通ったその香りは、身体の深部にまでしっかりと届き、なにやら底知れぬ力を与えてくれるような気さえした。僕の仕事場――つまり、整理を任されているあの膨大《ぼうだい》な書庫の奥にまで流れ込んできたその香りに、僕は思わず反応し、やりかけの仕事をそのままに、書庫の持ち主であるレディ・ヴァン・ヘルシングの部屋へ通じる扉を、ノックも無しに開けてしまったほどだったのである。

博士《レディ》は、テーブルの上でアルコールランプで煮沸《しゃふつ》されているフラスコから連結した硝子管《ガラスかん》を通して液体を抽出しているところだったが、不作法な登場の仕方をする僕に、待っていたとばかり目を向けた。

「ジョン君も、ティーパーティに参加したくなったのね」

「お茶《ティー》ですって？　それが？」

博士が、ウェッジウッドの紅茶茶碗《ティーカップ》に注いでいるのは、フラスコから抽出《ちゅうしゅつ》された濃緑《のうりょく》色《しょく》の液体だ。

「最高級のギョクロよ」

はじめて見た。濃緑色の液体……というよりも濃緑色の泡。

それが、日本の古都で栽培され、特殊な方法で成熟した茶葉から淹《い》れた玉露――緑茶《グリーン・ティー》であることを、僕ははじめて知った。

「緑茶の成分が人間の感覚を研《と》ぎ澄ますことは、父も熟知していた。父の友人でもあるドイツ人の医学博士は、その超自然的なまでの危険性についても述べているけれど、それは、すべての薬剤と同じ。数値的な基準さえ超えなければ、この有益性は評価すべきことよ」

博士は、背筋を伸ばして、緑の杯に唇を寄せた。

僕は、ちょっと引いてしまっていた。

えもいわれぬ香りは魅惑的なのだが、その毒々しいまでに鮮やかな濃緑色のインパクトは、生理的に応えた。

「ジョン君も遠慮無く、お飲みなさい。すぐに淹《い》れてあげるから」

「あ……いえ……ぼ、僕は……」

と、その時、博士が机に拡げていた古い造本に目が行った。

多少、話を逸《そ》らし気味に、

「博士、その本は、いったい――？」

「あら。これなら、ジョン君が昨日、見つけてくれたものじゃない」

「え？　僕が？」

「行方《ゆくえ》がわからなくなっていた蔵書のひとつ。昨日、ジョン君が見つけてくれた紙の匣《はこ》に入っていたものよ」

「あ」

思い出した。奥の近寄りがたい稀覯本《きこうぼん》が並んでいるあたりだった。

ギリシャ語のエクスクロピオスなんちゃらだとか、ラテン語のなんちゃらクタアトだとか、そんな古い変色した書物たちの住処《すみか》。その最下段に――前は気づかなかったのだが――大型本の向こう側に落ちていたものだ。埃《ほこり》だらけの包装紙が、匣らしきものを、繃帯《ほうたい》のように覆《おお》ったもので、一応、とりだして、博士に届けておいたのだった。

そういえば――それを見つけたきっかけも、考えたら奇妙なものだった。

なにやら、おかしげな音がしたのだ。

足下のあたりから、小さな音が聞こえた。最初は、鼠《ねずみ》かとも思った。でも、その音は、なにやら拍子《ひょうし》をとるような――音の連《つら》なり……つまり、音楽とでもいうべきもののようで……。

思わず足下を覗《のぞ》き込み、最下段の棚の奥から、これを見つけ出したというわけだった。

「流石《さすが》は、セワード博士のお墨付《すみつ》き、本を探し当てる〈ハシバミの枝〉」

博士は言った。「これも長いこと探していたの。日本の油紙《あぶらがみ》に包まれていたからわからなかったのね。父がコレクションしていた日本妖怪の資料」

「妖怪？」

僕は驚いた。「というと、シーボルトの『日本妖物誌《ファンタズマ・ヤポニカ》』の……？」

「ちがうわ」

博士が言った。「これは、日本人が刊行した妖怪画集」

その黄ばんだ表紙をめくったとたんに、背後から悲鳴があがった。

シャルロットが立ち竦《すく》み、運んできたスコーンの皿を落としそうなほどになっていた。

「あら、怖がらせてしまったかしら」

博士は心配そうに、シャルロットを見やって、

「一瞬、不気味なものに見えるかもしれないけれど、よく見れば、感じ方が変わるかもしれないわ……この腐敗した爬虫類《はちゆうるい》のようなものは、使い古されたダスト・クロスが変異したもの——名前は白容裔《しろうねり》」

絵師も書物も、耳慣れない名前だった。

鳥山石燕《とりやませきえん》という絵師による『画図百器徒然袋《がずひやっきつれづれぶくろ》』。

妖怪——というよりも、器物《きぶつ》・道具の化け物ばかりを描いたというもので、「万物《ばんぶつ》に魂が宿る」という日本人の宗教観が反映されたものらしき奇想の画集なのだけれど。

「これがアンブレラのスケルトンなんですか？」

最初のショックが和らいだのか、シャルロットも「骨傘《ほねからかさ》」を見て、笑い出した。

確かに、よくよく見れば怖さというよりも、ユーモラスなものが含まれている。

シーボルトの『日本妖物誌』の絵を描いた川原慶賀《かわはらけいが》の写実的な西洋画とは異なり、どこかコミカルな戯画《カートウーン》のようだ。むしろ、英国《わがくに》の週刊風刺雑誌「パンチ」の表紙を思わせる。

「妖怪化」されているのが、日本特有の道具類という点が、奇怪さにもつながるエキゾチズムを含んでいるのだけれど、器物の擬人化はどこか諧謔的《かいぎやくてき》な笑劇《ファルス》を想起させる。

「これは……楽器？」

博士がめくる頁《ページ》に、目が止まった。

人の姿をした、そいつの首から上が弦楽器を思わせる。

「妖怪の名前は〈琵琶《び わ》牧々《ぼくぼく》〉。この弦楽器は、日本では琵琶と呼ばれ、古代ペリシャでバルバッドと呼ばれていたもので、西洋のリュートの先祖でもあるの。日本では古来、盲目の僧侶が琵琶を奏《かな》でて経文《きようもん》を読んだり、栄枯盛衰《えいこせいすい》の物語を奏でたりするという仏教文化があって、独自の発展をしてきたから……妖怪の話にもなったのかもしれない」

「その隣の頁の、毛むくじゃらの鰐《わに》みたいなのも、楽器？」

「これは〈琴古主《ことふるぬし》〉。鰐のような怪物が逆立てた髪を振り乱したように見えるけれど、これは弦がもつれた琴の姿。古代ペルシャのダルシマーやヨーロッパのツィターと同じで、板に張った弦を指で弾《ひ》くものだけど、琴はとりわけ、音色《ねいろ》がきらびやか。日本では、ハープを竪《たて》琴《ごと》――立てた琴――と呼ぶけれど、むしろ、日本の琴は、横にしたハープのようだわ」

実際に音色を知っているのだろう、博士のうっとりとした顔を見て、僕は思いだしていた。

この『画図百器徒然袋』を包んだ紙を手にした時にしていた音というのは、もしかして……。

思わずその話をすると博士は、面白そうに次々と妖怪たちを読み上げる。

銅の皿のような形の打楽器・鉦鼓《しようこ》の化けた〈鉦五郎《しようごろう》〉や、同じく金属の打楽器・鐃鈸《にようはち》の頭を持った〈乳鉢坊《にゆうはちぼう》〉、僧侶が叩く打楽器が変じた木魚達磨《もくぎよだるま》、顔から鈴の飛び出したかのように見える〈鈴彦姫《すずひこひめ》〉、やはり、日本特有の弦楽器・三味線が妖怪化した〈三味長老《しやみちようろう》〉など……確かに奇怪な演奏会はかれらの仕業《しわざ》かもしれない。楽器でこそないが、最も異様な声で唸《うな》りそうな〈鳴釜《なりがま》〉までがいる。

妖怪どもの演奏が、空耳が耳朶《じだ》から溢《あふ》れ出そうな気がするが、いや、これこそが、部屋に溢れる緑茶の香りのせいかもしれない。

博士は、今日、何杯目かの緑茶をウェッジウッドに注いで、飲んでいる。

――こんなに飲んで、大丈夫なものなの？

と心配になると同時に、

――もしや、午後からの訪問のため、博士は緑茶を欲しているのでは……。

と思い当たった。

リラックスのため。いや――博士の言葉によると「感覚を研ぎ澄ます」ため。

そう考えると、同伴する助手として、僕じしんも緊張してきた。

なにしろ、はじめての訪問なのだ。

スコットランドヤード……ロンドン警視庁本部を訪れるのは。

警視庁本部は、ロンドンのど真ん中にある。

つまり、イングランドの中心部にあるのだが、その通り名はスコットランドヤード。

不可思議な名の由来はしごく簡単で、元スコットランド王の離宮の囲い庭《ヤード》に面した通りの名前が、そのまま通称になっただけのことだ。

それでも、この囲い庭は、やはり秘密に満ちている。

重厚な門を護る護衛に身元を告げると、すぐに現れた案内役の警官はなかなかに慇懃《いんぎん》な身のこなしだったのだが、制服の下で盛りあがるはち切れんばかりの筋肉量には、些《いささ》か威圧されてしまう。彼に先導されて、はじめて入る警視庁の構内は、さすがに厳粛《げんしゅく》な空間だった。

廊下から廊下へ。階段から階段へ。

自分たちの靴音が、遠くまで反響する。

ずいぶんと長い距離を歩かされているとも感じながら、僕は、妙な既視感を感じた。

なんだか、叔父の職場に似ている。ロンドンで一、二を争う規模の精神病院。その構内を歩いた時と、印象がよく似ているのだ。

——妙に、耳に響く跫音《あしおと》だな。

あの病棟でも、そう感じた。なんだか、自分の跫音とも思えない。どこか異様な、金属音めいた、えたいの知れない跫音の響き。

——いつも以上に、感覚が鋭敏になっているんだろうか？

僕がそう思うのには、わけがある。

ここに来る前に、いただいてしまったからなのだ。博士が淹れた、あの緑茶を。

いや——お断りしておけばよかった……と、今さらながらに、後悔する。

色のどぎつさは別としても、あまりに芳《かぐわ》しい香りだったものだから、ついひとくち。

上品な薫香《くんこう》が口内に満ちると同時に、特別な「味」がじわじわと拡がる。舌を歯茎《はぐき》を、そして喉粘膜《のどねんまく》までをも浸蝕《しんしょく》していく「苦み」には、人智を越えるレベルの鮮烈さがあったのだ。

のみならず、「ジョン君は気に入ったようだから」と、水筒にまで入れて持たされてしまったのだが。いやいやいや、冗談じゃない。もう一杯飲もうなどと思う筈がないではないか。

今でも口内に苦みが湧き出すほどなのだが……もしも、その「薬効」が、感覚を鋭敏にしているとしたら……その感覚が、今でも続いているとしたら……。

高らかに響く跫音が、止まった。

ひとつのドアの前で、案内役は停まり、僕たちの歩みも止まった。

「こちらです」

案内役がノックをする——その瞬間、僕の耳にノックとは別の音が飛び込んできていた。

別の音。——そう。もちろん……心理的なものなのだろう。

言ってしまえば、ただの空耳。言葉を工夫するならば、聴覚の戯れ。おそらく、そういった種類のものだと認識している。認識してはいるのだが……。

それは、旋律。

奇妙な旋律。不可思議な音楽。これは……楽器といえるものが出している音なのだろうか。

ドアが内側から開いた。

とたんに――旋律は途絶えた。


「すっかりご無沙汰しています、博士《レディ》」

濃い眉毛と精悍《せいかん》な目鼻立ちの男性が、博士と僕の顔をかわるがわる覗き込んだ。

「博士の助手も、すっかり慣れたようですね、ジョン・セワードさん」

「あ、これは、どうも――」

僕は、すっかり、しどろもどろになってしまった。この刑事に会ったのは、かなり前のこと――博士のところで、はじめて奇怪な体験をしたあの「オモイツヅラ」の事件の直後、連続して起こったとある刑事事件に、博士が「知恵を貸した」時以来だった。

「あの時は、どうも、警部さん」

そう。階級は警部の筈だ。それは間違いない。しかし、名前が思い出せない。

「ご連絡いただいた時は驚きましたわ、ウィギンス警部」

博士が名前を思い出させてくれた。「ここは、いつもの刑事課とは違う部署ですね」

「私から説明させてください」

不意に声が割り込んだ。

まるで、壁の中から現れたかのようだった。気配も無く、黒いスーツに身を包んだ若い男性が姿を見せた。

「スミスと申します。こちらの部署、F課に属する担当捜査官です」

「F課というと……たしか、外国人《フォーリン》の関係する刑事事件の……」

「はい。そのとおりです」

スミスは微笑《ほほえ》んだ。でも、目が鋭い。「流石は、刑事課のウィギンス氏が一目《いちもく》置くだけのことはある。英国の警察組織にもお詳しいとは」

「もしかしたら、取り調べの対象は、私なのですか？」

博士は大きな目でスミスを見据え、微笑んだ。「私も外国人ですが」

「とんでもない」

スミスは、オペラ歌手のように大袈裟《おおげさ》な仕草《しぐさ》で否定しながら、「貴女《あなた》の医師としての卓越した診療を必要としているのです」

「というと……」

「ある人物を診《み》て戴《いただ》きたいのです」

スミスは言った。「ある事案で保護している人物です。おそらく、その人物の鎖《とざ》された心を開くことができるのは、催眠術をはじめ、さまざまな読心技術をお持ちの貴女だけではないかと――」

「お待ちください」

博士は言った。

「はっきりと申し上げておきますが、私は、被疑者を自白させる専門家ではありません。思うところあってなにかを心に秘めた人物から無理矢理なにかを聞き出すために、催眠術を使うことにはご協力できません。たとえ、相手が外国人のスパイ容疑者であったとしても、私は自分の学んだ精神医学を拷問《ごうもん》道具の代わりにするつもりは一切ありません！」

静かな口調だが、鋭い紫電《しでん》が走ったかのようだった。

博士の言葉に感電したかのように、スミスは表情の止まったまま、立ち尽くした。

その短い静寂を破ったのは、拍手の音だった。

「はっはっは。お見事、お見事」

拍手の主《ぬし》は、ウィギンス警部。

「Ｆ課の誇るエリート捜査官、さすがの〈剃刀《かみそり》スミス〉も、博士の鋭い進言には二の句も継げないようだ。こいつは面白い」

そのくだけた調子に、博士の緊張した顔が少しだけ緩《ゆる》んだ。そんな博士の顔を見て、僕も、なんだかほっとした。ウィギンスは続けた。

「博士にも些か誤解があるようですな。Ｆ課は、なにも外国人をスパイとして取り締まる専門の部署というわけではない。外国人が巻き込まれた犯罪を調べる部署でもありましてね。

特に、今回の不可解な事件がそうなのです」

「と、いいますと？」

博士が向き直った。

ウィギンスとスミスが肯きあい、二人で博士の顔を見た。

そして、部屋の奥にある、もうひとつの扉を指し示した。

それを見た瞬間——また聞こえたのだ。

僕の耳に、あの奇妙な音楽が……。


ガラスの仕切りの向こう側に、ひとりの男の顔が浮かびあがる。

うなだれたまま、両耳を押さえている。青ざめた顔が、痛そうに歪《ゆが》んだ。

「保護された時から、あの様子なのです」

ウィギンスが言った。扉の奥のもうひとつの部屋の中で、そのさらに奥にあるガラス窓を通して見えている、いかにも憔悴《しょうすい》した様子の男について、僕らに説明しているのだ。

「意思の疎通が困難な状態で。強いショックを受けているのでしょう。確かにあの状況では、ショックを受けるのも当然でしょうが……」

「というと？」

「銃を手にしたふたつの死体の間に倒れていたのですよ」

ウィギンスが言った。「場所はバトラーズ・ワーフの倉庫街」

「タワーブリッジを渡った南岸ですよね……」

博士が言った。「そんなところで、撃ちあいが？」

「しかも、アメリカ人同士がね」

スミスが言った。「スミス＆ウェッソンの回転式拳銃。レミントン社製の弾薬。デューク社製の紙巻き煙草《たばこ》。そして、ドル紙幣。いずれも、遺留品はアメリカから持ち込まれたものばかりです。ふたつの死体の身元は調査中なのですが」

「保護された人物も？」

「やはり、アメリカから来たと推測できます。着衣は、よれよれのウエストコート。コットンのズボンに、擦《す》り切れた乗馬用のチャッカーブーツ。いずれも、英国のものとは異なる」

「所持金は、僅《わず》かです」

ウィギンスが言った。

「少額のドル紙幣やセントと彫《ほ》られた白銅の銅貨に交じって、我が国のペニーやシリングも小銭ばかりは持っていました。奇妙なことに質札《しちふだ》も。すでに潰れた質屋のものだが。ひとつだけ、役に立ったのは、宿屋の鍵。おかげで、現場の近隣にある船乗り用の安宿が割り出せたのです」

警部は、調書を読みあげた。

「宿の記録によれば、記載された男の名はロデリック・ハリスン二世《ジュニア》。ご大層な名前は、いかにも偽名でしょう。所持品は、すべて、このとおり」

隣の机の上を指し示した。それらは、整理されて並べられている。

「安宿で押収したものです。着替えはなし。小さな旅行鞄の中身も、ほとんど空《から》」

「その書類のようなものは？」

博士が訊いた。「ノート？　というより古い紙のようだけれど」

「これが謎でしてね」

警部が持ちあげた。「巻物《まきもの》なんですよ」

彼の言うとおりだった。折りたたまれた状態の長い紙で、拡げると、無数の穴が空けられている。まるで、星座の北斗七星《ほくとしちせい》の絵を〈穴〉で描いたかのようだ。

博士は興味深そうに、その巻き物をじっと観察している。

「私は〈暗号〉だと見ています」

スミスが言った。「アメリカの犯罪組織は、しばしばこのような暗号を通信手段に使います。彼は、それを運ぶ指令を受けていたのでしょう。それを奪うために、敵対する組織が暗殺者を派遣した」

「暗殺者ですって！」

思わず僕は叫んでしまった。

「アメリカのギャングの……殺し屋が!?」

「しかし、そう結論づけるのも早急だろう」

ウィギンスが、スミスに言った。

「あの衰弱した男は、銃器を所持していなかった。犯罪組織の人間なら武装していてもおかしくはない筈だ」

「あの男が、二人を射殺したわけではないのですね?」

博士が念を押した。

「というよりも……」

ウィギンスが不思議そうに言った。「二人の死因は銃弾ではないのですよ。検視官が首を捻《ひね》っていました、奇妙なのは二人が耳から血を流していたことです」

「耳から……?」

「その一方で――」

スミスが割り込んだ。「この二人が銃で狙っていたのは、他ならぬあの男性と思われるのです」

そう言って、僕らの目の前に「遺留品」を呈示した。

それは、一葉《いちよう》の写真だった。

なにやら華やかな背景。カーニヴァルを思わせる遊具の前で、笑顔を浮かべているのは、若い男の顔。

「確かにあの男の写真です。死んだ二人が持ち歩いていました。裏に〈ロッド〉と記されているのは、彼の名前でしょう。宿帳の〈ロデリック〉と矛盾しない。だが、なにより重要なのが写真の左胸です。爪で引っ掻いたような十文字があるのがおわかりでしょうか」

スミスが言った。「いわゆる死神の爪。アメリカ北東部のギャングが用いる呪《まじな》いです。すなわち、殺し屋の標的」

僕も博士も息を呑んだ。

「あの男が銃を持っていなかったのは、ただの伝令係だったからでしょう。あの〈暗号〉の運び屋というわけだ。そして、彼を狙った殺し屋もまた、なんらかの方法で殺害された」

スミスが苦々《にがにが》しそうに言った。「いずれにしても、ロンドンの真ん中でアメリカの犯罪者同士が抗争に及んでいるとしたら。そんなことが許されていいはずはない」

「しかし、事情を知っている筈のこの男は、なにも語ろうとしない」

ウィギンスが言った。「本当に強いショックを受けた状態なのか、あるいは、黙秘をするために、意図的にそうした症状を装っているのかさえも、我々には判別できないのですよ」

「その判断のお手伝いをするためならば」

博士は肯《うなず》いた。「喜んで、ご協力しましょう」

――数分後。

博士はぶ厚いガラスの向こう側、保護された男の向かいに座っていた。

博士の声は、僕には聞こえない。

ガラスの向こう――博士と男の部屋の物音は一切こちらには聞こえない。

部屋の壁際にはもうひとり制服を着た警官が机に向かっており、博士と男のやりとりを筆記しているのが見える。なかなかに屈強な警官だ。なにかあった時は博士を護《まも》ってくれるかもしれないが、ひょっとすると彼は、博士のことも監視しているのかもしれなかった。

博士が、なにかを話しかけるたびに、男の顔は苦痛に歪む。

時折、耳を押さえる仕草をしている。

ことによると、彼は博士の声を――いや、耳に響いてくるすべての音を痛々しく感じているのかもしれない。耳を押さえる男の表情は、まるで、身体に細かい罅割《ひびわ》れが起きているかのように見えるのだ。

不意に奇妙な連想が、僕の頭をよぎった。

以前、父の本棚で読んだアメリカの小説の主人公。

神経を病んでいるその名家の当主は、感覚が異様に鋭敏になり、小さな物音にも身もだえる。エドガー・アラン・ポオの『アッシャー家の崩壊』だ。主人公の名前は確かロデリック。

奇《く》しくも、あの宿帳に書かれた男の名前と同じではないか。

――いや、そんな連想こそ、博士に笑われるだろう。

音の聞こえないガラスの向こうで、博士は彼に向きあっている。

話しかけるのをあきらめたのか、会話らしきものをしていない。

そのかわり、博士が鞄から取り出したものを、男の目の前に翳《かざ》した。

薬瓶のようだ。そのなかに入った液体の色を見て、僕は驚いた。

緑茶か。

まさか、あれを飲ませるのか――と思ったが、そうではない。ハンケチに染みこませて、男の鼻腔に近づけた。匂いを感じ取らせているようだ。

いったい、どんな魔術を使っているのだ――と言わんばかりに、刑事たちは身を乗り出して、博士の行動を見ている。

すると――男が口を開いた。

目蓋《まぶた》をしきりに震わせて、なにかを訴えている。

それを見るやいなや、スミスが立ち上がり、ガラスの仕切りの下側から突きだした金属の筒のようなものの先端を外した。ウィギンスも耳を近づける。

すると、その管の中から、蚊の鳴くような声が漏れ出した。

「……ああ……なつかしい」

男の声だ。隣室の声を聴くための送音器とも呼ぶべき装置が備わっていたのだ。

「まるで……グリーンパークの森の香りだ」

「グリーンパーク？　バッキンガム宮殿の隣の？」

「ああ……父の仕事場だった……」

「ロデリック・ハリスン一世の？」

「そうだ……父は、あの公園で……」

ここからは、聞こえづらいが、会話が成立しているのは、ガラス越しに見てもわかる。

「……父は母とも、そこで出会った。……ああ……そうだよ。だから、僕が……」

男の顔は完全にリラックスしている。

成功だ、と僕は確信した。

これも一種の催眠療法といえるのかどうかはわからないが、鋭敏になりすぎた聴覚を、嗅覚という別の官能を刺激することで和らげている。まるで、激流の水の方向を変えるように、男の意識を掬《すく》い寄せて、会話を成り立たせている。

ガラス越しに二人を見た。

博士が、ロデリックの耳に唇を近寄せる。唇が静かに動く。

「ああ……どうして？」

男が喘《あえ》ぐように……だが、うっとりとした表情で言った。

「どうして、その曲を知っているんだ！」

それが、きっかけだった。

男は、堰《せき》を切ったように話しだした。

しかし――その会話の内容は、ここからは聞こえにくい。

だが、声が大きくなった部分はある。

「悪いのは、キャリーじゃない！」

その声だけは、はっきりと聞こえた。

「そうさ……彼女じゃない。すべてを、殺してしまったのは、僕なんだ」

刑事達は顔を見合わせた。

しかし――そこまでだった。

突然の大音響が、男の告白を中断させた。

あきらかに間が悪かったのだ。ウェストミンスター宮殿の時計塔より鳴り響く大時鐘《ビッグベン》の音響が、警察署構内のこの部屋の中まで高らかに鳴り渡り、男は両耳を押さえて、聞こえぬ悲鳴を張りあげた。

「もう一歩だったのに！」

博士が悔しそうに痛罵《つうば》した。「もう少しで、真相に辿《たど》り着けたのに！」

男の急変に、聴取は中断。ロデリックは制服警官たちによって医療班の監視へと戻されたばかりか、時報を合図に刑事たちは、ティーブレイクをとりはじめたことが、博士としては憤懣《ふんまん》やるかたないようだ。僕らは、別の部屋に移されて、乾いたスコーンと紅茶の載ったテーブルをはさんでいるというわけだ。

「いったい、彼はなんと言ったのです？」

僕は勢い込んで訊いた。たとえ真相に辿り着けなかったとしても、防音ガラス越しに途切れ途切れに聞こえた会話の内容については、少なくとも知っておきたかった。

「ロデリックは、もともとは英国人よ。父親は楽士《がくし》バッキンガム宮殿に隣接するグリーンパークでヴァイオリンを弾き、観客から小銭を稼ぐ芸人だったという。自称ロンドンのサラサーテ。その公園で、同業者のフランス人女性と知り合い、やがて、結婚。そして、母親にロデリック二世と名づけられる彼が生まれた。

「母親は、英国では珍しい楽器を演奏する楽士だった。その時の曲がこれだった」

博士は、メロディを口ずさんだ。聞いたこともない曲だったが、僕はピンときた。

「彼は、その曲に反応したんですね！　でも、いったいどうしてそのメロディを？」

「あの巻紙よ。穴の位置からメロディを想像した。あれは——手回しオルガンの楽譜よ。巻紙《ロール》と呼ばれる楽譜。あの紙が器械を通って、音を出す。オルゴールと似た仕掛けね。あれを手回しでオルガンに通して音を出す。フランス式の巻紙を見たのははじめてだけれど、手回しオルガンは、オランダでも流行していた」

「すごい！」

僕は興奮した。「ということは、あれはロデリックが大事にしていたものだ。ギャングの暗号なんかじゃない！」

「アメリカに渡ったのは、両親が相次いで病死したあとなのだけど、そのきっかけが変わっている。〈水晶宮《クリスタルパレス》〉は知ってるわよね。ロンドン万国博覧会のシンボルにもなった、あのガラス張りの建築物。ハイドパークから郊外に移設された後も、国際的な見世物興行で今でも賑わっているんだけれど、彼は、そこで、なにかに出会ったらしい」

「え？」

「米国から来たなにかに。まさにミューズの名を持つに相応《ふさわ》しい物凄いものに。そのミューズに、自分も魂を抜かれた……と、彼は言っていたのだけれど……」

博士は悔しそうに言った。

「肝心な部分がわからない。そして——渡米して、彼は一応の目的を果たした。そのあと、トラブルに巻き込まれたのだけれど」

博士が言った。「そのトラブルに、キャリーという名前が絡んでいる」

「その部分は、隣の部屋で聞くことができました！」

僕が言った。「女性の名前のようですね。それって、ひょっとして……」

脳裏で妄想が渦巻く。〈水晶宮〉で彼が出会ったのは、その女性なのではないか。魂を抜かれるほどの美女。アメリカから来た美女……。

「これだけでは、話がまるでわからない。でも……ひとつだけ、確実なことがあるわ」

博士は声を低くした。「彼は、再び狙われる」

そこに、ウィギンス警部がやってきた。

なにやら、汗をかいている。

「困ったことになった」

警部が言った。「スミスが暴走した。あいつ、勝手にロデリックを釈放しやがった」

「え？」

「囮《おとり》に使う気なんだよ。アメリカのギャングを誘《おび》き寄せて捕まえようという算段だ。馬車代まで渡して、ロンドンに放ちやがった。F課の連中だけで総力を率いて、監視する気だが」

「危険です」

博士は言った。「ロデリックはもちろんですが、例の殺し屋たちの死因もわからないのでしょう。なにか想定外のことが起こるような気がします」

「少なくとも、ロデリックの行き先がわかるならば……」

博士は、腕を組んだ。こめかみに長い指をあてて、ひと言。

「質札」

「え？」

「すでに潰れた質屋の質札が、所持品のなかにあった筈」

「あれか。サザーク区の質屋だ。息子の代で酒場《パブ》になった。骨董屋《こっとうや》でもあった親とは違って、鑑識眼のない息子が、質屋を廃業して酒場をはじめた。ありあまる質草《しちぐさ》を天井からぶらさげている我楽多《がらくた》パブとして有名になったのだが……」

その店なら僕も知ってる。夕刊紙「スタンダート」に大きく写真が紹介されていた。でかい鰐の剝製《はくせい》が首に紐つきの質札半券をかけたまま、天井からぶらさげられていた大衆酒場。

「そこです！」

博士が言った。「彼の目的地はその店でしょう。そこにはなにかがある筈！」


馬車は、スピードをあげていた。

テムズの匂いが疾風となって吹き込む。

タワーブリッジを南岸に向かって渡っている最中だ。

ウィギンス警部が自ら鞭《むち》でも打つかのように、身を大きく乗り出して、馭者《ぎょしゃ》に加速を命じていた。僕は、遠い目をして思索している博士の前で、思わず先の質問を繰り返していた。

「彼が憧れたミューズって、何なのでしょうね？」

博士が答える筈もない。ほとんど、僕のひとりごとだ。

「やはり、美女なのかな……。〈水晶宮〉にアメリカから来た見世物興行といったら、バーナム一座しか思い浮かばない。あのシャムの双生児や、髭女《ひげおんな》や、親指トム将軍や……。でも、詩神《ミューズ》のような美女なんて……。まてよ……『ミューズの名を持つに相応しい』というのなら、キャリーという名前とは関係ないのかな……」

「キャリー……ミューズ……キャリー……」

突然、博士が、その言葉を繰り返したので、少し驚いたが、

「わかったわ！」

博士が叫んだ。

「そうよ。キャリー・オ・ペー！」

「え？」

「カリオペーよ。芸術の神ミューズは、九人いるのだけれど、その長女の名はカリオペー」

「ええっ。それが――？」

「彼が魂を摑《つか》まれても、不思議ではない！　カリオペーは一種の音楽革命」

「え？　え？」

「カリオペーというのはね……」

博士が答えてくれたその言葉に、もうひとつの声が重なった。

「なんてことだ！」

ウィギンス警部が叫んだ。「あれを見ろ！」

馬車が、急停止した。

すでに、タワーブリッジを渡りきり、見晴らしの良い空き地にさしかかったところ。

横転した馬車の惨《むご》たらしい姿が、見えてきた。

それも、一台だけじゃない。周囲には、倒れた警官も。

「なんてことだ！　あれは、みんなF課の――」

馬車の下から黒いスーツを着た身体が見える。あれは、スミスだろうか。

「馬鹿な！　いったい何があった！」

横倒しになって、いまだに痙攣《けいれん》を続ける馬の脇を、ふらりと人影が通りかかった。

ロデリックだ。

ふらふらとした足取り。事故を気にする風でもなく、むしろ飄々《ひょうひょう》とした様子で、倒れた馬車の合間を、頼りなさげな風貌のロデリックが歩いて行く。

その肩の上に、片腕でなにかを担《かつ》いでいるのが見える。

「あれは……ヴァイオリン？」

仰天《ぎょうてん》した。顔が隠れるようにヴァイオリンを担いでいる彼のシルエットは、まるで首から上が絃楽器になった妖怪画を見てるようだ。

そのヴァイオリン。先端の「渦巻き」からぶらさがっているのは、質札の半券か。

「もう店から、あれを受け取ったんだ」

「でも、どうやって？」

博士が言った。「あれはおそらくストラディバリウス。かなりの高額が要る筈よ」

「やはり、あいつ。ただものでは――」

ウィギンス警部がそう言いかけた時、いきなり馬が異様な声で嘶《いなな》いた。

後ろ足で立ちあがり、駅者が吹っ飛ぶのがわかった。そのまま、馬車は異様な速度で引っ張られ、車体は斜めに弧を描くように回転し、投げ出され、僕らは天地が逆転するのを感じた。なにがどうなったのかわからぬまま、僕は背中をしたたかに地面に打ち付けてから、転がった。転がり込んだのは、倒れた馬車の幌《ほろ》の下だ。

気を失いかけた。

いや、一度、気を失って、また意識が戻ったのか。

痛みはあったが、骨が折れた感触はない。息を吸い込んだ。息が吸えた。吐くことも出来た。肺は大丈夫そうだ。博士は？　警部は？　無事なのか？　声が出ない。喉が嗄《か》れ果てているような気がする。喉が渇いた。不意に気がつく。自分は肩から水筒をさげているではないか。震える手で、水筒の中身を飲む。えもいわれぬ香りが、喉を通り抜ける。旨い。これは旨い。本当にこれが、博士が淹れた緑茶なのか。緑茶とは、これほど旨いものだったのか。

不意に、蹬音を感じた。

幌の隙間、飄々と歩いているロデリックの前に、別の男の影が重なった。

いや、跫音は他にもある。

そっと頭を出して、覗《のぞ》く。

遥か遠くに、もうひとり、黒い長身が見えた。

黒い影は、なにか長いものを持っており、それを構えた。

ライフルだ。

そう気づいた瞬間、極彩色に燃える甲虫《ビートル》のようなものが回転しながら飛来する「音」が聞こえた。そうだ。「極彩色」も「甲虫」も「見えた」わけじゃない。「聞こえた」んだ。思わず僕は首を傾けた。その燃えるような「音」が――僕の耳の付け根の下を通過したのがわかった。その瞬間――驚くほどに、音が鮮明に聞こえだした。

「誰かいたのか？」

近くで男の声がした。

「まあな」

遠くからライフルの持ち主の声が近づいた。「だが、仕留めた。あの弾丸を避けられるものはいない」

「これで、警察は全滅か」

近くで男が言った。その顔が見えた。愛嬌のある丸顔。だが、その片目は潰れて、上唇が無い。鼻の下の皮膚ごと切除されてしまっているのだ。剝き出しになった前歯のせいで、猫みたいに見える丸顔が、「おまえのウィンチェスターから逃れられるものはいないからな、〈鴉《レイブン》〉よ」

「だが、馬車を仕留めたのは俺じゃない」

〈鴉〉という名の通り黒ずくめのコートを翻《ひるがえ》した長身の男は、鍔《つば》の広い帽子の下から鋭い目を丸顔の男に向けて、「毒矢を使ったのは、あの〈赤い戦士〉だ。かつて、騎兵隊を全滅させた時と同じだな」

「姿を見せないのか？」

「油断しないのさ。おまえと違ってな、〈冥王《プルート》〉」

〈鴉〉が言った。「早撃ちのウィルソン兄弟が二人とも殺《や》られたんだ。この稼業で長生きしたければ、慎重になるにこしたことはない」

「ウィルソン兄弟を殺ったのは、警察だ。この色男じゃない」

不細工な丸顔の〈冥王〉が、ロデリックを見あげた。

「その証拠は？」

「これさ」

〈冥王〉がロデリックの腹を殴りつけた。ロデリックはたまらず蹲《うずくま》った。

「このヘタレにあんな真似が出来ると思うか？」

「むやみに傷つけるな。賞金額が下がる。死体の場合は半額だ。つまり、ボスの意向は、できれば殺さずに無傷で連れ帰ることだ」

〈鴉〉が言った。「わかるだろう。ボスは自らの手で討ちたいのだ。可愛い娘の仇《かたき》をな」

「ボスの気持ちはよくわかる」

〈冥王〉が言った。「こいつはキャリーの心を弄《もてあそ》んだ。あの蒸気遊覧船でのショーや、音楽監督までも任せてくれた大恩あるボスを裏切っただけじゃない。こともあろうに人気絶頂の歌姫だったボスの娘を誘惑し、駆け落ちしようなどと持ちかけたあげくの果てに……あの船を燃やしやがった。船もろとも、キャリーを焼き殺しやがった」

「確かに、大罪だな」

〈鴉〉が言った。「マサチューセッツからボストン湾にかけて、チャールズ河を航行する悦楽の蒸気船。ミューズ号の客から巻き上げる賭博《とばく》のアガリは莫大なものだ。ボスは収入源と愛娘を同時に失ったわけだ。火災の原因には、さまざまな噂もあるが。なにしろ、ボスは自分の娘に、あれと同じ名前をつけたんだからな。キャリー……芸術神《ミューズ》を意味するカリオペー。だが……この男は、もうひとつのカリオペーしか愛さなかった。恋に破れた娘が火をつけたとの噂も……」

「ちがう！」

ロデリックがうめいた。「キャリーは何も悪くない。悪いのは……俺だ」

「黙れ！」

〈冥王〉が、顔を蹴り上げた。「ボスの意向は尊重する。だが、俺たちの稼業の古い掟《おきて》も忘れてはならない。裏切り者には仕置きを与える」

「腰のスコフィールドは抜くなよ」

「四十五口径は使わない。こうしてやるのさ。昔、俺がこんな顔にされた時のように」

青く刃の光るナイフを翳した。

「私怨が入ってるな、〈冥王〉」

〈鴉〉が言った。「カリオペーは用心棒のおまえには見向きもしなかったからか」

「なんとでも言うがいい」

〈冥王〉の片目が、猫のように光を帯びた。

ナイフを振り下ろす寸前——空気が震えた。

〈鴉〉も〈冥王〉も——見ている僕も——思わず動きが止まった。

空気が再び震動する。音だ。すさまじい音が轟《とどろ》いたのだ。

落雷の轟きにも似ているが、音は和音《コード》だ。十二音階の和音の連なりだ。

凄みがあるのに華やかな、それは——まぎれもなく旋律《メロディ》だ。

テムズが泡立った。

すでに陽《ひ》も傾き、対岸のイーストエンドの灯も見えようというテムズの河面《かわも》が泡立った。

音は河の底から聞こえてくる。華やかな轟きが。

異変を察知して、〈鴉〉が河に向かってウィンチェスター・ライフルを構えた。

〈冥王〉もスコフィールドを抜いている。

そして、もうひとり――闇の中から弓矢を持った男が川辺を見据えた。

〈赤い戦士〉と呼ばれた男だろう。新大陸の先住民族とおぼしき赤い仮面を被《かぶ》っている。

再び、音が轟いた。

これまで以上に大きく。

河面の泡立ちも激しくなり、水中からは燃えさかる青い炎のような光が瞬《またた》いている。

水底で、それは、ゆっくりと回転している。

巨大な泡立つ環《わ》となって、回転しながら、水上に姿を現した。

僕は声も出ない。それは……怪物だ。

回転する怪物は、海藻の絡まる水馬《ケルピー》だ。顔の輝割れたペガサスだ。半面焼け爛《ただ》れた一角獣だ。その正体は、青い光に包まれた回転木馬……深い水底を彷徨《さまよ》っていたメリーゴーラウンドだ。

〈赤い戦士〉が毒矢を放った。だが――騎兵隊の馬とは勝手がちがう。不死の木馬たちは、白い大きな歯を剝き出して、せせら笑うばかり。のみならず、青い閃光を放ちながら、空気を震わす凱歌《がいか》をあげる。

「あれは沈んだミューズ号の……」

〈鴉〉がうめいた。「馬鹿な……そんな筈は……」

河面から完全にそれは姿を現した。幽霊船というよりも、燃えるカーニヴァル。回転木馬が廻り、炎のようにゆらめく青いものたちが、なにやら賑《にぎ》やかに飛び回っている。とんぼを切るピエロか、一寸法師か、脚をあげる踊り子たちか。

また、音が響いた。その音の連なりは、まぎれもなく音楽となった。

間違いない。僕は確信した。

あれが、〈蒸気オルガン《カリオペー》〉の音色だ。

あの時——馬車が転倒する寸前に、博士は教えてくれた。〈蒸気オルガン《カリオペー》〉こそ、音楽の革命——何万馬力もの蒸気機関車を動かすほどの動力で、凄まじい音量を醸《かも》し出す未来のオルガンの音色。

ロデリックが血塗《ちまみ》れの顔で、音源を見つめた。

蒸気駆動のメリーゴーラウンドが、蜃気楼のようにゆらめきながら回転している。

メリーゴーラウンドに、これほど相応しい音楽はない。

大音量の〈蒸気オルガン《カリオペー》〉の奏でるメロディ——それは、まごうかたなくあの曲——ロデリックの母の手回しオルガンのメロディだ。

ロデリックが微笑んだ。

回転木馬の真ん中に立つシルエット——それは、若い女性だ。

蒸気の楽器などではない。

女だ。女が、この至極のメロディを歌いあげているのだ。

青く燃える炎をまとった女。

「キャリー……僕のカリオペー」

ロデリックが、近寄っていく。

それを見た〈冥王〉が、

「貴様！」

怒りに満ちた表情で、スコフィールドの銃口を向ける。

その瞬間――女が吼《ほ》えた。

凄まじい音量が、渦を巻きながら、スコフィールド四十五口径の銃身に飛来する。

銃身が破裂し、同時に〈冥王《プルート》〉の頭部が吹き飛んだ。

猫のような丸顔は、転がりながら、うっとりしたように歌姫の顔を見あげた。

「！！！」

憤怒の声を挙げながら〈赤い戦士〉が、毒矢をつがえた弦を振りしぼる。

だが――指が動かない。女の声を聴きながら、あたかも、自分が毒に侵《おか》されたかのように、全身を震わせている。やがて、弓矢を落とした戦士の耳からは、赤い血が噴き出す。耳だけではなく、鼻からも、目からも、赤い血が迸《ほとばし》り、仮面の戦士は、文字通りの赤い死の仮面と化して、幽鬼のように頽《くずお》れていく。

吼え声は、黒衣の狙撃者をも包み込んでいた。

「……ネヴァー……モア……」

そう叫んだ〈鴉〉は、自らウィンチェスター銃の上に倒れ込んだ。

銃声は聞こえなかったが、黒い帽子が吹き飛び、黒い羽根が宙に舞い散ったのが見えた。

この時——僕は意識を失っていても、おかしくはなかった。

でも、僕には、流れる音楽が、心地よく感じられていた。

そして——僕は、このショーの最後のシーンを見た。

青い光の中に立つロデリックとキャリー。

キャリーの歌声とともに、ロデリックが奏でるのは質札半券つきのストラディバリウス。

やがて、抱き合う二人とともに、回転木馬付き蒸気船はテムズの波間に沈んでいき……。

もちろん、僕の証言が、調書に正確に記載されることなどは、期待していない。

救急隊が駆けつけたのは、比較的早かったようで、博士も、ウィギンス警部も、僕と同様、幸いにして命に関わるような大きな負傷は負っていなかった。Ｆ課ではスミスの骨折のみが伝えられたが、他の被害は伝わってこない。

アメリカ人の犯罪者については、なんらかの原因で仲間割れの末に殺し合ったとのことになっているようだ。そして——ロデリックについては、いまだ行方不明。

僕の証言のなかで、ある程度、信頼に足ると思われたものがあるとすれば、ロデリックの奏でたヴァイオリンの腕前ぐらいだろうか。これについては、酒場《パブ》の主人の証言がある。おそらく、アメリカ行きの資金にも成ったほどのヴァイオリンの名器を、ロデリックが無償で引き出せたのは、店の客に一曲聴かせた腕前に感動した店主の計らいだという本人の証言がとれたことだった。

それ以外の僕が見たことについては——あの博士ですら、どこまで、信じてくれたのかどうか。

昨日も、わざわざ僕の前に一冊の本——エドガー・アラン・ポーの『グロテスクとアラベスクの物語』を置いて、どの程度読んだのか、などという診断めいたことまでされたぐらいなのだが——ただひとつ、博士の研究に貢献したこともあるようだ。緑茶の抽出課程の問題点に関することだというのだが……それはともかく。

実は、いまでも聞こえてくるのだ。

あの不思議な楽曲が。世にも妙なるメロディが。

そして……。

あの音楽とともに、聞こえてくるのが彼の声。

君こそが、僕にとっての、本当のカリオペー。

木犀あこ

蜻蛉《とんぼ》の眼鏡は

●『蜻蛉《とんぼ》の眼鏡は』木犀《もくせい》あこ

馴染《なじ》み深い童謡の一節をタイトルにした作品。それだけで恐怖の物語を予感するホラーファンもおられるやもしれない。ミステリのジャンルでは「見立て殺人」などに活用される〈童謡〉だが、それじたいに恐怖の要素が隠されていることも少なくないからだ。「かごめかごめ」や「通りゃんせ」などの古い童歌《わらべうた》には怖《おそ》ろしい由来《ゆらい》が秘められていることは有名だが、近年の愛らしい童謡に「禁じられた歌詞が存在する」といった危険な拡散情報を目にする機会も少なからずある。木犀あこの本作もまた〈童謡〉とともに忌《い》まわしい情報を耳にしてしまった少女が体験する、畏《おそ》るべき世界を描き出している。

木犀あこは、第24回日本ホラー小説大賞（ＫＡＤＯＫＡＷＡ）優秀賞を受賞し、『奇奇奇譚編集部　ホラー作家はおばけが怖い』でデビューして以降、ユーモラスな面白さが特徴的なホラー長篇を数多く展開しているのだが、こと短篇に限っては、どれも本当に怖ろしい。〈本当は怖《こわ》い木犀あこ〉のキャッチフレーズがつけられそうだが、それもそのはず。新紀元《しんきげん》社のホラー専門誌『幻想と怪奇』で連載するコラム「怪奇幻想短篇の愉《たの》しみ」では、木犀あこの怪奇幻想短篇の読書家としての確かな鑑賞眼が披露《ひろう》されている。《異形コレクション》では三作目となる本作。一作目は、第50巻『蠱惑《こわく》の本』に発表した「静寂の書籍」。実はこの第一作も〈聴覚〉から恐怖が浸蝕するホラーであり、本作と読み比べる贅沢《ぜいたく》な愉しみ方もお薦めできる。

とんぼのめがねは　みずいろめがね
あおいおそらを　とんだから
とんだから

真紀《まき》はベランダの手すりにもたれかかって、薄くなっていく空の色を眺めていた。青でも、水色でもない。雲を溶かしたみたいな、はっきりしないペールブルー。十月の昼は思っていたよりも短かった。四時になったな、五時になったな、とぼんやりしているうちに、すぐ風呂と夕食の時間になってしまう。

大きなサンダルを履《は》いた足で、真紀は足元に散らばっているごみを蹴散《けち》らす。築四十年の古いマンションだ。マンションというよりアパートと呼んだほうがいいのかもしれない。お父さんとお母さんは、真紀が一歳になったときにここへ引っ越してきた。

真紀はこの家が好きではなかった。水がなんとなく臭《くさ》いし、天井のすみっこにはカビが生えている。自分の部屋はあるが、窓がなくていつも暗い。リビングは郵便物や部屋干しの洗濯物でいつもごちゃごちゃしている。

でも、ベランダからの眺めは好きだった。同じ時期に建てられたマンションの棟が左右に見える。真ん中の視界が抜けていて、変わっていく西の空の色を眺めることができる。

「——とんぼというやつは、本当に数が多いね。やつらはいったい何を食って、どこから湧いて出ているものやら、そんなことを考えると恐ろしくはならないかい」

背後から、額田《ぬかだ》先生の声が聞こえてきた。さっきまで「とんぼのめがね」を口ずさんでいた先生の口調はまさに歌うようで、変な調子で、それがまた真紀の耳をぞわぞわさせるのだった。真紀は振り返らず、聞こえないふりをしてまた足元のごみを蹴散らす。額田先生は構わずにしゃべり続けた。

「やつら、昆虫の中でも図抜けて飛ぶのが上手というじゃないか。やたら腹の長い姿といい、この世のものじゃないというか、別の星から来たような姿をしている。僕が田舎にいたころには、刈り入れの終わった田んぼにそれはうじゃうじゃとんぼが飛び回っていたものでね。こいつらが繁殖してまたうじゃうじゃが増えるのかと思うと、うすら寒い気持ちになったものさ」

額田先生は、学校に行けなくなった真紀を心配して、お父さんとお母さんが雇った家庭教師だ。両親は「若い先生」と言っていたけど、真紀には先生の年齢がよくわからない。自分より、いや、お父さんとお母さんよりもずっと年上なんじゃないかと思うこともある。どこから来ているのかも、知らされてはいなかった。額田先生は水曜日と金曜日の午後に家へ来て、真紀に勉強を教えてきた。

　先生は真紀を叱らない。五年生の夏から学校へ行けなくなった真紀の事情を、詳しく聞いたりもしてこなかった。ただ、先生は勉強の合間にいつも、いつも、すごく恐ろしい話をするのだ。真紀がベランダに逃げて、先生に背を向けても、お構いなしに語りかけてくる。

「知ってるかい、真紀さん。童謡の『とんぼのめがね』に歌われていることさ、あれは単なるおとぎ話じゃない、本当にあったことなんだよ。昔、このあたりには見たものをその眼に焼き付けるとんぼがたくさん生息していたという。ある日ね、人を殺したことのある男がね、畑仕事をしていたんだ。そうするとどうだい、男のまわりを飛び回っているとんぼの眼という眼に、そのときの光景がなまなましく映し出されてるじゃないか。男はものすごく恐ろしくなって、畑をほっぽりだしてその場から逃げた。けれど、どこに行っても、どこに隠れても、殺人の光景を眼に映したとんぼが追いかけてくる。数千、数万のとんぼが、血しぶきを上げる被害者の顔を映し出して、男のまわりを飛び回っている。男はどうしたと思うね？逃げられない、と思って、そのまま崖《がけ》から飛び降りたそうだよ。潰れた男の死体のまわりで、男が落ちていく光景を目に映したとんぼが、死体にたかるハエのように群がっていたということだ」

「——とんぼを」

　額田先生の話を遮《さえぎ》るように、真紀は声を漏らす。先生ではなく、みるみるうちに色を変えていく空へ向かって言葉を続けた。

「とんぼを、ぜんぶ殺してしまえばよかったんじゃないですか。そうしたら見ないですんだのに」

額田先生は答えない。長い静寂のあと、また真紀の背中に声が飛んでくる。

「あさはかだな、真紀さんは。数万、いや、数十万もいるとんぼを全部殺すことなんて、できっこないだろう」

「じゃあ、いっそ眼を潰してしまったら、どうなんでしょう」

手を叩くような音と、笑い声。おかしくてたまらないといった声が、真紀の耳に響いてくる。

「たくさんいるとんぼの眼を、一匹一匹潰していくのかい。このあたり一帯のとんぼの眼を根気よく潰していったら、いつかは眼のないとんぼが生まれてくるようになるかもね。そうすれば、都合の悪いことを記憶されずにすむ。罪人にとってはそのほうがいいのだろうさ」

罪人、という言葉を耳にして、真紀は胸のあたりでシャツを握りしめる。罪人、とは、悪いことをした人を指す言葉だ。警察につかまっていてもつかまっていなくても、本当に悪いことをして、いつか罰を受けるはずの人のことを罪人というのだ、と額田先生は語っていた。

「まあ、そんな大それたことをやり遂げるのには、何十年という時間が必要だろうがね。それじゃあ、先生はもう帰るよ、真紀さん。ご両親は今日も遅くなるようだ。夕飯はひとりで、しっかり食べておくといい」

額田先生の声が途切《とぎ》れ、世界が急に静かになる。

五分ほどして、真紀はそっとベランダの手すりから離れた。西日が差すリビングに入り、ダイニングテーブルを見る。コンビニのお弁当がぽつんと置かれているが、まだ食べる気はしない。

真紀は出かけてみることにした。どうせ、怒る人はいないのだ。

玄関に脱ぎ散らかしているスニーカーを履き、外廊下へ。階段を降りて、建物の外へと出た。

マンションの前には小さな広場がある。大きなアスレチックになっているすべり台と、座るところが四つあるぶらんこ。それに大きな砂場。四、五人の女の子たちが、すべり台の階段で座ったり立ったりして話をしていた。たぶん、六年生くらい。真紀はその子たちの名前を知らない。

女の子たちは近寄ってくる真紀に気づいて、急に話をやめた。みんなで一斉にアスレチックから離れて、どこかへ行ってしまう。

真紀は誰もいないぶらんこに座って、少し地面を蹴ってみた。とんぼがたくさん飛んでいる。気持ち悪いくらい。どういう名前のとんぼなのかは知らないし、どこから来たのかもわからない。

空はもう橙色《だいだいいろ》を越えて、紫になろうとしている。ぶらんこに揺られていても、思い出すのはクラスのある女子に言われた言葉ばかりだ。

あいつ、髪、汚《きたな》っ。服も臭い。なんか納豆みたいなにおいする。家っていうか、親がやばいんじゃない？

真紀だって、お風呂には毎日入っていた。服だってお母さんが洗濯してくれていたし、においもしなかったと思う。けれど、その子は真紀のことを「臭い」と言っていじめたのだ。五年生になって、初めて同じクラスになった女子。その子がなぜ真紀のことを目の敵《かたき》にして、意地悪なことばかり言うようになったのかは、わからない。きっと理由なんてなかったんだと思う。

その子の名前はもう思い出せない。ただ、いつも青とか水色の服を着ていた気がする。好きなお姫さまがそういう色のドレスを着ていたからだという話を聞いて、真紀は不思議に思ったものだ。五年生になっても、まだお姫さまとか好きでもいいんだ、と。真紀が同じことを言っていたら、きっとみんなに笑われただろう。でもその子のことは誰も笑わなかった。どれだけ意地悪でも、自分が言いたいことを言って、強いふりをしている子は、いじめられないのだ。

ぶらんこの鎖を握る真紀の手に、一匹のとんぼが止まる。とんぼは逃げもせず、気持ちの悪い模様をした羽をぶるぶる動かしている。

その目は水色だった。水色のめがね。あの子が真紀に悪いことを言うときにいつも着ていた、水色の服と同じ色だ。

とんぼのめがねは　みずいろめがね　あおいおそらを　とんだから

額田先生の歌声が頭の中に響く。とんぼの眼をしばらくじっと見ていると、その眼の中にあの女の子の顔がはっきりと映って、真紀を笑い始めた。図鑑で見た複眼ではなく、ぴかぴかの、鏡みたいな眼に、あの子の姿が映し出されている。いつも真紀を笑っていたときの顔。真紀を笑うときにいつも着ていた、薄い水色のワンピース。

真紀は小さな動きでとんぼの胸を摑《つか》んで、その眼をしばらく見つめた。それからもう片方の手の指で水色の眼をつまみ、軽くすり潰す。そっとやらなければいけない。ほかの部分は傷つけないように、やさしく、やさしく潰さなければいけないのだ。

胸を摑んでいた手を離すと、とんぼはすぐに飛び去っていく。眼がなくたって、半分頭が潰れていたって、飛べるのだ。長い腹のちぎれたやつが、ふらつきながら飛んでいったところも見たことがある。

真紀は立ち上がった。ぶらんこはまだ揺れている。その規則的な動きを確かめてから、思い切り走り出した。ぶらんこの揺れがおさまる前に、家へ戻れるかどうか「勝負」するのだ。

最近はほとんど勝てなくなってきたけれど。

真紀は全力で走る。走っているときは、何も考えないでいられる気がしていた。

とんぼのめがねは　ぴかぴかめがね
おてんとさまを　みてたから
みてたから

「――畢竟《ひっきょう》、僕はね、真紀さんが学校に戻る必要はないと考えているんですよ。真紀さんはあまりにもたくさん傷つけられてきた。心にこびりついたものを今さら取り去ろうとするのは、無理というものです」

今度は額田先生とお父さん、お母さんが集まって、真紀についての話をしている。今話をしているのは額田先生だ。優しくて、穏《おだ》やかで、すべてを許すとでも言いたげな声。

けれど、真紀はこの声が恐ろしかった。許す、と言われているのに、見放されているかのような口調。額田先生の光のない目を思い出して、真紀は膝《ひざ》を強く抱える。

真紀は自分の部屋のドアにもたれかかって、一年生のときの親子遠足で買ったガラス細工《ざいく》を握りしめていた。丸い玉の中に、羽を広げた白鳥が入っている置物だ。このときは真紀だってちゃんと学校に行けていた。友達もいたし、先生とも仲良くやっていたほうだと思う。それが、ぜんぶ、五年生になってから崩れてしまった。着ている服だって、生えている髪だって、四年生のものと変わりはしなかったのに。

急に変わったのは、まわりの態度だった。たったひとりの言葉をきっかけに、意味も理由もなく、真紀は仲間はずれにされた。お父さんやお母さんにどれだけ「なぜ」と聞かれても、わからないと答えるしかなかったのだ。

「それでも、先生。親としてはこのままではいけないと思っているんです。もちろん、学校へまた行き始めたとして、あの子の問題が解決するわけではないですが――それでも、まずは一歩ということもあるでしょう」

お母さんの声だ。少しだけ、涙が混じっているように聞こえる。

ガラス細工を手の中で回しながら、真紀は「とんぼのめがね」の二番を歌い始めた。幼稚園の頃から歌い続けてきた、大好きな曲――額田先生に恐ろしいことを吹き込まれても、それでも、大好きで大好きで居続けた曲。とんぼのめがねはぴかぴかめがね。おてんとさまをみてたから。光るものをずっと見つめていたら、真紀の目もぴかぴかになるだろうか。

「子供は、やはり同年代の子と遊んで、ケンカして、成長していくものだと思うんです。家にずっといても、親はその友達の代わりには――なってやれませんから」

「しかし、な。うちがそう考えていても、真紀のクラスメイトのほうはそう思っていないかもしれないだろう」

今度はお父さんが言葉を挟んだ。真紀は思わず身を起こす。なんだか、とてもいやな予感がした。

「クラスメイトというと——あの件ですか？」

額田先生のわざとらしい声が聞こえてきて、真紀の鼓動《こどう》が速くなる。額田先生は、全部知っているのだ。真紀が学校でどんな仕打ちを受けてきたか、どんなことをしてしまったか。先生は、そういう話をお父さんやお母さんから全部聞いている。だから真紀には何も尋ねない。けれど、先生はいつも、こうやって——お父さんやお母さんにあの話をさせようとする。

「はい。あんなことがあったのですから、クラスメイトたちは真紀をふつうに迎え入れてはくれないでしょう」

「それは、そうかもしれない。クラスメイトたちにとっては、いつ自分がやられるかと、たまったものじゃないですからね」

真紀は膝を強く抱える。聞きたくない。聞きたくないのに、先生と両親の声はいやでも耳の奥に届いてしまう。

「クラスメイトにとって、真紀は化け物のように映っていると思うんですよ。いつ牙をむくかわからない、化け物です。親の私たちだって混乱しているんですよ。四年生までは、そんな子じゃなかった。成績は普通でも、おとなしくて、親のいうこともよく聞くいい子だったのに」

「あなた、化け物だなんて！」

お母さんが叫ぶ。真紀は身をぎゅっと縮めて、浅く息をしていた。石に、いっそ身体が石にでもなってしまえばいいのに。そうしたらこの会話を聞かずにすむし、お母さんの声を聞いて、こんなに悲しい気持ちにならずにすむ。

「あの子がクラスメイトの子をプールに突き落としたのは、その子にいつも嫌なことを言われていたからでしょう。腹に据《す》えかねたんですよ。ただの暴力とは違います」

「突き落としたんじゃない。プールにいるところを沈めて、頭を押さえたんだぞ！」

不意に、ぴたりと会話が止まる。母親が何も言い返せないでいるのだ。さらに速くなる鼓動を抑えながら、真紀は全身を丸くする。違う、違うと口の中で何度もくり返した。額田先生は両親のやりとりを見て、まるで木の上に座る妖精みたいに微笑《ほほえ》んでいるのだろう。

「それは――そう、なんですけれど」

お母さんの力ない声が聞こえてきた。いろいろな人に謝って、謝って、すっかりすり切れてしまったような声。お母さんは身体も小さくて、そして、心も小さいような人だった。真紀が学校に行かなくなって一週間が経ったある夜に、お母さんはこう言ったのだ。真紀がもっと、普通の子だったらよかったのに、と。両手に抱えすぎていたボールを、ぽろっとこぼすかのように。

「でも、あんなことがあるまでは、本当におとなしい子じゃなかったですか。衝動的なものですから――きっと、もう同じようなことはしないと思うんです――」

「衝動的にやるからこそ問題なんだと言ってるんだよ、お前。いくらおとなしくても、かっとなって……人を殺すようでは、いけない。いけないんだ」

「殺してはいません！」

「同じようなもんだ！　たまたま、死ななかっただけだ！」

真紀は頭をかかえ、指に当たった髪を強く握りしめる。やめて、お父さん、お母さん。違うから。私、あの子の頭を押さえつけたりなんかしていないから。

今年初めてのプールの授業だった。いつも水色の服を着ているあの子に、水着のこととか、体形のことを色々言われて。いつもは聞かないようにするのに、その日はどうしてだかずっとその子の声が追いかけてきて。それで、自由遊泳の時間に、プールサイドにいたあの子の身体を押してしまったんだ。あの子は派手な水しぶきを上げて、プールに落ちた。すぐに上がってきて、真紀にすごく怖い言葉をたくさん言ったあと――先生を呼んで、こう言ったのだ。「真紀に落とされて、水の中で押さえつけられた。死ぬところだった」と。

先生は顔の色をさっと変えて、念のために、とその子を病院に連れていった。もちろん命に別状ないどころか、怪我のひとつもしてなかったのだけど。なかった、のだけれど。

次の日から、クラスメイトや先生の態度がまた変わってしまった。真紀にやたら丁寧に話しかけるのに、ほとんどいないものみたいに扱う。二週間くらい経って、その子が学校へ復帰するのと入れ替わりに、真紀は学校へ行かなくなった。

お父さんとお母さんは、頻繁に学校へ行ったり、お菓子を持ってその子の家へ訪ねていったり、いろんなところへ行くようになって、夜も家を空けるようになった。真紀を家で見ても、ぽかんと穴が空いたみたいな顔であぁ、とか、起きてたの、と言うだけ。

その子のこと、沈めたりなんかしていない。何度そう言っても、お父さんは信じてくれなかった。お母さんも、困ったような顔をするだけ。何人もの同級生が、「真紀が頭を押さえつけた」と言っているようだった。

お父さんもお母さんも、真紀のことを怖がっているのだと思った。

「――だからこそ、ですよ。お父さん、お母さん。魚は地上では生きられない。真紀さんは集団の中で生きるにはあまりに苦しい魂をしていると、僕はそう思うんです」

額田先生だ。悲しんでいるみたいなのに、笑っているような、不思議な声。それを聞いているお父さんとお母さんのくしゃくしゃの顔が、目に浮かぶようだ。

「岩にはりついたフジツボを剝《は》がすようなもので、真紀さんの心にこびりついた悲しみや、悪い考えを無理に剝がそうとすると、基盤である心まで傷つけてしまうことになります。だから、そっとしておくしかないんですよ。勉強も二の次、運動も三の次、とにかく家で好きなことをさせておくことですな。時間が解決してくれることもあるかもしれない。解決できなければ、ただ静かに暮らし続ければいいのです。僕は学校がこの世のすべてだとは思っていないんですよ。太陽の光の下《もと》で生きられないものというのは、確かにいる。化け物というのは言いすぎですがね。とにかく、その子に合った環境を用意してやることが肝要《かんよう》なのです」

真紀は勢いよく身を起こした。少しの間を置いて、お父さんの力のない声が響いてくる。

「それは、真紀を家に閉じ込めておけということですか。トラブルになるからには、人と関わらせるべきではないと」

「いやだ」

真紀は叫ぶ。叫んでも、かすかな声は両親や先生のもとには届かない。額田先生の流れるような言葉が、続いて聞こえてくる。

「好きにさせろということですよ。家にいて、刺激から離れて。そうだな——あの子の好きな、歌でも歌わせておけばいい」

「私、化け物なんかじゃない。学校へ行っちゃいけないの⁉」

両親と先生の声が、ぴたりと止まる。少しの間を置いて、ぼそぼそと、何かを相談するような会話が聞こえてきた。それもすぐにやみ、あとに残ったのは何も動かない静寂だけ。

真紀は思い出す。すごく、すごく小さかったころ。多分三歳くらいだろうか——今でも大好きな「とんぼのめがね」を幼稚園で習って、家でも大きな声で歌ってみた。お母さんはやめて、と焦ったように言って、隣のおばさんに怒鳴り込まれるよ、と悲しい顔をしただけだった。夜、仕事から帰ってきたお父さんにも歌ってみせたけど、下手な歌はただの「そうおん」と言うんだぞとからかうように言われただけ。小さな真紀は誰にも褒《ほ》めてもらえなかった。

幼稚園の先生や一年生、二年生の先生は「じょうずね、すごいね」と言ってはくれたけど、それは——先生たちも仕事だから、そう言っていただけなのかもしれない。今の真紀にはわかる。真紀のことをかわいいとか、すごいとか、誰も思ったことなどないのだ。

静かになって、かなりの時間が経った。真紀はもたれていた部屋の扉をそっと開け、リビングへと出る。誰もいない。ダイニングテーブルの上には、コンビニのお弁当がまたぽつんと置かれている。

今日はまだ早い時刻だ。外へ出たって、叱る人はもちろんいない。

ガラス細工をダイニングテーブルに置いて、真紀は玄関から外廊下へと出る。途中で隣に住む、三十歳くらいの女の人とすれ違った。「こんにちは」と言ってみるが、返事はない。女の人は真紀のほうをわざと見ないで、さっさと家の中に入ってしまった。

真紀は外階段を駆け下りた。もう近所の人には会いたくない。広場で遊んでいる子供たちのほうは見ないようにして、道路へと出る。それからはあてもなく歩いた。マンションの敷地の周囲をまわるように、少し道を外れても、また戻ってくるような軌道で。

真紀はマンションから離れられない。そこ以外に居場所がないからだ。どれほど自分が避けられていたって、誰にも笑顔を向けられなくたって、真紀はずっとそこにいるしかない。

マンションのすぐ近く、片側二車線の大きな交差点を、一年生の子供たちが渡っている。旗振り当番の女の人が、にこにこしてそれを見送っている。

真紀は道の隅で立ち止まって、しばらくその様子を見ていた。旗を持つ女の人が真紀に気づいて、笑顔を消す。ほら、早く渡ってと子供たちを促して、今度は真紀をいっさい見ないように背中を向けてしまった。
四、五人の一年生はみんな、道を渡ったところで待っていたお母さんたちと合流して、はねるような足取りで帰っていった。旗振り当番の女の人はかたくなに背を向けたまま、真紀に視線を向けようとしない。真紀が近寄り、道を渡ろうと横断歩道の前に立ってもだ。
真紀はくるりと踵《きびす》を返し、自分が住むマンションの棟まで脇目も振らず走った。外階段の前まで来たところで、ようやく足を止める。肺が痛い。肩で息をする。ざらざらした階段の手すりにしばらくもたれていると、ふと何かが目の前を横切った。

とんぼだ。身体も羽も赤い、やけに大きなとんぼが、すぐそばの低木に止まっている。その眼はぴかぴかに輝いていて、まるでガラス細工のようにきれいだった。

とんぼのめがねは　ぴかぴかめがね　おてんとさまを　みてたから

光るその眼をじっと、じっと見つめて、真紀は深く息を吸う。

鏡のような眼の中に映っているのは、あの日の太陽だ。

強く照りつける陽。その光を反射する、二十五メートルプールの水面《みなも》。名前のにじんだ水泳帽をかぶって、真紀はじっとあの女の子の後ろ姿を見ている。女の子がプールサイドに立って、真紀が近寄って、そして——。

小さなとんぼの眼の中で、映画のように繰り広げられる光景。とんぼはその眼に惨劇を映したまま、お構いなしに羽を震わせている。

真紀はとんぼの胸をそっと摑み、その小さな眼を潰す。放してやると、とんぼは何事もなかったかのように飛び去っていった。

「やっぱりあさはかだな、真紀さんは」

急に声が聞こえてきて、真紀は身をすくめた。何度も聞いた言葉。繰り返し繰り返し、この耳に浴びせられた、額田先生の冷たい声だ。

「一匹や二匹眼を潰したって、また違うとんぼが飛んでくるだけだよ。まあ、前も言ったように、根気よく潰してやっていけば、このあたり一帯のとんぼは生まれつき眼のないとんぼになってしまうかもね。何十年かかるかは知らないが」

真紀は耳を塞ぎ、その場でしばらくうずくまっていた。おばあちゃんに教えてもらった般《はん》若心経《にゃしんぎょう》を覚えているだけ、同じところを何度も繰り返し唱《とな》えて、固く目をつむり続けていた。足音が聞こえ、立ち止まり、去って行く。何人も、何人も。それでも顔を上げはしなかった。誰も、大丈夫かと声をかけてはくれなかった。

とんぼのめがねは　あかいろめがね
ゆうやけぐもを　とんだから
とんだから

くしゃくしゃの毛布の中で目覚めて、真紀は焦《あせ》る。今何時だろう。私、学校に行ってない。今日は算数も国語も、理科も社会もテストをするって先生が言っていたのに。ぜんぜん勉強していない。それどころか、ずっとずっと勉強をしていない気がしてきた。

あれ？　私、いつから学校に行っていないんだろう？　これじゃみんなと一緒に卒業できない。授業も長い間聞いていないし、このままじゃ――。

天井の円い照明器具を見ていたら、だんだんと意識がはっきりしてきた。焦りも遠ざかっていく。学校なんて、もうずっと長い間行っていないじゃないか。テストのことなんか考えなくていいし、いま授業で何をやっているかなんて真紀には関係がないことだ。

本当にそうなのだろうか。行きたくない、あの子に会いたくない。みんなの顔を見たくない。そう思っているうちに、ますます学校へ行くのが怖くなってしまった。三日、一週間、一ヶ月の空白が、どんどん延びてしまった。そのうちに友達のことも、勉強も、遊ぶこともどうでもよくなって、何もかも忘れてしまった。友達……がいたのかどうかすら、もう思い出せない。みんな真紀がいなくても笑っているし、むしろ真紀がいないからこそ楽しくやっているだろう。

ベッドから這《は》い出して、真紀はべたつくフローリングの床に立った。小学校入学のときから使っている目覚まし時計は十一時を指していて、外は真っ暗だ。服は昼間着ていたもののまま。夕食も食べず、風呂も入らずに眠ってしまったらしい。

急に、不安になった。これでいいの？

自室のドアをそっと開け、電気が点《つ》けっぱなしのリビングに出る。お父さんとお母さんはいない。今日もいない。ダイニングテーブルの上のお弁当は、いつからそこに置かれていたのだろう。酸《す》っぱくて腐ったにおいがするし、ごま粒より小さな虫がたくさんたかっている。お弁当はいつも、真紀が自分で買ってきているのだ。もうお父さんもお母さんも真紀の面倒は見てくれないし、これからも相手をするつもりはないと、はっきりそう言われた。家には誰もいない。真紀が開けっぱなしにしていたベランダの窓から、冷たい風が吹き込んでいる。

「僕は、真紀さんが学校へ行かなくてもいいと思っているんですよ」

額田先生の声が頭の中に聞こえてきて、真紀は強くかぶりを振る。優しくて、甘くて、すべてを包み込むような声。もう出てこられない穴に、真紀を引きずりこんでしまいそうな声。歌うようで、なめらかで。いかにも正しいことを言っていそうなのに、その言葉にはどす黒いとげが潜《ひそ》んでいるのだ。

真紀は頭をもう一度振って、顔を上げる。雑然としたリビングを見回した。

ランドセルだけはまだ捨てていなかった。食器棚の横に、そのまま置かれている。真っ赤だった大きなランドセル。皮はひび割れて、蓋《ふた》の部分はもう反《そ》り返ってしまっている。

真紀はランドセルを手に取り、背中に負ってみた。五年生になって急に背が伸びて、急に成長が止まったので、ベルトを緩《ゆる》めなくても窮屈《きゅうくつ》さは感じなかった。革は埃《ほこり》を吸ったようにベトベトして、変なにおいもする。でも――不思議だ。今なら学校に行けるんじゃないかと思えてきた。もちろんこの時間では誰もいないだろう。でも、プリントを取ってくるくらいのことはできるはずだ。今さら五年生の勉強について行けるとは思わないが、まずは復習からでも、やってみるんだ。

何時に家を出ようと、怒る人はいない。真紀は玄関に脱ぎ散らかしていたスニーカーを履き、外へと飛び出す。暗い照明がてらす廊下を足早に歩いて、外階段から地上へ。学校への道はまだまだ覚えている。足が勝手に歩いてくれるはずだ。

大きな交差点を渡って、スクールゾーンの標識がある道へ入った。狭い路地をずっと歩いて、歩いて、歩いて。住宅街の奥まったところに、真紀の通っていた小学校はあった。古い校舎と体育館、それに鉄棒が少しあるだけのグラウンドだ。街灯が石造りの門を照らしているが、もちろん人の気配はしない。

真紀は正面から敷地内に入り、グラウンドを横切るようにして校舎を目指した。ぽつん、と明かりが灯《とも》っている窓がひとつだけあるが、あれは職員室ではないはずだ。身をかがめて校舎の入口までたどりつく。靴箱、あんなに数が少なかったっけ。生徒が来る時間にはいつも開いているガラスの扉も、今は閉まっていた。

真紀は恐る恐る扉にもたれかかってみた。空気を押し返すように、重い扉が開く。靴のまま中へ入る。非常灯の灯る廊下を歩き、幅の広い階段を上がった。すぐ上は職員室だ。少し入るだけ。五年生用のプリントやテストをもらったら、ちゃんと扉を閉めて帰るから。

階段を上がってすぐ、消火器の横。等間隔に並んだ三つの引き戸。そのうちのひとつに手をかけて引き、真紀は顔をしかめる。ここには鍵がかかっているのか。移動して真ん中の扉を試すが、これも開かない。端の扉もだめだ。金属が引っかかる感覚がしただけで、扉は開かなかった。何度も、何度も、何度も取っ手を引いて、がんがんと響く音を聞いているうちに、目に涙があふれてきた。私は――私は。扉から離れ、真紀は廊下の隅で膝をかかえる。誰も助けてくれない。よく頑張ってるね、つらかったねって、誰も言ってはくれなかった。今さら夜中にランドセルなんか背負って、学校に来て、いったい何が変わると思っていたん

きた。

不意に、揺れる光が目に飛び込んできた。真紀は身をすくめる。廊下の端からこちらを照らす、まっすぐで強烈な明かり。こちらへ近寄ってくる。低く、通る声がはっきりと響いてきた。

「――誰だい？　かくれてるのは」

聞こえてきた声に、全身の血が引く心地がした。張り上げているのに、それでも優しく、甘い声。ずっとずっとずっと聞いてきた、聞かされてきた、あの悪魔のような額田先生の声。

まさか。どうして？

真紀は立ち上がり、振り向かずに走り出した。さっき上ってきたものとは反対側にある階段を駆け下り、一階の廊下へ。声をかけてきた人物が、どこまで追いかけてきているのかはわからない。ただよく通る声だけが、真紀の耳にはっきり届く。

「真紀さんか？　どうして、そんなところにかくれているんだい」

なぜ、なぜと頭の中でくり返しながら、真紀は走る。額田先生が、どうして学校にいるの？

小学校の先生をやりながら、アルバイトとして家庭教師もしているということなのだろうか。そんなことがあり得るのか？　何にしても、何にしてもだ！　なぜ真紀が学校へ行こうとした、このタイミングで、額田先生がここにいなきゃいけないんだ？　頭を強く振る。頭を振りながら、ひたすら走り続ける。扉を開けたままの出入口から出て、校舎の裏へ回り込んだ。植え込みに身を隠して、その場にしゃがみ込む。

心臓が、爆発しそうなほど速く脈を打っている。どうして、どうして。額田先生になんか会いたくなかった。ただ、学校に来れば、まだ学校に行けていたときのことを思い出せたら、何かが変わると考えただけなのだ。なのに、よりにもよって。真紀にとって怖い話ばかりをする人に、どうしてここで会わなくちゃいけないの?

息をじっと潜めていると、だんだんと恐ろしくなってきた。額田先生は私を見つけるかもしれない。そしてきっと私にひどいことを言って、家にとじこめようとするだろう。

なんでそんなことをされなきゃいけないんだ。

真紀は上着のポケットに手を入れ、薄い紙の箱を取り出した。最近はほとんど見なくなった、ブックマッチと呼ばれる物だ。お父さんがたばこを吸うときによく使っていたっけ。台紙から軸を一本ちぎり、ヤスリ部分に先端をこすりつける。手元がぱあっと明るくなった。指先が熱い。つい、火がついたままの軸を放り投げてしまう。

乾燥した枯れ葉や枝に引火したのか、オレンジ色の炎が勢いよく燃え広がり始めた。真紀は勢いよく立ち上がって、力一杯走り始める。もう額田先生の声は聞こえてこないし、後ろから誰かが追ってくる気配はしない。木々が焦《こ》げるにおいもすぐに遠ざかっていった。

学校の門を飛び出し、夜の道路へ。信号を無視して横断歩道を渡る。クラクションを鳴らしながら、すぐ背後を乗用車が走り去っていく。もう車に轢《ひ》かれたって、そのまま死んでしまったって、どうでもいいと思っていた。ランドセルを背負ったまま死んだ真紀の姿を見て、お父さんとお母さんはどう感じるだろう？　小学校に入学したときの小さな真紀を思い出して、涙のひとつも流してくれるだろうか。

走って、走って、真紀はマンションへと戻ってきた。暗鬱《あんうつ》な光が照らす外階段を駆け上がって、三階の自宅へ向かう。鍵を開けっぱなしの玄関から中へ入り、廊下とリビングの電気を点けた。息が上がっている。このまま呼吸困難で死んでしまうのではないかと思うほど、胸が苦しい。

ふらつく足でリビングへと入り、真紀はランドセルを床に下ろす。開け放したままの窓と、風を受けて膨《ふく》らんでいるカーテン。そこからベランダの汚れた手すりが見えて、真紀は息を呑んだ。

一匹のとんぼがそこに止まっている。こんな夜中なのに、羽を下げて、安心しきっているように。

真紀は足音を立てずに近づいた。やけに巨大で、腹も胸も真っ赤なとんぼだ。手を伸ばしても逃げる気配がない。羽を壊さないように胸を摑み、その眼をのぞき込んで、真紀は細く声を漏らす。

とんぼの眼は、鮮やかな朱色をしていた。

すべてを灰にする炎の色だ。真紀が学校に火を点けたあの瞬間を、とんぼはその眼に焼き付けている。朱《あか》い色が揺らぎ、今度はマッチを持つ真紀の姿がとんぼの眼に映った。オレンジ色に照らし出された真紀の横顔が、怖いくらいに黒々とした瞳で、燃え上がる炎を見つめている。

また、怖くなった。とんぼは知っている。とんぼの眼はすべてを覚えている。真紀がつらかったこと、悔しかったこと、隠しておきたいこと、誰にも見られていないはずのことを、とんぼの眼はしっかりと記憶しているのだ。だから、潰さなければいけない。このあたり一帯のとんぼの眼を、ぜんぶ潰しておかなければいけない。

小さな眼を指先で挟み、すり潰しても、とんぼは身じろぎすらしなかった。真紀が手を放すと、何事もなかったかのように飛んでいく。いつまでやればいいんだろう？　何匹潰せばいいんだろう？　八月の終わりになると無数に湧いてくるあのとんぼたちを、一匹一匹捕まえて、その眼をみんな潰して。いつになったら眼のないとんぼが生まれてくるのだろう。どれくらい頑張ったら――あの眼に――すべてを覚えているような、あの七色の眼に、怯《おび》えなくてもよくなるのだろう――。

「馬鹿だな、真紀さんは」

唐突《とうとつ》に聞こえてきた声に、真紀は思わず耳を塞《ふさ》ぐ。すぐ近くだ。同じ部屋、真後ろ、いや、もっともっと近い。自分の頭の中。他でもない、真紀の耳の奥から、額田先生の声が響いてきている。

「一匹や二匹、目を潰したって、また違うとんぼが飛んでくるだけだよ。まあ、根気《こんき》よく目を潰してやっていけば、このあたり一帯のとんぼは初めから目のないとんぼになっているかもね。何十年かかるか知らないけれど」

わかっていた——わからないはずがなかった。ずっと聞こえてきていた額田先生の声や、お父さんとお母さんの声は、真紀の耳に焼き付いた残響でしかないのだということを、真紀は当然理解していた。でも逃れられなかったのだ。額田先生も、お父さんとお母さんも、ずっとずっと同じ話を繰り返している。呆《あき》れ、悲しみ、困り果てたような声で。

逃げたかったけれど何ともしようがなかったのだ。彼らのかつての会話は真紀の耳に焼き付いてしまっている。

額田先生が言っていたではないか。このあたりには、昔から「見たものをその眼に焼き付けるとんぼがいるのだ」ということを。見たものを眼にとどめておく虫がいるのならば、聞いたことをその耳にとどめておく化け物がいたって不思議ではない。

真紀がそうだ。お父さんの言うように、真紀は正真正銘の化け物でしかなかったのだ。

どこに逃げても、耳を塞いでも無駄だというのに、どうすれば聞こえなくなってくれるのだろう？　それに、さっき学校で聞いたはずの額田先生の声も。あれが本当に聞こえたものではなく——真紀の耳に残った残響でしかなかったのだとしたら——。真紀は、とんでもないことをしてしまったことになる。助けて。助けて。こういうとき、普通の人間ならお父さんとお母さんを呼ぶのだろうな。けれどふたりは真紀のそばにいない。真紀は這うようにしてベランダから離れ、薄暗がりに沈むキッチンへと向かった。ガムテープの跡がついた扉を開け、包丁を取り出す。さび付いていかにも切れ味が悪そうだ。けれど、やるしかない。耳の付け根に冷たい刃を当てたところで、また額田先生の声が聞こえてきた。低く、近く、真紀のすべてをあざ笑うかのような口調で。

「本当に馬鹿なんだな、真紀さんは」

真紀は包丁を落とす。響いてくる額田先生の声に合わせるようにして、小さく唇を動かす。

「耳の出っ張ってる部分を切ったからといって、音がなくなるわけじゃない。音というものは、もっともっと深い部分で『聞いて』いるものなのさ。そこに届くものを使わないとね」

真紀は頷《うなず》き、まっすぐに立ち上がった。

玄関の棚の上の奥、お父さんが残した工具箱があることを思い出すのに、それほど時間はかからなかった。

窓から乾いた風が吹き込んでいる。ごちゃごちゃとした狭いマンションの一室で、複数人の警察官が忙しそうに動き回っている。地味な服装の二人の刑事が腕を組み、抑揚《よくよう》のない口調で言葉を交わしていた。

「――廊下で会っても、軽く挨拶をするだけ。何をしている人なのかもわからないし、あまり関わりたくはなかった。ベランダでいつも童謡らしきものを歌っていて、気味が悪いと思っていた――か」

「関わりたくないって言うわりに、異変に気づくのは早かったんですね。救急車が来たときには、まだ体温が残ってたんでしょう」

「そりゃあ、すごい悲鳴だったらしいからな。強盗か何かにやられてると思ったらしい」

「でも、実際は自分で自分の両耳を錐《きり》でひとつき、いや、何突きもですよ。そうとう痛かったでしょう。言っちゃなんですが、自殺するのにわざわざ自分の身体を痛めつけるようなことをするモチベーションってなんなんですかね？　いや、やる気の問題じゃない、ってことはわかってるんですけど」

「さあな――そこを傷つけたくなる理由があったんだろうさ」

「ご両親は健在ですけど、けっこうご高齢で、今は二人とも施設に入っています。二十年くらい前から娘のひとり暮らしだったみたいですね」

「出て行ったのは二十年前でも、もっと前から娘と関わるのはやめていたみたいだな」

「左隣の住民がいろいろ教えてくれましたよ。四年生か五年生のときくらいに学校に行かなくなって、それから四十年以上、働きにも出ず家にこもりっぱなしだったみたいだよって。

ランドセルだけ残ってるのが切ないですね。捨てるのも忍びなかったんでしょうが」

「……昨日の小学校の放火の件は、何か進展があったのか」

「いえ、犯人に関しては何も。警備の方が早めに気づいてくれたおかげで、大事に至らなかったのは幸いでしたね」

「学校に残っていたのは、先生じゃないいんだな」

「え？　はい。どうしてですか？」

「これだよ」

年嵩《としかさ》の刑事が、ポケットから取りだした小さなビニール袋を若い刑事に見せる。ビニール袋の中には、小さなメモが入っていた。

「『学校を燃やしてごめんなさい。でも額田先生の声は、もう聞きたくありません』。なんですか、これ」

「被害者が握ってたメモだよ。ご両親に聞いたがね、何十年も前に額田という教師に来てもらっていたことがあったが、すぐに辞めさせてからは連絡も取っていないそうだ。なぜ娘が額田の名前を書いたのか、よくわかりませんってな」

「確かに、遺書に書くのは変ですね。何か恨みでもあったんでしょうか」

「さあな。恨みか、あるいは――恐怖か」

「恐怖、ですか」

「見ろよ。このあたり、やけにとんぼが多いとは思わないか。昔はよくばあちゃんに脅されたもんだよ。悪いことをしても、とんぼさまは全部見ているからねって。見た光景を眼に焼き付けておくとんぼがいるんだって、そんなことをよく言われていた」

「まんま、『とんぼのめがね』って感じですね」

「ああ。そういえば、被害者はよくとんぼの歌を歌っていたと聞いたな――」

年嵩の刑事は窓からベランダに出て、眼前に広がる景色を見る。

手すりに両腕を預けると、巨大なとんぼがすうっ、と手元に飛んできて、まるで鏡のような眼で刑事を見つめた。

その眼が血の色に染まっている。錐で何度も何度も自分の耳を突く女の姿が刹那《せつな》映って、すぐに消えてしまった。

刑事は目頭《めがしら》を押さえ、また正面に広がる夕焼け空を見つめた。とんぼのめがねはあかいろめがね。ゆうやけぐもをとんだから――不意に思い出したメロディと重なるようにして、優しく、包み込むような男の声が、どこからともなく聞こえてくる。

「ほら。見えるだろう。とんぼがうじゃうじゃ飛んでいるじゃないか」

あかね色の空に、巨大なとんぼが飛び回っている。何百、いや、何万匹も、恐ろしくなるほどひしめき合って。

「あのとんぼには、みんな眼がないのさ」

刑事の耳に、また甘い男の声が響く。
鏡のような眼をしたとんぼが、いつまでも刑事を見つめ続けていた。

斜線堂有紀

小夜《さよ》鳴け語れ、凱歌《がいか》を歌え

●『小夜《さよ》鳴け語れ、凱歌《がいか》を歌え』斜線堂有紀《しやせんどうゆうき》

斜線堂有紀の〈異形〉作品集『本の背骨が最後に残る』（光文社）が、高い評価を受けている。表題作（《異形コレクション》第50巻『蠱惑《こわく》の本』初出）を含む令和の《異形コレクション》参加作六篇と、表題作の続編となる書下ろし短篇「本は背骨が最初に形成《でき》る」を収録した全七篇の傑作群。これは、２０２４年に刊行された『このホラーがすごい！２０２４年版』（宝島社）で国内編４位に輝き、本稿執筆現在エントリー登録が行われている第45回日本ＳＦ大賞でも、読者からの多数の熱い推薦が寄せられている。〈ホラー〉と〈ＳＦ〉の境界——というより、どちらも本道を行く作品群の奇想性、物語性、幻想性、そして文学性の凄みは、まちがいなく日本の〈短篇〉のグレードをさらなるオクターヴの高みに引きあげてくれる筈である。その斜線堂有紀が新たに《異形コレクション》に呈示してみせた本作。

なんと歴史時代小説である。時代は戦国。豊後《ぶんご》の大友宗麟《おおともそうりん》と肥前《ひぜん》の龍造寺《りゅうぞうじ》一族・慶誾《けいぎん》尼《に》との戦いにおける秘話。とはいっても山田風太郎《やまだふうたろう》忍法帖のような荒唐無稽な異能力アクションとは方法を異にした、司馬遼太郎《しばりようたろう》の直木賞受賞作『梟の城』の如き綿密で重厚な歴史ロマンの〈異形〉化ともいうべきメロディアスな意欲作。斜線堂有紀の新たなる挑戦に刮目《かつもく》していただきたい。

歌が聞こえた。いや、歌ではなく、言葉が聞こえた。それは、これから仲間に迎え入れられる月照《げっしょう》への歓迎の声だった。しかし、よく耳を澄ませてみれば、それはあくまで声の重なりでしかない。しかし、心象風景のように湧き上がってくるのである。

「あれは……」

月照は思わず声を上げた。先導の女が振り向き、頷《うなず》く。そして、厳《おごそ》かに言った。

「あれが肥前《ひぜん》の『反唱』にございます」

反唱——こちらでは、そう呼ばれているのか。月照は心の内で思った。やはり、呼び名が違う。

「これほど近くに聞こえるということは、もう近いのでしょうか」

「いえ、あれはあの山向こうから」

女が指したのは、向こうの見えない程高い山である。これを越えるのに、まだ丸々一日は掛かるだろう。

それなのに、声の主はこちらに語りかけてきているのだ。月照は改めて驚きに震えた。

「人のものとは思えぬ所業《しょぎょう》ですね」

「肥前の夜啼番《よなきばん》には、この程度造作もありません。貴女《あなた》が加われば、啼き声は更に高らかになるでしょう。素晴らしい歌声を持っていると聞いています」

「いえ、果たして慶誾尼《けいぎんに》様のお気に召すかどうか」

「慶誾尼様の耳を疑ってはいけません。慶誾尼様が一聴きして充分だと思われたのであれば、充分です」

女の口調は確信に満ちていた。よほど、慶誾尼に対して信頼を置いているらしい。月照はまだ慶誾尼に実際に目通りをしたことがなかった。ただ、月照の歌っている様を、慶誾尼が何処《どこ》かから聴いただけだ。そうして月照は、慶誾尼の率いる『夜啼番』に取り立てられることとなったのである。

月照の心に薄暗い喜びが湧き上がってくるのを感じた。ここまで来れば、最早《もはや》疑われることもないだろう。肥前一帯を引っくるめても、月照ほど歌の上手いものはおるまい。この国では、歌の上手いものこそが戦上手である。月照は覇者《はしゃ》になれる素質があった。

見ておけ、耳に聞け、肥前の龍造寺《りゅうぞうじ》よ。

——私こそが、この声で肥前を制す。

月照は彼方《かなた》から耳元へと刺すように届く歌声を、睨《にら》みつけた。

肥前の龍造寺といえば、近年驚くべき速さで勢力を伸ばし、その名を遠く離れた関東一円にまで轟《とどろ》かせている豪傑の家である。さしたる後ろ盾も無いのに、あの広い土地を牛耳《ぎゅうじ》っており、どんな侵略をも退けてきた。

豊後《ぶんご》の雄、大友宗麟《おおともそうりん》は、勢力を伸ばす龍造寺家を注視し、幾度と無く肥前を攻め落とそうとしてきた。しかし、龍造寺を打ち倒すことは容易ならざることである。龍造寺は諸国類を見ぬ程の戦上手であり、大友を悉《ことごと》く返り討ちとした。地の利を生かす戦術、兵どもの結束。強さの由縁《ゆえん》は様々あれど、龍造寺の戦を常勝としているのは、偏《ひとえ》に歌であるという話だった。

「戦の成否を決するは使番《つかいばん》にあり」

と、申すものは少なくない。

使番とは、戦の最中に戦場を駆け巡り、味方の陣営に将の指示や戦況を伝えるものである。兵の動きはこの使番に左右される。戦の際はまず使番を打ち倒し、伝達に血栓を生み出すことによって相手方を崩すことが試みられた。

味方が自分の陣営の使番を即座に見極められるよう、使番は派手な戦装束や目立つ旗を用いて戦場を駆けるのが常である。従って、戦死の可能性も高い。それほどまでの危険を冒しても、満足に情報の伝達が行われるかは分からないのだ。

「しかし、龍造寺の戦においては伝わる」

月照の主《あるじ》である豊後の根深《ねぶか》は静かに言った。

「龍造寺の使番は討たれることなく、確実に過《あやま》つことなく、確実に言葉を伝えるという。その姿は目に見えず、戦場には歌が聞こえると」

「歌が、」

月照は思わず復唱した。根深は重々しく頷く。

「喪服のような黒い服を纏《まと》い、戦場に於《お》いて決して動かず、影に紛れてなおも歌を届けるという。血煙《ちけむり》に掻き消されず、怒声《どせい》にも負けず、その歌が龍造寺軍を導くというのだ。その使番らは名を『夜啼番』といい、歌の達者な者であれば誰であれ取り立てるという」

誰であれ、という言葉に殊更力を込めて根深は言った。月照の身体が殊《こと》の外《ほか》引き締まり、喉の奥がぎゅうと収縮した。舌が重く痺《しび》れる。

「月照。お前はよくやりました。お前はこれから、肥前に向かいなさい。そして『夜啼番』に入るのです。肥前の慶誾尼は、常に『夜啼番』に相応《ふさわ》しい人材を探しているといいます。流れの歌謡《うたうた》いとでも見せかけて、取り立てられなさい」

根深は有無を言わさぬ調子で言った。上手くいくかも分からない計画だが、それが成せぬなら死ねということだろう。平素からの月照の扱いを考えれば、その指示は極めて順当なものであった。

「間諜《かんちょう》になれということでよろしいでしょうか」

「いいや、ただの間諜ではない。お前には、夜啼番を滅ぼしてほしいのだ」

言いながら、根深は月照の喉に指を掛けた。首を折ってしまいそうなほどに強く、容赦無く、爪が食い込む。息苦しさに嘔吐《は》いてしまいそうなほどだったが、月照は素知らぬ顔をした。

「歌ってみよ」

首を締められたまま、月照は高らかに歌った。特筆すべきは、その声量だった。首を締められているにも拘わらず、月照の声は目の前の根深の鼓膜《こまく》を破らんばかりに響いた。

「よし」

根深に言われ、ようやく月照は歌うのを止めた。締められた喉は鈍く痛み、息はなおも苦しかった。だが、その状態にあってもなお、月照はあれだけ見事に歌い上げることが出来るのだった。この程度のことが出来なければ、月照はとっくにここにいないだろう。

「『夜啼番』を現《うつつ》のものとしているのは、偏にその歌の技量である。並外れた歌の才が無ければ、あれは実現し得ない。お前ならば唯一、それに届く」

「ありがとうございます」

月照は丁寧に礼を言い、内々の歓喜に打ち震えた。その言葉を聞く為だけに、月照はここまで生きていたようなものだった。

「長旅ご苦労でした。私が夜啼番取締、慶闇尼です」

物腰の極めて柔らかな、美しい女性だった。包容の色香によって目が眩《くら》みそうになるのは、月照にとって初めての経験であった。根深と同じ年の頃であるだろうが、若々しく気力に満ちているようだった。夜啼番なる奇矯《ききよう》なものを運用せしめるような、奇特な人間には思われなかった。

「一つ、歌ってくれませんか。貴女の出せる、一番高い音で」

慶闇尼は根深のようにこちらの首を締めてきたりはせず、ただ自然にそう求めた。月照は頷き、大きく息を吸う。

今までで一番、長く高く月照は歌った。いつまで経ってもやめて良しとの声が無いので、このまま永遠に歌わせられるのではないかと恐ろしく思うほどだった。息切れのする手前で、ようやく慶闇尼が歌を制した。

「止めて良し」

慶闇尼は柔らかく微笑《ほほえ》み、月照の頰を撫でた。

「貴女の到着を心待ちにしておりました。鳶《とび》が死んでからというもの、夜啼番の高音低音の均衡《きんこう》は崩れてしまっていましたから。貴女のような高音を必要としていました」

鳶というのは、文脈からいって月照の前の夜啼番のことだろう。月照は長旅の疲れも見せず、根深にするように深々と礼をした。

「此度は誉れ高き夜啼番に取り立てて頂き、感謝致します。精一杯歌わせて頂きます」

「期待しています。夜啼番こそが、龍造寺の要《かなめ》なのですから」

そうして慶誾尼は、外れにある小さな屋敷に月照を導いた。入口に立って手を鳴らすと、はァい、というどこか幼げな声が返ってきた。

「花鶏《かけい》、新しい夜啼番が来ましたよ。ご挨拶《あいさつ》をおし」

すると、屋敷の奥からずるずると這うような音をして、人の形をしたものが、縁側までやって来た。その声と姿に、月照は激しい動揺を覚えた。

「私は花鶏。夜啼番の舵取りを務めております。よろしくお願い致します」

弾む声で名乗る彼女は、全身に包帯を巻いていた。顔も片目と口以外は見えておらず、ボサボサの髪が包帯から飛び出しているのが、滑稽《こっけい》でもあり恐ろしくもあった。乾いた唇からはやたらに赤い舌が覗いている。

「夜啼番は貴女を伏して歓迎致します」

この世のものとは思えない、美しい声だった。

夜啼番の生み出した反唱なる技術について、根深はある程度まで予想を立てていた。

「龍造寺の反唱とは、特定の音域の歌を重ねることによって遠くまで響かせ、その歌が何を示すかをあらかじめ示し合わせることによって伝達を行っているのでしょう」

その理屈は納得のいくもので、大方そういうことなのだろうと月照も理解していた。ある種の暗号の一形態であって、それを歌によって伝達しようというのが目新しいのだろうと。

だが、実際に目《ま》の当たりにした夜啼番というものは、そういった領域を遥《はる》かに超えたものだった。

「夜啼番の『歌』とは、大まかに分けて二種。進軍、退却です」

説明を受けた時、月照は訝《いぶか》しんだ。あまりにも少なすぎる。まさか、月照が余所者《よそもの》とあって、疑われているのだろうか。そう思ってしまうほどだった。

花鶏の他に、夜啼番は三人しかいなかった。どれも同じ歳の頃の少女ばかりで、名を鶯《うぐいす》、燕《つばめ》、飾《かざり》と言った。領内では痩《や》せた子供ばかりいたものだが、三人とも顔色がよく、健康的な身体つきをしていた。肥前ではよく食べさせてもらっているのだろうと思った。年長らしき花鶏のみ、全身に巻かれた包帯によって体つきも栄養状態もまるで分からないようになっていた。

「さて、飾。私と一緒に進軍の指示を歌いましょう」

花鶏が言うと、飾は遊びにでも誘われたように笑い、何度か深呼吸を繰り返した。腹がぷくりと蛙《かえる》のように膨れたのを、月照は驚きの眼差しで見た。

そして、花鶏と飾は同等の声量で歌い始めた。二つの歌声が重なった瞬間、まるでつむじ風が湧き上がるように声量が大きくなる。そして、月照の脳裏には、雄々しく戦場を駆ける一群の姿が確かに見えた。脇目も振らずに目の前の敵を倒す、そういった鬼気迫る様子が。

鶯く月照の横で、二人の歌が少し調子を変えた。すると、脳裏に映る兵達は進路を変え、西に向かって進んでいく。その様が、ありありと見えた。

――なるほど、これならば、二種の歌で充分だ。

どちらも同じ旋律ながら、高さと調子を変えることによって、別の指示に変えている。一体、どうしてこのようなことが出来るのか見当もつかない。根深の言っていることでは一部しか捉えられていない。それでは、これは――。

「御霊《みたま》が震えたでしょう」

そう言ったのは、鶯という名の暗い目をした少女だった。

「同じ力量を持ったものが、同じ伝意を持ち、声を揃えることによって、御霊に光景を幻視させる。それが反唱の仕組みです」

月照には言われたことがまるで理解出来なかった。それは果たして歌であるのか。異形の紡ぐ幻術の類いではないだろうか。だが、月照はこれが戦場にもたらす効果の程を、ありありと理解した。これならば、兵の一体感は変わってくるだろう。更に、暗号が理解出来ない助太刀《すけだち》の兵にも、これならば分かる。見えるのだから。

「でもこれでは、戦をしている相手にも指示が通ってしまうのではないの？」

「何を言っているのです。戦場で鳥の鳴き声を気にする者がありますか。この世には歌が溢れておりますが、聞こうとしないものには時鳥《ほととぎす》の声すら耳に入りません。夜啼の歌は、それを聴かんとする我が軍達に届くものです」

次いで鶯は、ここへ来るまでに歌が聞こえたかと尋ねてきた。月照は山向こうから聞こえてきたあの歌を思い出し、頷く。

「歓迎をされていると分かりましたか」

「ええ。あれは私を迎える為のものだと、はっきり分かりました」

「ならば貴女はよほど、夜啼番の歌を心待ちにしていてくださったのでしょう。唯美しいだけの歌ではなく、そこに歓迎をまで汲み取れたのであれば」

そう言われて、月照は気まずい気分になった。気恥ずかしくなったとも言えた。

「どんな意味合いでも込められるのですか」

「あれは『進軍』の一形態ではありますが、伝意さえ上手く込められればある程度のものは。重ねる音により、意味合いが微妙に変質していくのも反唱にございます」

それを聞いて月照の鼓動が速くなった。

つまり、共に歌っている者が重ねる音を変えれば、伝えることを変えられるということだ。

西への進軍を東に、そうでなくても少し逸《そ》らせれば——たちまち龍造寺の軍は崩れるだろう。そうでなくとも、あの一体の獣のような動きは止められるはず。

そうすれば、月照がここに来た意味も出てくる。

「夜啼番に入りなさい。彼らが歌によって指示を送っているのであれば、それを掻き乱すことが出来るのもまた歌となるでしょう。来《きた》る大友との戦の折に、貴女が歌で惑わすのです」

もし反唱が細工の余地の無い暗号歌のようなものであれば、月照が仮に間違いを装って妨害を試みたとしても、思うような効果は得られなかったかもしれない。だが、これならば歌を極めることによって、大きく龍造寺の邪魔をすることが出来るだろう。

そうして月照は、大友軍によって占領された肥前を背に、胸を張って豊後へと帰るのだ。

――歌による国取りを成した女として。

そう思っていた、矢先《やさき》だった。

「それでは、餉がやったようにして貴女も歌ってくださりませんか。歌えるのであればで構いません」

花鶏が試すような口調で言ったので、月照は半ば食いつくように「歌えます」と答えた。

「それでは、先程のように、初めから――」

そうして、見様見真似で『反唱』を再現しようとして、月照は驚愕した。

最初の一小節からついて行けない。声が掻き消され、散逸してしまう。殆《ほとん》ど花鶏の独唱となっているせいで、広がりがまるで無かった。先程から思っていたことだが、その爛《ただ》れた肌の小さな身体で、どうしてこのような声量が出せるのか。いや、声量だけではない。どうしてこの歌声はこちらを押し潰すような圧を纏っているのか。

果たして、花鶏のこれは――歌声と呼んでいいものなのか？　息が出来ず、喉が詰まる。結局まともに歌ともならない、散々な歌唱が月照の降参により終わった。

膝をつき、ぜいぜいと息を切らせる月照のことを、夜啼番の少女達は――そして誰より花鶏が、冷たく見下ろしていた。ややあって、花鶏が楽しそうに言う。

「思っていたより、お歌が下手ね」

身を切られるような屈辱に、頭の芯《しん》まで熱くなった。だが、月照にはその誹《そし》りを跳ね返すことが出来なかった。

元より、月照は歌を愛していたが――天性の才を持った子供ではなかった。暇さえあれば歌を歌っていたものの、月照の暮らしていた村にはそんな子供など大勢居た。

月照の村を治めていた領主が大友家に逆らい、苛烈《かれつ》な罰を受けた。その際に、領主に連なって抵抗を示したのが月照の親だ。当然ながら彼らは殺され、家の隅に隠れていた月照も、あっさりと見つかって床に引き倒された。月照には、まだ何が何やら分からなかった。

そうして殺されようとする寸前、月照は歌を歌った。

この世と別れるにあたって、せめてもの慰《なぐさ》みに歌ったのではなかった。

月照に出来ることはそれだけしかなかったからだ。だから歌った。彼女には、最早それ以外に何もすることが無かった。命乞いをする頭も、逃げる気力も、何かを言い残す胆力も、何一つ無かった。月照はただ、歌った。

殺されようとする少女が歌う様は、滑稽でありながら何かしらの憐《あわ》れみを抱かせるものだったのだろう。男の手が止まり、月照のことをまじまじと見つめた。この少女が歌い終えるまで殺すのを待ってやろうという、手前勝手で感傷的な慈悲。だがそれが、月照の運命を分けた。

たまたま此度の制裁に参加していた根深がその歌声を耳にすることが出来たからだ。

根深は側室でありながらまるで華が無く、戦場と死臭の似合う陰気な女だった。戦場を好んで渡り歩き、蹂躙《じゅうりん》の様を見届けては悦に入るような女だ。

彼女は大柄で、手のひらを広げるだけで、月照の頭を簡単に潰せてしまいそうだった。初めて根深を見た月照は、獣に睨まれたように硬直した。今思えば、その醜態を見られて殺されなかったことが奇跡だ。

「歌えるものを探していたところだ。お前は歌えるな」

問いではなく、確認だった。月照は必死に頷いた。

「ならば、共に来なさい。お前には、やらせたいことがあります」

根深はそう言って、月照を取り立てた。根深に連れられて行った小屋には、恐らく同じようにして集められた汚らしい少女達が詰め込まれていた。彼女らは自分を奮い立たせるように、小さく歌を歌っていた。この状況にあってもなお、歌うようなものばかりが集められていたのだ。

「歌えるならば居場所はある。お前達には、肥前攻略の為の足がかりとなってもらわねば」

月照は辛うじて居場所を与えられただけの、寄る辺《べ》の無い襤褸《ぼろ》切れの一人でしかなかった。

だからこそ、月照には虎《とら》の執着心があった。期待せずに拾った命に宿る、暴力的なまでの生き穢《ぎたな》さが。

それから始まった歌の稽古《けいこ》を耐えたのも、恐らくはそれが由縁だっただろう。

基礎的な能力が壊滅的である、ということではないのが唯一の救いだった。ここに来る前、根深の元で他の少女達と共に練習を重ねてきたことが功を奏したのだろう。だが、反唱はそれとは全く違った技術を使って歌われるものだった。

豊後では腹から声を出すよう指導されたが肥前ではその逆、喉を過度に震わせるような歌い方をするのが特徴的であった。今まではまるで違う、新しいやり方。月照が花鶏の歌についていけないのも当然だ。月照と花鶏では、まるで違う遊戯《ゆうぎ》を遊んでいるようなものだった。あるいは、まるで違う戦に出ているようなものだった。

理屈は分かったものの、それですぐさま出来るようになるわけでもなかった。『反唱』に用いる歌い方を強いられると、喉はたちまち痛みを訴え始める。慣れれば声量は安定するだろうが、それでも喉への負荷は変わらないだろう。たまらず、月照は慶誾尼に言った。

「これでは長くは歌えません。一年もすれば、喉が潰れてしまいます」

果たして、彼女は不思議そうな顔をして言った。

「長く歌う必要はありません。戦は一年で終わるはずです。それ以上長引くのであれば、和《わ》睦《ぼく》の道を探らなければ」

慶誾尼が言っていることと、月照が恐れていることはまるで違っていた。話が噛み合っていない。それの意図することに気づいて、震えが出た。慶誾尼はこれからの生涯で月照が歌えなくなることなどまるで気にしていない。戦が終わるまでの間、夜啼番が保《も》てばいいと思っているだけなのだ。

月照は早く龍造寺が打ち倒され、自分が豊後に戻れるようにしなければならないと思った。このままでは、月照は遅かれ早かれ歌えなくなるだろう。『反唱』の技術の習得は、その行く末と引き換えだった。

他の夜啼番もまた、翌年すら考えていないような無茶な歌い方をする者が目立った。花鶏などはその典型であり、無闇やたらと声を張り上げるせいで、聞いている月照の方の背筋が寒くなった。

だが、花鶏はそんな歌い方をしているのにも拘わらず楽しそうで、生き生きとしていた。彼女は平素から明るく機嫌の良い態度を崩さず、初対面の月照にも分け隔て無く接していた。

屈託無く言われた「下手」という言葉にはひやりとしたものの、花鶏は嫌がる素振りも見せずに反唱のやり方を月照に教えた。

「月照はあまり相手の声に合わせるのが上手くないのですね。大きな声で対抗し、打ち負かすのではなく、それに揃えて絡める意識を持つのはどうでしょう」

元々、月照は自信が無いが故に周りに対して気が強く、とかく負けず嫌いな女だった。肥前への潜入を請け負ったのも、他の人間がこの役割を担うと考えると、たまらない気分になるからだった。

月照は、あの小屋に戻る夢を幾度となく見続けた。あそこから這い出て、肥前に来ること。それは、月照の心を癒《い》やす唯一の手立てに思われた。

月照のその意識が、声を揃えることを無意識に避けさせているのかもしれなかった。豊後での日々は、他の少女達に遅れぬよう、劣《おと》らぬよう、必死だった。

「誰かと声を合わせて歌うことに慣れていないからなのかもしれません。夜啼番のように皆が仲の良い一群の中に入《こ》ったことも、初めてでございますから……」

半分は本心、半分は媚びとして言う。まだ三日ほどしか寝食を共にしていないものの、彼女らが月照とはまるで違う環境で生きていることは容易に察せられた。皆思い詰めた様子がなく、穏やかで幸福そうに見える。十分な食事と、暮らすのに不自由の無い家となると、そのようになるものだろうか。

いずれ歌えなくなるような無茶な歌唱法も、言ってしまえばそれだけのことである。歌えなくなったところで、肥前で幸福に生きられたらそれでいいではないか、そう思わされるほどだった。勿論、ここが大友領になればこのような生活が保障されるとは思えないんだが。

すると、花鶏が楽しそうに笑い声を上げ、いきなり距離を詰めてきた。汚れた包帯から臭《にお》う独特の臭気が月照の鼻をついた。

「なるほど、月照はまだ私達に心を開ききれていない様子。もう少しちゃんとお話をしましょう」

それは子供の内緒話のような楽しげな提案であり、花鶏の年齢に対する幼さを感じさせた。花鶏は摑み所がなく、天真爛漫《らんまん》だったが、時折こちらに何とも言えぬ暗い瞳を向けてくることがあった。──それは、全身を包帯で覆われた理由に通じているのだろうか。

「慶誾尼様に見初《みそ》められたと聞いてどんな子かと恐々としていましたが、可愛らしい方で驚きました。戦場で見初められたと聞きましたが、そこでも歌を？」

「ええ、はい──」

まさか、豊後から夜啼番を乱す間諜として送り込まれたとは言えず、月照は曖昧《あいまい》に答えた。

「まさに慶誾尼様がお気に召しそうな子」

「けれど、それだけでは足りませんわ」と餝。

「貴女、慶誾尼様への信頼が篤《あつ》いものですわね」

「そんな言い方——けれど、慶闇尼様ならばそう仰るかと」

からからから、と、中身の涸《か》れた米びつを転がすような、歪《いびつ》な声で夜啼番の女どもが笑う。戦の要として大切にされている者どもらにしては、およそ不気味な声色《こわいろ》だった。

「ねえ、月照。貴女はあの話をお聞きになったかしら。慶闇尼様が鍋島清房《なべしまきよふさ》様のところへ嫁入りにいらっしゃった時のお話！」

月照が首を横に振ると、花鶏は更に声を弾ませて言った。

「慶闇尼様はね、鍋島清房様のお屋敷に、予告なく花嫁行列を携えて行ったのよ。肥前の繁栄には龍造寺家と鍋島家の強い結束が必要だと仰ってそうなさったの。慶闇尼様は、素晴らしく機転の利くお方——そうは思わなくて？」

それを、どう受け取っていいものか分からなかった。

月照が抱いた感想は、恐ろしい、だ。

今の肥前の繁栄は、確かにその二家が結びついたからなのであろうし、そういった結びつきを期待して婚姻が行われることも珍しくはない。

だが、慶闇尼のやり方が——望むことを必ず実現しようとする時の、その強すぎる意志が見え隠れしているところが——怖いと感じた。あの穏やかで優しげな顔で花嫁装束を身に纏い、有無を言わさず鍋島清房との婚姻を求める姿が、目にありありと浮かんでくるようだった。

「初めてお目に掛かった時、緊張を和らげる為に、慶間尼様ったらそんなお話をしてくださったの。私、それが可笑《おか》しくて。それで緊張が解けたのですの」

花鶏はこれを笑い話と取っているらしく、本当に可笑しそうに笑っている。

「人に言うのが憚られるような秘密を教え合うことは、心を開くことに繋がると慶間尼様は仰っていたんですの。そうして私も、慶間尼様に秘密をお教えしました」

「秘密……？」

「この身体、自分で火を点けたんです」

花鶏はにっこりと笑った。

「どうしても夜啼番に入りたかったものですから。そうしなければ私は夜啼番に入れてもらえなかったのです。慶間尼様は実力をしっかりと評価なさるお方ではありますが、私のような凡才は、その執念を評価頂くしかありませんでしたから」

「そんな――」

そんなことが、あるはずがない。熱意を見るにせよ、他のやり方があるだろう。それほどまでに夜啼番になりたいと願うものであれば、逃げ出すことはない。そういったことなのだろうか。

「私達は秘密によって繋がり、執念《しゅうねん》によってここに留まっているのです。燕、貴女はどういった秘密があるのかしら」

「私は、病にかかった父母を見捨てて逃げ、慶闇尼様に拾われてきました。看病をすれば助かったかもしれませんが、彼らに死んで欲しかったので、冷たい水を浴びせかけ、いよいよ末期《まつご》というところで捨て置きました」

燕は全く表情を変えずに、言った。目を白黒させる月照を余所《よそ》に、花鶏は鶯を指名した。

鶯は不快そうに身を震わせた後、それでも口を開いた。

「私の村は、貧しい村でした。——口減らしをしなければ、みんなが飢えて死ぬような厳しい冬の日に、私達は——私も、最早役に立たぬ村の老女を喰らって生き延びました。以来、私達の村は忌《い》み村となり、滅ぼされようとしたところ、慶闇尼様が私だけ助けてくださりました」

忌々《いまいま》しげではあるものの、そこにさしたる恥《はじ》はなかった。恥であろうはずもないのだろう。鶯はただ生き延びただけなのだ。

「飾は——」

知らず知らずのうちに、月照の方から尋ねてしまった。飾は花鶏とよく似た、穏やかな表情を浮かべている。

「秘密というほどの秘密ではありません。花鶏と似たようなことをしました。私はあまり歌が上手くありませんでした。ですが、慶闇尼様の元で夜啼番とならねば、死を選ぶしかないような身の上でもありました。ですから、針を刺しました」

「針を？」

聞き慣れない言葉に訝しんだ月照に対し、飾が首に巻いた布を解いた。隠されていた喉が晒されていく。

飾の喉元は赤い点に彩られ、まるで醜怪《しゅうかい》な星空のようでもあった。

「慶闇尼様が教えてくださったのです。声の通りが良くなると。なので私、何度も何度も、慶闇尼様が求める水準に至るまで、刺し続け――こんなこと、恥ずかしいですね。けれど、だからこそ夜啼番として、それに恥じない仕事が出来るのではないかと」

頭の奥がじわりと熱を持つような感覚があった。そんなことを嬉々として語ることが出来るこの子らは、何か欠けているのではないか。もしかして、慶闇尼は歌の力量では無く、その狂気をこそ評価しているのではないか――。

「だからこそ、貴女にも何かがあり、だからこそ慶闇尼様が見いだされたのだと思ったのです」

月照の内心を見透かしたかのように、花鶏が静かに言う。

「何か隠していることはありませんか？　そうだとしたら、私は知りたい」

花鶏の声は、耳に絡むようである。月照は今すぐここから逃げ出してしまいたくなった。だが、そんなことをしては根深の求めた役割が果たせなくなってしまう。

「私は普通の村に生まれ育ち、ごくつまらぬ人間です。戦火に焼け出され、……飢えから、瓜《うり》を盗んで食べてしまったことがあります。それが私の唯一の秘密――」

花鶏が小さく失笑を漏らした。くだらない秘密だと思われたのだろうか。それとも、何か別の理由だろうか。

嘘を――見抜かれてしまったのだろうか。

「可愛らしい秘密で素敵ですね。飢えはどうにもならぬこと。月照、これで私達はより一層解り合えた。そう思いませんか？」

思えるはずもなかった。

月照が今し方言った秘密は、恥知らずな嘘であったからだ。

花鶏に話さなければいけなかったのだろう秘密は別にある。

瓜は月照の唯一食べられないものだった。あの小屋で最初に与えられたものだったからだ。

根深の与えた環境はまさしく蠱毒《こどく》の真似事であって、求める水準まで歌える子供を作る為、根深は熾烈《しれつ》な競争を強いた。早い話が、それほどでもない子供に与える食べ物は、極限まで絞られていた。そうしていると、役立たずは早々に淘汰《とうた》されていく為、実に効率が良いのだった。

月照はこんなところで死にたくはなかった。折角機会を与えられたのに、一度救い出されてのそれは、あまりにも残酷《ざんこく》だった。月照はどんなことをしてでも生き残ることに決めた。

半年も経たないうちに、集められた子供の数は片手で数えられるようになっていた。ここまで残った子供は誰も歌が上手かった。

月照は生き残らねばならなかったが、それまでに超えなければいけない壁が、あまりにも厚かった。

ただ歌を歌うだけでは勝てない。

だから、月照は工夫を強いられた。

殺すのは恐ろしかった。だから、漆《うるし》に逃げた。漆を飲むと舌が痺れ、思うように話せなくなるという。しばらくの間は喉が爛《ただ》れるが、それでも死にはしないのだと。

効果の程は、同じ頃に連れてこられた内気な少女で目の当たりにすることが出来た。彼女は粥《かゆ》を食べ終えてからあからさまに苦しみ始め、喉の痛みを訴えた。無理に歌おうとしたが歌えず、痛みと苦しみに膝を折り、ついには歯を噛み締めて蹲《うずく》った。

上手くいったのだ。

その日は大事な試験の日だった。根深の前で歌い、上達振りを披露する日だ。本来ならば、月照はここで彼女に負けているはずだった。

しかし、彼女は歌えず、月照は歌えた。

誤算があったとすれば、根深の性質だろう。その日の試験は滝の近くで行われていた。その音に負けないほどの声量であれば、根深の理想に適うからだ。

競い合う相手を殺すほどの覚悟は持ち合わせていなかった。

歌えなかった少女はそのまま滝壺へと蹴り落とされた。

「お前は常に喉に気を遣っていて、とても素晴らしいね」

根深は全てを見透かしていたが、それについては何の咎《とが》めも無かった。むしろ、そうまでした月照を評価しているようにすら見えた。

月照は生き残った。そして、夜啼番へと入った。


蓋を開けてみれば、夜啼番は全員似たものの寄せ集めだった。夜啼番に入らざるを得ず、その為に手段を選ばなかった者の集まりだ。人としてどこか欠けた者ばかりが集められているからこそ、慶誾尼が使い捨てることを厭《いと》わない者達。

そう考えると、月照は急に彼女らへの親しみと、まるで罪が赦されたかのような安心を覚えた。ここでは月照の罪すらありふれたものとして埋《うず》もれるだろう。

不思議なもので、彼女らの身の上話を聞いて歌う反唱は、以前のものとは明らかに変化していた。よく耳を澄ませてみれば、燕の声には拭いきれぬ悔恨と歓喜が滲んでいた。彼女が両親との間にどのような憎しみを抱えていたかは分からないが、歌を聴けばその一端に触れることが出来た。彼女に合わせるには、その複雑な憎しみに寄り添えばよかった。

鶯に合わせるのはなおのこと簡単だった。元より、月照は死にたくないが故にここまでやって来たのである。人の肉を食う程の生への執着を抱いた女と、生きる為に毒を盛った女の違いは、そう大きくはないように思われた。飾も同じだ。歌を歌う為にやった、という括りでは月照の行いも飾りの行いも変わらない。

しかし、肝心の花鶏とだけは、多少嚙み合わぬ時期が続いた。跳んで、跳ねて、この世の全てを面白がるような花鶏の歌は、ついて行くだけでやっとだった。反唱が成り立たず、慶闇尼に苦言を呈されることも多かった。

合わせられるようになったのは、花鶏の歌の中に時折紛れ込む、途方もない暗さを摑むことが出来たからだった。

華やかで楽しげな花鶏の歌声に混じるそれだけに、月照は辛うじて声を合わせることが出来た。そこにある純度の高い怒りには、普段の花鶏の面影は殆ど無かった。彼女の時折見える鋭さの源泉が、そこにはあった。

反唱というものがどういうものなのか、ここにきて月照にも分かるようになってきていた。これは、二者間の感情を重ね合わせることによって、増幅された意志を声に乗せる技術なのだ。

夜啼番は全員が全員に共鳴することによって、反唱を成しているのだった。

反唱が出来るようになってもなお——いや、なったからこそ、月照は花鶏という少女が分からなくなっていた。

理解と引き換えに、月照は正式に夜啼番として動くこととなった。

それから月照を含めた夜啼番が出陣したのは三度である。どれも大友の遊軍が偵察のついでにやって来た際の戦で、龍造寺は難なくそれを退けた。月照が裏切らなかったのは、偏にこれらが単なる前哨戦《ぜんしょうせん》だったからである。夜啼番が送った指示は、殆どが深追いを避ける為の退却指示だった。

事態が動いたのは夏である。

大友宗麟は大江山に陣取り、いよいよ肥前を獲ろうと動き始めた。その勢いたるや、月照が内に入り込んで夜啼番の攪乱《かくらん》を行う必要など最早無いのではないかと思ってしまう程だった。

否、むしろ夜啼番の攪乱をこそその時に行うべきだったのかもしれない。何がなんでも攻略せよと命じられていた大友軍と士気の高い龍造寺軍は、小競り合いを幾度と無く繰り返した。

広範囲に高頻度の戦を支えたものは、まさしく夜啼番だった。夜啼番は散り散りになり、それぞれの状況を歌った。

今こそ、月照は自分の任を放棄するだけで良かった。そうすれば、龍造寺の連携は乱れ、大友は容易に戦を進めることが出来たはずだ。

だが、月照は歌った。初めて味わう戦場が、月照の想像を遥かに超える恐ろしさであったからだ。黒い装束で闇に潜み、月からも隠れながら月照は戦場に立った。すぐ横で人が斬り伏せられ、矢に撃たれて死んでいった。すぐ傍を走る馬に蹴り飛ばされそうになり、身が竦《すく》んだ。

こんな小さな戦で龍造寺の邪魔をしたところで、月照はそのまま無残に殺されてしまうのではないか。この状況で龍造寺が不利になっては、勢いづいた大友の馬達に跳ね飛ばされるのではなかろうか。

だから、月照は歌うしかなかった。指示を伝え、龍造寺軍を逃がし、殺されまいと身を守った。こんなじわじわと互いを削るような小さな戦場ではいけない。もっと大きな、確実に龍造寺の息の根を止めるような戦で裏切らなければ。

不思議なことに、遠くから聞こえる他の夜啼番の歌声は、月照の心を癒やすものでもあった。燕の歌声は凜々しく高らかで、太陽の光のように降り注いでくる。飾の歌声は華やかだ。星が墜ちてくるような擽《くすぐ》ったさを覚えた。鶯の歌声には芯があり、まるで矢文《やぶみ》のように正確だった。その歌声を聴くと、鶯がこちらを見透かしているかのような気分になった。

そして、花鶏の声は。

花鶏の声は、死人の歌声だった。

その声は、すぐ傍に花鶏がいるかのように響いた。こちらに絡みつき、引き留め、囁《ささや》いているような歌声だ。炎の中から助け出され見いだされたという花鶏の声は、その声に彼岸《ひがん》を宿していた。

その声でさえ、月照を癒やした。この戦場もまた地獄ではあるが、ここには花鶏が居る。地獄から舞い戻った女の歌声がある。あの包帯の奥の目を思うと、月照は恐怖に諦めがついた。仕方ない、と思えるようになったのだ。だからこそ、花鶏の声が聞こえた時に最も月照は落ち着いて声を返した。

自分の反唱が上手くなっていることを自覚した。上手くなっていなかったら、疾《と》うに月照は死んでいるだろう。龍造寺軍も負けていたに違いない。

死にたくない。生きたい。生きて肥前を獲るのだ。

そうでなければ、何の為にここに来たのか分からない。

月照は歌い、歌った。龍造寺は大友を追い返し、また飽くことなく接近してくる大友を迎え討った。月照はまた歌った。

ちゃんと夜啼番の少女らと顔を合わせたのは、それから三ヶ月後のことだった。季節はすっかり夏になっており、照りつける太陽と安定しない気候が喉の大敵だった。

「すっかり痩《こ》けましたね」

それが花鶏の一声だった。

龍造寺側からすれば、長い籠城戦である。まともな補給や援軍も期待出来ない戦いの最中で、夜啼番ですら食うや食わずの状況だった。士気の高さに定評のある龍造寺軍ですら、このまま大友に押し負けるのではないかと薄《うつす》ら思い始めているところがあった。戦いは永遠には続かない。

「花鶏の方も――」

痩けた、と何も考えず返そうとして、包帯に隠れた身体では痩けたかすら分からないのだと気がついた。花鶏の声は現実味が無いほど明るい。まるで、龍造寺の疲弊《ひへい》など気にならないように。

他の三人は更に酷く、生きての再会を喜ぶ余裕すら無さそうだった。燕は退却の際に折ってしまった腕を見せつけるようにして「歌う度に震えるから、もう治らないと思う」と、弱気なことを言った。治すには歌うのをやめるしかないが、歌うのを止める余裕は龍造寺にはなかった。

「兵の多くも降伏を望むものが多く出ています。ここから龍造寺が大友を破ることはありそうになく、隆信《たかのぶ》様ですら降伏を考えていると」

飾の口から出たのは、将である龍造寺隆信ですら戦いを諦めているという話だった。驚くことではない。思えば、月照が夜啼番の欠けた穴を埋めずにいれば、それだけでこの戦は勝っていたのかもしれなかった。そう思ってしまうほど、あまりにも龍造寺の分《ぶ》が悪い。

「けれど、慶誾尼様は降伏を望んでおられません」

花鶏がはっきりと言った。

「慶誾尼様がどうお考えであろうと、このままでは龍造寺どころか肥前のもの全てが皆殺しになります。そうなれば、本当におしまいでしょう」

鶯は悲鳴に似た声で言い、自分の言葉で身を震わせてしくしくと泣いた。

「降伏しようと戦を続けようと、私達はそのまま死ぬでしょうに」

花鶏はあっけらかんと言い放ち、鶯を更に怯《おび》えさせた。

「降伏すれば、私達は大友氏の配下に加わることが出来るかもしれません。先の戦での功績さえ認められれば、私達を取り立ててくださるはず」

「鶯、貴女、想像するということがまるで出来ないのね。大友からすれば、私達はいつ裏切るかもしれない危険な道具よ。私が大友なら、全て殺してしまうでしょう」

そう言って、花鶏はけらけらと楽しそうに笑った。気を失いそうな鶯が可笑しくて仕方の無いようだった。あまりに大口を開けて笑うので、その虚のような喉の奥まで覗けてしまい、月照は、震えた。

その時、手が打ち鳴らされる音が聞こえ、戸が開け放たれた。

久方ぶりに会った慶誾尼は、疲弊する戦場に於いてなお美しく、いよいよ以《もっ》て完成を迎えたという気配すらあった。痩せこけた鳥の群れとは、比べものにならない輝きがあった。

「貴女方の真に役立つ時が来ました」

慶誾尼は、歌うように言った。


城の北の今山《いまやま》には、大友親貞の率いる三千の兵が到着していた。長く続く戦に倦《う》んでいたのは何も龍造寺だけではなく、大友の側もであった。この総攻撃を以て、大友はこの長い戦を終わらせようとしていた。

まず慶誾尼が命じたのは、降伏一色になりかけていた陣営の士気を、反唱によって上げることだった。月照からすれば、それは士気を上げるための応援ではなく、逃げることを許さぬ無慈悲な檄《げき》に他ならなかった。夜啼番の口を使い、慶誾尼は肥前を締め上げた。龍造寺隆信ですら、慶誾尼の檄が無ければ逃げ出していただろう。

自らの口で降伏を封じながら、鶯は哀れなほどに狼狽していた。

「私は恐ろしい。夜襲だなんて――」

鶯がぼろぼろと涙を流す。

慶誾尼の策とは、今山にいる大友軍への夜襲だった。

確かに勝ち目の無い策ではない。暗闇での戦は双方ともに危険が伴う。だが、闇夜に大きな強みを持つ夜啼番の存在が、龍造寺を有利にするだろう。相手の使番は夜に惑えども、夜啼番はそうはならない。

「今までに無い規模の戦になる。きっと、鳶と同じ目に遭うわ」

「鳶という子は、どう死んだのですか」

どうしてそんなことを尋ねたのか、月照には自分でも分からなかった。鶯は項垂《うなだ》れながら答える。

「あの時の戦も大きなものだった。鳶は懸命に声を張り上げたけれど、その喉元を射られたの。鳶は矢が刺さっているのにも構わず歌おうとしてのたうち回り、私が見つけた時には血溜まりの中で大口を開けていた」

歌われているわけでもないのに、その光景がありありと目に浮かぶようだった。

「私達は歌える。歌える。歌い、勝つことも出来ます。どうして悲しむの？　悲しまないでしょう」

花鶏が励ましたものの、鶯は生光る瞳で彼女を睨みつけた。

「貴女みたいな死人はそうでしょう。けれど、私は違う、私は生きているんだから！」

「いずれにせよ、夜啼番としての務めを果たさなければ」

花鶏は素っ気なく言い、厠《かわや》へと立った。その背を、月照は追った。さっき見た口の中が目に焼きついていた。

包帯を引きずるように廊下を歩き、ゆらゆらと揺れる花鶏に向かって口を開いた。

「小夜《さよ》！」

暗い目をした闇伝いの女が振り返った。

「貴女は小夜ね？　花鶏ではなく」

小夜。その名を忘れたことは無かった。

何故ならそれは、月照があの日毒を飲ませた女だったからだ。

大きく口を開けた時に見えた、花鶏の奥歯。それらは全て欠けていた。強く噛み締めねばああはならない。

苦痛に膝を折り、歯を噛み締めなければ。

そうした女の姿を、月照は一度見たことがあった。

他ならぬ、自分の手で、引き起こしたものだった。

焦りと恐ろしさで気を失いそうになり、ふと、とあることを思い出した。

あの時、瓜の話で、花鶏が笑ったことを。

「ええ、そう」

その声には、花鶏の軽やかな明るさは無く、薄ら暗い卑屈《ひくつ》な響きが籠もっていた。

「あまりに遅い。もう気づかぬものだと思っていたよ。このまま私達は何事も無く合戦で死ぬのだと」

「どうして――貴女、何が――」

そう口にしてから、自分が尋ねたいと真に思っていることは――これではないと気がついた。ややあって、月照は言う。

「貴女、私を殺したいとは思わないの」

それが、最も気になっていたことだった。

もし本当に小夜なのであれば、どうして月照が目の前に現れた時に、復讐を果たさなかったのか。自らの復讐よりも、夜啼番としての使命が重要だと本気で考えたのだろうか。そんなことがあるのか？

月照の問いに、小夜はつまらなそうな目を向けた。そして、歌うように話し始める。

「毒を盛られたと気づいた時に、感服したよ。これほどまでに欲深く、恐ろしい女がいたものだと。歌の力量の多寡《たか》など、些事《さじ》に過ぎない。その為に何が出来るかこそが真の資質なのだと、私は身を以て味わった。あの根深に蹴落とされた時ですら、私はお前のことばかりを考えていた」

そうして小夜は、毒を盛られ滝に蹴落とされながらも生き存《ながら》えたのだ。――恐るべき執念によって。

「戻れば根深は私を殺したろう。だから、豊後に戻る択は無かった。ならば、肥前に向かおうと考えた。そこならば居場所があるだろう、と」

「夜啼番に入れると思っていたの？　喉は潰れていたはず」

「入れなければ死ぬだけだ」

花鶏は――小夜は、迷い無く言った。

「私は半死半生《はんしはんしょう》のまま、肥前に辿り着いた。すると、戦場の近くに黒い着物を着た二人の少女が見えた。一人は飾、そしてもう一人は――花鶏と呼ばれていた」

聞いた瞬間、背筋が寒くなった。

まさか、と言うより早く、小夜が続ける。

「まだ戦局も穏やかだった頃だ。花鶏は仮眠を取りたがっていた。丁度、近くに薪割り用の小屋があった。花鶏はその中に入り、穏やかに眠っていた。共寝をするのに実に良かった」

「そして、火を点けた」

小夜は包帯を歪めながら、笑った。

「足りぬ、足りぬ、狂いが足りぬ、だから闇も覗けず小夜で終わるのだ。私は歌謡いとして生きる覚悟が足りない。だから、まずはそれを求めた」

「元々いた花鶏を焼き殺して、貴女が夜啼番の花鶏になったということ？　そんなことが出来たというの？」

「出来るはずがないさ！　けれど、相手はあの慶誾尼様だ！」

それだけで、充分に説明がついた。

夜啼番の女を一人焼き殺し、自らをも焼け爛れさせながら、自分が花鶏だと言い張れるだけの女。そんな女のことを、慶誾尼は愛するだろう。業《ごう》が歌を高らかにする。実際に、花鶏は前の花鶏よりもずっと歌えたに違いない。そうでなければ、花鶏は既にここにいない。

「慶誾尼様は、私を労《ねぎら》い、煙に捲《ま》かれた喉が癒えるまで休むといいと言った。十分な時間を置いて、私の喉は癒えた。新しい花鶏を、夜啼番も受け入れた。そうしなければ、反唱が出来ずに死ぬからな」

花鶏を見る鶯の目。死人という言葉。手段を選ばなかった飾が花鶏と親しかったこと。生き残ることを目的としていた燕の割り切った態度。

全てが夜啼番に相応しかった。戦局を左右するとは言っても、所詮夜啼番は肥前に——慶誾尼に使われる道具でしかない。

「私は豊後を裏切り、お前と同じことを人にした。自分が生き残る為に、人を殺した。そんな私が、お前を恨めようか。私は、夜啼番を愉しんでいる」

もしここで歌えば、小夜の本心が分かるのではないかと夢想したが、反唱は心を通わす為のものではなく、戦場で将の言葉を伝えるものである。

「それで、お前はどうするんだ」

「どうする、とは」

「根深に言われ、夜啼番を崩しに来たんじゃないのか」

突然、月照は笑いそうになった。今の今まで、月照の頭からはそのことが抜けていた。この度の奇襲こそ、まさしく月照が裏切るに適した戦ではないか。

ややあって、月照は言った。

「私は夜啼番の月照、今から豊後の大友を討つ」


大友親貞《ちかさだ》は祝宴を行っていた。

盛大な前祝いだった。

大友親貞は大変に縁起を重んじ、出陣自体も占いの吉兆で決めるだけでなく、こうして前祝いを行うことによって、来る合戦の勝利を呼び込もうとするような男であった。それにより緊張が薄れ士気が下がったとしても——そういったことを優先する男だったのだ。

実際のところ、大友軍の優勢は揺るぎなく、本来ならばまるで負ける要素の無い戦ではあった。多少の士気が下がろうとも、三千の軍勢が疲弊した兵どもに負けるはずがないからだ。だからこそ、大友宗麟も弟にこの戦を任せたとも言える。

龍造寺隆信の義弟、鍋島信生《のぶなり》率いる奇襲部隊は、五百名余。その中には、五名の夜啼番も含まれていた。

まずは歌だった。歌により、暗闇に紛れて奇襲部隊は配置についた。どれほど暗くとも、歌に関係のあろうはずもない。

そうして大友の軍を囲み終えてから、夜啼番は一所《ひとところ》に集まった。各所に散らばって情報の伝達を行うのが夜啼番の役目であるから、これは極めて珍しい配置であった。

襲撃などを予想もしていない大友軍を見据えながら、夜啼番は大きく息を吸った。

途端に、この世のものとは思えない絶叫がありとあらゆるところから上がり始めた。反唱とは似ても似つかない悍《おぞ》ましい輪唱が始まる。

そこに信生が、一発の銃声を響かせた。

絶叫は更に広がり、一帯を渦《うず》のように呑み込んでいく。月照は声を張り上げた。

近くにいた大友軍の兵が、隣にいた兵の眼窩《がんか》に親指を捻《ね》じ込むのが見えた。

同士討ちが、始まっていた。

進軍の命令もやはり反唱によって行われた。この反唱を行ったのは、燕と鶯の二名であった。残りの三名は、大友軍に向けての反唱を行っていた。

大友軍の中に、龍造寺軍に寝返ったものがいる。

その裏切りにより、大友軍がここで祝宴を挙げているという情報が漏れた。

ここにいる者の半数は敵である。

殺さなければならない。

殺さなければ。

——聴く意思の無いものに、反唱は届かないはずである。

だが、この度の夜襲において、夜啼番の反唱は大友側の兵にも届いた。届けなければ、龍造寺に勝ち目は無かった。

聴く気の無いものの鼓膜を震わせ、存在しない裏切りを刷り込む反唱は呪いであり、明確な攻撃だった。彼らは自分達が何故こうした疑心暗鬼に襲われているかも分かっていなかっただろう。

慶誾尼に出来るかと問われた時、小夜はまるで躊躇《ためら》いもせず出来ますと嘯《うそぶ》いてみせたという。彼女に拾われた時の小夜はといえば、半死半生、何故生き存えているかも分からないほどであったというのに。

出来るか出来ないかは問題が無かった。出来なければ死ぬだけだ。

その歌を完成させる為に、月照と小夜は一昼夜を通して歌い続けた。肥前の領内に暮らす家族にその歌を聴かせ、殺し合いを果たさせた。愛しい子供の首を締める母親を見て、二人は歓喜した。これならば、必ず歌は大友にも通じるだろう。

果たして、目の前に広がる惨劇の光景は、夜啼番の編んだ一大交響曲だった。兵士達はただ自分の手の届く範囲にあるものを斬り伏せ、撃ち、その肉に食らいついていた。最早誇りなどはどこにもなく、

遠くの方に狼煙《のろし》が見えれば、月照はまた別の歌を歌った。西へ、東へ、暗闇の中を、迷わずに兵が進む。

混戦の中で、鶯が馬に蹴り飛ばされるのが見えた。彼女の身体は勢いよく転がり、闇に紛れて消えてしまった。蹴られた時点で鶯の頭が破裂しているのが見えたので、助け起こしにはいかなかった。

共に反唱を行っていた鶯の死に動揺したのか、燕が歌うのを止めた。歌わなくなった燕は急に迷子になったかのように彷徨《さまよ》い始め、自ら大友軍の方へ向かっていってしまった。燕の胸に刀が突き立てられた。そのまま、何人もの人間が燕を刺していく。声を発するために鍛えていた肺が、破られていく。

二人の死亡により、やや隊列に乱れが生じた。ここまでくれば、指示とはあってないようなものだ。後は死ぬことを避け、殺すだけ。本物の最後の合戦では、指示というものが目に見えて価値を失っていくのかもしれない、と月照は思った。

飾は火縄銃で腹を撃ち抜かれていた。彼女に限っては、最初死んだことが分からぬくらいの死に様だった。ゆっくりと頽《くずお》れる飾を見て、これで二人だけになってしまった、と思った。

果たして、自分は何故ここで声を張り上げているのだろうか。本当のところを言ってしまえば、大友が勝とうが龍造寺が勝とうが、月照はどうだってよかった。

目の前に広がる地獄を引き起こしたのは月照だ。なんと誇らしいことだろう！

喉が痛み、口の奥から血の味がしていた。それでも歌うのを止めなかった。まだ小夜が共に歌っていたからだ。彼女が歌っているなら、反唱は続く。

それからどれほど経っただろうか。

地面に落ちた矢と転がった死体の数が等しくなり始めた頃、小夜の歌が止んだ。

歌が止んだのに気がついた月照は、辺りを見回して小夜の姿を探した。小夜はすぐに見つかった。

小夜は目に矢を受けて絶命していた。両の手は喉を押さえており、最後まで小夜が何を大切にしていたかが分かるようになっていた。

戦は終盤に差し掛かっている。最早鳥の役目は終わった、月照達の歌は終わったのだ。

代わりに月照は顔を上げ、血煙によって曇《くも》った空に歌った。

それは何も伝えず、何も唆《そそのかさ》さず、誰にも向けていない歌だった。

やがて月照も、まるで歴史に残らないつまらない死に方をした。

＊

今山合戦と呼ばれるこの合戦は、大友親貞が討ち取られたことによって、龍造寺側の勝利に終わった。大友軍の死亡者は優に二千を超えているとされ、歴史上希《まれ》に見る被害をもたらした。この戦は、以後龍造寺家の強さおよび慶誾尼の比類無き女傑ぶりを伝えるものとなる。

この後、龍造寺側は勝利したにも拘わらず、大友側に講和の申し入れを行っている。一説によればこれは、夜啼番を失った龍造寺がそれ以上の戦を望まなかったからだという。

夜啼番はその後後継部隊は育成されず、反唱の技術自体が途絶えている。

慶誾尼は、九十二まで生きた。

平山夢明

楽《らく》庭《てい》浄《じょう》土《ど》

●『楽庭浄《らくていじょう》土《ど》』平山夢明《ひらやまゆめあき》

平山夢明と〈楽器〉の組み合わせと言えば、記憶に新しい「スイゼンジと一緒」（《異形コレクション》第56巻『乗物綺談』所収）のオカルナの音色《ねいろ》が、耳朶《じだ》にも脳膜《のうまく》にも焼きつくほどの熱いインパクトを与えてくれたのだが、最新作の本作にもよく似た笛が登場する。そもそもこの形の笛の起源も、本作のなかで楽器製作者によって説明される地域と深い関係があるのだが、実はこの畏《おそ》るべき物語で中心となる楽器は笛のみにあらず。詩的な言葉で名づけられたもうひとつの〈楽器〉こそ、まさに想像を絶するメロディアスな音色を奏《かな》でてくれるのだ。

ますます一筋縄ではくくれなくなってきた平山夢明の近作短篇は、「いつか聴こえなくなる唄」（《異形コレクション》第49巻『ダーク・ロマンス』初出）をはじめとして、文庫版『八月のくず』（光文社）で読むことができるのだが、近年の平山小説に登場する様々な〈家族の風景〉と比較しても、本作で綿密に描かれるものこそは、まさに地獄絵図の名にふさわしいものではないかと思われる。いや、家族というよりも、若者たちを浸蝕《しんしょく》する大人の世界そのものが醜悪な地獄。だからこそ、この若者たちの家族愛がひときわ強く輝く。

あらゆる音と音楽がせめぎ合う平山夢明の本作。心に届く音を、しっかりと聴きとってほしい。

1

姉は狂っていた。

『ああ〜風が云《い》ってるよ。おまえら、みんな偽物声の偽物魂の家族ごっこだろう！』

ドンと大きく姉の部屋の壁が鳴る。

母は何も聞こえないかのようにテレビの音量を上げた。

〝さかなへんに弱いと書いて〟と漫才の司会者が問題を出す。三十路《みそじ》を越えてセーラー服を着せられたアイドルがボタンを押す、ピンポンの音が狭いリビングに響き渡った。

「いわし！」母が姉の部屋からの騒音をかき消すように叫ぶ。

が、姉の声はそんな程度の音で誤魔化《ごまか》せるものではなかった。

『ああ〜誰か拭いてよ〜。ベトベトだよ〜耳の中までベトベト青春仕掛けまるで針がぶすぶす刺しまくり穴があきまくりだよ〜』

ドンドンドンドンと姉は壁でもドアでも蹴《け》り続ける。ドアはもう何度、父が交換したかわからない。わたしは高校二年、三つ上の姉が風邪に罹《かか》ってから四年が経つ。

「今日のお姉ちゃんは激しいね、楓花《ふうか》」

母が茶碗を箸《はし》で突《つつ》きながら呟《つぶや》く、まだ四十前だというのに、五十過ぎに見える。姉が風邪になってから急激に老《ふ》けたのだ。

『アソコダヨ！　ココモアソコモアソコニなっちまったるよ！』

母は小さな擂鉢《すりばち》に父が知り合いから貰ってくる眠り薬を入れ、潰し始めた。食べ物に混ぜ込むのだ。わたしにやらせることもある。

『めっちゃっ来る！　めっちゃいるよ〜！　大変だよ！　大勢がパックで来るよ！　もうお口いっぱいだよ！　もう肝《きも》パンだよ！　うわあああああああ』

何かが倒れる音がした。姉の部屋は雨戸を閉めきり、窓の内側には防音材が張ってあるので直接、音が外に漏れることはない。それに家《うち》は幹線道路への抜け道なので車の通りは夜中でもそこそこ多い。二度の引っ越しで父はこの周囲の家から離れた家を買った。母の話では、もうこれで教師をしている父は、退職金も何もかも前借り前借りで全部使い果たしてしまったのだそうだ。

父も母も姉の病状を、ちょっと重い思春期特有の風邪だと云って譲らない。医者にも三年前に、二、三度連れて行っただけだし、姉が本格的に暴れ、手が付けられなくなってからは、ふたりが寝室に使っていた部屋を改造して姉の部屋とし、中からは開かないようにしていた。

わたしたちは姉が〈風邪で具合が悪い〉というふりをして生活し、深刻になることはタブーだった。いつかなんとかなるだろうし、いま深刻に受け止めても誰も得しないというのが両親の意見だった。時期がくれば必ずなんとかすると父は繰り返し、母も家族全員、協力して姉を見棄てるような自分勝手なことは、しちゃいけないと断言した。

そして、わたしもそれに抵抗できずにずるずると日を過ごしていた。

『絶対に殺してやるよ！　おまえらとあいつらと俺らと君らと僕らと絶対に殺し死にしてやる！　絶対に殺し死にしてやるよおおおお』

母が二階を見た。「今日は熱があるのかしらね。こじらせると怖いから、ちゃんとしてやらないと。風邪だって莫迦《ばか》にならないから、風邪だって」

時計が夜九時を報《しら》せる。

『あぎゃぎゃおぎょおぎょ！　皆殺しにしてやるぞ！　絶対に！　絶対極限的体験気で！』

姉は狂っていた。

2

「良《よ》い月ですね」

バグは白い顎髭《あごひげ》を撫でた。あたしは頷《うなず》いた。今夜も部屋を抜け出して、バグの庭に来ていた。両親は寝ているはずだし、姉は気にしても妹のあたしの部屋を覗《のぞ》くことはない。

張ったような音が流れていた。この音はあたしたちにしか聞こえない。

暫《しばら》くして、並んで座ったわたしの耳にそれは届いた。静かな暗闇の中、薄くピンと糸を

「聞こえますか?」

姉が〈なにか聞こえない?〉と言った時、あたしには何も聞こえなかった。でも、あれから三年、あたしの頭のなかには時折、厭《いや》な頭の中をざりざり引っ掻《か》くような音のすることがある。そしてそれはたまに人の声にも変化する。昔、あたしは幻聴とか幻覚なんて本当にあるんだろうかと思っていた。だっていないものが見えたりなんて、見直せばいないことはわかると思っていたから……でも音は違った。いつでもどこでも付きまとってあたしが集中したい時、考えをまとめたい時を邪魔する。だから、どんどん成績は落ちた。もともと、すごくできるわけじゃなかったし、家の中はいつもどこかでボヤが燃えてるような状態だったから、安心して集中なんかできない。だからあたしは放課後、図書館で勉強してから帰るようにしていたんだけれど、図書館は静かすぎて耳の中の音が、普段以上にクッキリして役に立たなくなってしまった。なんとか気を紛《まぎ》らわせようと、昔好きだった『ファーブル昆虫記』とか『銀河鉄道の夜』とかを捲《めく》ってみたりしたけれど、頭の中の音は消えなかった。

バグの庭を見つけたのは完全な偶然、GW《ゴールデンウイーク》に入ったばかりの夜、耳鳴りが酷《ひど》くて寝

付けなかったあたしはその晩、母に『医者に行きたい』と言った。すると母は顔色をがらりと変えて『なんで』と言った。あたしが耳鳴りが酷くて辛いと云うと『そんなの嘘よ』と言った。嘘じゃない、少し前から耳の中で大きな音がすると云うと、母は持ってた包丁を床にストンと落とした。それは爪先《つまさき》ギリギリの所で突き立った。

『あんたもわたしを苦しめたいの』と能面のような顔で云った。

あたしは声が出なかった。

『嘘よね。嘘でしょ。からかったんだよね』

その時、また二階から姉の声が聞こえてきた。

母はあたしから視線を外すと天井を睨《にら》み、『厭《いや》な女』と呟き、またあたしを見て『どうしたの？』と云った。あたしは『なんでもない』と読む気もない本を手にソファに移った。母が二階に姉の食事を運ぶ気配がした。ソファの背もたれの向こうから『二匹なんて、たまんないよ』と唸《うな》るような声が聞こえてきた。

親は姉だけに集中しているので家を抜け出すのはわけなかった。それでも深夜に女の子がひとり外にいたら警察に見つかるかもしれないし、コンビニや自販機の辺りにたむろしている連中なんかと関わり合いにはなりたくない。

人目を避けながらあたしは学校の裏手の道を進んでいた。そっちの方は裏山に作られたちょっとした墓苑《ぼえん》があって家もこっち側より、全然少なかった。寂しい気分の時に人家を見るのは厭だった。明かりが灯《とも》っているのを見ると自分が世界の果てにいるような気がする。きっとETもこんなんだったんだ。

突然、女の悲鳴が聞こえた。あたしはギョッとして軀《からだ》が固まった。絞め殺されるような声には人を金縛《かなしば》りにする力があると知った。そんな声はホラー映画でしか聞いたことがない。あたしは木の陰に身を潜《ひそ》めた。また同じ声が立て続けに聞こえた。でも、それはちょっと変な悲鳴だった。一本調子で変化がない。それで、あたしはそれが悲鳴で無いことがわかった。だって声が聞こえる距離なのに他に怒鳴《どな》り声も揉《も》み合う気配もない。

ただ純粋に絞め殺される女の悲鳴だけがしていた。

あたしは音のする方へと警戒しながら進んだ。

悲鳴は墓苑からした。

ゆっくり進むと墓石の並んだなかに帽子を被《かぶ》った人がいた。女の声はその人からしていた。

『やあ、こんばんは』白髪《しらが》頭《あたま》にカウボーイハットを載せたその人は吹いていた髑髏《どくろ》を彫り込んだオカリナ大の笛を口から外すと云った。

少し笑っているような柔らかな声――それがバグだった。

3

「風邪は万病の元なんだな」

父は炊きたての御飯にいつものように木綿豆腐を載せると、それにソースを掛けてかき混ぜた。父はそれが好きだった。理由は「早く済むから」。

母は泣いていた。あたしが大学へ行きたいと云ったからだ。母は高校を卒業したら就職して家のことも少しはやって欲しいと父に訴えていた。

「正直、私独りでは限界なの！　もう！」

父はテレビから手元のスマホの画面へと視線を移動させた。

「確かにそういうテーマは当然、出てくるだろうな。必然と云っても良い。楓花《フーガ》はどうなんだ？　自分の母親を助ける気持ちにはなれないのか」

「家のことって。お姉ちゃんのことだよね」

一瞬、ふたりが目を合わせた。動きがぎこちなくなる。

「それだけじゃあない。いろいろだ」

「この子は大学行ったら、ここを出てひとりで楽になりたいのよ。遊びたいんでしょ」

「そんなことない。あたし、芸術がしたいの」

「なにそれ莫迦じゃない」

「ほんとだよ。ちゃんとやりたい」

「ビブンセキブンがあるな」唐突に父が云った。「対数、無限、これらは高校の授業などで全員が勉強するものだが、その後の人生には全く役に立たないのがほとんどだ。生徒は役に立たないものに時間と労力を使っている。つまり、その時間は死んでいるんだ。おまえが芸術をするというのは良い。だがそれを大学でやるというのは馬が深層ニューラルネットワークやロボティクス、勾配降下法《こうばいこうかほう》を習うのと同じだな」

「よくわかんないけど。一度だけ思ったことをしてみたいの。その後はなんでも云うことを聞くからお願い」

「こいつもか？」父は母を向いた。

「まだだと思うわ」

父はあたしの顔の真ん前で手を上下させた。

「なに？」

「正気のようだ……では。銭の問題はあるな。大学というのはそもそも研究機関だ。研究テーマが決まっていない者が本来は行く必要のないところなんだよ。本なら図書館にもあるし、仕事から学ぶことも人生を豊かにする。他の子がずるずると時間を浪費している間におまえは社会という大学に行けば千倍も万倍も先に行ける。それにもうひとつ、大学では絶対にあり得ない特典もついてくる」

「なにが？」

「銭だ。大学は自分で銭を払って教えて貰う。社会はおまえさんに銭を払って更に教えてくれる。どっちが得かはハダカデバネズミでもわかる。わかるな？」

あたしは箸を置くと膝《ひざ》に両手をついた「大学に行って芸術の勉強がしたい。将来、芸術に携《たずさ》わる仕事がしたいの」そして頭を深く下げた。「お願いします」

ふたりは目を丸くしていた。

「こいつも始まってるのか」父が母を睨んだ。「冗談じゃないぞ。おまえがちゃんとしていないからだ」

「私のせいじゃありません。でも、なんかこの前から音が聞こえるとか……」

「NO」父がテーブルをバンと音をさせて叩いた。父は高校で英語と数学を教えていた。

「ノー！　ノー！　ノー！　俺は教育委員会に行くんだぞ！　そして教頭から校長になるのだ。そうでないと俺の人生は滅茶苦茶だ」

「私だって頑張ってるわよ！　奴隷パートで蝿《はえ》みたいに鬱陶《うっとう》しい乞食客《スーパーボンビー》に豚の餌提供してるのはなんのためだと思ってるの！　みんな、あなたの為じゃない。この子だけよ。勝手なことばかり云って何にもしないで自己主張ばかりして親を困らせているのは。ただでさえ人の百倍も手がかかる子がいるってのに。これ以上はもう無理！　無理です！」

父が憂鬱《ゆううつ》そうな顔であたしを見た。「今更《いまさら》、子宮に戻して、なかったことに、というわけにもいかん。とにかく物には順番がある。まずは一家の長である俺の夢の実現。これが一番、おまえらにとっても幸せになる唯一の道だ。次はおかあさん。そして三番目がフーガ。これでどうだ？　順々にひとつひとつ」

「でも、大学は行きたいよ。お姉ちゃんはお医者に診《み》せて考えて貰おうよ」

「医者には診せてるでしょ」

「それは内科じゃん。そういうのじゃなくて、もっと頭とか……」

「おい。そういう酷い云い方はパパは許さないぞ。おまえはお姉ちゃんが変だというのか」

「変じゃん」

「違う。あれは個性だ」

「個性じゃない。部屋の中に何年も閉じこもったままで大声上げて暴れるなんて個性じゃない！」

「この子は家族がどうなってもいいのよ。自分のことばっかり考えているの。あんた、お父さんは学校の先生なのよ。他所様《よそさま》の子どもを教える立場なの。そんな家のなかからクルリンパッが出たなんて知れたら、どうなるのよ？　パパ、学校、辞めなくちゃならなくなるのよ」

「そんなことわかんないじゃん」

その瞬間、顔の左側が激しい音を立て、あたしは椅子《いす》から落ちた。

父は家族をよく殴った。

「俺もおまえが痛いかどうかわからないから、やってみた。どうだ？　世の中には、やってみなくても判ることは腐るほどある。もし自分の夢を本気で叶《かな》えたいなら自立しろ。生活から何から全て自分で責任を持って賄《まかな》え、そうすれば大人の視座ってものが少しは判ってくる。おまえの云っている一見、正論じみた勝手論はヒトラーと同じだ」

父は右手を斜めにすっと上げると書斎へ行った。

「早く食べちゃいなさい。折角《せっかく》の団欒《だんらん》を壊してさ。そんなだと御飯もただのウンチの元になるんだからね」

二階で何かが這い回る音がした。

4

「墓苑と云っても正社員は社長であるボクひとり。本当の管理運営は祖父の代から任せている石屋さんにお願いしている。小さなものです」

なだらかな丘の上にある東屋《あずまや》に座ってバグはそう笑った。女の悲鳴を聞いた夜から、あたしはたびたび深夜、バグの元を訪れるようになっていた。

あたしはバグに借りたアステカの死者の笛を吹くのが好きだった。決して気味の良い音ではなかったけれど、不思議なことにそれを吹くと耳鳴りが数日の間、消えた。

『君もですか』実はバグも子どもの頃から酷い耳鳴りに悩まされていたのだという。『成長するにつれて孤独になりました。人と話をしていても耳鳴りのせいで集中できない。すると大事なことを聴き逃してしまったりして相手を傷つけてしまう。結果、自分から距離を置くようになったんです。両親も早くに亡くなってしまって、その遺産で食っているようなものなんです』

変な云い方だけど夜の墓苑は気持ちが良かった。芝の上を通る風は涼しくて、何よりも他人気《ひとけ》がなく、静かなのが最高だった。バグは話をよく聴いてくれた。口を挟んだり、変な解釈を付けたりしなかった。ただ静かにうんうんと頷く。

ある時、バグに訊いた。

「ねえ。いつもあたしの話を静かにうんうんって聴くけど、絶対にわかるって云わないね。普通の人は必ず云うじゃん。なぜなの?」

バグは頭の上にぽっかり浮いた満月を見つめ「それは嘘になるでしょ」と呟いた。「フーガの苦しみが本当はどんなだったか、ボクにはわからない。何が起きたかはわかる。でもフーガの本当の辛い気持ちがわかるなんて傲慢《ごうまん》だ。わかったフリは偽善だ。ボクがしたいのは、そしてできることは、いつでも来てくれれば、いくらでも聴くよということだ。ボクは全力であなたの話を聴きます。それが役に立ってくれれば良いと願いながらね」

その夜、『今週、来られますか』と、バグに誘われていたあたしは、こっそり抜けだしてやってきていた。

「良い月ですね」

バグは趣味で風のオルガンを作っていた。それは墓苑のあちこちにある人の背丈より少し高いモニュメントだったけれど、風がタイミングよく吹くと胴や頭部に彫った隙間や切り込みから音がするんだ。

「もっともこの音色《ねいろ》はボクには聴こえないんです。笛は耳鳴りを抑えてくれるけれど、ボクにはボクの好きな音が欲しかった。だからこれを作ったんです。普通の人には聴こえません。フーガさんには聴こえますか」

前回は聴くことができなかった。でも、今度は——聴きたい。

月が芝生を白っぽく照らしていた。

それは泡が弾《はじ》けるように伝わってきた。沸騰《ふっとう》する水の粒が、やがて泡になるように最初の音は確証がないけれど、続く音の列が耳に、あたしに『これが音だよ』と教えてくれる。そして一旦、それが音なんだとわかれば後は勝手に耳が聴きだした。

「聴こえるよ、バグ」

こちらを向いたバグは嬉しそうに目を細め、ホッと溜息《ためいき》を吐《つ》いた「良かったです……一緒に聴けて」

風のオルガンの音色は高く低く音階を変化させつつ続いた。一瞬で消えてしまう我が身を嘆いているような哀しい響きでもあったけれど、あたしはふたりで聴いていることもあって心が解《ほど》けていくような柔らかさを感じていた。

月が素敵だった。

そして何故か涙が溢れて止まらなくなった。

あたしは声を出さずに泣いた。

バグがこちらを向いたので、あたしは話した。

自分にも姉と同じような症状が出ていること。このまま大学にも行けずにおかしくなって、自分の人生が腐ってしまうだろうこと……そしてそんなことをするために生まれてきたんじゃないということ、そんなのは絶対に厭だということ……。

「怖いんだね」

「怖い、こわいよ！」

「大丈夫、ここに来れば大丈夫だから」

5

風のオルガンを聴いた翌日からあたしは学校を休んだ。父はしらんふりで、母は心配したけれど病気ではなくて気分の問題だと知ると安心した。逆に登校しなければ進学はできないし、なによりも家に居れば姉の世話を押しつけられると思ったのか、どこかに電話をかけ、晩ご飯まで用事があるからと出て行った。

あたしはリビングのソファに寝転がるとバグがくれた死の笛を吹いた。この家にはお似合いの音が響き渡るのが愉快だった。

ドンッ！　と天井を強く踏む音がした。それから壁とドア。あたしは姉にも聴かせてやろうと死の笛を更に強く吹き続けた。女の絞め殺される声が空間を埋め尽くす。あたしは立ち上がると子どもの楽隊のような気分で家の中を歩き回る。姉の暴れる音はますます強くなった。あたしはそれらを無視して吹きまくる。ざまあみろと心の中で思った。

いつもなら様子を見に来る母もいないのだ。暴れろ暴れろ暴れ果てて疲れ果てて眠っちまえ！　と一階から二階へも上がって吹きまくった。

『ふうちゃん』

息を整えようとしたとき、声がした。丁度、姉の部屋の前に立っていた。〈ふうちゃん〉

は昔、姉が〈わたしのおねえちゃん〉だった頃に使っていた言葉だ。

あたしは吹くのを止めた。

『ふうちゃん……』おねえちゃんの部屋のドアが中から叩かれた。でもそれは、いつもみたいな殴り付けるものじゃなくて、トントンと尋ねる感じだ。『……いる?』

「いるよ」

『かあさんは』

「でかけた。今、家には、あたしとおねえちゃんだけ」

『ドア開けられる?』

あたしはドアを見た。そこには大きな南京錠《なんきんじょう》がかかっている。鍵は横の棚の上にあった。

あたしは少し待った。おねえちゃんを焦《じ》らすことにした。それでドアがバンと殴りつけられたら、あたしは笛を吹きながらまた一階に戻る。戻ってカップ麺を作る。もしドアが静かなままだったら、開けて三年ぶりに中に入る。

ドアは静かなままだった。

あたしは南京錠の鍵を開けた。外れる音が大きく聞こえた。

「おねえちゃん……」ドアを開けると猛烈な獣の臭いが鼻を衝《つ》いた。それは凄くて仰《の》け反《ぞ》るほどだった。天井の蛍光灯が冷たく光っている中、隅《すみ》に南国のシュロみたいなものが白い脚を付けて立っていた——姉の紗子《シャス》だった。

「こんなになっちゃった……」おねえちゃんは顔を覆《おお》っている髪を両手でかき分け、顔を覗かせると泣き笑いした。

「おねえちゃん、大丈夫なの」

「うーん。なんか頭はボーッとしてる。夢から醒《さ》めたみたいな感じ。ふうちゃんの声でなんか段々、目が醒めてきて……それで自分を見て驚いたの……でもまだ完全じゃない」

「あれ声じゃないよ」あたしは笛を吹いた。

おねえちゃんは目をパチクリさせた「すごい！」

あたしが貸してあげると、おねえちゃんも吹いた。何度も吹いて笑った。おねえちゃんが笑うのを見ているとなんか泣けてきた。おねえちゃんも泣いた。ふたりで泣いて笛を取り替えっこしては吹いて笑って泣いた。

あたしはおねえちゃんに、この笛の音を聴くと頭の雑音が消えること、バグの墓苑のことなんかを話して聞かせた。そして、おねえちゃんに今の状態が良いうちに医者に行こうと勧めた。そして父や母にも見て貰って監禁するのを止《や》めて貰おうと。

するとおねえちゃんは哀しそうに首を振った。「だめよ」

「なんで」

「なんでも」

「怖いの？」

「そういうんじゃない。ママに叱られるもの」

「ママが叱るわけないじゃん。この笛があれば、こんなに良くなるじゃん。幻聴が、おねえちゃんを困らせてるんだから」

でも、おねえちゃんは首を振るばかりだった。肌が白いのを通り越して青々していた。

「できないの……だってママが可哀想だから」

「どういうこと？」

おねえちゃんは絶対に秘密だよと前置きした。

「ふうちゃんが中学生になって暫《しばら》くした時、パパはママに離婚しようって云ったのよ。パパはママのことが嫌いでもう一ミリも愛情がないから、おまえは俺にとって死にかけの病気の犬と同じだって、安楽死しかないって。でね、ママが自殺しかけたのをあたし見ちゃって止めたの。なんでもするから死なないでって。そしたら……ママがシャーチャン、困った子になってくれる？って。家の中が大変になって離婚どころでなくなったら、きっとパパは世間体《てぃ》を気にして離婚できなくなるって。病気の子どもを抱えた家族を棄てたなんて学校に知られたくないだろうからって……だから、あたし一生懸命にやったの。そしたらそのうちに段々、閉じ込められて誰とも会わなくなって……怖くなっても出して貰えなくて……そしたら……だんだん自分がお芝居しているのか、本当におかしいのかわからなくなって……本当に病気になっちゃったの……」

あたしは言葉が出なかった。

「だから、あたしは治ったらだめなのね。あ、そうそうそう……」姉は話を中断するとカーペットの下から紙束を取り出した。

「これ」

その画用紙ほどの紙には鉛筆で風景が描かれていた。それも教会の横に侍がいたり、恐竜が馬車を引いていたりするのだが、どれもこれもディテールが徹底的に針の先程の細かさで描きこまれていて、なにか絵画の巨匠が描いた手遊びのようで、云い方は変だけど細密な名画のようだった、とんでもない完成度だということはド素人のあたしにも判った——正直、震えた。

「……おねえちゃんが描いたの」

「うん。描いてるときだけ頭が静かになる。全部、頭の中だけだよ。資料はないんだ。誰かに見て欲しかったんだ。ママは絶対に見ないだろうし。どう？」

「すごいよ、おねえちゃん！　これ、すごいよ！」

「ほんと？　ほんとにほんと？」

うんうんうんとあたしは頷き、おねえちゃんに抱きついた。抱きついたおねえちゃんは、あたしより細く、軽かった。まるでおばあちゃんを触っているみたいだ。

「見て欲しかった！　あたし、誰かに見て欲しかった！」おねえちゃんはそう云って、また泣いた。

6

夕食時。

「素晴らしいな……」床に並べた画用紙を見て父が目を丸くした。「本当なのか」

「うん。全部、おねえちゃんが描いたんだよ。たったひとりで、あの部屋で」

「信じられないわ」母も目を見張っている。

「だから、もうおねえちゃんを部屋に閉じ込めておく必要はないと思うんだ。これだけのものを描くんだから、これでお仕事になると思う」

「ふうむ」父はコップのビールを一口飲んで、腕組みをした。「だが風邪が治ったわけじゃない。まだ色々と懸念《けねん》材料は残っているな」

「だから少しずつで良いからお医者に診せたり、この画をネットで売ったりすれば、おねえちゃんだって、ちゃんと暮らせるようになるじゃん」

「そうねえ。そうかもしれないわねえ」

すると二階から唸り声が始まった。あたしは笛を摑《つか》んで立ち上がると階段の下へ行き、死者の笛を吹きまくった。声はピタリと止んだ。

「なんだそれは？」父は、あからさまに顔を顰《しか》めていた。「気味の悪い」

「これ昔の儀式で使われていた笛のレプリカなんだ。ただの玩具《おもちゃ》じゃないんだよ。アステカでちゃんとした儀式に使われていたの。これを吹くとおねえちゃん、落ち着くし、ちゃんと話もできるようになるんだよ！」

父はあたしから笛を取り上げると表面の髑髏の模様とか眺めてから、軽く吹いた。すぐに悲鳴がし、びっくりした顔で母に手渡した。母も鏡のように同じことをし、同じ反応を見せてから、あたしによこした。

「全く趣味が悪い。洗練《エスタブリッシュメント》されていない。不潔だ。文明的じゃない」

「でも、なんか、ほら。声がしなくなったでしょ。おねえちゃんは落ち着いたんだよ。だからもっと自由にしてあげようよ」

父は凝《じ》っと考え込んだ。

母は麻婆春雨《マーボはるさめ》を一本ずつ箸で摘まんでは、手にした茶碗の上に運んでいた。

「どうするべ」父が突然、知らない方言で母に話しかけ始めた。

母もその言葉で答えるのだけれど、あたしには全然、理解できなかった。

「◎×だべ△■地蔵のん◯しっち野原焼け爛《ただ》れ」

「いんにゃ、√６α×ニラレバトラップスデラックス」

なんたらかんたら……。

そしてふたりの会話は始まったとき同様、突然止んだ。

父があたしを見つめた。

「なに？」

「おまえで良《い》いじゃん」父は微笑《ほほえ》んだ。

「え？」

「おまえで」

「なにが？」

「これらだよ」父の爪先《つめさき》が絵の上をぐるりと回った。「おまえで良いじゃん」

あたしはぽかんとしてしまった。

「わかってないよ。この子」母が箸を持った手であたしを指した。

「おまえが描いたことにすれば良い」父は云った。

「なにを？」

「この絵だ。この絵をおまえが描いたことにすれば良い。そうすればおまえはゲージュツになれる。ゲージュツになりたかったんだろう？」

「そんなの全然、違うよ、違うじゃん！」あたしが立ち上がると父が殴り付けてきた。

あたしは床に倒れ「なんでよ！」と叫んだが、その口を蹴られて、声が続かなかった。

「真のゲージュツは万人のものなんだ！　誰それのものとかではないんだ！　そんなことも

わからずに親に向かって怒鳴ってるのかよ！　みんなのもの！　つまりあいつが描こうがおまえが描こうがゲージュツなんだ。だから、そうすればおまえは大学に行かなくて済むし、あいつも風邪が治るまで家に居られるし、俺はキョウイクインカイにいけるんだ！　なんでそんな簡単なことがわからないんだ！　自分のことばかり考えて、教育のプロコーチである俺に刃向かいやがって。勝手論を振り回しやがって！　話は簡単なんだよ。1＋1＝2《いちたすいちはに》の世界なんだ！これは。1＋1＝2！」

「そうよ。あんた1＋1もわからないんじゃ、大学なんて絶対に無理なんだからね！　一年か二年は親の云うとおりにして働きなさい！　働いて何かを掴んだら、また考えれば良いんだから。焦《あせ》ることないわよ。まだ若いんだから、時間はたっぷりあるし」

「何度だってやり直せる！」

「そうよ。やり直せる！」

「生き直せる！」

「そうよ！　生き直せるのよ！」

「そんなの厭だ！」

父が倒れたあたしの頭をまともに踏んだので、そこから後……わからなくなった。

7

六時間後、あたしとおねえちゃんはバグの墓苑にいた。

あの後、気絶から覚めたあたしは父と母が寝静まるのを待ってから、南京錠を開けておねえちゃんを外に連れ出した。

芝生の上でふたりで座って風のオルガンを聴こうとしていた。でも今は聴こえない。風が思ったよりも強くないし、あと二、三時間したら夜が明けるからかもしれない。あたしはバグにおねえちゃんの絵を見て欲しかった。だからこうして持って来ている。バグはこの前、今度は笛も持って来てと云ったんだ。だから、今こうして手にして吹いている。

すると視界の端に懐中電灯の光が見えた――バグだった。

バグはあたしとおねえちゃんが並んでいるのを見て、ちょっと驚いたようだった。

そしてまたいつもの笑顔を見せると「やあ」と言った。

あたしはおねえちゃんを紹介した。おねえちゃんは笛と久しぶりの外出もあって、とても落ち着いていた。バグはおねえちゃんの状態を瞬時に嗅《か》ぎ取って理解してくれた。

「これ」

あたしがおねえちゃんが描いた絵を見せるとバグは長い間、見つめてからポロポロと涙を流した。「素晴らしいじゃないか……それはそれは辛かったろうね」と云って。

あたしたちはそれから色々な話をした。もしお金があったらとか、自由になれたらとか、別の家に生まれていたらとか……。そのどれもが楽しかった。

暫くすると空が明るくなってきた。

「もう夜が明けるね」バグが云った。「おねえさんはどうするつもり？」

あたしはお手上げだった。おねえちゃんとふたりでどこまでも逃げてみようと思ったけれど、そんなことはやっぱり夜のうちに考えていたことで、明るくなって周囲の景色がくっきりしてくると、全く水に濡れた紙のように頼りないものに思え、実際のところ、途方《とほう》に暮れてしまった。

「うちに来れば良い」バグはそう云ってくれた。「ボクの家なら部屋もたくさんあるし、ボク以外の家族もいない。好きなだけ居たって構わないよ。絵だって好きなだけ描けば良い。きっとお姉さんにとってもそのほうが病気もよくなる」

そうかもしれないとあたしは思った。

「おねえちゃん、どうする？　一旦、家に帰ったらもう二度と出して貰えないと思うし」

すると、おねえちゃんはあたしを見、バグを凝っと見てから「厭だ」と云った。

「え？　どうして？」

おねえちゃんは返事をしなかった。ただ俯《うつむ》いて黙っていた。

あたしは死者の笛を吹いた。途中からバグも吹き出した。それは今迄に聴いたこともないほど激しい吹き方だった。墓苑に女の悲鳴が延々と響き渡った。

「ちくしょう」とバグは云って吹くのを止めた。

おねえちゃんは立ち上がるといきなり駆け出して行ってしまった。

「ごめんなさい！」あたしはバグに云ってからおねえちゃんを追った。

「新しい奴が聴きたかったのにな」バグは頷いた。

がっかりしたことに、家に着くと、おねえちゃんはとっとと自分で部屋に閉じこもってしまった。ちゃんと話がしたかった、あたしがいくら「おねえちゃん、おねえちゃん」と云っても返事はなかった。


翌朝、殴られた頭が痛かったあたしは学校を休んだ。父は仕事へ行き、母はまたおねえちゃんをあたしに任せて外出した。

昼になって男の人がふたりやってきた——刑事だった。

バグの写真を見せて、知っているかと聞かれたので、あたしは「知ってる」と云い、昨日もおねえちゃんとふたりで墓苑に行き、会ったと云うと、男の人は互いに顔を見合わせてから「ちょっと一緒に来てくれないかな」と云った。

墓苑には沢山《たくさん》の人が居て、あちこちがショベルカーで掘り返されていた。するとふたりとは別にもっと年上の人があたしの前に来て、顔を見ると何度も頷いた。それから、その人があたしを警察署に連れて行った。そして女のおまわりさんが一緒にいる部屋でバグのことについて色々と聞かれた。あたしは知っていることを全部、話した。耳鳴りが酷かったから外出した晩のこと、死者の笛のこと、風のオルガンのこと——。

するとと全てを聞き終えてから男の人は「いいかい」と云って口を開いた。

「君はとても運が良かった。あの墓苑には死体が埋まっていたんだよ。遺灰じゃない。閉じ込められ窒息した若い女性たちだ。目を潰され、口を縫われ、四角い箱のなかに入れられていた。気道だけ、奴は特別な切り込みを入れてね。つまり人間の喉で笛を作った。声帯を通さない息、その悲鳴にもならない微《かす》かな音の漏れが奴の音楽だったんだ。奴は聴覚に超感覚があって、奴には聴こえるんだよ。死の歌が。奴はこれを傭兵《ようへい》時代、仲間から教わった。被害者の多くは人身売買ルートで運ばれたアジア系の女性ばかりだ」

あたしはすぐには理解ができなかった。その刑事さんは後でご両親には説明をするけれどと前置きして「実に君は運が良かった。奴の最近の日記には初めて日本の女が使えると記してあった。それもとびきり若いのが……と」

8

バグの事件は日本中をひっくり返すような騒ぎになった、と云っても清純女優Kのダブル不倫がバレるまでだったけれど。

そのうち、おねえちゃんの件もネットやSNSに載るようになった。おかげで、おねえちゃんは少し離れた静かな施設に入所することになった。父と母は離婚し、あたしは母と暮らすことになった。昼間の大学には行けなくなったけれど通信制の大学に自分のバイト代で入学した。

父は教育委員会へは行かず、離島へ転勤が決まった。おねえちゃんを閉じ込めていたせいではなくて、受け持ちクラスの子が自殺未遂するほどのいじめを放置していたせいだ。

バグにはあの夜以来、会っていない。

でも手紙は来た――。

『ふうちゃん、元気ですか？　ボクは元気です。その後、耳鳴りは止まりましたか。ボクの方は逆に酷くなっていて、ちょっと辛いです。あなたはとても素晴らしい感性の持ち主だから、きっと大きく羽ばたくことでしょう。あなたの才能や魅力は天性のものです。ボクは誓って云います、あなたは素晴らしいと。世間はあなたにボクの悪口を色々と吹きこむかもしれませんが、それらは全て嘘です。ボクは何も悪いことはしていません。ただ美しいものが好きなだけの平凡な男に過ぎないのです。おねえさんは本当に才能がありますね。ボクはあの絵を見て胸を衝かれました。こんなすごい姉妹と逢えたことはボクの一生の宝です。また手紙を書きます。良かったら手紙をください。そうして貰えると嬉しい。あなたの幸せを心から祈っています。P.S.返事は血でな』

バグは死刑になるらしい。

空木春宵

h◯le(s)

●『h○le(s)』空木《うつぎ》春宵《しゅんしょう》

2024年のSFシーンで最重要と思われる作品のひとつ『感傷ファンタスマゴリィ』（創元日本SF叢書）の著者・空木春宵は、この年、〈音〉〈音楽〉のテーマでも重要な作品を著している。日本SF作家クラブ編によるオリジナルアンソロジー『地球へのSF』（ハヤカワ文庫JA）に寄稿した「バルトアンデルスの音楽」である。地殻深部の調査で掘削した空洞から〈地球の音〉が聞こえ、それが〈音楽〉として機能し、人類に想像を絶する影響を与えるという作品。〈音楽〉とはなにかという深い考察も詳細に掘り下げられた力作なのだが、この刊行を記念した東京・新宿の「ロフトプラスワン」でのトークライブにおいて、空木春宵は地球がテーマの作品を〈音楽〉のモチーフで書いたことについて、先達の幻想SF作家・津原泰水《つはらやすみ》へ捧《ささ》げたものと語っていたのが印象的だった。津原泰水は自らバンドを率いる演奏家でもあったが、空木春宵と〈音楽〉といえば、大《おお》槻《つき》ケンヂとともに、ロックバンド〈人間椅子《にんげんいす》〉の楽曲を主題とする競作集『夜の夢こそまこと　人間椅子小説集』（角川書店）にも参加するなど、このテーマと創作への思いには熱いものがある。

その空木春宵が、《異形コレクション》に向けて放った〈新曲〉は、自ら楽器となった女性の半生を描いた怪作。聴覚のみならず痛覚をも強烈に刺激する空木春宵ならではのメロディに震えて欲しい。

ウェブメディア「Smart SPARK」上で連載された記事からの抜粋①

わずか数年というごく限られた表舞台でのキャリアにおいて、都内の音楽堂での公演こそが「舞踏家」としての絢咲灰音《あやさきはいね》が辿《たど》り着いた極致であったとすることは、業界関係者をはじめ、あの場に居合わせたすべての聴衆にとって論を俟《ま》たぬところであろう。同時に、かの公演における演奏こそ「奏者」としての灰音の最高到達点であるという見方に疑義を差し挟む者もまた居らぬはずだ。筆者とて、そのいずれにも異論はない。

しかしながら、翻《ひるがえ》って言えば、当夜の彼女のパフォーマンスを正当に評し得るのは、あの日、あの晩、会場に居合わせた者に限られるというのが筆者の考えである。これは何も、直《じか》に触れた一回性の体験の特権を誇示《こじ》せんが為《ため》の話ではなく、純粋に、録画や音源によってでは灰音の舞踏と演奏の真価は捉えられぬという事実による。実際、動画投稿サイトの検索欄に彼女の名を打ち込み、件《くだん》の公演を隠し撮りした非公式のフッテージを視聴してみれば、筆者の主張にも肯《うなず》いてもらえるであろう。

舞踏にせよ演奏にせよ、動画の中の灰音は、率直に言って下手なのだ。

無論、舞踏も演奏も、そして何より用いられる楽器も、すべてが灰音の手によって独創されたものである以上、その巧拙《こうせつ》を他者と引き較《くら》べること自体、不可能である。であれば、他の公演の様を収めた別のフッテージと比しての話かと言えば、それも違う。時期や舞台を問わず、カメラとマイクを通して捉えられた彼女のパフォーマンスはおしなべて拙劣《せつれつ》に見える。四肢の動きはぎごちなく、奏でられる音色もまた模糊《もこ》としている。絢咲灰音という人物への先入観や知識を何ら持たぬ者が観たならば、古《いにしえ》の見世物《フリークショー》のパロディとしか見えぬであろう。事ほど左様に、生で触れなければ判らぬ〝何か〟を彼女の演奏と舞踏は具《そな》えていた。それは偏《ひとえ》に、彼女のパフォーマンスが——何らの比喩でもなく文字通りの意味において——その場その時の〝空気〟と分かちがたく結び付いたものであったが為であろう。

知っての通り、先に述べた音楽堂での公演にて表現者としての絶頂を迎えていた灰音は、しかし、直後に突然の引退を表明し、表舞台から忽然《こつぜん》と姿を消した。当時、弱冠《じゃっかん》二十四歳。

そして、それこそが、彼女の才能を次代へと語り継ぐことの困難さにも繋がっている。それから早十四年の歳月が過ぎ、このままでは絢咲灰音という稀代のアーティストが人々の記憶から完全に放逐《ほうちく》されてしまうと危惧《きぐ》していた筆者にとって、今回の取材依頼が容《い》れられたのは、正に僥倖《ぎょうこう》と言うより外《ほか》にないことであった。勿論《もちろん》、公的な現役時代はもとより、地下世界《アングラ》へと潜ってから後も、筆者は過去に幾度《いくど》となく取材の申し入れをしてきた。プロデューサー、出資者、支配人、監督責任者、それに親方と、窓口を務める者の肩書きはその時々によって変わったが、答えは決まって、「NO」であった。否、「NO」という返答すら貰えずに捨て置かれたことの方が遥かに多かった。それが現在《いま》になって突然の「OK」が出たのは何故なのか。灰音の心境に如何《いか》なる変化が生じたのか。斯様《かよう》な疑問への答えもまた、今回の取材によって明らかになるかもしれない。

なお、一連の記事を書き進めるにあたって、インタビューの書き起こしという形式は基本的に採らない。後に記す彼女との対面時の様子からも看取《かんしゅ》してもらえるであろうが、灰音自身は極端に口数が少なく、語られる言葉も断片的かつ意味深長であるが故《ゆえ》、それをそのまま記事にしたとて意味の捉え難《がた》い点があまりに多く、ともすれば、誤解さえ招きかねない為だ。

また、彼女に関する基本的なデータや来歴の列挙に終始することもしない。日本人。身体・性自認ともに女性。三十八歳。独身。バイセクシュアル。身長一五八センチ、体重二八キロ――斯様な数値や属性をいくら並べ立てようと（異様な数値が含まれていることにこそ気づくであろうが）、絢咲灰音という人物の輪郭は些《いささ》かも見えてこない。同様にして、中卒、立ちんぼ、舞踏家、演奏家、見世物小屋一座の座員、セックスワーカーといった経歴を列挙したとて、彼女の姿はより一層模糊とするばかりだ。

故に、本連載では灰音自身の言葉を中心に据えつつも筆者による考察を適宜《てきぎ》加える形を採る。録音でも捉えられぬ彼女の音楽を言葉によって伝えんとする無謀な試みは、身体中に穿たれた孔を通して奏でられる幽玄にして妙なるあの音楽の魅力を伝えんとするこの試みは恐ろしく困難なことだが、それでも、灰音の才能の片鱗《へんりん》を伝えることができれば幸いだ。

〇

ぽたり。ぽたり。ぽたり。

実際にはあまりに幽《かす》かだから耳まで届くことはないのに、輸液ボトルから滴《したた》る点滴の様はそうとしか言いようがなくて、一定で、規則的で、変化がなくて、見ていて面白いものでもないのだけど、視線は、ふと気づけば、いつもそこに向いてて、見つめ続けること、そのぽたりぽたりをひとつも漏らすことなく、それが課せられた苦役《くえき》か何かのようにも思えたりなんかして、自分の。でも、そんな役目を負った覚えはないから、むくむく自作自演の反発心が湧いて、そのたびに目をわたしは逸《そ》らす。消灯時間を過ぎた病室は窓にもカーテンが引かれてるから暗くて、生体情報《バイタル》モニタが放つ淡い蛍光色だけが唯一の灯り。同じ機械が、ピッ、ピッ、ピッ、て、これまたやっぱり一定で規則的で変化のない調子で鳴らしてる、電子音を。他には、喉を開いて埋め込まれた気管カニューレと人工呼吸器のあいだで交わされる酸素と二酸化炭素の交換でヒューヒューいう音と、お腹に造り付けられた人工肛門から排出された汚物が汚物を受け止める用の袋に溜まっていく湿った音くらいだ、室内の闇を揺らす音と言えば。これらが現在のわたしという存在を形作ってる音のすべてであって、例の蛍光色は生物としてのわたしの在り様を表すすべてであって、ええ、情けない限りです。

　各種のビタミンとタンパク質と後は何やらわからない種々の養分と養分と養分の混合物を供給するための管《くだ》が鼻から胃まで通され、腕に挿《さ》し込まれた点滴の輸液ボトルと繋がったカテーテルからは水分や電解質が注ぎ込まれて、一方では尿道に通された人工の管からはだらだらと汚液が排出され、人工的な肛門から糞便を垂らし、喉に穿《うが》たれた孔《あな》がなければ息もできない。そんないまのわたしの在り様を見て聞いて知って、穴ぼこ女にとっては〝願ったり叶ったりだろう〟、〝さぞ本望だろう〟と世人が嗤《わら》ってるのは先刻承知。何をどう言い返そうって腹積もりもなければ、その手立てもないけど、身体から外部へと拡張された孔――つまりは管――なんてものにわたしは興味がなくて、新しく身に開けられた孔にしても、それらが何かしらの機能を求めてのものである限り、わたしにとってはちっとも嬉しくないのだって思いを、せめて、この高度治療室《ICU》を形作ってる無愛想な天井や、無表情な壁や、いつまでも身に染《そ》まないベッドにくらいはわかっておいてほしいものだけれど、いかがでしょうか。

　たまには人工呼吸器を外して、手首に開いた孔を口許に寄せて息を吹き込んでみたりもわたしはしてみるのだけれど、やっぱり駄目ね、音は出ない。何も肺活量が乏《とぼ》しいから人よりって話じゃなくて、誰が息を吐きかけたってわたしという管楽器から、もう音は出ない。孔はあまりに大きくて、そのくせ、手首の厚みは薄いから、どうしたって、音のかたちを成すことなく空気は逃げる。言ってみれば、マウスパイプと朝顔《ベル》を繋ぐ管が全部同じ太さのチューバみたいなもので、そんな代物《しろもの》、吹ける人間なんて居やしない。両の耳たぶに開けた孔だったら少しは音を出せるかもしれないけど、生憎《あいにく》、わたしの口はわたしの口が在るべき場所から離れられないし、耳も耳で顔の上を這《は》って口許《くちもと》までやって来てはくれない。
「あながが好きなのです」

そう口で言うだけだと、〝穴〟のことかと大抵の人から思い違いをされるから、都度《つ ど》都度、指先を宙に辷《すべ》らせて〝孔〟って書きながら伝えるのが癖《くせ》になったけど、そうして字まで添えてみても、大半の人は〝穴〟と〝孔〟とに何の違いがあるんだと首を傾げるばかり。わざわざ違う字が在るんだから、それぞれ別のものを指してることくらいわかりそうなものなのに、バカだなぁって思ってしまう。けれど、先の塞《ふさ》がってるものが〝穴〟で、貫き通されてるのが〝孔〟っていう定義にしても、わたし自身、辞書を引いて調べたわけでもないから、それはわたしの勝手な決めつけで、他人《ひと》には区別なんかつかないのも当たり前と言えば当たり前。むしろ、「こういうことに決めてるのです、わたしは」と都度申し添えられないわたしの方だ、バカは。わたしの言葉は、いつも足りない。それでも、〝穴〟と〝孔〟をごっちゃに考えてるなんてバカだなぁって、つい思ってしまう。ええ、ごめんなさい。

わたしがまだまだ幼くて、父もまだ生きてた頃、家族旅行で車を運転するのはいつだって母の役目だった。免許を持ってなかったから、父は。そうして車がトンネルに差し掛かるたび、ねぇねぇトンネルほらトンネルと後部座席から身を乗り出して騒いでいたのが、わたしという子供です。両親からしてみればさぞ煩《うるさ》かったろうけど、当人は大喜びで窓外を流れてくオレンジ色の照明と、その直後に来る一瞬の薄闇とにはしゃいでた。オレンジ、薄闇、オレンジ、薄闇、たまに対向車のヘッドライトの白、オレンジ薄闇オレン薄闇白オレ白闇オレ薄闇オレ闇——等間隔に設置されたはずの照明が、けれども、どんどんそのサイクルを速めてくのは、トンネルに入るとついアクセルを踏み込んじゃうっていう母の癖のせい。

車がトンネルに差し掛かったときにはあんなに大騒ぎしてたくせに、それがあまりに長いと、今度は途端《とたん》に恐くなってくる。走ってった先に出口がなかったらどうしようっていう恐怖がやってくる。落石とか事故なんかで通り抜けられないかもしれないし、ううん、そもそも出口なんて最初からなくて、対向車もみんな行き止まりに突き当たって折り返してきただけでしかないのかもしれない。子供心にもあり得ないことだってわかってるのに、万が一それがほんとうだとしても引き返せば良いだけなのに、世界一安全だって思える車の後部座席で——どうして夜の車の後部座席ってあんなに安心できるんだろう。小さな棺《ひつぎ》、窓からオレンジ、トンネル、胎内回帰。聞き齧《かじ》りの粗末な心理学的発想——タオルケットにくるまって怯えていた子供です。好きと怖いを一度に抱えていた、そんな子供です。そうしてトンネルを無事に通り抜けたら、また次のトンネルを待ち望んでいるという、そんなです。

つまりは孔と穴との違いもそこで、反対側まで貫かれてれば孔、先の塞がってるものは、学校の裏山に掘られた落とし穴も、大昔も大昔に人間の祖先が住んでた洞窟も、深さや大きさにかかわらず穴。言い換えるなら、ちょいとだけ深めの窪《くぼ》み。その行き詰まりには、その底には、何か〝良くないもの〟が、何かの〝終わり〟が、溜まって、澱《よど》んで、凝《こご》ってる気がする。子宮なんかはその代表格。奥の方に汚いものが溜まって、それがやがては汚い赤子になるんだから。その点、口腔《こうこう》だの鼻腔《びこう》だの尿道だの肛門だのは、言ってみればひと繋がりの管であるとも身体を貫く長大な穿孔《せんこう》であるとも見做《みな》せるから、まだ良い。耳や膣《ちつ》は気持ちが悪い。毛穴くらいまでいってしまえば、微細過ぎて穴だと認識できないから、かえって平気。穴が嫌いで、孔が好き。いつからそう感じるようになったのかは、わかりません。

ウェブメディア「Smart SPARK」上で連載された記事からの抜粋②

「わたしはひとつの管楽器」——灰音が事あるごとに口にしていた有名なフレーズである。筆者からの依頼に限らず取材に類するものをことごとく断っていた灰音のこと故、記録にこそ残ってはおらぬが、彼女を見出《みいだ》した音楽プロデューサーの鈴村《すずむら》氏をはじめ、公演に関わったスタッフの多くが、彼女は幾度となくそのフレーズを発していたと証言している。

自身の特性を表す言葉として、蓋《けだ》し的確な評言であろう。事実、灰音の肉体には、それを管楽器として見立てるに相応《ふさわ》しい身体変工が存分に加えられていた。つまり——〝孔〟が。引退を表明した時点で彼女の身に開けられていた孔は、四十八個。耳朶《じだ》、頬、口唇《こうしん》などといった加工法の想像が比較的つきやすいものから、四肢はおろか胸部や腹部に至るまで、大小様々な孔が穿たれていたのである。最小のものは耳朶に開けられた直径約十四ミリのそれ、最大のものは大腿部《だいたいぶ》にいくつも連ねて開けられた孔のひとつで、その径はおよそ五センチにも及んだ。いずれの孔も肉体を貫通しているという点が、同じ「孔を開ける」系統に属する身体変工の一種である頭蓋骨穿孔《トレパネーション》とは大きく異なる。例えば、鎖骨の上部に穿たれた孔は胸側から背面まで到っており、腕に開けられたものは内側から外側まで突き通されている。斯様な孔が四十八個。管楽器という当人の言《げん》に反して、〝カートゥーンのチーズ〟や〝穴ぼこ女〟などという揶揄《やゆ》がなされたのも、異様に変工されたその肉体故のことである。

　筆者が独自に接触した、斯《か》かる施術を行った医師——灰音本人の依頼によるとは謂《い》え、現行法においては傷害罪として裁かれ得る施術であるから、医師の身元について詳《つまび》らかにはせぬというのが取材の条件であった——から聞き取ったところによれば、孔のほとんどはピアスホールの拡張と同様の原理で造設されたものだと言う。まずは基礎となる小さな孔を開け、そこに通す金属製のボルト——ピアスで言えば軸にあたる——を徐々に太いものへと交換していくことで拡張するのだ、と。無論、耳朶などに開けるそれと違い、四肢や胴に孔を穿つとなれば専門的な外科的知見と技術とが求められる。前腕への穿孔を例に取れば、孔は橈骨《とうこつ》と尺骨《しゃっこつ》と呼ばれる二本の骨の間を通り、橈側手根屈筋《とうそくしゅこんくっきん》や長掌筋《ちょうしょうきん》といった筋肉や主要な血管をわきに除けた上、骨間膜《こつかんまく》の損傷を最小限に抑えつつ貫通させる必要がある。胸部や腹部にいたっては臓器の間を通す必要もある。加えて、如何に施術が首尾《しゅび》良く完了しようとも、その後の拡張に際しては絶えず苛烈《かれつ》な痛みを伴っていたはずだと同医師は語った。

なお、今回灰音自身が語ったところによれば、件の医師による施術を受ける以前から、自らの手で孔を開けようと試みた経験もあったと言う。それも、先に触れたピアスホールの拡張といった方法ではなく、掌《てのひら》や手首に刃物を突き立てたことが幾度もあった、と。素人《しろうと》に為せる業《わざ》であろうはずもないから、もはや自傷行為と呼ぶべきものだったのではないかと筆者には感じられた。以下、その点に関する筆者と灰音の遣《や》り取りをそのまま引用する。

●――ご自身の肉体への嫌悪や、それを損《そこ》ないたいという衝動があったのでしょうか？
灰音：ありません。
●――痛みによって生の実感を得るとか、自責感から逃れるとかいったことは？
灰音：ありません。
●――親から与えられた肉体を傷つけることで血の繋がりに抗したいという思いは？
灰音：ありません。
●――では、周囲から心配されたい、注目されたいという、所謂《いわゆる》承認欲求でしょうか？
灰音：いいえ。
●――ご自身を消し去ってしまいたいという、希死念慮《ねんりょ》とも異なる消滅への渇望――

灰音：（遮《さえぎ》るように）いいえ、ありません。

●——では何か意味や目的は？

灰音：ありません。

驚くべきことに、小学四年生にして初めて己の身に孔を開けようと試みた時点からして、一般的に自傷行為の要因として考え得る衝動や念慮の一切が、灰音の胸の内にはなかったのだと言う。そればかりか、目的さえもなかった、と。これを聞いて考えずにおれなかったのは、その当時からして既に、身体の楽器化という帰結が、謂わば、企図《きと》され得ぬ企図として彼女の無意識下に潜在していたのではないかという思いである。

過去から未来にではなく、反対に、未来から過去へと求められる運命の道筋とでも呼ぶべきものの希求に応じて、彼女はそれを為《な》したのではないか、と。

○　○　○

〝いつからか〟

誰からも決まって投げかけられるその問いに答えるのが、わたしには難しい。記憶って、動画のタイムライン上に並んだ場面の連続めいたものではなくて、直線的に辿れるものでもなくて、シークバーを動かして再生箇所を指定できるものではなくて、何百層も折り重なったミルフィーユのパイ生地に穿った孔を覗き込むようにして、その断面の、層と層との差異を較《くら》べるようにして思い起こされるものであって、少なくともわたしにとってはそうで、だから、「いついつからです」と答えるのは、難しいのだ、とても。ミルフィーユとかパイって、生地の厚さも隙間の幅も不規則《ランダム》だからこそ美味しいんであって、あれが全部均一だったらああいう食感にはならないだろうなって思うんだけど、それはそれとして、記憶の層もそんな風に不均一でランダムでバラバラで、だから、孔を開ける位置とか角度によって見えるものも全然違ってくるのだ——たぶん。そんなだから、いつからかって質問に、わたしは上手く答えられない。初めて孔を開けようとしたのは小学校に上がって四年目のことだったけど、もっと前からそうしたいって衝動自体はあったはずだし、実際、試そうとだって何度もしたけど、衝動の始まりってことになると、一体、何をもってはじまりと言えるのかわからない。母の運転する車がトンネルを通ることに楽しさと恐れを覚えたとき？　ビデオテープが擦《す》り切れるほど繰り返し見た大昔のアニメに出てくる孔だらけのチーズを目にしたとき？　それとも、医者が「原因として考えられる一例」として挙げたみたいに、物心つく前に両親がセックスしてる現場を垣間見てしまった（かもしれない）とき？

　はい、この瞬間からわたしは自分の身体に孔を開けたいという衝動を抱くことにしました——なんて自分で決めたわけじゃないから、何がどう影響して、何がどう変化したのか、それ以前と以後を切り分けることなんてできっこないのだ、わたしには。ただ、いちいちそんな風に考え出すとキリがないし、質問してきた方だってそんなあやふやな答えは望んでないだろうから、あるとき——それはいつだったのだろう——からは、あまり真剣に考えず、小学四年生の頃だと、つまりは初めて実際に孔を開けようとしたときのことだと答えるようになった。そう答えるようにしようと決めた。「これはこうなんだ」って決めつけないとなかなか語り出せないことって、あるよね。あるのかな？　あると思うんだけど。

　使ったのは穿孔径六ミリの孔開けパンチ。文具です。左手の親指と人差し指のあいだにある水搔きの部分をもう一方の手で挟んで抓《つま》んで引っ張って引っ張って引っ張って、薄く薄ぅく伸ばして、紙だったら十枚ぽっちしか挟めないパンチに無理くり捻《ね》じ込んだ。思い切ってハンドルを下ろすと、紙に孔を開けるときのカシャンッてのとは違う湿った音がして、直後に熱と痛みが広がって。でも、そんな苦痛と引き換えに開けた孔はと言えば、滾々《こんこん》と溢《あふ》れる血のせいで皮の向こうを見通すこともできなくて、いくら血を拭ってもそれは変わらなくて。出血も止まればきちんと孔になるだろうって思いながら数日待ってみたけど、確かに開けたはずの孔は、でも、赤黒い瘡蓋《かさぶた》で塗り込められて、結局のところ後に残ったのは、孔もどきとすら呼べない薄桃色の肉が盛り上がっただけの、お粗末な、無様な、瘢痕《はんこん》だけ。その程度の傷なんて放っておいたら勝手に癒合《ゆごう》してしまうことさえ知らぬ愚かな子供でした。

　さて、パンチで駄目なら他にどうしたものかな——なんて、傷が塞がるなり次の手立てに頭を切り替えた、その早さ。そういうへこたれなさとか行動力とかをもっと別のことに向けられたなら、後になって母が涙ながらに繰り返した、〝ふつうの子〟ってやつにもわたしはなれたかもしれないと思う。でも、そうはならなかった。

「〝肉抜き〟って言うだよ」っていうのが、真っ先に頭に浮かんだ言葉。

レーシングカーを模した電池とモーターで走るプラスチック製の組み立てキットにクラスの男子たちはこぞって夢中になってて、みんな、自作のマシンが少しでも速く走るようにするための改造に明け暮れてた。パーツを付け替えたり、モーターを交換したり、改造には色々な方法があるんだけど、〝肉抜き〟もそのひとつで、ピンバイスっていう小型の手回しドリルで車体にたくさん孔を開けて少しでも軽量化するための技術だそうだ。そんなことに詳しくなったのは、女の子と遊ぶより、男子たちの中にまじって工程を観察することに費す時間の方が長かったから。まじまじ見てると、「興味あんなら、お前もやりゃええに」って勧められることもあったけど、別段、走る玩具《おもちゃ》に興味があったわけじゃなくて、ただ、回転するドリルの尖端《さき》がプラスチックを貫くところを見るのが好きだっただけで。

そうだ、これだ、〝肉抜き〟だって思い立ったその日の放課後には、何食わぬ顔をして、いつも通りに工具やマシンを広げて改造に励んでる男子たちの輪に加わった。そうして、手近にあった誰のものかもわからないピンバイスを、そっとくすねた。ああ、これが後にも先にもわたしが生涯で唯一犯した盗みの罪です、ごめんなさい。

二度目のチャレンジへの興奮で胸を高鳴らせながら家に帰り着くなり、早速左手を机に載せ、右手に盗品を握った。愚かなことにも、前回の失敗は厚みの足らなさ、つまりは、引き伸ばした水掻きがあまりに薄かったせいだとばかり思い込んでたわたしは、広げた掌の親指と人差し指のあいだにある骨の通っていない箇所を孔の設置点と決めた。膚《はだ》に当ててみると、とてもひんやりしていた、金属製のドリルの先端は。それを真っ直ぐに立たせて一呼吸。そうして、男子たちがやってたみたいに回し始めた。一瞬で済んだ孔開けパンチと違って、これには時間と、それに何より意志が要る。やり遂げるんだって意志が。痛みの質も全然違った。それはそうだろう。ドリルは肉を刮《こそ》ぎながらゆっくり孔を掘り進めてくんだから、パンチのときとは比じゃない痛みがじわじわ襲ってくる。しかも、痛みを与えてくるのは自分自身。結局、ある程度まで掘り進めたとこで痺れを切らして、ピンバイスのおしりを右手でばんばん打ちつけた。ズヂュッて音と一緒に、手の肉を、ドリルは突き抜けた。そこまでやって、やっと半分なんだから嫌になる。次にはそれを抜かなきゃならなくて、そうでなきゃ、手にずっと工具が刺さったままで暮らすことになる。嫌だ、そんなのは。奥歯を嚙み締めて、一気にわたしは引き抜いた。ドリルの溝に引っ掛かった肉がぶちぶち裂ける嫌な感触がして、すべてが終わって、手にした工具を卓上に放り出したとき、脂汗と涙と鼻水でパックしたみたいにわたしの顔はなっていた。もう二度とごめんだ、こんな痛いことは。

　そうまでして穿ったふたつめの孔も、やっぱりすぐに瘡蓋に覆われて、数日と経たずに癒合した。さすがに懲《こ》りた。いや、折れたのかな。こんな苦痛に耐えてまで孔を開けることに。それで、すっかり諦めた——はずだった。中学に上がって二年目になるまでは。

大変大変B組の田所《たどころ》くん（田処くんだったかもしれない）が転んでほっぺに孔開いちゃって入院したんだって入院、と朝の教室に飛び込んで来て興奮気味に騒ぎ立てる同じクラスの女子の言葉は断片的なばかりでちっとも要領を得なかったけど、「ほっぺに孔」ってワードから、彼女が覚えていたであろう〝それ〟とはまた別種の興奮をわたしは覚えて、頭の中がジュクジュクとろけるような熱を感じた。それから朝礼が始まって、教壇に立った担任教師の口から、田所くん（or田処くん）が自転車の運転を誤って大怪我をして入院したという説明がされたときも、教室中から、エーッて声が上がったときも、田所くん（田処くん）の心配をするどころか、彼の顔を思い出すこともせず——っていうか、できず——ほっぺに開いたっていう孔のことばかりわたしは考えてた。担任はそれ以上詳細を語らなかったから、一限目の授業が終わるや否や、わたしは飛んで行った、担任じゃなくて、田所くん（田処くん）のほっぺに孔が開いた現場に居合わせたっていう、それまでろくに話したこともわたしはなかった男子のところに。そうして彼を捕まえてあれこれ、後になって思い返してみるだに物凄い勢いで訊《き》いた。ふたりして自転車で走ってたら何かの弾みでハンドル操作を誤った田処くん（田所くん）が自転車ごと派手に転んで、大丈夫かぁって近づいてみたらブレーキレバーが彼の頰を貫いてたんだと、折れた歯が口から飛び出してたんだと、凄い量の血がどくどく溢れてたんだと、件の男子はテレビの洋画劇場で観たホラー映画の感想でも話すみたいな、恐怖と興奮が綯《な》い交ぜになった調子で口にした。熱心に聞き入ってるあいだ、どんな顔をわたしがしてたか、わたしは知らないけど、孔に対する興味を気取《けど》られることはなくて、ただ代わりに、あいつ田所（田処）のこと好きみたいだぜって噂が流れた。

事故から二週間ぶりに登校してきた田処くんのほっぺには、けれども、わたしが期待してたような丸い孔なんて開いてはいなくて、ただ、四角いガーゼがぺたり、貼り付けられてるだけだった。ねぇねぇ、タドコロくん、見せてよ傷、ほっぺの孔、見せてよ——事故の前はちっとも交流のなかった女子から昼休みになるなり図書室の片隅に引っ張り込まれて迫られたとき、彼は存外《ぞんがい》素直に従った。あいつタドコロのこと好きみたいだぜ——伸び放題の前髪をニキビだらけの顔に垂らした地味な女子が相手でも、そんな噂は男子中学生に対して十分に魔法の力を発揮してくれたらしい。ありがとう、名前も覚えてないタドコロくんの友達。

けれど、タドコロくん自身の手で膚からテープが剝がされ、ガーゼも取り払われてみれば、そこにあったのは瘡蓋とも瘢痕とも言いがたい薄桃色の肉の盛り上がりだった。期待外れも良いとこだ。こんなの全然、孔じゃない。腹立たしさ六割、興味が四割、そんな気持ちで、ガーゼが貼れない口の中はどうなってるのかと、なおもわたしは迫った。見せてな。嫌《や》がな。何でね。恥ずかしいべ。別に恥ずかしがることなかに——ってな遣り取りの末、タドコロくんは観念したように口を開けた。覗き込む。暗くてよく見えない。もっと大きく開けるよう命じながら、肩を押さえるようにして跪《ひざまず》かせ、顎を摑んで上向かせた口中を覗き込む。やっぱり、よく見えない。顎が疲れたのか表情筋をぷるぷる震わせ始めたタドコロくんが口を閉じてしまわぬよう、両手の人差し指と中指を彼の中に突っ込んで広げる。あええ、あえ。間の抜けた呻《うめ》きが耳に届く。そうまでして束《つか》の間《ま》見えたのは、ドス黒いナメクジみたいなヌメヌメした塊《かたまり》だけだった。つまらなくなって指を引き抜くと、タドコロくんは口をぽかんと開けたままこちらを見上げていた。涙の滲《にじ》んだ瞳で。膝の辺りに熱い感触がしたから目をやってみれば、パンパンに張り詰めた学生服の股間が押し当てられてた。手についた涎《よだれ》を彼の学生服になすりつけて、その場を後にわたしはした。

結局、「不発」って感じの出来事だったけれど、それでも火は、ついた。

ウェブメディア「Smart SPARK」上で連載された記事からの抜粋③

「もしも煉獄《れんごく》なるものが実在するならば、そこを充《み》たしているのは阿鼻叫喚《あびきょうかん》する亡者達《もうじゃたち》の声でもなければ、燃え盛る業火の唸《うな》りでもなく、彼女の奏でる音の如《ごと》きものであろう」というのは、指揮者として著名なヴァルター・アルブレヒト氏が灰音の演奏を評した言葉だ。氏は訪日した際に六本木のナイトクラブで余興として供されていた彼女の演奏を偶《たま》さか耳にしたに過ぎず、以来、単独公演を敢行《かんこう》するまでに灰音が名を馳せようとも公演に姿を見せることはなかったが、件の評言は彼女のプロデューサーを務めていた鈴村紀章《きしょう》に鮮烈な印象を残したものらしく、彼が事あるごとにそれを引用したが為に世の知るところとなった。

しかしながら、彼女を音楽家と見做《みな》すことに疑義を呈《てい》する音楽家や批評家は未《いま》だに多い。

彼らの大半は「再現性のなさ」という点を強調する。言うまでもなく、灰音の奏でる音楽に用いられるのは外《ほか》ならぬ灰音自身の肉体という世界にひとつしかない専用の楽器である。仮に灰音以外の人間が――身長、体重、その他諸々の身体的特徴が似通った人物であってさえ――彼女と同じく全身の四十八箇所に孔を開けたとて、それは灰音ではない。すなわち、彼女以外に彼女を奏でることの能《あた》う人間など存在せず、斯《か》くも一個性の強い楽器に依拠《いきょ》したものを他の音楽と同列に評価することは難しい、というのが彼らの見解である。

同様にして、彼女を舞踏家として評価することについても、同業者の間では意見が割れている。彼女自身が折に触れて語っていた通り、彼女はあくまで一個の管楽器であらんとし、舞台上で見せる一挙一動もまたその楽器を用いて音楽を奏でる為にこそ最適化されたものであった。しからば、たとえ同じ身ごなしを他の者が完璧に再現し得たとしても、そこには何らの意味も価値も生じ得ない。サックス奏者の運指やアコーディオン奏者の動きだけを取り出したところで身体芸術たり得ぬように、舞踏として評価することも能わぬという理屈だ。

かてて加えて、再現性のなさという点は舞踏と演奏両面に跨《また》がるまた別の角度からも指摘されている。舞台上における彼女のパフォーマンスが、すべて即興《インプロ》であった為だ。

灰音の公演に際して、舞台上には四台の送風機が設置される。いずれも直径一メートル。サイズとしては工場などでの粉塵《ふんじん》除去や排気に用いられる業務用のそれに近いが、それでいて、奏でられる音を阻害《そがい》せぬよう限界まで静音性を高めた特注品である。舞台上で更に一段高く設けられたステージに立つ灰音を見上げるようにして並べられたそれらは管理システムによって一元的に制御され、めいめいが放つ風の強弱や角度を絶えず変化させる。ただし、そうした命令は予《あらかじ》め組み上げられたプログラムや操縦者《マニピュレーター》の手動操作によるものではない。システムは不規則《ランダム》な命令をリアルタイムで自動生成し、送風機は都度その処理に従う。これにより、ステージ上に立つ灰音には先の読めぬ潮流の如く複雑な流れを具えた風が絶えず多方向から吹きつけることとなる。斯様な状況下で、身体上の孔にあたる箇所が刳《く》り抜かれた黒光りするラテックスのボディスーツを膚に張り付けて、あるいは、両乳房と秘部のみを隠す極端に布面積の限られた衣装を身に纏って、灰音は四肢をくねらせる。

最初に聴衆の耳を震わすのは、地鳴りにも似た低音である。これは身体に穿たれた孔がひとつも塞がれておらぬ状態で発されるものであり、管楽器で言えば開放音に当たるが、既にその時点からして、音は一定することなくたゆらな巻曲《うねり》を見せる。先述した通り、吹きつける風が絶えず変化する為である。たっぷりと時間をかけてそれを聴かせた後に、愈々《いよいよ》、本格的な演奏が始まる。脚と脚とを交差させ、あるいは両肩を掻き抱き、またあるいは身体各所に手をあてて、風の通る孔とそうでない孔とを随時入れ替えながら、灰音はひと連なりの音の上に綾《あや》を織り成していくのである。そこには旋律《メロディ》もなく、拍子《ビート》もなく、揺らぎ続ける幽玄な質感《テクスチャ》の変化のみがある。無数に掲げられた指向性マイクによって絡め取られたその音に恍惚《こうこつ》と浸《ひた》るうちに、やがて、聴衆は気づく。自身もまた、その場限りの音楽を構成する一要素となっていることに。己の上げた感嘆《かんたん》が、押し殺し切れぬ吐息《といき》が、知らず喉から漏れた嗚咽《おえつ》が、会場の空気に溶け混じり、送風機を介して灰音の身に穿たれた孔を通り抜けていると いう、単純な事実に。己が、その場その時の気《アウラ》を取り込むと同時に発散することによってしか奏され得ぬ根源的な意味での環境音楽《アンビエント・ミュージック》の構成要素の一部と化していることに。そうして聴衆は見出《みいだ》すのだ。灰音と自身との間で反復される音——空気の振動——を通して、己自身という存在の確かな輪郭を。斯かる溶融と凝縮とを繰り返すサイクルに最も近い言葉を宛てるとすれば、「輪廻《りんね》」ということになろうと筆者は思う。

アルブレヒト氏がいみじくも評した「煉獄に響く音」という評言と「輪廻」とは、洋の東西を跨いで呼応する。すなわち、灰音の音に触れることは擬似的な転生の体験なのである。

◯　◯　◯　◯　◯

夜。はじまりはいつも左右の耳から。

物事のはじまりや終わりを考えることがわたしは苦手なのだけれど、それ、それだけはそう、そうと決めていて、決まってさえいれば考えるまでもなくそれがはじまりだって言えるから、少し、楽。そうと決めた理由も大したことではなくて、単に身体の構造上の問題で、だって、そこが一番鼓膜に近いし、聴きやすい。左右の耳たぶにそれぞれ開けた直径十四ミリの孔が、一番。拡張器で少しずつ少しずつ拡げた孔。何となればもっと拡げることだってできたけど、それ以上大きくしちゃうと、かえって出にくくなるかもなって思った。何が？　――音が。

夜。はじまりはいつも左右の耳から。打ち棄《す》てられた雑居ビルの屋上。満天の星空か、もしくは、暗い雲が立ち籠《こ》めた空の下で。

降り積もった塵《ちり》や埃《ほこり》が雨風に曝《さら》されて乾いた泥みたいにへばりついたコンクリートをブーツの底で踏み締めて、耳の後ろに手をあてがって、わたしは確かめる。夜風の調子を。孔が鳴らす音の具合を。ビルの谷間から吹き上げられた風が顔にかかると、耳たぶの孔は微《かす》かな音を漏らす。風そのものの音とは違う、もっと陰気な音。風向きとか強さとか空気の湿り気とか街の夜の汚れ具合とか、それからわたし自身の体調とかに応じて、音の調子は変わる。心地良いときもあれば、良くないときもあって、良い方が良いに決まってるから、なるべく良くなるように、首を回したり顔を傾けたりして良い心地になる角度を探す。

それが済んだら、次は左右の親指と人差し指のあいだの水搔き。そこにもやっぱり孔が開いてて、耳たぶのものより大きくて、ちょうど十円玉くらいの直径で、盛り上がった瘢痕でぐるりと縁取られてて。こっちもまた良い心地を摑んだら、続けて左の手首。手首のそれは腕の内側から外側まで貫通してて、耳たぶや水掻きより厚みがある分、孔を通り抜ける風の音も、低くて、深い。これも良い心地。そうしたら腕の位置を少しずらして、すぐ隣に開いた別の孔を耳にあてる。次にはまた、そのすぐ隣に開いた別の孔に耳をあてる。次にはまた──って、そんなことを、都合四回繰り返す。手首から肘までには四つの孔が開いてて、立てる音色も違うから、右腕もそうだから、やっぱり同じように繰り返す。その作業を、「チューニングだな」ってあの人は言った。「チューニングなのかな?」ってわたしは返した。

夜。てっきり都内だとばかり思い込んで移り住んだ川崎《かわさき》の片隅。片隅の片隅に打ち棄てられた雑居ビル。卒業式にも出なかったけど、とにかく中学を卒業したことにはなって、それからすぐに家を出たのは、この家に居る限りは開けられないって思ったから。孔を。ジショーコーイだと思われて、止められちゃうから、それは。

「いわゆるパーソナリティ障害の一種ですね」──いわゆる風邪ですねとかいわゆる便秘ですねとか言うのとちっとも変わんない平坦な調子で医者は診断を下した。いわゆるって言われても、何のことだかよくわからず、へぇ、と間抜けな相槌《あいづち》しか返せずにいたわたしの隣で母が大袈裟な溜め息を吐《つ》いてみせたけど、それが、診断に対するものか、それとも、当の娘の鈍い反応への呆《あき》れの表現だったのか、わたしは知らないけど、たぶん、どっちもだ。

あんた、何してんの、あんた──二の腕の傷痕《きずあと》を見つけたことをきっかけにそう喚《わめ》きながらわたしの身体をあちこち検《あらた》めだした母は芋づる式に次々出てくる傷痕にいちいち目を丸くして、嘘でしょとか、あり得ないとか口にしたけど、びっくりしたのはこっちも同じで。タドコロくんの件で火がついてからってもの、身体のあちこちに孔を開けようとわたしは随分奮戦してて、てっきり、見て見ぬ振りか黙認か、してくれてたものだとばっかり思ってたから、嘘でしょ、いまのいままで気づいてなかったのって感じ。同級生も担任の教師も、タドコロくんも、みんな、とっくに気づいてたのに。気づいた上で放っておいてくれたのに。

携帯電話で調べた最寄りの精神科まで車でわたしを連行する道中、赤信号で停車するたび、ハンドルに額を擦りつけるようにしながら、「お父さんが居てくれたら」って母は漏らした。願望っていうより、恨み言って感じ。居てくれたら何だって言うんだろう。どうなったって言うんだろう。あの人が死んだことと、わたしが身体に孔を開けることには何の関係もないってのに。そう思ったけど口にはせず、ただ黙って、助手席にわたしは収まってた。

「境界性とか演技性とか自己愛性とか、ま、いろんな種類があるんですけどね、具体的にどれっていうのは、もう少し継続的に診《み》ていかないと――」と続けた医者によれば、わたしがしてるのは〝いわゆる〟ジショーコーイなのだそう。自傷。読んで字の如く、自らを傷つける行為だ、って。いやいやいやいや、とんでもない、別段、自分の身体に傷をつけたり痛めつけたりしたかったわけではなくて、ただ、そうするしか方法がなかっただけで、怪我をするのが好きではないし、傷つくことは嫌いだし、ただ、どっちも孔を開けるのに必要な過程で、必然的な要素で、血を流すことなく痛みを感じることなく開ける手段があるなら、迷わずそれをわたしは選ぶけど、そんな方法はないですよねって反論は、でも、上手く伝えられる気がしなくて、半端に伝えたらかえって厄介なことになりそうな気がして、結局、何も言わずじまいで、そうして、そう、その日からわたしはビョーキということになったのでした。

川崎に出て来てからは母が運転する車の助手席に乗せられることこそなくなったけど、それでも、病院には変わらず通ってた。って言っても、例の何とか性パーソナリティ障害――結局、何性に決まったのかもわたしは覚えてない――の治療のためじゃなくて、ただ、必要だったからだ、薬が。薬を飲むようになったら、薬を必要とする身体になった。病院は何かを治してもらうための場所じゃなくて、薬を貰うために行かなきゃいけない場所になった。

診察開始。

●――お変わりないですか？

わたし：別に、ないです。

●――じゃあ、継続でお薬出しておきますね。

わたし：はい。

診察終了。

処方箋を手に入れたらすぐに近くの薬局に行く。警察のネットワークってものがどんなものか知らないから、病院に行って窓口で保険証を出したり、保険証が手元に届くように住民票を移したりなんかしたら、すぐに居所がバレて母の居る家に連れ戻されるんじゃないかって最初はビクついてたけど、思い切って行動に移してみれば、そうはならなかった。何だ警察って案外ザルじゃんなんて当時は思った。いまになって思えば、たぶん、母が出してなかっただけだな、捜索願を。ありがたいことだ。おかげでわたしは住所も薬も手に入れられた。十五歳の小娘が賃貸契約なんてできるのかなって不安もあったから、最初のうちはキャリーケースをゴロゴロガラガラ転がしてネットカフェを転々としてたけど、お金さえ積めば契約用の名義を用意してくれる不動産屋があるって知って、じゃあ、ひとつそれでお願いします。

夜。打ち棄てられた雑居ビルの屋上。十《とお》と二つの孔のチューニングが済んだら、次は実演。オーディエンスの居ない深夜の屋上で、静かに腕を持ち上げて、ゆるゆる身体をくねらせて、片足を軸にくるり、旋回して。風は絶えず変化する。向きも、強さも、具合も機嫌も。それに合わせて、動きをわたしも変える。男の機嫌を取るように。女に相槌《あいづち》を打つように。必要なのは、ノリと勘《かん》。片手で孔のひとつを塞いだり、左右の孔と孔をいろんな組み合わせで重ねたり、そうしてると、音は段々変わってく、うねりを見せる、音楽になる。

夜。打ち棄てられた雑居ビルの屋上。十《とお》と四つに増えた孔で演奏する。

ピアスホールの拡張ってものを知ったのは、たぶん、人と較べてかなりわたしは遅い方だったと思う。確かにピアッシングも身体に孔を開けることには違いないけど、それはピアスっていう装飾品で塞がれることを前提としたものだし、ポスト——耳を貫く軸——が常に通されてないと肉と肉がぴったりくっついて孔が閉じてしまうものだと思ってたから、そもそもとして選択肢になかった。ピアッシングとか身体変工を専門に扱った雑誌があることも知らなかった。そうでなくても、ネットで調べればいくらだって情報は見つけられただろうと思われそうだけど、「おまもりケータイ」とかいう極端に機能の制限された携帯電話しか母の住む家に居た頃は与えられてなくて、おまけにパソコンだってなかったから、仕方ないよね。いや、ちょっとでも注意深く周りを見てたらピアスホールを拡張してる人くらい見つけられたかもしれないけど、うん、これはいまでも変わってないと言えば変わってないことだけど、自分の身体に孔を開けることに——要は自分に——ばかり意識が向いてたせいで、他人の顔なんてろくに見てもいなかったから。ああ、母の顔色だけはよく窺《うかが》ってたけどね。

そういうものの存在を初めて知ったのは、独り暮らしを始めて暫《しばら》く経ってから。川崎なんかに間違えて出て来ちゃったけど、一度くらいはちゃんと都内の地べたを踏んでおきたいって気持ちになって遊びに出た渋谷《しぶや》でたまたま知り合った女の子が教えてくれた。わたしより若そうで、って言うか、小さそうで、まだ十歳とかそこらだったんじゃないかと思う女の子。何でそんな子がひとりで夜の渋谷に居たのかは不思議だけど、とにかく、その子は銀色に煌《きら》めく、おっきな獣《けもの》の牙《きば》みたいなものを耳たぶに刺してた。ねぇ、それ何って、何それって、そうわたしが訊くと、「何って、ピアスだけど」って、さも当然って調子でその子は答えて、えっ、そんな形のやつがあるのって驚くわたしの前でそれを外してみせた。

そこには、在った——孔が。親指の爪くらいもある、大きな孔が。

それから女の子はピアスホールの拡張の仕方について丁寧に教えてくれた。知り合ったとか言っておきながら、ファストフード店でちょっと話しただけで名前も知らない、手を振ってそれきり別れた女の子。画家志望だって言ってたけど、なれたのかな、その後。

その日のうちにディスカウントストアにわたしは行って、ピアッサーを買って、左右の耳たぶにちっぽけな孔を開けた。ファーストピアスは定番の16G《ゲージ》。針が通るときの痛みは錐《きり》や千枚通しで肉を貫くときみたいな鋭いそれとは違う、じんわり熱を帯びて痺れるような感じだった。二週間くらい経ってから、一回り太い14Gに付け替えて、それから先は杭《くい》みたいな形の拡張器で徐々に孔を大きくした。時間と手間はかかったけど、お金はほとんど要らなくて、もしかしたら、小学生がプラスチック製の車の改造パーツとか工具に注《つ》ぎ込んでたお小遣いの方が額が大きかったんじゃないかってほど。

夜。打ち棄てられた雑居ビルの屋上。十と六つに増えた孔で演奏する。

耳たぶの孔が完成するのを待ちきれずに並行して拡げたのは、いつか穴開けパンチを使って惨《みじ》めな失敗に終わった親指と人差し指のあいだの皮。拡張するにつれて二本の指をぴたりとは閉じられなくなって、不便と言えば不便だったけど、それなりの大きさにできた。筋肉とか太い血管とかがあるところには自分では開けられないなって思ってそこを選んだわけだけど、さて次はどこに開けようって悩んだところで初めて、ボディピアスを専門に扱うスタジオに足を運んだ。手首におっきな孔を開けたいって伝えたら鼻で笑ってあしらわれたけど、五軒目か六軒目に訪ねたスタジオのスタッフが面白がって、もっとディープな身体変工を手掛けてる脱法サロンを教えてくれた。指や腕の切断《アンピュテーション》とかトレパネーションとかを裏でこっそりやってる、外科的な知識や技術を持ち合わせた一種の闇医者が経営してる店だ。

「前例がない」って医者が言うから、てっきりここでも断られるのかと思ったら、「ただ、技術的に不可能なことではない」って続けて、最終的には請け負ってくれた。手首を切開して、筋肉とか腱《けん》とか血管を避けて孔を開けた——って言っても、施術のあいだは麻酔で眠りこけてたから直接目にしたわけじゃなくて、後になって聞いた話。それから先、できた孔が塞がってしまわないようにボルトを通して、少しずつそれを太いものに変えてくって原理はピアスホールの拡張と一緒。線維自体は傷つかなくても孔が拡がるにつれて筋肉が脇に追いやられるから、手の動きもぎこちなくなったけど、これぱっかりは仕方ない。手先なんて食事のときか客のアレをしごくときくらいしか使わないから、別に困らなかった。医者はいつもどこか嬉しそうで、それはたぶん、人の身体を使って〝前例がない〟実験ができるのを愉《たの》しんでたからだと思うけど、お互い利害が一致してるから、どうでも良かった。

夜。打ち棄てられた雑居ビルの屋上。十と八つに増えた孔で演奏する。

孔が増えるたび、身体が軽くなった。要らない部分がなくなった感じ。軽量化だね。

一方で、術後の痛みを紛《まぎ》らすために、薬を飲む量がどんどん増えた。痛み止めじゃなくて、睡眠薬とか抗不安剤とか、無理矢理にでも寝つくための、いわば、意識止め。違法なやつはやらなかった。手に入れようと思えば手に入る環境に居たけど、やたらリスクが大きい割に得られるものが少なそうだったし、何より、怖かった。立ちんぼしてた頃に、やってる子たちがガリガリに痩せこけてくのを散々見てたから。せっかく孔を開けた身体が、そんな風に壊れちゃうと思うと怖かった。その代わりにってわけでもないけど、精神科とか心療内科をはしごして、ハルシオンとかマイスリーとかルネスタとかサイレースとか、ただ寝るってだけのことにも薬を必要とする人種にとってはお馴染みの面々をかき集めた。病院とか薬局のあいだで処方履歴が共有されてるわけじゃないから、いろんな病院を訪ねて同じ症状を訴えれば処方箋はいくらでも手に入ったし、それをまた、いろんな薬局で薬と交換した。

薬はまだしも、〝肉抜き〟の施術にはとにかくたくさんお金が必要だったから、盛り場に立って男にも女にも身体を売った。直《じか》で客を引いてたから、業者にウワマエを撥《は》ねられることがない分、何かしら沙汰が起きたときの保障もなかったけど、取りっぱぐれでのマイナスを除けば、一回一万で一晩にだいたい三人は引いてたから、日給三万くらい。孔の術後以外は休日なし。田舎から出てきた学も才もない十代の小娘が生きてくには十分過ぎる稼ぎだったと思うけど、次から次へと孔を開け続けるには足りなかった。それはもう、全然。

夜。打ち棄てられた雑居ビルの屋上。二十まで孔が増えた頃——あの人と出会った。

ウェブメディア「Smart SPARK」上で連載された記事からの抜粋④

メジャーレーベルから数曲を発表して解散したヴィジュアル系バンドの元ベーシストであり、コンポーザーでもあり、灰音を見出したプロデューサーでもあった人物——鈴村紀章。彼と灰音の出会いは運命と言っても過言でない劇的なものであった。

バンドの解散後、他のミュージシャンに楽曲を提供するコンポーザーとして才能を開花させた鈴村はジャンルを問わず多数の楽曲を手掛けていたが、華々しい活躍に反して、当時の彼の胸中には物憂《ものう》い諦念《ていねん》が鬱積《うっせき》するばかりであったと言う。己が真に求める音楽を生み出すことはおろか、一オーディエンスとしてそれに触れることも、それどころか、如何なるものであるかを想像することすら能《あた》わず、ただただ、模糊とした違和感ばかりを抱いていた、と。

ある夜、斯様な陰鬱《いんうつ》たる思いを抱え続けることに愈々《いよいよ》堪えかねた彼は、あてどなく街を彷徨《さまよ》った末、何かに引き寄せられるかのようにして一棟の廃ビルへと足を踏み入れた。照明の切れた暗い階段を上っていくうちに以前から漠然と膨らみつつあった希死念慮が急速に凝《こご》り、斯かる想いはやがて決意に転じ、屋上に出られたなら、すぐさま身を投げようと決めた。

そうして、屋上へと通じる赤錆塗《まみ》れのドアを押し開いたとき。

彼は出会った。まだ何者でもない少女と。

彼は目にした。まだ何者でもない少女が、夜闇を舞台に舞う様を。

彼は耳にした。まだ何者でもない少女が奏でる、己の求めてやまぬ理想の音楽を。

この世の音ではない――一聴するなり、そう感じたと言う。それから、月明かりを恃《たの》みに闇を透かしてよくよく少女の姿を観察し、その身に穿たれた孔を認めたときには得心した。己の聴いている音が悲痛さと陰鬱さを抱えている理由に。孔という、謂わば、傷痕を通して奏でられているが故にこそ、他の者には奏し得ぬ陰々《いんいん》たる響きを孕《はら》んでいるのだ、と。


少女の奏でる音楽に忽《たちま》ち惚れ込んだ鈴村はその場で彼女をスカウトし、自身が全面的にプロデュースをすることに決めた。斯様な経緯《いきさつ》が詳《つまび》らかになっているのは、インタビューや取材をことごとく撥ね除《の》けていた灰音当人とは対照的に、鈴村が積極的にそれらに応じていた為である。灰音には表現の研鑽《けんさん》に専念してほしいという思いと同時に、自らがフロントに立つことで、彼女の神秘性を維持したまま世に売り出さんとする戦略もあったのであろう。

「あいつの孔は、欠損じゃない。むしろ、現実と直接《ダイレクト》に接続《リンク》するためのセンサーなんだよ」

というのは、灰音の現役当時の取材中に鈴村の口から出た一節である。はぁ、と首を傾げるインタビュアーに向けて、彼は更に、出し抜けな問いを重ねた。「幻肢痛《げんしつう》って知ってるか?」


事故や疾病《しっぺい》によって四肢を失った者が、既に存在しない手足の痛みを訴えるという現象のことである。確たる発生機序《メカニズム》は未だ解明されていないが、有力な説としては、脳内における身体地図の書き換えによって発生するのだというものがある。四肢が失われたとしても、それに対応してマッピングされた脳領域が新たな身体イメージを構築するまでには相応の時間がかかる。その過程で生じる幻覚こそがその正体であるという説だ。首を傾げるインタビュアーにそう説いた上で、彼は続けた。ところが、灰音の脳内にある地図は身体の変化に合わせてフィットするように変容するどころか、あべこべに拡張し、そうして――

「――肉体の外に存在する空気とダイレクトに繋がったんだ」、と。

高度に技術の洗練された楽器奏者の身体感覚は手にした楽器にまで拡張されると言うが、そもそも己の肉体そのものが楽器である彼女の場合には孔の周囲の空気までもが新たな身体の一部として認識されたのだと彼は言う。舞台上で吹きつける不規則《ランダム》な風に対して絶えず的確な身のこなしを取ることが能うのも、斯くて拡張された触覚によって先触《さきぶ》れ的に空気の流れを知覚できるが故だ、と。俄《にわか》には信じ難い話であるが、同時にまた、公演での灰音の演奏と舞踏とに直に触れた身としては、事実かもしれぬと思わずにおれない。楽譜もなければ理論が確立されているわけでもない、〝正解〟の存在せぬ音楽を奏しているにもかかわらず、不規則に吹きつける風に対する彼女の身ごなしは正に当意即妙《とういそくみょう》と言うべきものであった。さもなくば、先述した「輪廻」の感覚を聴衆に抱かせることとて不可能であったろう。

今回、灰音に直接取材をするという千載一遇《せんざいいちぐう》のこの機会にわたしが最も訊ねたいと意気込んでいたことのひとつは、斯様な鈴村の評言の正否であったのだが、しかし、当人の答えは存外あっさりとしたものであった。否、無関心とさえ言える態度であった。

●――（承前）鈴村さんはそのように仰っていましたが、ご自身の感覚としては？

灰音：別に。

●――〝別に〟と言いますと？

灰音：別に、ありません。

自覚はない、という意味であろう。それぎり、この話題について彼女は語ろうとしなかったが、はぐらかされているという印象は抱かなかった。むしろ、問いに対して率直に応じたが故の簡素な言葉であると感じられた。当然と言えば当然であるやもしれぬ。己にとってあまりに自然な肉体の動きや感覚について、人は語るべき言葉を多くは持たない。翻って考えるに、鈴村の言葉はやはり正鵠《せいこく》を射ていたのではないかと思われる。灰音にとって、周囲の風に感応することは何ら特別でない、無意識にできてしまうことだったのではないか。

○○○○○○○

都内に住む場所を貰った。毎晩行くべき仕事先を貰った。お金を稼ぐ機会を貰った。
そうして、名前を貰った。

絢咲灰音。あやさきはいね。それがわたしの商品名。絢咲って字を覚えるのが難しくて、久々に漢字の書き取りなんてこともした。ひとりで住むには持て余す2DKの部屋の片隅で、アネモネの写真が表紙の学習帳で、絢咲絢咲絢咲。何度も口に出して、身体にも馴染ませた。わたしは、あやさきはいねです。わたしはアヤサキハイネです。わたしは絢咲灰音です。

あの人に貰った名前を使って、あの人に紹介してもらったお店で演奏するようになったら、身体を売るときの額が桁《けた》ひとつ上がった。寒空の下で客を引く必要もなくなった。お店に来て小さなステージに立つわたしの身体を見て、お金でそれを買いたがる人は、たくさん居た。

演奏会やクラブでのイベントの後には、どこぞのお偉いさんらしき中年親父とか、何の仕事をしてるのか見当もつかないけどむやみに整った容姿の女なんかが、わたしの身体を買いたがった。彼ら彼女らは、純粋に抱きたいわけではなくて、わたしを、一種のいかもの食いみたいな感覚だったんだろうと思うけど、文句はないから、当然、寝た。抱かれた。抱いた。お金は大事だ。次から次に孔を開けて、その維持もして、管理もして——なんてしてると、お金はいくらあっても足りない。雌犬《ビッチ》と誹《そし》られても蔑《さげす》まれても、知ったこっちゃない。

「君には才能がある」とか「あなたの肉体は芸術」とか、客たちはホテルにわたしを連れ込むなり、お約束みたいにそう言った。よく、わたしにはわからなかった。サイノーとかゲージュツって、抱きたくなるものなのかなヤリたくなるものなのかな。でもそれを口にはしなかった。そんな問いかけを、言葉を、誰も望んでないことくらいはわかったから。

ただ、挿入を伴うセックスってものが好きではなくて、わたしは。ペニスでも指でもオモチャでも、中に挿《い》れられて奥をごんごん衝かれると、膣って器官が――孔ではない行き止まりのある穴が――自分の身体に掘られてることを、その無様さを、改めて思い知らされてしまうから。自分の意思とか快不快とかと関係なしに口から漏れ出る喘《あえ》ぎ声にしたって、膣から押し込まれた空気が身体の内を通って口から抜けてくわけじゃなくて、衝かれる弾みに横隔膜が勝手に動いて肺の空気をひり出してるに過ぎない。そう、一連なりの孔じゃない。そんなことを考えてしまうから、相手が男でも女でも、両方いっぺんに相手をするときでも、身体に開けた孔にオモチャなり指なりペニスなりを突っ込んでくれる方が良い。ああ、いや、良いって言っても、それが好きって話じゃなくて、単に、セックスよりはまだしもって話。「良い」って言葉は、わたしにとっては、いつもそうで、「何かと較べてマシ」くらいの意味しか持ってないし、そういう比較を抜きに、何かが「良い」とか「悪い」とか、物事を判断することがわたしはできない。孔で奏でる音楽にしてもそれは同じことで、その場その場で身体を動かしながら「より良い具合」の音が出る体勢を探ってるだけで、そうしてるうちにうねりができて、結果的にそれが音楽めいたものになるだけで、要するにテキトー。ああ、テキトーって言えば、たぶんだけど、あの人がわたしに絢咲灰音って名前を付けたのもきっとただのテキトーで、実のとこ何でも良かったんじゃないかと思う。その証拠に、何かの書類にわたしの名前を書いたとき、「綾咲」って、あの人、書いてた。こっちは一生懸命書き取りまでして覚えたってのにね。いいえ、綾咲灰音ではありません。

廃ビルの屋上で初めて会ったとき、あの人は女を連れてた——と思う。いつでも飾り物みたいに取っ替え引っ替え女を連れ歩いてたような人だから、別のいつかの記憶と混ざっちゃってるかもしれないけど、独りで演奏してたわたしがふと視線を感じて振り返ったとき、女ともつれ合うようにして立ってたあの人はいかにも驚いたって顔をしてた。こっちだって、こんなとこに人が来るなんて思ってなかったから、とてもびっくり。何かしら不満を女が口にしたかと思うと、あの人は、うるせぇとか、お前はもう帰れとか言って女を引き離した。それでもまだ何か喚いてる女に、もう一度、帰れと一喝《いっかつ》。それから、わたしに向き直った。風に、アルコールとセックスのにおいが吹き交じった。何か酷《ひど》いことをされるんじゃないかって、当然、心配をわたしはしたんだけど、女がドタバタ足音を立てて階段を降りてくなり、あの人はただ、「続けて」と言った。「いまの、続けて」って。

その晩から、わたしは、はい、絢咲灰音です。

おまもりケータイみたいな玩具じゃない、いろんなことができるスマホを買い与えられて、住む部屋を与えられて、屋上じゃなくて、店に立って演奏するようになった。電話であの人から連絡が来たら、ナイトクラブで、バーで、ラウンジで。ラブホを改装したのが丸わかりな貸切のパーティルームで。送り迎えは彼の車。助手席には大抵知らない女が乗ってて、いつもわたしは後部座席だったけど、助手席は嫌いだから、かえって気易《きやす》かった。家族旅行の帰り道みたいな気分だ。トンネルに差し掛かったら子供の頃みたいに身を乗り出して、ねぇねぇトンネルほらトンネルとわたしははしゃいじゃうかもって思ってたけど、あの人の運転する車がトンネルを通ることは一度もなかった。都内って、少ないよね、トンネル。

家賃や光熱費や電話料金は持ってくれたけど、孔を開ける費用だけは絶対に出そうとあの人はしなかった。たぶん、金額の大小の問題じゃないなってわかってたけど、わたしもわたしで貰い物ばかりでできてる生活の中、孔だけは自分で買いたかったから構わなかった。あ、あと、小さめのテレビと、動画配信をテレビで観れるようにする機械みたいなやつは買ってくれた。肉抜きをしてから暫くは店にも立てなくなるから、暇だろうって。おかげであの頃、結構観てたな、映画。でも、映画の感想にも間違いと正解があるらしくて、何かが面白かったってわたしが言うと、大抵、「そういう作品じゃない」ってあの人からは言われた。いつでもわたしは間違いを選んでしまう。そんなこともあってか、「話すな」って、現場に行くとき、あの人からはいつも言いつけられてた。「お前は話すとバカがバレる」からって。

でも、〝バカがバレる〟ってのが、そんなにマズいことなのか、わたしにはよくわからなかった。バカだなぁって、わたしから見てもそう感じる人――って言うより、客――ともたくさん会ってきたけど、バカだからって理由で厭《いや》になることはなかった。ほんとうに嫌いなのは、怒鳴ってくる奴とか暴力を振るうような奴で、そういう人たちは〝バカだなぁ〟の円と被ることもあれば、被らないこともあって、〝賢いんだなぁ〟の円と被るのと、割合で言ったらそう変わらない。それでも、あの人の言いつけは絶対。はい、話しません。はい、喋りません。はい、言いません。はい、黙ります。はい、わたしは絢咲灰音です。

それから、音楽の勉強もするなって言われてた。「お前は勉強なんてするな。感覚のままに音だけ出してろ。付け焼き刃の知識だの理論だの言葉だの、かえって邪魔になるだけだ」って。代わりに覚えさせられたのは、「わたしはひとつの管楽器」っていうフレーズ。

「嘘をつく必要はない。バカは嘘をつけばつくほど追い詰められる。だから、ただ、誤解させたままにしておけ。お前が何かを騙《かた》るんじゃあなくて、周りにお前を語らせろ」

周りにお前を語らせろ――か。日頃から口酸っぱくそう言っていたあの人は、わたしがこれからしようとしてることを知ったら、どんな顔をするだろう。自分がどんな風にして生きてきたかを（死なずにきたかを）、洗いざらい話してしまおうとしてるって知ったら。

少し前に、代理人を通して寄越された取材依頼。

それに応じることに、わたしはしようと考えてた。

ウェブメディア「Smart SPARK」上で連載された記事からの抜粋⑤

幕切れは呆気《あっけ》ないものであった。
二十四歳になって――孔の数はその倍にあたる四十八を数えて――間もなく、灰音は突然の引退表明とともに表舞台から姿を消した。否、失踪したと言った方が実像に近かろう。音楽堂での公演が終わり、客席から万雷の拍手が降り注ぐ中、舞台の主役たる灰音当人は然《さ》したる感慨を滲ませるでもなければ、未練の色を浮かばせることもなく、ただひと言、

「今夜限りで、絢咲灰音はおしまいです」

　そう言い残して彼女が舞台袖へとはけたとき、「おしまい」という言葉が引退を意味していると即座に理解できた者は居なかった。人々がそれに気づいたのは、翌《あく》る日、以後に予定されていた各所での公演がすべてキャンセルされたと報じられてからのことだ。

　その夜以来、彼女は行方《ゆくえ》を晦《くら》ました。当然、プロデューサーである鈴村のもとには問い合わせや取材依頼が殺到したが、灰音の引退が事実であることこそ認めながらも、詳しい経緯《けいい》について彼は決して語ろうとしなかった。以来、彼女に関する話題には頑《かたく》なに口を噤《つぐ》み、周知の通り、元通りのコンポーザーとして現在まで活躍を続けている。

　斯様な鈴村の態度も相俟《あいま》って、世上では様々な憶測が飛び交った。明らかに医療行為から逸脱した施術に対する世論から逃れる為、もっと言えば、施術を彼女に強要していたという事実を隠匿《いんとく》する為に、プロデューサーである鈴村自らが彼女を引退へと追いやり、関係を断ったのではないか。あるいは、過度な身体変工に対する倫理的な批判が高まったことを受けて両者ともに興行から手を引いたのではないか。突飛なものとしては、絢咲灰音は既にこの世から消されているのではないか等々。いずれも無根拠な噂の域を出ぬが、共通しているの

は、絢咲灰音という存在が彼女自身にとっても鈴村にとっても想定外なまでにメジャーとなってしまったことに要因があるのであろうという見方であった。世間の耳目《じもく》を集めてしまったが為に、アングラな存在として許容される得る灰色の領域から逸脱してしまったのだ、と。

以来数年間にわたり、生死さえ知れぬ状態のままに灰音の存在は見失われた——というのは表向きの建前《たてまえ》に過ぎず、関係者やマスコミの間では、その所在は早々に割れていた。どこへ行くということもなく、彼女は相変わらず都内に居住していたのである。ただし、苗字を外して表記を改めた「ハイネ」へと名を変え、仕事を差配する〝プロデューサー〟も別人に替わっていた。指定暴力団の運営する会員制高級性風俗ネットワーク。簡単に言えば、富裕層向けの裏風俗。それが、舞台から去った後の、彼女の新たな活動の場であった。

そこまで判っていながら、敢《あ》えて火中《かちゅう》の栗を拾おうとするものは居なかった。マスコミ関係の誰もがスクープに涎を垂らしながら、しかし、言いつけを破れぬ犬の如く顔を伏せていた。表沙汰にするにはリスクが大きすぎた。下手に手を出せば、暴いてはならぬ誰かの経歴までも否応《いやおう》なく暴くこととなり、多くの誰か達が謝罪に追われることとなり、そして、誰かが——恐らくは自身も——首を縊《くく》るか、縊《くび》られる。斯様な状況にありながら、否、それ故にこそ、一種の義憤めいた念《おも》いから独自に彼女との接点を得ようと筆者は幾度も試みたが、それらの努力はいずれも徒労に終わった。想像していた以上に、立ちはだかる壁は高かった。

当時の灰音を取り巻く環境が部分的にであれ公になったのは、数年後、彼女が真の意味で失踪を遂げた後のことだ。何らかの力学の変化によって件の性風俗ネットワークが当局による摘発を受けたとき、彼女の名は既に〝商品リスト〟から消えていた。筆者を含むマスコミ関係者はその段に至って初めて、自身らが真実、彼女の姿を見失ったことに気づいた。

斯くて姿を消した灰音が〝再発見〟されたのはそれから三年後のことだ。

世間が彼女の名を忘れかけた頃になって、誰も予期し得ぬ形でその所在が明らかにされた。発見者はフリーで活動していたルポライターであり、当時は主として東南アジア諸国において急増しつつあった日本人女性の〝出稼ぎ〟に関する取材を続けていたが、その過程で立ち寄ったフィリピンはマニラにて、彼は灰音を見つけた。出稼ぎ先としては土地に密着し過ぎた私娼窟《ししょうくつ》とでも呼ぶべき地域で、客を引いている彼女と偶《たま》さかに行き合ったのである。彼はすぐさま取材を敢行せんとしたが、灰音はそれを振り払うようにして遁走《とんそう》してしまった。このことが報じられるや、斯様な窮状から彼女を救い出さんという有志らとマスコミ関係者からなる捜索隊が現地に駆けつけたが、時既に遅く、灰音はまたも姿を消した後であった。

次にその姿が邦人の目に留まったのは、更に三年後、中国で興行をしていた見世物小屋でのことだ。彼女を見つけた旅行者は幸運にも灰音を知っており、直接コンタクトを図ることなく、発見の旨《むね》を本国の関係者に伝えた。再び派遣された捜索隊は今度こそ彼女を保護し、募金によって集められた手切れ金を興行主に支払うことで彼女を国内へと連れ帰った。

その際、非常に衰弱していた灰音は都内の私立病院に搬入され、そうして、現在に到る。

この失われた十四年間について、わたしは当初から今回のインタビューで灰音に問うつもりはなく、当人もそれらについて自ら語ろうとはしなかった。この記事の目的は絢咲灰音という人物の偉大な才能を改めて語ることにこそあり、今更になってそのキャリアに泥を塗ろうという主旨のものではない。代わりにここでは、先の性風俗ネットワークが摘発された際、鈴村が後にも先にもたった一度だけ沈黙を破って表明したコメントの一節を引いておこう。

「金で幻想《ゆめ》は買えない」

己の名誉よりもむしろ、灰音という存在の尊厳を守る為にこそ発せられたものであろう。

◯　◯　◯　◯　◯　◯　◯　◯

「もうこれ以上、孔を増やすな」って、孔が四十と七つまで増えた頃、出し抜けにあの人はそう言った。これ以上増やしたら演奏に支障が出るから、って。

確かに、そう、限界だった。演奏を続けるには。以前ほど思うように身体を動かすことが、増えに増えた孔と干渉する筋肉や腱や神経が歪んでしまったせいで、できなくわたしはなりつつあった。批評家連中は褒《ほ》めそやしたけど、「ますます磨きがかかった特異な身体表現」だなんて、でもそれは、手足をスムーズに動かせなくなった結果でしかない。だから、これ以上肉抜きしたらできなくなる演奏がっていうあの人の警告は、もう、言い返せる部分なんかひとつもないくらい、圧倒的に、絶対に、正しい。

でも――って、思わずにわたしはいられなかった。

それが何だって言うんだ。

「演奏を続けるには」確かに限界。でも、孔を、そんな前提のもとで開けてたわけじゃわたしはない。孔を開けたことなんて、音楽を奏でるためには、そもそも一度だってない。孔を吹き抜ける風が音を立てることも、音楽にそれがなることも、ただの副産物だ、わたしにとっては。舞台に立って演奏するのも、それでお金が貰えて、おまけに増えるならわたしを買ってくれる客が、上がるなら売り値が、一石二鳥だっていうただそれだけ。

だから、新しい孔を、あの人の言いつけにわたしは従うことなく開けた。

「そうまですることに何の意味がある！」って、あの人は怒鳴った。嫌いなのに、怒鳴られるの。「客は十分に増えてる。評価もついてきてる。だったら、そのままで良いだろう！」

出たよ――〝意味〟。もうずっと前から、うんざりわたしはしていた。記者だと名乗る奴らも、批評家も、わたしを買う男や女も、決まって訊いてくる、それを。あなたにとって孔を開けることにはどんな意味がある？　今夜の演奏にはどんな意味が込められていた？

母も、思い返せば、そうだ。自分の身体を傷物にしたりして、何の意味があるの？

どこに行っても、意味意味意味意味。意味って何だよ。そんなに大事なものなのかよ。そんなもの、最初からないよ。だって、孔を開けたいって衝動がいつからあったのか、わたしは知らない。どこから来たのかも、わたしは知らない。ただ、そうしたかったからそうしただけの話で、目的なんかもなくて、孔を開けることそれ自体が、強いて言うなら目的で。一緒に随分長いこと居たのに、あの人でさえそんなことも理解してなかったことに、ガッカリしたし、バカだなぁって思ったし、何より、厭になった。だから、バイバイすることにわたしたちはした。売買じゃなくて、サヨナラの方。あの人もあの人で、「自分のせいで廃人になったと世間から思われたら困る」っていうのだったみたいだから、一番の本音は、それはもう、仕方のないことで、お互いにとって良かったんだと、まあ、思う。

お金には、幸い困らなかった。仕事を見つけるためのネットワークを前々からの客のひとりが紹介してくれたから。おかげで、わたしが灰音だった頃より、むしろシンプルになって楽だった。何も自分でしなくても、そう、面倒な公演なんてことをしなくても、客を誰かが用意してくれるなら、その方が楽だし無駄がないに決まってる。単価だって上がった。

何より良かったのは、ハイネにわたしがなってからはあまり膣を使わないで済んだこと。大枚をはたいてまでわたしを買う客のほとんどは独り占めすることを欲してた。穴ぼこ女とのセックスよりも、絢咲灰音っていう楽器が出す音を。言葉も要らない、先の塞がった器官も要らない、とても楽だった、ただ音を聴ければ良いって人たちの相手をするのは。大金をわざわざかけて造った送風機が壁に嵌《は》まった部屋に放り込まれたこともある。ひとつひとつの孔の音を知りたいって、風を局所的に送り出すヘンテコな機械を身体のあちこちに向けられたこともある。まだ皆が聴いたことのない音が聴きたいからって、どろっと濁った液体――後から聞いたとこだと、男の体液だったらしい――を孔という孔に塗ったくった上で風をあてられたこともある。そんなことをこなして、どんどん稼いで、どんどん孔をわたしは増やしてたから、あの人が言ってた通りに、ろくすっぽ演奏もできなくなったけど、それでも、客はみんな満足そうだった。客もわたしもニコニコ、お互いハッピーって感じだった。

世の中には、そんな状況からわたしを〝助けようとしてる〟人も居たって、人伝《ひとづて》に聞いた。

バカだし、厭だし、最悪だ。まったくもう、ほんとうに、余計なお世話だ。

仮に辛い状況にあったとしてわたしが、で、〝助ける〟ことで例のネットワークから引き離されたとしてわたしが、まともな生活とか環境とかいうやつを得たとして、商品でわたしがなくなったとして、そうなったら――誰が肉抜きにかかるお金を出してくれる？

出しては誰もくれないだろう。孔を開けることと引き換えでの安全で安心で快適な暮らしなんてまっぴらごめんだ。機器を身体のあちこちに取り付けられて寝たきりになってさえ、医者や看護師たちに監視されててもなお頬の内側の肉を少しずつ嚙みちぎって孔を掘り進めてるようなわたしです。孔を開けることを取り上げられたら、後には残りません、何も。

それとも、そんな風に考えてしまうこと自体、間違いなんだろうか。うん、そうだろうそれは。きっと、間違ってるんだろう。そう自分でも思う。でも、〝いつから〟？

〝いつから〟わたしは間違えてた？

タドコロくんの事故を知ったとき？　渋谷であの女の子と出会ったとき？　量販店でピアッサーを買ったとき？　ピアススタジオを訪ねて回ったとき？　あの人と廃ビルの屋上で出会ったとき？　舞台に、自分が出せる音を売りにして立ったとき？

過去に遡《さかのぼ》って、ピンを、「〝ここ〟と〝ここ〟と〝ここ〟で間違えました」って立てることなんて、わたしにはできない。だって、わたしにとっての記憶って、折り重なって折り重なって折り重なって折り重なったミルフィーユみたいなものだから。

〝いつから〟かなんて、やっぱり端《はな》から答えようのない問いで、ただひとつ確実に言えるのは、父が居ようが居まいが、孔をわたしは開けただろうってこと。だから、そう、「お父さんが居てくれたら」なんて、良いのです、考えなくて。だから、もう、そんな風にお父さんのせいにするフリをして自分を責めるフリをしてわたしを詰《なじ》ったりしないでね、お母さん。

そんな言葉を助手席からかけてたら、何か変わったんだろうか。済んだんだろうか、いつもこんな風に管を身体に通されて、ちょっとでもおかしな動きを見せれば看護師が飛んでくるような状況には陥らずに。もっと良いかたちで、開け続けられたんだろうか、孔を。

わからないけど、もうすぐ訪ねてくるっていう記者には、ありのまま正直に話してみようと思う。元々、この病院での入院費の払いはどうなるのかって不安と、退院してからの肉抜きの費用を稼ぎたいっていう金目当てで引き受けただけだったけど。話してみよう、正直に。

いいえ、わたしはもう、絢咲灰音ではありません。カタカナのハイネでもありません。孔を開けることに、意味や理由なんてありません。はい、そうしたくてしただけです。

ウェブメディア「Smart SPARK」上で連載された記事からの抜粋⑥

現在、灰音の身体には大小含めて約三百もの孔が開いている。表舞台からの引退時点で開いていた四十八箇所と異なり、その後に穿たれた孔には外科的な知見を具えた者の施術によると思《おぼ》しきものもあれば、刳り抜いた肉の断面を焼灼《しようしやく》しただけの杜撰《ずさん》な処置の施されたものもあり、加うるに灰音自らが技術も知識も欠いたままに貫いたものも多々見られると言う。〝約〟と付けたのは、現在進行形で孔は増え続けており、正確な数が把握できない為だ。

事前にそれらの情報を与えられた筆者は、たとえ十四年ぶりに目にする灰音の姿が自身の知る彼女からいくらかけ離れていようと決して狼狽《うろた》えはしまいと肚《はら》を括《くく》ったが、後になってみれば、それでもなお覚悟が不足していたと認めざるを得ない。

戦慄した。各種の生命維持装置と接続されて寝台に横たわった彼女の姿は、果たしてこれが人間の肉体かと思わされるものであった。孔が開いていると言うより、ほとんど、孔で、い、き、て、いると言って過言でない。孔の多くからは本来皮下に隠されているはずの筋肉や腱、果ては骨までもが覗き、孔同士が縦横に繋がってスポンジ状と化している箇所さえ多々あった。

病室内は甘やかなにおいに充たされていた。病院に特有の薬剤や消毒液の臭気とも異なり、かと言って、芳香剤によるものと考えるには濃密に過ぎる香だ。熟《う》れ過ぎた果物が放つそれに似ていると言えば似ている——と考えかけたところで、漸《ようや》く、においのもとはベッドに横たわった灰音の身に外《ほか》ならぬと思い至った。よくよく見れば、孔のいくつかに詰められた脱脂綿が朽葉色《くちばいろ》に染まっていた。傷口から滲んだ膿《うみ》によるものであろう。

誤解を招かぬように記しておくが、先に書いた「戦慄」の語は、斯様な彼女の容態に嫌悪感や恐怖を覚えたが故の事では決してない。筆者の胸を震わせたのは、それらとはむしろ対極に位置する感情、すなわち、崇高と畏怖《いふ》の念である。

表舞台を去ってからの十四年間、過酷な環境に囚われながらもなお絢咲灰音であり続けようとした肉体と精神の何よりの証拠を目の当《ま》たりにして、筆者は打ち震えた。

——わたしはひとつの管楽器。

灰音は己《おの》が言葉を違《たが》えることなく完徹せんと、新たな音を求めて孔を開け続けたのだ。否、過去形にすべきではない。先にも記した通り、孔は今も増え続けている。医師や看護師がいくら止めようとも、彼女はあらゆる手を使って自身の身に孔を開けようとしていると言う。

かつて、これほどまでに己が身を音楽に捧げた者が居たであろうか。感極まるあまり、筆者はほとんど頽《くずお》れるようにしてベッドへと歩み寄り、恭《うやうや》しくこうべを垂れた。

○○○○○○○○○○

言葉が、まるで出てこない。

喉に埋め込まれたカニューレのせいじゃない。それには声を出すときのための弁がついて、そうなのだと医者も看護師も言ってて、だから、出てこないのは声じゃなくて、意味を持った音の連なりであって、それはつまり言葉であって例の記者が来る日が近づいてきたから何をどう話したものかって考えているうちに今更ながらにそうと気づいた、わたしは。

そう、いざ自分のことを話そうと決めたときにはもうなかった、言葉が。

でも、いつから？　いつから、わたしの言葉をわたしは失《な》くしてた？

何とか性パーソナリティ障害だって告げられて、それは違うと言わなかったとき？　ハンドルを握る母に助手席から何も言葉をかけなかったとき？　バカは話すなって言われて、それを受け容れたとき？　お変わりないですかって訊かれて、変わりないですって答えたとき？　言葉の通じない人たち相手に身体を売ってたとき？

――はい、わたしは絢咲灰音です。

そう名乗ることさえ、なくなったとき？

わかんないわからない、言葉なんてなくても良いと思ってたし現にそれを求める人も居なかったし外国では話す相手も居なかったし気づくことだってできなかった自分が言葉を失くしたことにも。立ちんぼをしてた頃はわたしの身体を買った人に何かをわたしは喋ってたけど、それだって単に連中にはかけてほしい言葉があって絞り出してほしい台詞《せりふ》があって、わたしは考えるまでもなくそれを口にしてただけでやっぱりそれもわたしの言葉じゃない。

——わたしはひとつの管楽器。

何の感情も込めずに嘯《うそぶ》いてたフレーズが、いつの間にかほんとうになってしまった。

奏者は居ない、わたしがそれだったはずだけどわたしはもうわたしを演奏できないから、吹き手の居ない管楽器は何の音も発せないし発さないし、孔を開けるたび身体が軽くなった理由がいまならわかってそれは孔を開けるたびに言葉が零《こぼ》れ落ちてたからでわたしの中から、肉抜きピンバイス孔開けパンチ16G《ゲージ》軽量化トンネル拡張器、軽くなったのは孔からぽろぽろ抜け落ちてたからで言葉が、そうと知らずに次から次に捨ててたからだけど、いつからって訊かれてもわからなくて間違ってたとしてもいつからなのかわからなくて、でもそれって、わたしが悪いの？　欲望とか衝動とか、いつからか持ってしまったわたしが悪いの？

——別に、ないです。

ああ、そうだ、ここには風がない。病室の空気は小揺《こゆ》るぎもしなくてただバイタルモニタの立てるピッピピッピッと腹から漏れ出る糞尿の音と人工呼吸器のヒューヒューだけがあるけど風はないから音も出せなくて言葉も出せない、わたしには。

はい、わたしは絢咲灰音です。はい、わたしはあやさきはいねです。はい、わたしはアヤサキハイネです。縋《すが》るように胸の内で唱えてみても、それも嘘です、だってその名前は捨ててしまったものでもうそんな人はどこにも居なくて、いいえ、絢咲灰音ではありません。管楽器そのものになってしまってわたしは孔そのものになってしまってその孔の内側へ内側へと呑《の》み込まれていくのは、いいえ、絢咲灰音ではありません。わたしです。

――絢咲灰音はおしまいです。

ウェブメディア「Smart SPARK」上で連載された記事からの抜粋⑦

インタビューの間、灰音は終始言葉少なであった。身体への負担故の事だけでなく、どこまでも絢咲灰音であらんとし、絢咲灰音であることを守らんが為の寡黙《かもく》さであったと思われる。静謐《せいひつ》の中でこそ彼女の存在はひときわ際立つ。そのことを己が身をもって示す為に、彼女は今回の取材を敢えて容れ、黙しつつも肉体を提示するという手を採ったのではないか。当記事の連載にあたって、筆者は絢咲灰音という希有《けう》な才能を後世に語り継がんとの志をあらかじめ立てていたが、その念《おも》いはそもそもからして誤りであったと認めざるを得ない。

そう、灰音はいまなお、ここに居る。そうして、灰音であり続けている。

芦花公園

ヨナにクジラはやって来ない

●『ヨナにクジラはやって来ない』芦花公園《ろかこうえん》

現代ホラー小説界に独特のオーラを放ち続ける芦花公園は、《異形コレクション》第55巻『ヴァケーション』に「島の幽霊」で初登場して以来、衝撃の傑作ばかりを連続寄稿。四回目となる今回の作品は、決定版となるかもしれない。そのスケールの大きさにおいても、恐怖の質感においても。

かの「島の幽霊」を思わせる孤島に向かうクルージング。だが、搭乗するのは、霊能者ばかりが、なんと六十人。しかも、芦花公園の読者ならお馴染《なじ》みの重要人物——デビュー作『ほねがらみ』から〈佐々木事務所シリーズ〉にも登場している〈あの霊能者〉の名前までが現れる。さらには、その島で、霊能力を持つ主人公が体験することになるのは、ホラーに慣れた読者でも、予想もつかないであろう衝撃の連続である。

なにが起きているのかわからぬまま、さらなる恐怖に向かうこの感覚——強《し》いて喩《たと》えるならアリ・アスター監督のデビュー作『ヘレディタリー／継承』（２０１８）のセンスとも共通する。

章を縁取る聖書の詩編も、異なる体系の古神《いにしえがみ》の御名《みな》も、そして高らかに鳴るラッパの音も、すべては芦花公園が手招く迷路の妖しい彩《いろど》り。やがて、ラストに至るまでに感じるのは奇妙な気づきなのかもしれない。私たちは、すでに、主人公と同じ道を歩んでいるのではないだろうか……などと。

一、なぜわたしを遠く離れ、救おうとせず、呻きも言葉も聞いて下さらないのか。

天罰が下ろわてよことはない《下るということはありません》。
神様は非常ん《に》辛抱強け《い》方だら《なのです》。しかし、辛抱も永遠に続こ《く》わけではない。
そうすと《そうすると》、神様は静かに去って行こだら《くのです》。
神様が去ろー《った》後も、神様がこしら《創》うおー《った》世界で生きていきんのー《いかなければならない》とだらこと。
あだんおめいやろか《どう思いますか》。
あらおっかなきゃと思うが《私は恐ろしいと思います》。
おっかなけんて《恐ろしくて》、近付きたくなっきゃと思うが《ないと思います》。

二、昼は、呼び求めても答えてくださらない。

「そんなに気負わなくていいのよ。私たちなんて所詮《しょせん》、斉清《なりきよ》さんが来るまでの繋ぎなんだから」

志奈子《しなこ》さんは長い黒髪を下の方で結んでいる。形から入ることはとても大切なことだと思う。それでも、私は、こんな辛気《しんき》臭い髪型には絶対にしたくないと思う。とはいえ、志奈子さんは唯一、私と話してくれる存在だ。彼女の機嫌を損《そこ》ねることは絶対に避けたい。

「三日間、たった三日間なんだからね」

「はい……その、気負っているわけではなくて、単純に、気持ちが悪くて……」

これは本当のことだ。こう言っている間にも吐き気が込み上げてくる。酔い止めって何なのだろう。一切効いていないように思える。これでは、樽四島《たるしじま》に着く前に、船酔いで戦線離脱してしまう。

「船は初めて?」

「大学一年の時に、浴衣《ゆかた》でクルージングっていう、東京湾を一周するイベントがあって、それくらいですね」

「ああ、それはね、全然違うでしょうね」

私は吐き気を堪《こら》えながら会話を途切れさせないよう努力する。

「あの、この船、何人くらい乗ってるんでしょうか」

「六十人くらいだって聞いてるけど」

「六十人？　そんなに！」

「本来定員は二百人らしいから、船はガラガラだけどね」

私ははえーとかほえーとか、声を上げて、とりあえず感心したフリをした。

しかし、実際驚いてもいる。六十人。この船には、六十人も霊能者が乗っているのか。


霊能力があるということは、物心つく頃から分かっていた。私の母方の親戚は全員、見える人だったから、やれ物陰に腐った女がいてこっちを見ているとか、やれ天井から長い腕が垂れ下がっているとか、そういう話をしても誰も疑わなかった。

ただ、その中でも私は、特別力が強い方だった。そこに人間でないものがいることは分かっても、誰も私のようにはっきりと姿が見えるわけではないようだった。

私は、簡単な占いもできた。

予知夢は頻繁に見たし、その人に触れば近いうちに起こることが分かった。稀《まれ》に、人の死期が分かることもあった。

祖母は「千代子《ちよこ》おばさんの再来だ」と言って喜んだ。祖母のそのまた祖母の姉である千代子という女性は私のような強い霊能力を持っていて、占いは百発百中、不気味がられて迫害されても迫害した人間を呪殺《じゅさつ》するので、周囲からは「千里眼《せんりがん》のお千代」と呼ばれ畏怖《いふ》されていたらしい。祖母は私も千代子のように特殊技能を生かして生計を立てることを望んでいたが、母はそうではなかった。

「千代子おばさんは結局、生涯独身だったでしょ！　お母さんの時代ならいざ知らず、私の時代だってそんな人、嘘吐《つ》き扱いよ。況《ま》して、この子は平成生まれなんだから」

母は私に、真っ当に生きることを望んだ。占いなどはせず、他の普通の女の子のように、真面目に勉強して大学を出て就職して結婚して子供を産んでほしいと言った。

私もおおむね、母の言う通りにした。しかし、せっかく天から授かった能力を使わない手はない、と同時に思っていたから、高校の時から占いをして小遣い稼ぎをしていた。

面白いように当たる、と評判だった。実際に見えているのだから当然だ。噂が広まりすぎてテレビの取材依頼が来たことで両親にもバレた。「テレビには出ないように」「危ない人とは付き合わないように」と言われただけで小遣い稼ぎをやめるようにとは言われなかった。だからそれからもずっと占いを続けていた。それで、大学に入ってから、声をかけられた。

声をかけてきたのは「清耕会《せいこうかい》」という団体で、霊能力者が沢山所属していた。超常現象に関する依頼を引き受けて、所属している霊能者に割り振っている。

私を直接勧誘したのは志奈子さんで、

「個人で依頼を受けるよりずっと効率いいわよ」と言った。

その言葉通り、私は非常に効率よく稼げるようになり、有名人の顧客もできた。

ちなみに、お祓《はら》いも請け負っているそうなのだが、そこは適材適所で、私に回ってくることはない。

「清耕会」のトップは物部清七《もののべせな》さんという人で、会ったことは一度しかない。少しきつい印象の年齢不詳の女性で、神主《かんぬし》のような白装束を纏《まと》っていた。

「拝み屋の家系の方なのよ。かなり力のある人なんだって」

そう教えてくれたのも志奈子さんなのだが、私は、清七さんにはあまり神聖さなどは感じなかったから、少し懐疑的だ。もし本当に力のある人だとしたら、あまりこんなふうに団体なんて作らない気がする。俗物的だと思ったのだ。

占いの仕事を受けるだけなので、トップとは関わることもないはずだ、と思って、それ以上彼女のことを考えることはなかったのだが。

ある日、一件の依頼メールが来た。目が飛び出るくらいの報酬が提示されていた。

東京都の離島の一つである「樽四島」の大規模なお浄《きよ》めをするから、協力をしてくれというのだ。お祓いなんてやったことはないが、ただ強く念を送るだけでいい、ということだし、何しろ本当にとてつもない金額なので、私は引き受けてしまった。ちょうど大学の休暇とも重なっていて、ちょっとした旅行気分だったのも否《いな》めない。

しかし、集合場所の竹芝港に到着してすぐ、後悔した。

知っている人が誰もいないのは当たり前としても、ほとんどが私より二回りほど上の年齢層だった。若い人は一人もいない。

志奈子さんの顔を見たときはひどく安心した。同時に、旅行などではなく、やはり仕事でしかないのだと分からされた。

「物部斉清さんという、ものすごい霊能者がいるんだけどね」

「はあ、それは、清七さんの御親戚ですか？」

「そうね。本家の人、という感じらしい。お祓いをするのは斉清さんだから、私たちは斉清さんが来るまでの三日間、島で念を込めていればいいらしいわ」

「そうですか……」

「と、いうか。私、驚いたの、あなたがいて」

志奈子さんの薄い眉と眉の間に、少しだけしわが刻まれている。

「こういう大きな仕事はね、数年に一回、ほんの数人にしか来ない依頼なのよ。あなた、実はお祓いやってた？」

志奈子さんの声には、少し嫉妬のような色が混じっている。

彼女が言いたいのはつまり、少数精鋭の中に、どうしてお前のようなぽっと出の素人《しろうと》がいるのか、ということだろう。この口ぶりからすると、この仕事に選ばれるのは、かなりの名誉なことだと感じているのかもしれない。正直言って、気持ちが悪い。私はただ、遊ぶ金欲しさで引き受けただけで、それは占いでもお祓いでも同じことだ。霊能力や超能力は実際持っているから信じているが、なんだかそこに重い感情が乗ると、薄気味悪い。

私は感情をなるべく隠して、笑顔を作る。

「お祓いとか大層なものはやっていないんですけど、昔から、霊とかは人一倍はっきり見えるんですよね。そこを見込まれたのかも……清七さんって、そういうのも分かるんだー、って思っちゃいました。すごいですよね」

「私がすごい」から「清七さんがすごい」というふうに話題を持って行くと、志奈子さんの表情は明るくなった。

「そうよね。だから、清七さんの言う通りにすれば、心配はないと思う」

私は「すみませんトイレに行きます」と言ってその場を去り、実際にトイレに行って盛大に嘔吐《おうと》した。船酔い。見知らぬ大勢の人。不気味な信奉者。この旅が楽しくなるヴィジョンは全く見えなかった。

船が樽四島に着いても、私の具合がよくなることはなかった。

到着してしまったから仕方なくトイレから出て、ぞろぞろと降りる霊能者集団について行く。

どこからか、ラッパのような、おめでたい音楽が流れている。

「これはこれは、大歓迎だな」

中年男性がそんなふうに呟くのが聞こえたが、正直、今すぐ演奏をやめて欲しいと思った。歓迎されているとは思えない。パパパパ、パパパパという金管楽器の音は、私の脳をぐちゃぐちゃに混ぜて壊すような暴力性を孕《はら》んでいる。

ラッパの音が鳴りやんだ頃に、船が去って行った。

取り残されたように感じる。

港の付近は地面がコンクリートで固められ、アーチ状のオブジェや灯台なんかも見えるのだが、少し視野を広げると、島全体が鬱蒼《うっそう》とした木々に支配されていることが分かる。

「あれ、誰もいないけど」

年配の女性の声がした。確かに、私も島に到着したら現地係員の指導に従うように、というような文面をメールで見た覚えがある。数十分待ってみても、係員が来る気配はない。

「どうしたらいいのかしら」

そんな疑問がちらほら聞こえてくる。困惑は伝搬《でんぱん》していき、辺りがざわついている。

「あっ!」

誰かが大声を出して、灯台の方向に駆け出していった。皆、困惑しながらそれに続く。誰かが何か状況を打開してくれる、という希望に縋《すが》っている。もちろん、私も。

「これ！」

大声を出した四十代くらいに見える日焼けした男が指さしたのは、本当に小さな掲示板だった。

樽四島にようこそ
あなたたちによいことがありますように
わたしたちによいことがありますように
あなたたちがよいことをするのなら
わたしたちは
あなたたちに
新しい歌を歌いましょう

全く意味が分からない。「ようこそ沖縄へ」「ようこそ八丈島へ」みたいなリゾートにはよくあるようこそ看板なのだろうが、このようにだらだらとポエムみたいなものが書いてあるのは見たことがない。こんなものを見付けたところで、何も分からない。

「分かりましたっ」

突然、素《す》っ頓狂《とんきょう》な声が聞こえた。体が思わず跳ねる。

「分かりましたっ完全にっ」

声の聞こえた方を見る。

麻のワンピースを着た中年女性が地べたに膝をついて両腕を高く上げていた。

「とっても単純なことなんだ！　良いことをしたら良いことが起こるんだ！　よし！」

女性はそう言うやいなや、背中を思い切り反《そ》らしてから、そのまま勢いをつけて地面に頭を振り下ろした。硬いものと硬いものが衝突して、鈍い音がする。そして、女性は動かない。

遠くからまた、パパパパ、というラッパの音が聞こえ、そしてやんだ。音楽がやんだ後も、女性が動く気配はなかった。

土下座ポーズになってしまった女性を見て、どうしたものかと思う。

お祓いなるものを見たことは数回しかないが、その数回ですら全て違う方法だった。手を翳《かざ》して横に払うような仕草をする人、祝詞《のりと》を唱える人、音楽を鳴らして踊る人。だから、もしかしたらこれもお祓いであって、私が彼女を起こそうとしたら邪魔になってしまうのではないか。

他の人に倣《なら》おう、そう思って顔を上げると、

「死んでる」

志奈子さんが短く言った。

「えっ」

「死んでるよ、その人」

ため息交じりに呟く志奈子さんから目が離せない。なぜこんなに平然としていられるのかと思う。私は、今にも叫び出してしまいそうなのに。

「仕方ないね、とりあえずここに置いておいて、私たちは行きましょう」

「えっ、でも、死、死」

「引き摺《ず》って行くわけにもいかないし、仕方がないでしょう？」

助けを求めるように見回す。

誰か——誰か一人でも、人が死んだということへの動揺を見せてほしいという、祈るような気持ちで。

しかし、動揺しているのは、私より少し上に見えるインドの民族衣装のような恰好をした男性だけで、彼だって一言も発することはない。

「ね、仕方ないから」

志奈子さんは赤ん坊をあやすような声色《こわいろ》で言う。まるで、私が我儘《わがまま》を言っているかのように。慈愛に満ちた笑みまで浮かべている。

何も言えず、頷いて、志奈子さんに従うようについて行く。

「人が死んだのを見たのは初めて？」

私は答えられなかった。黙って少しだけ頷くと、彼女は「そう」と相槌《あいづち》を打つ。日常会話にはあり得ない話題を、日常会話のように振る志奈子さんにはもう心を開くことはできない。

志奈子さんはしばらく海沿いを歩いたあと、

「清七さんは東京のお仕事が終わったらあとで来るって仰ってたわ」

志奈子さんが何故か勝ち誇ったように言う。

誰も彼も物部清七さんを慕っているわけではない——というか、ほとんどの人間が私と同じように、特殊能力で小金を稼ぎたいだけの人間なのに、そんなことを言っても仕方がない。案の定、ちらほらと「へえ」という声が聞こえるだけで、誰も個人的なレスポンスを清七さんから貰っていることを羨ましがってなどいない。

「ああ、良かった良かった」

志奈子さんは足を止めてそう言った。笑顔を作っている。

ドーム状の建物があった。ところどころ薄汚れた白色で、窓はないが扉がある。

「清七さんから、こういう施設があるって聞いてたの。ガスと電気が通っていればいいけど」

志奈子さんは扉を開け、ずんずんと中に進んで行く。何人かはぞろぞろとそのあとについて行ったが、私はそのドームがとても安全な場所には思えず、その場に留まった。

しばらくして、中からはしゃいだような声が聞こえる。

「ついた」とか「でる」とか聞こえたから、恐らく電気が点《つ》いて、水が飲めるのだろうと思った。それならば、と一歩足を前に出した瞬間、またパパパパ、パパパパ、と音楽が鳴る。とても嫌な予感がして、私はそのまま固まった。

「あのー……」

ガリガリに痩《や》せた男性が挙手をしている。

「あの、ボク、見てきましょうか、中……」

そんなの、何も言わずに見に行けばいいのに。そういう風に言って、誰か付いてきてくれたり、あるいは止めてくれたりすることを期待しているのだろう。こういう男性が一番嫌いかもしれない。私は何も言わない。

「私も一緒に行きますよ」

六十代くらいに見える男性が手を挙げた。まんまと騙されて、なんだか腹が立つ。

「ちょっと、なんで入って来ないんですか？」

思わず「わっ」と声が出た。私だけでなく、二人の男性からも。

扉から志奈子さんがひょっこりと顔を出していた。

「入ってきてくださいよ。中は広いですよ」

志奈子さんの体の奥に、一緒について行った人たちの姿が見えた。少しだけ安心する。

先程の痩せた男性がのろのろとドームに入り、私たちも同じくらいのスピードでドームに入った。

入った瞬間からひんやりと涼しい。正面に講堂があって、そこに行くまでの通路にいくつか扉がある。トイレ、掃除用具室、シャワールーム、その他。確かに電気が通っているようで、明かりがついていた。

「さっき、音楽が鳴ったから、また誰か死んだのかと思って……」

誰かが、私の言いたかったことを代弁してくれた。賛同を示すために、声は出さないで頷く。

「誰も死んじゃいないわよ、ねえ、神尾《かみお》さん」

「もしここで三日以上過ごすことになって、食料が底をついたとしても。誰か犠牲になって、それをみんなで食べればいいですねって私が話したら、音楽が鳴りました、ウフフ」

神尾さんと呼ばれたおかっぱの女性がわざとらしく笑った。

「いや……」

痩せた男性は口を挟もうとしたようだが、結局どう言っていいか分からないらしく、言葉は宙に消えた。神尾さんはわざとらしい笑みを張り付けたまま、

「やっぱりね、そういう、自己犠牲的な精神？　助け合い？　そういうのって良いことなんだと思います」

私はおそるおそる、周りの反応を窺う。

痩せた男性のように、困惑した表情の人間も少なくはないが、「そうですねえ」と同意している人間もいるのが、非常に不気味だ。

「あの、音楽って、良いことって……」

誰かがひとりごとのように切り出すと、また神尾さんが間髪《かんはつ》を入れずに答える。

「だって、良いことをしたらいいんだって、看板に書いてあったでしょう?」

「ええ、まあ……」

それ以上、このことについては聞いても無駄だ、とこちら側の人間は皆そう思ったに違いない。しばらく沈黙したのち、志奈子さんが今後のことについて話し合いましょうと言った。

志奈子さんが言うには、樽四島には洞窟があるらしい。

「そこを皆で取り囲むようにして、念を込めればいいらしいの」

「ええと、そこに何か、いるっていうことですか、悪いものが」

「悪いものなんてこの島にはいないわ」

パパパパ、パパパパ、とラッパが鳴った。

心底満たされたような溜息があちこちから聞こえる。不気味だと思う、しかし同時に、確かに綺麗な音色《ねいろ》だとも思う。

「寿《ことほ》ぎよねえ」

誰か女性が、喜びをにじませながら言う。それに応えるように、何人かが声を上げて笑った。

「ここに悪いものなんてねえ」「あるわけがないわよ」「寿ぎよねえ」「尊いものしかないんですよね」「悪いものはないですよ」「寿ぎよねえ」「いいことをしましょうね」

私は耳を塞ぐ。ラッパの音が鳴りやまないのだ。

三、夜も、黙ることをお許しにならない。

私を外に連れ出したのは志奈子さんだった。

ラッパの音から逃れようと耳を塞ぎ、しゃがみ込む私に、「ちょっと外に行きましょう」と声をかけてきた。私はもう、答えたくもなかったし、志奈子さんはあの、不気味に笑顔を交わし合う輪の中にいたわけで、全く関わり合いになりたくなかった。

それでも私は、抵抗する元気がなく、ふらふらと志奈子さんについて行った。

先程入ったばかりなのにドームから出る。そのときには既に、ラッパは鳴りやんでいた。

「あなたさ」

志奈子さんの声で体が跳ねる。冷たい声でも怖い声でもないのに、体に悪寒《おかん》が走るような声だった。

私は唇を動かして、「なんでしょうか」とだけいうことができた。

「あなた、さっき言ってたでしょう、ここに悪いものがいるって」

「そんな、ことは……」

志奈子さんはじっと私のことを見ている。その視線にも特に、悪意が籠《こも》っているわけではない。私を詰《なじ》っているわけでもないから、話だけならきちんと聞いてくれる可能性がある。

私は十分に深呼吸をしてから、

「悪いものがいるとは、言ってません。ただ、念を込めるということは、何かそういう、何か……目に見えないものがあって、それを力を込めて押さえておいて、最後に、ええと、斉清？　さんにお祓い？　をお願いするのかなと」

はあ、とわざとらしく志奈子さんは溜息を吐いた。

「どうしてそうなるのよ」

「すみません……」

確かに、幼稚な発想かもしれない。そう思って謝罪する。

「本当に、悪気はなくて……」

「まったく。悪気じゃないで済まないこともあるのよ」

志奈子さんはもう一度私にアピールするかのように溜息を吐いてから、

「まあ、見れば分かるわよ。尊いものなのよ」

尊いもの、という言葉に、なんとも言えない不快感がある。しかし、言わない。私のこの不快感は偏見に基づくものだと分かっている。自分自身がこのような力を持っていて、金もうけまでしているくせに、私は宗教というもの、その信者なるものに、なんだか危うさを感じて苦手なのだ。清七さんへの反応といい、志奈子さんには私と同じような偏見はないみたいだ。

志奈子さんについてしばらく鬱蒼と生い茂った木々の中を歩く。とは言っても、道は一本整備されたものが通っているから、ほとんど苦労はしない。

体感で二十分ほどしてから、木の間に光が見えた。つまり、道の終わりだ。

そこは砂浜だった。人工か、天然か分からないけれど、砂が敷き詰められていて、踏むと沈んでいく。普段あまり活動的でない私はすでに疲れていて、ここをまた数十分歩くのは嫌だな、と思う。

「大丈夫よすぐそこだから」

志奈子さんが私の心を読んだみたいに言うので、挙動不審に「スミマセン」と答えるしかない。実際に、目的地はすぐそこだった。

洞窟だ。入り口の大きさは成人男性が通れるか通れないかくらいしかないけれど、覗いて見ても最奥は見えないので、奥行きはかなりありそうだった。注連縄《しめなわ》が張ってあって、名前も知らない植物が岩の隙間から花を咲かせている。ぴちゃぴちゃと水の音はうるさいくらいで、あまり神聖さは感じられない。長年放置されたのではないかと思う。これが尊いものだと言うのだろうか。

「ね、見れば分かるでしょう」

「……はい」

私の返答が明らかに不満だったようで、志奈子さんはフンと鼻を鳴らす。

「分からないかしら。仕方ないか、あなた、素人だもんね」

「まあ、はい」

「こちらにおわすのは淤加美神《おかみのかみ》よ」

「オカミ……？」

「あらやだ、あなた教養もないんだね」

さすがにムッとする。しかし志奈子さんはベラベラと喋り続ける。

「淤加美神はね、イザナギがカグツチを斬り殺したときの剣から滴《したた》った血から生まれた神様。『オカミ』というのは古い言葉で龍を示す。つまり淤加美神は龍神《りゅうじん》なんだよ。水を司《つかさど》っているの。水。水。水だよ。生きとし生けるものは全て、水なしには命を保てないでしょう。全ての根源とも言える尊い神様。昔からずっとあった、素晴らしい、何者にも代えがたい」

「分かりましたっ」

思わず大声を出してしまった。仕方ないと思う。志奈子さんの目はぐりぐりと黒くて、口から唾を飛ばす様子は妖怪みたいだった。

「本当に分かった？」

「分かりました。とにかく、素晴らしい神様が祀《まつ》られているんですね」

「分かったなら、いい。今日はこれで。これからは毎朝、皆さんでこちらに来ましょうね」

パパパパ、とラッパが鳴った。志奈子さんがそう言うのを待ち望んでいるようだった。

「アッハッハ」

志奈子さんは心底楽しそうに笑った。

「ね、やっぱり、良いことですよね。新しい歌が聞こえた。毎朝来ましょう」

私は頷いた。ラッパの音は綺麗だった。しかし、新しい曲には聞こえなかった。今まで聞いたどの音も、ただただ美しく、空から光の射すような、同じラッパの音なのだ。

四、あなたに依《よ》り頼んで、裏切られたことはない。

パパパパ、という音で目が覚める。

耳がしばらくじんじんとする。私が目覚めてから、パパパパ、は三回鳴った。目覚める前も鳴っていたかもしれない。

腕時計を確認すると朝の五時を少し過ぎた頃だった。普段だったらぐっすりと寝ている時間だ。口の中が乾燥しているから、起き上がってうがいをして二度寝したいところだが、体を動かす気にもならない。

しかし、すぐに強制的に体を動かす羽目になった。

「起きなさい」

志奈子さんの声がした。

目を擦《こす》ってから声の方に顔を向けると、志奈子さんは昨日と同じ服で、しかし昨日とは変わった感じがする。なぜだろう、と考えてすぐに分かる。顔を白く塗っているのだ。

普段だったら笑ってしまうかもしれないけれど、志奈子さんの顔は洞窟にいたときと同じように、妙に幸せそうに歪《ゆが》んでいて、一つも面白くない。

段々、気持ち悪くなってくる。頭が冴えて来る。

私は昨日、どうやって眠ったのか。

あの洞窟から、また森の小道を通って建物に戻り、それから、急に疲れて、倒れ込むように眠ってしまったのだ。他の霊能者たちも、自分の荷物を枕にしてその辺の床に寝転がっていたから、私も同じようにした。微睡《まどろ》むことすらなくすぐに意識を手放した。

上半身を起こす。

そして、辺りを見渡す。

私と同じように、今覚醒した人と、もう立ち上がっていて準備万端な人、半々くらいだ。

慌てて立ち上がる。ふらふらする。

「あの、これ、よかったら……」

後ろからぬっと手が出てきて体が硬直する。ぷっくりと丸い手。おそるおそる振り返る。

丸まると肥った女性だった。これくらい肥っていると、年齢が分からない。

彼女は頭を昔っぽいソバージュにしていて、薄っぺらい藍色のワンピースにふくよかな肢体を押し込めている。唇が毒林檎《どくりんご》のように赤いことを除けば、意外と人のよさそうな顔をしていた。

彼女の手には、透明なセロファンに包まれた薄緑の飴玉が置かれている。

「何も食べないと、頭ぼうっとしちゃいますよね。とりあえず糖分。安心して下さい、市販のものなので、もし、薄荷《はっか》がお嫌いじゃなかったら……」

言葉も丁寧だし、こちらを気遣ってくれる。

船に乗ってから、気持ち悪い雰囲気の、変なことを言う人ばかりだったから、私は一瞬で彼女に好感を持ってしまった。

「ありがとうございます、いただきます」

洗ってすらいない、恐らく汗と皮脂《ひし》でメイクが崩れて悲惨なことになっているだろう顔で笑顔を作る。彼女も微笑《ほほえ》み返してくれた。やはり優しそうな顔をしている。

「起きたのよね」

私の少し緩《ゆる》んだ心は、志奈子さんの冷たい声でまた元に戻される。

「起きたんだから、早く行きましょう」

誰からともなく「はい」と答える。そして、ぞろぞろと志奈子さんの後ろをついて行く。

「なんか、あの人、少し怖いですよね」

声をかけてきたのは、肥った女性だった。

「ええ、そうですね……志奈子さん、ちょっと張り切ってるのかな……」

「えっ、あの方、知ってるんですか」

「ええと、皆さん知ってるのかと……」

「いいえ、私は知りません。あっ、自己紹介してなかった。私は猪本絹《いのもとえん》っていいます。きぬと書いてえん、と読みます。古臭い名前でしょ？　でも本名です」

私もマナーとして自己紹介をする。

「私、宮本縁《みやもとえん》です。人のご縁、の縁です。びっくりしました。名前の響き、かなり近くないですか？」

「本当に？　合わせてるとかじゃなくて？　びっくり！」

絹が少し大きな声を出すと、先頭の志奈子さんは振り向いてちらりとこちらを一瞥《いちべつ》した。

絹が「すみませえん」と小さな声で言う。

「怒られちゃった」

「うーん」

「宮本さんが知ってる志奈子さん？　は、いつもは違うんですか？　優しい感じ？」

「いや、私も大して知ってるわけでは。ただ、清耕会を紹介してくれたのが志奈子さんなんですよね。普段からきちんとした大人！　って感じでしたけど、ああいう上からな言い方とかするタイプではなかったんで」

「へえ、そうなんですね。私は、あそこにぽっちゃりしたおじさんいるでしょ？　あの人、私の父なんです。それで、清耕会に入りました」

「そうなんですか」

「はい。父とはちょっと喧嘩中。私に内緒で、勝手にこの仕事決めて来て。三日間島にいるなんて、船に乗ってから聞いたんですよ。ひどいでしょう」

「それはちょっと……迷惑ですね」

絹は「そうでしょう？」と眉を顰《ひそ》めて言った。

「大体、私は確かに、ヒーリングマッサージをしてるんですけど。念を込めて人をマッサージすると、お客さんが元気になるんです。でも、念を送って押しとどめるお祓い？　なんか、そんな目に見えない悪い存在に、マッサージと同じことするの？　それって効くの？　みたいな」

とても安心する。

やはり、私の感覚は間違っていなかった。最初と話が違うのだ。

東京都の離島の一つである「樽四島」の大規模なお浄めをする。強い霊能者が到着するまで、ただ強く念を送るだけ。そう聞いたのだ。間違いない。絹もそういう解釈だ。お浄めが必要ということは、穢《けが》れているということ。悪いものがいるはずなのだ、ここには。そう思うのが当たり前で、自然。それなのに志奈子さんはここに到着して急に尊いものだと言っている。霊能者軍団の少なくない人数もそれに同調して、寿ぎだのなんだのと言っている。

絹と握手して抱擁でもしたいような気分だった。少なくとも彼女は私と同じ認識を持っている。

「今だって、一体どこに向かっているやら。私、汗っかきだから、こんなに歩かされて、結構辛いです」

「ああ、向かってる先は、分かります。昨日、志奈子さんに連れて行かれて。洞窟があって、そこが祠《ほこら》みたいになっているんですよ。淤加美神という龍神が祀られているそうです」

「おかみ？　なんじゃそりゃ」

絹は大きな体を揺すって冗談ぽく笑う。また安心する。淤加美神なんてふつうは知らないのだ。教養がないなんて馬鹿にされることではない。

「父はお祓いとかやっているんですけど、私は目に見えないので、正直あんまり神様とか信じてないんですよね。怒られちゃうかなあ。でも、父だってどうせ見えてないと思うんだけどな」

「正直、私も……でも、到着してすぐ人が死んだじゃないですか。だから、信じてないのに変だけど、祟りみたいなのはちょっと怖いから、みんなに合わせてる感じです」

「確かに、怖かったですねあれは……なんだったんでしょう……怖いこと、私も言っていいですか」

絹はもう一段階声を低くした。

「なんか、人、減ってないですか」

言われてみれば、そうだ。何故気が付かなかったのか。

いや、多分、気付いてはいた。朝、不思議な違和感があった。きっと違和感は、人が減っていることだ。

あまり不自然にならないように周囲を見回して、ざっと数を数える。

私と絹を合わせても、六十人ほどいたはずの霊能者は、三十人ちょっとしかいない。

「本当だ怖い……」

そう口にしたのと、異臭が鼻を衝《つ》いたのはほぼ同時だった。

「ハハハッ」

先頭の志奈子さんが笑いながら走り出す。

私たちも仕方なく走ってついていった。絹は「何、もう」と剽軽《ひょうきん》な口調で呟いて笑っていたが、私はとてもふざける気にはなれない。嫌な予感で眩暈《めまい》がした。

志奈子さんが足を止める。私は彼女の前方を見上げる。臭いの発生源が分かった。

志奈子さんのすぐ後ろにいた男性が膝をつき、地面に胃の中のものをぶちまけている。同じような人間が何人もいる。

悪臭が増していく。

私はただ、呆然《ぼうぜん》と見上げることしかできなかった。

「アハハ、良いことを、なさいましたねえ」

志奈子さんだけが笑いながらくるくると踊っている。

岩場の尖った部分にビニール紐がかかっていて、そこにアクセサリーのように三体、死体がぶら下がっている。等間隔に。

「絶対おかしいこれもう駄目だよ」

絹の声だった。

「駄目、駄目、もうこれ駄目だよ」

反応はできない。しかし、その通りだ。もうここは駄目だ。

三人の首吊り以外にも、目を凝らすと、洞窟の前に靴が並べられているのが分かる。何組も、何組も。法事のときの玄関のようで、たまらなく不安にさせられる。

「駄目だ駄目、終わりだよ終わり」

絹の声が不愉快だと思う。言わないで欲しい。分かっている、そんなことは、見れば、誰でも分かる。

「志奈子さん」

私の声は、驚くことに届いたようだった。志奈子さんは笑みを浮かべたまま、首をぐるりと回して私の方を見る。

「ああ、あなたか。なんですか？」

「清七さん、いつ、いらっしゃるんですか、連絡取りましょう」

「ワハハハハハハハハハ」

志奈子さんは突然、中年男性のような太い声で笑った。

「わ、笑わないで下さい……」

「ワハハハ、ごめんねえ、でも、なんだろう、見えるだろうにと思ってしまって」

「は……」

「清七さん、もう来てるでしょう」

ギャッと大声で叫んだ。多分、数人も一緒に叫んだ。みんな叫ぶべきなのに、志奈子さんの笑い声の方が大きかった。

三人並んだ首吊り死体の真ん中は、清七さんだった。志奈子さんは、清七さんの足元辺りでくるくると回る。

「見て見てえ、清七さんって、いつも注目を集めてしまう、ワハハハハハ。センターなんですよね」

「ふざけないでよっ」

私はとうとう、怒鳴ってしまった。

「なんでそんなふざけた態度でいられるの？　おかしいですよ！　もう、だって、おかしいですこんなの！」

「ワハハハハハハ」

志奈子さんは笑うのをやめなかった。私を嘲笑《あざわら》っているのではなく、ただ、ここにいることが幸せだというような、幸福な顔をしている。

「もういいです、志奈子さん、お願いします、斉清さんという人の電話番号教えて下さい、聞いてみますから早く来られないか」

「来ないわよ、断ったもん」

パパパパ、と祝福のラッパの音が鳴った。

「は……？」

「来ないですよ、こんな寿ぎの場所に来てほしくないですもの」

志奈子さんは急に笑うのをやめて、私の顔を真正面から見て言う。

「もしかしてあなた悪い人ですか？　悪いことしますか？」

私が何も答えないでいると、志奈子さんは苛々《いらいら》した口調で言う。

「もう、仕方ないですね。悪いことなんてしなければいいのに」

そう言うや否や、志奈子さんは何かを首に突き立てた。

血が放物線を描いて噴射される。

イヤア、と絹が叫んだ。それを掻き消すようにパパパパ、とラッパが鳴った。

「寿ぎだあ」

がりがりに痩せた男性が志奈子さんに近寄って行く。志奈子さんはビクビクと体をけいれんさせて、今まさに死ぬところだった。

「なるほど、自己犠牲の精神ですね、それは完全に理解ができます」

インドの民族衣装のようなものを着た男性もいつの間にか志奈子さんの側にいた。

「それでは、お元気で」

そう言うや否や、男性二人は志奈子さんの首からナイフを抜いて、どちらからともなくお互いの胸を交互に刺して、そして死んでいった。

パパパパ、パパパパ、とラッパが鳴った。それは美しく、澄み渡っていた。

それでは私も、私も、僕も、俺も、そうやって何人もどやどやと走ってきて、志奈子さんのナイフで首を掻き切ったり、岩肌に頭をぶつけたり、タバコをひと箱呑み込んだり、ものすごい速度で海に入って泳ぎ去って行ったり、そんなふうにして何回も何回も、ラッパが鳴った。

私はただ、新しい歌を聞いて、音色の美しさに涙しながら、同時にこんなものは夢であると信じたかった。

「あのー」

間の抜けた声が聞こえる。目線を向ける。

「宮本さんってもしかして、まだ大丈夫ですか」

絹だった。福々しい頰を自分で弄《もてあそ》びながら、遠慮がちに視線を送ってくる。

「宮本さんは大丈夫ですかね、私は、もう、どうだろうか、分かってしまってはいるんですけど」

「どういうことでしょうか」

「ううん、だからラッパの鳴る法則ですね」

「新しい歌ですか」

「そうです、良いことをすると鳴る寿ぎのやつです」

絹の目から涙が流れている。少し汚い。一緒にメイクが落ちている。

「綺麗な音だなあ。宮本さんはもう気付いてますよね。多分、釈迦に説法ですよね。ごめんなさい、でも」

「早く、教えて下さい、それはそれとして綺麗ですよね」

「はい。自分で自分を終わらせることですよ」

ぐぎゅうという、蝦蟇《がま》が引き潰されたような声がした。絹の顔が赤く膨れ上がる。

「ごめんなあ、絹」

ぽっちゃりとしたおじさん——絹の父親が泣きながらそう言った。腕に血管が浮き上がっている。それくらい強く、絹の首を絞めている。

「ごめんごめんなあ、これは良いことじゃないって分かってんだけどなあ。自分で死なないとなあ」

太い手足をしばらくばたつかせて、そしてスッと、魂が抜けたように絹は動かなくなる。

絹の父親はそれを見て、膝を床につけて号泣した。

「でもこんなの人に言ったらよぉ、わざわざ口に出してはいけないんだよ。自分で気づかなくてはあくまでも」

絹の父親は、彼女そっくりのむちむちとした手で、志奈子さんのナイフを掴み、自分の腹をめちゃくちゃに刺して絶命した。

パパパパパ、とラッパの音がした。

五、わたしの魂は必ず命を得、子孫は神に仕え、主のことを来る《きた》べき代に語り伝え、成し遂げてくださった恵みの御業《みわざ》を民の末《すえ》に告げ知らせるでしょう。

私は、頭の中に多く詰まっているゴミが、全てとは言わないまでも、かなり掃除されたような気分だった。思考がクリアになるというよりは、どこに記憶があって、悲しみや喜びが仕舞われているのか完全に理解した、というのがふさわしい表現だろう。

それで、周りを見回してみると血まみれのどろどろで、聞こえてくるのは相変わらず大きい水の音と、あときっと誰かまだご存命中の方のごろごろとした呼吸音だ。

ラッパは鳴りやんでいる。

斉清さんも来ないなら、仕方がないかと思う。

結局、何もしなかった。占いも予知能力もお祓いも、何一つやらなかった。必要はなかった。こうなると、霊能力などというものはやはりまやかしで、私も、ここにいる（もういないけれど）霊能力者たちも、揃って同じ夢を見ていただけなのかもしれないと思う。

志奈子さんは何も分かっていなかったような気がする。龍神がどうのこうのと、そんなふうに、自分の分かる範囲のことに当て嵌《は》めないと、気がおかしくなるとでも思ったのだろう。多分。もしかしたら、本当に龍神がどうこうという由縁《ゆえん》があったのだとしても、誰も証明する人はいないし、私はそう思えないという感じだ。

ただ、分かる範囲のことに当て嵌めて解釈しないと人生を送って行けないので、そういうものなのだ。悪いこととは思わない。

もう一度深呼吸をすると、太陽が目にカッと熱く攻撃してきて、やはりラッパの音は、最後にラッパの音を、良いことをして聞かなくてはいけないと思っている。

そういうわけで。

そうしないとラッパは鳴りませんから、私は、暗い洞窟に、一人で、行くんですよ。

澤村伊智

僕はここで殺されました

●『僕はここで殺されました』澤村伊智《さわむらいち》

巧みな技法で構成された澤村伊智の最新作、分類するならば〈音源怪談〉といえるだろう。録音された音源を再生することで、恐怖が滲《にじ》み出るというこの作品。なかで引用されているものには、私もある怪談会で聞かされたことのある有名な実話まで含まれていて、なるほど、読んでいるうちに、当時の恐怖が甦ってきた。

澤村伊智は、特に短篇集『怪談小説という名の小説怪談』以降、自作を通して、怪談と小説との距離感や相乗効果を追究してきたが、本作はその決定打という感もある。《異形コレクション》に収録された作品についての——いささか命知らずな——批評からはじまるこの物語は、いうまでもなく、一種のメタフィクションとして機能している。複数の《異形コレクション》収録作への言説は、ある「会話だけの作品」にも及び、実は本作こそが、その作品への澤村伊智によるリスペクト（もしくは挑戦）としての意味合いがあることを示唆しているのが、なかなかに頼もしい。

澤村伊智は、令和になってからの《異形コレクション》に一巻も欠かさず連続登板してくれているが、その作品と書下ろしを加えた短篇集『頭の大きな毛のないコウモリ　澤村伊智異形短編集』（光文社）が2024年内に刊行予定。闇を愛する読者へのメロディアスな凱歌となる筈《はず》である。

「中島らもさんの『DECO-CHIN』って、過大評価されてると思うんですよね」

「おおっと、ブッコんできましたねえ。どうしてそうお考えなのか、理由を訊《き》いとこうか」

「どうも『遺作《いさく》だから』って情報だけで持ち上げてる人間が多い気がして。しかも亡くなる数日前に書き上げられた短編小説っていう、プレミア的な遺作」

「ああ、周辺情報で評価が底上げされてるって言いたいわけだ。作家と作品は別だ、作品単体で評価するべきだ、みたいな」

「まあ、そうですね。だって『DECO-CHIN』って、作品単体で見たらベッタベタな『ロックじじいの繰《く》り言』じゃないですか。『今のロックは薄っぺらな偽物だ。昔のロックは重厚で本物だった』みたいな、カビ臭い主張を物語に仕立てただけ。要は『今時の若いもんは』ですよ。手垢《てあか》の付いた愚痴です。本文を読む限り、作者の中島さんにもその自覚はあったみたいですけど、それを恥じる様子もない」

「一般論だけど、その程度の愚痴を面白い作品に仕立て上げるのが作家の凄《すご》いとこじゃん、って俺なんかは思うなあ。名作傑作と呼ばれる作品だって、煎《せん》じ詰めたら『人殺しはよくない』とか『夫婦円満の秘訣はセックスです』とか、当たり前すぎて馬鹿馬鹿しいテーマのやつ、いっぱいあるよ？　こんなの釈迦《しゃか》に説法かもしれないけどさ」

「そうかもしれませんけど」

「それにさ、『DECO-CHIN』の主人公はちゃんと、ある若手ロックバンドに魅了されるじゃん。そして自らそのカオスに身を投じる。そういう話じゃん。それを単なる年寄りの懐古《かいこ》趣味だって斬《き》り捨てるのはどうだろう」

「うーん……」

「あとね、失礼かもしれないけど、らもさんをロックじじい呼ばわりすることには真正面から反論させて。だって中島さん、ずっと音楽活動やってらしたから。ていうかミュージシャン歴が一番長いんじゃない？　中学でバンド組んでたし。音楽の作り手、送り手であり続けた人を、その辺の単なる老害ロックファンと一緒くたにするのは違う」

「その音楽活動にしたって、世間的に注目されてるのは、深夜番組で歌詞に放送禁止用語を含む歌を歌ったって部分だけでは？　たしか『爆笑問題のススメ』で」

「『いいんだよ』ね。それオンエアで観たよ。眞鍋《まなべ》かをりが何とも言えない苦笑い浮かべてさ。まあそういう分かりやすい部分だけ面白がって消費してお終い、って勘違いサブカル野郎もゼロじゃないだろうけど、『世間』って言っちゃうのはどうかな。それはあなたが消費者を過小評価してるだけじゃない？」

「そう言われると……」

「まあ、らもさんが古いロックを愛好してらしたのは事実だけどね。特に、ブルースからの影響が強い、粗《あら》っぽい楽曲を」

「ストーンズの『ゴーイン・ホーム』とかですよね。聴いたことありますよ。十分くらいあって、サビの〝ゴーインホーム♪　てってて〜　てってって〜〟が耳にこびり付きました。あと元リーダーのブライアン・ジョーンズが出した『ジャジューカ』もお好きだったそうですが、こっちはモロッコの民族音楽で、なんというかいかにもアフリカの曲って感じで」

「あ、チェック済みではあるんだ、中島さんの趣味《しゅみ》」

「一応。どっちも聴いてて思ったんですけど……中島さん、こういう音楽をその、純粋に楽しんで聴いてらしたんですかね？」

「うん？　それはどういうこと？」

「その……要するに、『ゴーイング・ホーム』も『ジャジューカ』も〝トリップ〟の〝マリアージュ〟に使ってたんじゃないかと……」

「ああ、ドラッグのお供にね。普通に言えばいいのに」

「ごめんなさい、ビビりで」

「実際そうだったんじゃない？　その辺は本人も特に隠してなかったと思うけど。だからまあ、中島さんがもっと遅くに生まれてたら、ロックや民族音楽とは違う、別のジャンルを愛好してたかもね。レイブとかゴアトランスとか、ドラッグと親和性が高いジャンルを」

「……こうしてお話しさせていただくうちに、僕の中で大きく変わってきた気がします。『DECO-CHIN』の評価もそうですし、中島さんに対するイメージも」

「今までらもさんのこと、ロック老害だと思ってたってこと?」

「いや、そう言っちゃうと語弊《ごへい》があるというか……すみません。ごめんなさい」

「あははは!」

「お詫びの意味も込めて、流してほしい音楽、変更してもいいですか。事前にリクエストしていたやつじゃなくて」

「大丈夫だよ。何にしよう?」

「ええっと、ローリング・ストーンズの『ゴーイン・ホーム』で」

「そうなるよね」

「なりますね」

「ではリクエストにお応えして……ローリング・ストーンズの『ゴーイン・ホーム』」


♪〜

「北英俊《きたひでとし》がお送りする※※※キ※※メ※※レイディオ水曜日『ノヴェル&サウンド』コーナー、本日のゲストは伊澤那智《いざわなち》さんです、改めまして、よろしくどうぞ」

「伊澤です。よろしくおねがいします」

「いやあ、『ゴーイン・ホーム』流してる間にチラッとお伺《うかが》いしたんだけど、伊澤さんってロック全般を聴かないいんだってね」

「そうなんですよ。父親がビートルズ直撃世代で子供の頃は家にずっと流れてる環境ではあったんですけど。あとサイモン＆ガーファンクルとか。あの、『♪ライララ〜イ　ズバーン』みたいな曲……」

「『ボクサー』ね。でもロックに興味が向くことはなかった、と。あなたの『DECO-CHIN』の評価が低かったのって、それもあったのかもしれないねえ」

「かもしれませんね」

「じゃあどんな音楽が好きなの？」

「解散しちゃいましたけどダフト・パンクとか。最初の二枚のアルバムが特に好きですね」

「残りの二枚はそうでもないいんだ」

「一番売れた四枚目の評価が僕的には一番低いんですよ。逆張《ぎゃくば》りと思われても全然構いませんけど、どうもハマれなくて。何て言うか本物を作っちゃ意味ないでしょ、っていうか」

「うん、うん。まあ、それまで基本サンプリングだからね」

「ええ。そもそも僕、音楽を能動的に聴くようになったのってナードコアからなんですよ」

「あー、そっかそっか」

「後追いですけど。あれってサンプリングの面白さじゃないですか」

「そうだね。居酒屋のCMとか、暴走族の掛け声とかの一部を延々繰り返して、バッキバキのガバに乗っけたりする。二十世紀末のネットカルチャーで生まれたムーブメントというかね。ジャンルとしてはゼロ年代半ばくらいには衰退したけど、俺の理解では終わったと言うより、例えばニコニコ動画なんかに面白さが継承されたって感じだね」

「311の直後に『♪ぽぽぽぽ〜ん』のCMソングを延々繰り返してダンストラックに乗っけた映像が、ネットで流行《はや》ったじゃないですか。不謹慎も不謹慎ですけど。あれ作ったのがBUBBLE-Bさんっていう、ナードコアの立役者の一人で、要は狭い世界で超有名な方なんですよ」

「そうだね」

「二十一世紀になってからですけど、そういう音楽のかかるイベントに一時期よく行ってたんです。中央線沿線に住んでた頃」

「レオパルドンとか、ミディとか、DATゾイドとか」

「音としてはLBTとかの方が好きだったんですが。あと寺田創一《てらだそういち》とかも好きだったなあ」

「寺田さんは日本のハウス界において偉人みたいな人だけど。Omodaka? チップ民謡っていうか……」

「それはそれで好きなんですけど、僕が大好きなのは『殺人の時効は15年』ですね」

「あー！　あれだ、福田和子《ふくだかずこ》被告のイメージボイスをサンプリングしたハウスだ。いや、違う。その頃は容疑者か」

「そうです、そうです。当時指名手配中だった有名な殺人犯の声を、日本音響研究所って真面目な機関の、鈴木松美《すずきまつみ》って真面目な研究者が、捜査協力のために真面目に作ったんですよ。『多分いま現在の犯人はこういう声です』って。それをハウスのトラックの上で延々ループさせた曲が『殺人の時効は15年』」

「あった、あった。『殺人の時効は15年。ここで捕まるわけにはいかないわ。あと1年、私は必ず逃げ通してみせるわ。うふふふ……』って喋《しゃべ》ってるんだよね。中年女性の声で、ちょっと訛《なま》ってる」

「それも少しだけ嗄《か》れてて。あれって、ニュース番組で流れてたのを録音して使った、ってことなんですかね。女子アナが音声の説明してる声も入ってるじゃないですか」

「そうだっけ。懐かしいなあ。また曲も絶妙に暗い感じでね。殺人の時効は15年。ここで捕まるわけにはいかないわ。あと1年、私は必ず逃げ通してみせるわ。うふふふ……」

「殺人の時効は15年」

「殺人の時効は15年」

「あと1年」

「あ、と、い、ち、ね、ん」

「ここで捕まるわけにはいかないわ」

「うふふふふ……」

「……みたいな感じなんですよ。これ、家で自動再生にしてたりすると、ギョッとするんですよね」

「分かる分かる」

「寺田さん本人じゃないけど、自分が行ったクラブで誰かDJが掛けてましたよ。全然盛り上がってなかったですけど」

「まあねえ」

「思い出すなあ。面白い曲いっぱい流れてましたよ。秘宝館《ひほうかん》の女性館主のド下《しも》ネタだらけの口上《こうじょう》をサンプリングしたテクノとか、あと居酒屋で殴り合いの喧嘩《けんか》してるおじさんの声を乗っけたらしいドラムンベースとか」

「ははははは!」

「『表へ出ろ!』『てめぇが出ろ!』が延々ループするところが最高なんですよ。しかもノリが良くて凄く踊れる。誰の曲か分かりませんけど」

「俺も知らないなあ。誰だろう」

「あ、それで思い出したんですけど、一遍だけ、凄い変なハウスを聴いたことがあって。ご存じないですかね」

「どんなの？」

「高円寺の小さいハコだったのは覚えてるんですけど、なんかブツブツってノイズが入ってるような……今で言うローファイハウスみたいな曲だったんですけど。最初はローパスフィルターがかかってて、くぐもった音にしか聞こえなかったんです。『もごもご、もごもご』って何か喋ってるな、みたいな」

「うん」

「そしたら段々、若い男の声だって分かってきて。沈《しず》んだ、どんよりした声で、しかも……『僕はここで殺されました。僕はここで殺されました。僕はここで殺されました』って」

「…………」

「『僕はここで殺されました。僕はここで殺されました。僕はここで殺されました。僕はここで殺されました』」

「伊澤さん？」

「『僕はここで殺されました。僕はここで殺されました。僕はここで殺されました。僕はここで殺されました。僕はここで殺されました』」

「ねえ、伊澤さ――」

「『観てないで、助けてくれ』……って、要所要所に挟み込まれる感じでした」

「……いや、あの。あははは。で、どうだったの、その場は」

「凄い空気になってましたよ。最初はノッてた人たちも、段々棒立《ぼうだ》ちになって、みんな黙りこんでしまいまして。僕ももちろん何もできなくなって、ただ突っ立ってました」

「音楽の一部って感じじゃなくて、ちゃんと言葉として聞こえちゃったんだね」

「加工も結構されてたんですけど、仰るとおりですね。少なくとも僕はそうでしたし、あの場にいたみんなもそうだったんじゃないですかね。シラケたっていうか、ヒいたっていうか……その後は何か妙なことが起こった記憶もないので、たぶんＤＪが普通の曲に普通に繋《つな》いで、それで空気も元通りになったんだと思います」

「僕はここで殺されました……か。物騒《ぶっそう》だね。ホラー映画か何かから抜いたのかな？」

「まあ……素直に考えたらそうですね。フロアでもそうヒソヒソ言い合ってる客がいました。でも、それにしては音質が悪すぎるような気がしたんですよ。環境音もたっぷり混ざってて。あと、物凄く素人臭《しろうとくさ》かったんですよね。男の声そのものもですけど、それ以外も全部。録音も、ミキシングにも、どこにもプロの手が介在していないっていうんですかね」

「うん、うん、言わんとしてることは分かるよ」

「何だったんでしょうね。あれ」

「まあ、曰《いわ》く付きの音声をサンプリングしたらしい、みたいな噂《うわさ》はたまに聞くよね。たしかエイフェックス・ツインの初期の曲にも、殺人犯の独白が使われてたのがあるんじゃなかったかな」

「ご両親だか親戚の声が入ってるのなら聴いたことありますけど。まあ、あの人ならそういうこと、やりそうですね」

「ね。じゃあそろそろ次の曲に……おっと、お便りですね。はい。ラジオネーム米山雅臣《よねやままさおみ》さんから。『こんばんは、いつも楽しく拝聴しております。さっきゲストの方が仰っていた変な声の入った曲のことですが、これは九〇年代半ばに放送されたテレビ番」

※

「……え、終わり？」

「はい」

「何なのこれ？」

「森さん、だから最初に言ったじゃないですか。先週ハードオフで買ったジャンク品のノートパソコンのハードディスクに、消されずに残ってた音声ファイルです。おそらくラジオ番組を録音したものだと思われます。いわゆるラジオなのか、ポッドキャストなのかは知りません」

「それは分かってるよ。わたしが訊いてるのは、これは何の番組で、喋ってる二人は何者なのかってこと」

「さあ。番組名のとこだけ変なノイズ入ってて、聞き取れませんでしたからね。コーナー名で検索しても一件もヒットしませんでした。パーソナリティとゲスト、二人の名前も出てきません」

「そっか。まあ、君がわざわざ聴かせてくれるだけあって、面白くないか面白いかで言ったらとっても面白いよ。あの謎の不気味な音楽も気になるし」

「ええ」

「あと十秒くらい録音してくれてたら、そのサンプリングソースらしい番組名も分かったのになあ。番組で流れた音声ってこと？　ドッキリかな？　それともドラマかな。それも結局のところ謎のままか。うーん」

「森さん」

「え、何？」

「その謎も気になりますよ。なりますけど、もっと気になるところ、ないですか？」

「え、いや、何だろう」

「名前ですよ。最後の最後に出てくる投稿者さんの名前。ラジオネームって言ってんのに米山雅臣、僕と一緒なんですよ。正確には」

「えっ、そうだっけ。ごめん、その辺、聞き流してたかも。えー、何それ、気持ち悪いんだけど」

「あーあ。いや、僕も最初に聴いた時、気持ち悪いなって思ったんですよ。自分の名前が不意に出てきたんですから。もちろんこんなラジオ番組に投稿したことなんて一度もないし。内容はもちろん面白いんですけど、この微妙な符合も気になったんで、是非ともここで流して、森さんのリアクションを楽しもうと思ったんです」

「ごめんね聞いてなくて」

「で、どう思います？　これ、何の番組か分かります？」

「全然。話してる内容も納得いかないっていうか……ほら前にも言ったじゃん、中島らものホラー短編なら、わたし『DECO-CHIN』より『コルトナの亡霊』派だって」

「ああ、あの伝説のホラー映画『シエラ・デ・コブレの幽霊』インスパイアの短編ですね。日本じゃ一度テレビで放送されたっきりで、長いこと鑑賞できなかったやつ」

「今じゃ配信でいつでも観られるもんね。思ったよりモダンだった」

「そうでしたね。どうモダンか説明すると壮大にネタバレするんですが」

「もっと言うとさ、中島らもなら小説より人生相談の方が面白いって。新聞連載だっけ？『中島らもの明るい悩み相談室』」

「ですよ」

「なんかね、たまに凄い辛辣《しんらつ》なのあったんだよね。悩み相談に偽装した自慢話みたいな投稿を『真面目に答える気がしない』ってぶった斬ったりさ」

「ははは。新聞の人生相談って、そういう投稿者へのカウンターパンチみたいなやつが一番痛快だったりしますよね」

「あとね、異形コレクション収録作で一番文句言ってやりたいの、三津田信三《みつだしんぞう》の『よなかのでんわ』だから。あれほんと最悪！　いやわたしは大好きだけどさ」

「何かあったんですか」

「友達に『大丈夫だから』って読ませたら泣いちゃってさ。怖すぎて。そんで緩《ゆる》やか〜に絶交されちゃった」

「それ、悪いのは作品じゃなくて森さんじゃないですか。でも『よなかのでんわ』は怖いですからねえ。異形コレクション全収録作で一、二を争う怖さ」

「男性二人の電話の遣り取りだけ、つまり会話だけで話が進むんだよね。通話記録みたいな生々しさがある。そして著者のお家芸、幽霊屋敷ホラーでもある」

「そうでしたそうでした。他は何か気になるところありました？　さっきの音声ファイル」

「どうだろうね。わたしナードコア全然詳しくないし……あ、でもダフト・パンクは初期のフレンチハウス路線の方が好きってのは同意かな。あのゲストの人が言ってたとおり。フレンチハウス、あるいはフィルターハウス。往年のファンクやディスコの楽曲から一部分だけサンプリングして、それを延々とループさせて作ったハウスね。フィルターを多用したり、キックにコンプレッサーをかけまくったりといった音質的な特徴もあるけど、ジャンルの核心はやっぱりそのループ、繰り返しの部分だよ。ただただ気持ちいいフレーズ、音だけを抽出してリフレインさせる。トゥギャザーの『ソー・マッチ・ラヴ・トゥ・ギヴ』はその核心のみで作られているといっていい」

「どんな曲でしたっけ？」

「かけてみようか」

「音楽って、かけていいんでしたっけ」

「ダメならその時はその時で」


♪〜


「森久美と」

「米山雅臣の」

「深夜のフリートーク〜。はい、というわけで年齢も性別も得意分野も違う、売れないフリーライター二人がね、ひょんなことからなんてユニット組んで、そこからいろいろあって今現在、こうしてＳＮＳで『モリヨネ雑談』と称してリアルタイム音声配信なんてやらせてもらってるわけですが」

「はい。でもさっきの曲、何なんですか。ずーっと同じフレーズが繰り返されるだけですよね。音声ファイルの中で流れてた『ゴーイン・ホーム』よりしつこいし、クドい」

「何言ってんの、盛り上がるだろ。ラヴェルの『ボレロ』みたいにちょっとずつアガる」

「そうですかねえ」

「それはそうと、普通に考えてあの不気味なハウスの声、何だと思う？」

「え、いや、分かりません。それこそ北氏が言ってたみたいにホラー映画かもしれないし」

「そうだったとして、その意味だよ。ホラー映画だったなら尚更、この台詞《せりふ》の前後にはちゃんとした文脈があるでしょ。物語上の明確な意味が」

「そりゃあ――訴《うった》えてるんでしょうね。自分の死か、そうでなければ自分の死んだ場所を」

「そうなるよね。で、誰に？」

「分かりませんけど、普通に考えて生者じゃないですかね、ホラー映画なら」

「うん、それもそうなるよね。伝える相手は恋人か、友達か、あるいは親か」

「探偵役かもしれません」

「うんうん」

「霊能者とか、あ、霊媒師の方がいいのかな、この場合は」

「うんうん」

「そういうシチュエーションのホラー映画、見覚えがある人は教えてください。でさあ、米山くん。ホラー映画じゃないとしたら？　伊澤って人はそう推測してたよ」

「何だろう。心霊ビデオとか？」

「作り物の映像作品って意味では同じじゃんか」

「……それって本物って言いたいんですか？」

「そうそう。それか本物とされる音声。有名なのあるじゃん、岩崎宏美の『万華鏡』とか」

「呻《うめ》き声が聞こえるんですよね。真相は単に消し忘れた没コーラス」

「あとかぐや姫の解散コンサートの音源に入ってる女の子の声。『わたしにも聞かせて』って聞こえるやつ」

「うーん、どうなんでしょう。そうしたら伴奏とか歌とかも入ってなきゃおかしいんじゃないですかね。声だけ綺麗に抜くのって、結構難しいと思いますよ」

「伊澤って人は自然音がするとは言ってるけ……ど……」

「どうしたんですか」

「…………」

「森さん？」

「あ、ごめん。思い出したかも」

「何をです？」

「サンプリングソース。本当にテレビ番組だったと思う。わたし、小さい頃に観たことあったかも」

「本当ですか？」

「多分。あのね、わたしが小学六年の頃だったから、一九九二年か、その前後くらいにテレビでやってたよ。そうだ、うん、『金曜スーパータイム』だ。超常現象とかオカルトとかの二時間番組」

「名前だけなら聞いたことあるかも」

「それでね、なんかその何年も前に失踪《しっそう》事件があったらしくて」

「八〇年代末くらいに、ってことですか」

「そう、失踪したのは若い男の人たち……そうだ、たしか遊びに出かけたまま、行方が分からなくなったの。警察が捜査しても全然手がかりが見付からなくて、困り果てた二人の親御さんが、近所の有名な霊能者に依頼したのね。思い出した。うん、思い出してきた。親御さん四人が、そこそこ立派なお屋敷みたいなとこに行って、畳におデコ擦《こす》りつけて、霊能者の人にお願いしてたよ。息子を見付けてください、お願いします先生、って」

「先生、ですか。どんな霊能者だったんです？」

「えっとね、当時すごく有名だった、おばさん霊能者の一人。宜保愛子《ぎぼあいこ》じゃなくて」

「宇津木幽子《うつぎゆうこ》？」

「違う、そっちもすごく有名だったしおばさんだったけど違う。あのね、パーマかけすぎてほとんどパンチパーマみたいになってて。あとバカでかいイヤリング付けてて、漠然《ばくぜん》と民族衣装っぽいファッションの」

「すみません、分からないです」

「何で分からないかなあ。まあ、いいや。とにかくね、そのパンチパーマおばさん先生が依頼を引き受けるの。そんで山に行くんだよ。たしか、たしか奥多摩の方だった。ああ、そうだ。警察の捜査を足がかりにして、そっから先生が霊視したんだ。二人の若者が写ってる写真をね、こう、畳の上に置いて、そこで数珠《じゅず》を摑んでウンウン唸って」

「いかにも霊視してます、みたいな画《え》をご覧になったんですね」

「そう。それで『二人がどの山に向かったか分かりました。見えました』みたいな。で、現地に行ったのは夜でさ。なんで日のある時間に行かないのかって話なんだけど。霊とか関係なしに夜の山は危ないよ」

「まあ、制作者の都合でしょうね。いかにもホラーっぽい画が欲しいっていう」

「うん。でね、登ってたら案の定、スタッフが転んで怪我したり、機材ぶつけて壊したりするわけ。そしたら先生は言うんだよ。『この山の地縛霊たちが我々を拒んでいる』みたいなことをさ」

「笑えますね」

「わたしもこうして喋ってると、バカみたいに思えるよ。でも……その時は結構、怖かったんだよね。どんどん危険な世界に踏み込んでる感じが出てて」

「今と違ってピュアだったんですね、森さん」

「そう。それでね……一行が山奥に行ったら、洞穴《ほらあな》があったの」

「ええと、撮影班と霊能者ってことでいいんですかね、一行って」

「あと若者二人の親御さんも。四人ともじゃなかった。一人のお母さんと、もう一人のお父さんとか、そんな座組《ざぐみ》だったと思う」

「すみません話止めちゃって。洞窟《どうくつ》があったんですよね」

「うん。あ、洞窟っていうか洞穴。そっちの方がしっくり来る。そういう穴だった。そんなに大きくなくて、でも深くて、岩肌にこう、口を開けてるみたいに」

「ええ」

「御一行様《ごいっこうさま》はそこに入っていったのね。照明機材で照らしながら。親御さんも懐中電灯持ってね。洞穴は……そんなに深くはなかったと思う。高低差もそんなになかったんじゃないかな。意外と短いんだなって思ったのを覚えてる。そしたら……お父さんの方が見付けたんだよ。壁際って言ったらおかしいけど、突き当たりの隅っこの方に、息子のリュックサックと、ジャケットを。懐中電灯の光の中に浮かび上がってた」

「それで？」

「お父さんが物凄く狼狽《うろた》えてた。お母さんはそれに比べたら冷静に、先生を問い詰めてた。

『これはどういうことですか』『息子たちはどうなったんですか』みたいなね。そしたら……最初はね、先生、無視してる風に見えたの。お母さんと目も合わさずにリュックサック見つめてたから。ビビってんのかなって、最初は思ったの。でも……震え始めて。わたしがじゃないよ、先生が。ガタガタガタガタってどんどん激しくなって、その場にペタンって、座り込んじゃって。スタッフの一人が大丈夫ですかって肩を揺すったりして、介抱《かいほう》してたのね。そしたら」

「……そしたら？」

「先生が喋ったんだよ。『僕はここで殺されました』って。それまでの先生とは全然違う、若い男の人っぽい声で、ボソッと」

「うわ」

「『僕はここで殺されました。僕はここで殺されました。僕はここで殺されました。僕はここで殺されました』」

「森さん？」

「『僕はここで殺されました。僕はここで殺されました。僕はここで殺されました。僕はここで殺されました。僕はここで殺されました』」

「あの、森さん？」

「『観てないで、助けてくれ』って、最後に」

「…………」

「そしたら親御さん二人がウワーッて、完全にパニックに陥《おちい》っちゃって。スタッフも。ヤバイヤバイ、これマジなヤツだって」

「それで?」

「なんか、洞穴を出たとこまでは覚えてる。それからどうなったのかは……ごめん、思い出せないや。多分だけど、物凄く尻切れトンボな終わり方だったんじゃないかな。捜査は今も続いています、みたいな」

「そんな」

「ごめん。ごめんね」

「いや、怒ってないですよ。この手の事件が霊能者の力で劇的に解決することなんて、基本的にありませんから」

「そうかも」

「ええと……要するに、さっきの不気味ハウスは、その時の先生の声をサンプリングしたってことですかね。テレビ番組の音声を」

「だと思う。わたしの記憶が間違いじゃなければね。ああー、洞穴から出てどうなるんだったかなあ」

「いえ、番組の結末は正直どっちでもいいんです。どっちかっていうと霊能者の名前の方が知りたいです。それか番組の放映日。思い出せませんか」

「分からないなあ……ごめん、なんか凄く疲れちゃった」

「普段使わない頭を使ったからですよ」

「そうかも」

「……森さん、今日はいつもの乗り突っ込み、全然やってくれないんですね」

「え？」

「いや、いいです。ええと……あ、聴いてくださってる方の感想が来てますね」

「来てる？　どこに？」

「『#モリヨネ雑談』のタグを付けて投稿してくれてるんですよ」

「ごめん、見方が分からない。読み上げて」

「マジですか。じゃあ……『すごく怖いです。まさか怪談回とは思いませんでした』『好きなライターさんたちなので軽い気持ちで聴いてみたら怖くて軽く後悔』……申し訳ないです。まさかこういう展開になるとは思わなかったので」

「ねえ」

「他には……おっ、『配信を聴いて思い出したけど、その番組、オレも観てました。パンチパーマのおばさん霊能者が洞穴で倒れてました。たしかオチらしいオチは全然なくて、ナレーションで適当に済ませてたと記憶してます』。すごい、森さんの記憶を裏付ける証言が出てきましたよ」

「す、すごい」

「おっ、また同じ方の投稿だ。すごい、森さん、やりましたよ。集合知です。『そのパンチパーマおばさんのことも覚えてて、名前は」

※

「はい、お聴きいただいたのは有名なSNS配信の音声ファイルでした。何故か途中で切れてしまうという。というわけで動画配信ライブをご覧の皆様、如何《いかが》だったでしょうか。お、『怖かった』『震えた』『女の人テンション高めなのが逆に不気味』と、いろいろリアクションいただいてます。ありがとうございます。おい、何やってんだ、お前もお礼」

「ありがとうございます」

「いやあ、何回聴いても、毎回ここでガクッてなるよな。つんのめるっていうか。続きなんてないの分かってるのに」

「うん」

「あとさ、僕、このトーク全然怖くないって前から言ってたよな？　そりゃ曰く付きの音声ってことで有名だし、実際、森って人が自分が昔観た番組の説明してるところとか、まあ怪談として聞けなくもないなって感じだし。でも話題になるほど怖いか？　って正直思ってたから」

「言ってた」

「この〝もりよね〟の二人、この後死んだんだっけ？」

「噂では。実際は多分違う」

「そうなの？」

「単に〝消えた〟だけ。どっちもアカウント消して、個人サイトとかブログとかも閉鎖して、記事も書かなくなった」

「ああ、そっか。で、この配信で何かヤバいもんに障《さわ》っちゃったんじゃないかって噂になったんだよな。そうだ、そうだ。でも、かといって僕はこの音声が怖いって風には思わなかったんだよ、ずっと」

「だったな」

「でも……今は正直、怖いわ」

「そっか」

「だって普通に真っ暗だから。何なの、この暗さ。奮発して一番いい懐中電灯買ったんだぜ？　僕が買える範疇《はんちゅう》で。実際そこらの懐中電灯に比べたら圧倒的に明るい。なのに……光って、こんなに届かないもんだっけ？」

「他に光ないし」

「まあそうだけど」

「町が明るすぎるんだ」

「かもしれないけど」

「こっちでいいのか？」

「いいに決まってるだろバカ。教えてくれたの、嘘なんか絶対吐《つ》かない人だし、適当なこと言う人でもないから。要するに信頼できる」

「そうか」

「それにしても、まさか洞穴のある山が特定できると思ってなかったわ。職場の上司に教えてもらえるとも思ってなかった。山歩きが趣味なのは入社した時から知ってたけどさ」

「………」

「会社で雑談してたら偶然、この辺よく歩いてるって分かってさ。いや、その人と雑談する習慣なんか全然ないんだよ。もう幾《いく》つもの偶然から二人っきりになって、雑談する流れになって、そしたら、って感じでさ。こりゃ洞穴行ってみるしかないってなるだろ？」

「なる」

「もう運命でしょって思うだろ？」

「思う」

「いやあ、働いててよかったよ。無職のお前と違って。まあ、ぶっちゃけ最近このチャンネルも企画がマンネリ気味だったし、新しいことにも挑戦してみようって。まあベタな心霊スポット突撃企画って言われたらそれまでだけどさ。これ全然、だーれも知らない洞穴だったから。〝もりよね〟配信が話題になる前は、完ッ全に忘れ去られてた場所だから」

「だな」

「そうだ、偶然って言えばさ、こないだアレクサで適当な音楽をシャッフル再生してたら、偶然発見したんだよ。ほら、伊澤ってやつが謎のラジオ番組でちょっとだけ言ってたＯｍｏｄａｋａってミュージシャン、いるだろ。寺田創一の別名義」

「ああ」

「あの人の『予想屋さん』って曲、ジェームス・テイラー・クァルテットってアシッドジャズのバンドの『フリー・ユア・マインド』をサンプリングしてるんだよ。いや、最早《もはや》カバーか？　民謡っぽい歌のパート以外、弾き直してるだけでほぼそのまんま使ってる」

「ほお」

「これ、ネットで検索しても誰も指摘してなかったから。whosampled《フーサンプルド》にも載ってなかったんだよ。いやあ、まさかアシッドジャズから引用してるとは思わなかったなあ」

「そうか」

「こんなに偶然が重なって好運に恵まれると、この後が怖いっよな。早死にするんじゃないかって。あと普通にここで迷子になったりして。いやだなー。こんな暗い山奥で迷子になるなんて……おっ」

「ん？」

「あれ、洞穴じゃないか……？　そうだ、あれだ！　あれ！　うわあ、すげえ。いやー、思ったよりこう、ちゃんとした洞穴だな。こう、入り口っていうかが綺麗な卵形で」

「ああ」

「それじゃ皆さん、突撃してみたいと思います。よし……うわあ、うわあ、うわああー」

「……………」

「ああ、暗い。息が苦しい。でも……あ、あ、何これ、と思ったら、え？　え……浅いな。思ったより浅いな、ここ。もう行き止まりだよ。枝分かれとかもしてないし」

「……………」

「そんな深いとか入り組んでるとか全然思ってなかったですよ？　でもそれを更に下回ってくるっていうか。まあ、いいんだけどさ。むしろ面白い」

「……………」

「リュックサックとジャケット、落ちてないかな。落ちてるわけないか。うん、さすがに持って帰ったよな」

「……………」

「さて。どうしよう。とりあえず飲むか？　持ってきたよな。ワンカップとカルパス」

「……ああ」

「祝杯を上げよう。折角だから音楽も流そうぜ。そうだ。さっき言ってたやつがいい。『予想屋さん』と『フリー・ユア・マインド』。もう聴いたら一発で分かるから。まんまじゃんってなるから。な？」

「いや」

「え？」

「却下。その曲は却下。どっちも」

「珍しいな、お前が僕に意見するの」

「そうか」

「そうだよ。何が言いたい？」

「流したい曲がある」

「は？　マジで。どうせ何か、ダサいJ-POP《ポップ》じゃないの？　それかダサい日本語ラップ」

「いいや」

「じゃあ何だよ」

「見付けてきたんだよ。あの不気味ハウス」

♪〜


「偶然。偶然だった。ハードオフに行って、アナログレコード売り場にふらっと足を運んでみたんだ。そしたら目に留まったんだ。『僕はここで殺されました』って小さく書いてあるだけのジャケットかな。迷わず買った。百円だった。聴いたらまさにそうだった」

「お……」

「アーティスト名は『UNKNOWN　ARTIST』。本当にそう書いてあった。検索して出てくる名前じゃない。だから調べようがない。まあ――」

「待て。待てよ。おい」

「………………」

「何だお前。何の冗談だ？　これ」

「………………」

「これ……僕じゃん。どっからどう聴いても僕の声じゃん」

「ああ。同じだ。そうとしか思えない」

「ふざけんなよ。どうなってるんだよ、これ」

「単に似てるだけだろう。これも偶然だ」

「偶然にしたってお前――」

「でも、運命でしょって思うだろ？」

「はあ？」

「ここまで偶然が続いたら、こりゃもう殺すしかないって思うだろ？」

「お、おい」

「お前はここで殺されるんだよ」

「何なんだよ」

「お前に怨《うら》みなんかないよ。むしろ撮影アシスタントとして雇ってもらって感謝してる。仕事も見付からないところを、助けて貰ったって」

「あ、ああ。そうだよ。お前が金なくて困ってたから――」

「でも、よく考えたら最初からずっと怨んでた気もするんだ。奴隷《どれい》みたいにコキつかいやがってってって」

「…………」

「聴いたろ、さっき。お前の声で繰り返してた。『僕はここで殺されました。僕はここで殺されました。僕はここで殺されました。僕はここで殺されました』」

「やめろよ」

「『僕はここで殺されました。僕はここで殺されました。僕はここで殺されました。僕はここで殺されました。僕はここで殺されました』」

「やめろ！　黙れって！　なあ！」

「…………」

「いい加減にしろよ。配信中だぞ？　お前すぐ捕まるって！　いや、もう今の時点で誰かが通報してる」

「だから？」

「いや、だからって」

「…………」

「何だよ。仕舞えよ、そんな物騒なもん。なあ？　洒落《しやれ》にならない。そんなデカい、ぎゅ、牛刀《ぎゆうとう》なんて」

「…………」

「分かった。悪かった。殺さないでくれ。許してくれ、頼む」

「…………」

「おい……」

「…………」

「た、助けて」

「…………」

「おい！　誰か通報してくれ！　ここに警察呼んでくれよ。観てるんだろ？　聴いてるんだろお前ら。これを！　この配信を！」

「…………」

「み……観てないで助けてくれ！」

久永実木彦

黒い安息の日々

●『黒い安息の日々』久永《ひさなが》実《み》木《き》彦《ひこ》

2024年のホラーシーンを振り返ってみるならば、のちに文芸史上特出したものとして語られるかもしれない。《異形コレクション》では二十六年前の第6巻『屍者の行進』の進化版ともいえる第57巻『屍者の凱旋』が刊行され、批評ランキング界からはかつて話題を呼んだ『このホラーがすごい!』が「2024年版」として復活した。このランキング(2023年4月〜2024年3月刊行分が対象)において、久永実木彦の短篇集『わたしたちの怪獣』(東京創元社)が国内編第8位に選ばれたことは大きい。同作はSF短篇集として世に出されたが、その〈モダンホラー〉性が多くのホラー読者に刺さった結果なのである。奇想に満ちた久永実木彦のモダンホラーの魅力を、《異形コレクション》に参加した二つの作品「可愛いミミ」(第56巻『乗物綺談』)、「風に吹かれて」(前出『屍者の凱旋』)をお読みになった方は、すでにご存じだろう。

そして、本作。なんと〈部活もの〉なのである。学園の合唱部の存続危機というライトノベルでもお馴染《なじ》みのシチュエーション。それがモダンホラー化する面白さ。久永実木彦は、〈音〉使いの名人でもある。『わたしたちの怪獣』収録短篇のタイトルである「ぴぴぴ・ぴっぴぴ」。「風に吹かれて」のボルトクリッパー女の「ぎぎぎぎ……!」やハンマーの爽快な響き。そして本作でも、実に魅力的な歌詞が響き渡る。ラストのエモーショナルな変奏もまた、久永実木彦ならではの名演なのである。

1

わたしのお祖母《ばあ》ちゃんは悪魔崇拝者であり、魔女でもあった。

かつて美しい花々が咲き誇り、青々と草木が生い茂っていたという裏山は、彼女のかけた呪《のろ》いによって不毛の〈荒れ地〉へと変わりはてた。お祖母ちゃんが亡くなって四半世紀。〈荒れ地〉に棲まう人肉喰らいの野犬たちは、いまでも彼らの主《あるじ》である偉大な魔女の死を悼《いた》んで、真夜中に遠吠えをあげる。

――という話をするお年寄りがいるけれど、でっちあげだから気にしないでいいのよ、とお母さんはいった。裏山が荒廃したのは、無計画な森林伐採や外来種による生態系の破壊、不法投棄された有害物質などなどが原因であって、お祖母ちゃんとは関係がないらしい。おまけに真夜中にきこえる獣《けもの》の声は、人肉喰らいの野犬の遠吠えではなく、タヌキの喧嘩《けんか》なのだそうだ。

「タヌキって夜行性なのよ」

そういって笑うお母さんに、わたしはがっかりした。だって、環境問題をかかえる裏山よりも呪われた〈荒れ地〉のほうが、喧嘩するタヌキよりも人肉喰らいの野犬のほうが、ずっとかっこいいのに。

「──実際、悪魔だの黒魔術だのに傾倒していたから、変な噂《うわさ》を立てられてもしかたのない人だったんだけれどね。もちろん本当に魔女だったわけじゃないわ。オカルト趣味といったらいいのかしら。そのせいでずいぶん迷惑したのよ」

どうして迷惑だったのかきいてみると、お母さんは「美句《みく》ったら……当然でしょう？ わたし、魔女の子だって学校でうしろ指さされていたのよ」といってため息をついた。

十三歳のわたしはお祖母ちゃんに会ったことがない。わたしが生まれる十二年前に、亡くなっているからだ。けれど、屋根裏部屋で見つけた古くてやたらぶあつい写真に写っているお祖母ちゃんは素敵だった。黒いマントを羽織って枯れた草木のあいだに立つ表情には生気《せいき》が感じられないものの、不思議と引きこまれるような不吉な美しさがあった。背景に写っている三角屋根のわが家──ところどころ形がちがっているのは、おそらくリフォームかなにかする前に撮られたからだろう──も、古めかしく陰鬱《いんうつ》な魅力を放っていた。

お母さんがいったいどんな苦労をしたのかなんて知らないし、わかりたいとも思わない。わたしは自分が魔女の孫娘であることが誇らしかった。世間は悪魔や黒魔術への憧《あこが》れを中二病だといって笑うけれど、わたしは中一なのだから、年齢からすればむしろ大人っぽいものの見方をしているといえる。

わたしは暇さえあれば、お祖母ちゃんの遺した黒魔術の道具をさがして屋根裏部屋に積みあげられた木箱を漁《あさ》った。空飛ぶ箒《ほうき》だとか、だれかの秘密をのぞきみることのできる水晶玉なんかがあったら最高だ。しかし、見つかったのは着物だとか、アクセサリーだとか、昔のレコードだとか、普通っぽいものばかりだった。五芒星《ごぼうせい》が刻まれたペンダントには期待したけれど、ひっくりかえしてみると土産物屋のシールが貼られていた。

「――いっとくけれど、あやしげなものはお母さん（お母さんのお母さんという意味だ）が亡くなったときに、全部処分してありますからね」

クソッ、毒親《どくおや》め！　魔女の娘だから毒をあやつるのだとしても、そういう種類の毒であっていいはずがない。しかし、わたしはあきらめなかった。お祖母ちゃんが偉大な魔女であるならば、その遺志を受け継がんとする才気あふれる孫娘が生まれることを予言できたはずだ。そして予言できたのであれば、なにか遺そうとしたはずなのである。

うつろな日曜日の午後。わたしはいつものように屋根裏部屋の木箱の山と格闘し、なんの成果も得られないまま出窓の床板に腰かけて裏山――〈荒れ地〉の景色をながめていた。わが家の敷地と〈荒れ地〉の境界線のあたりに、お祖母ちゃんの写真にも写っている朽ちかけた樹木があった。写真より貧相に見えるのは、年月のせいだろうか。あるいは、お祖母ちゃんのかけた呪いに、いまも蝕《むしば》まれつづけているせいなのかもしれない。お祖母ちゃんはあそこに立って、なにを考えていたのだろう。

ため息をついた瞬間、出窓の床板がきしりと軋《きし》んだ。出窓に腰かけないようにとお母さんに小言をいわれていたことを思い出したが、いまはそれよりも床板の音が気になった。その音が、まるで内側に空洞でもあるかのような、かすかな反響をともなっていたからだ。もしかして……わたしは立ちあがった。床板の縁に指をかけて前後左右に揺すってみると、それはふたたびきしりきしりと音を反響させて、やがてあっけなくはずれた。

出窓の床板の下に隠された空洞には、丸めて紐《ひも》で留められた古い羊皮紙《ようひし》がはいっていた。

〈荒れ地〉の雑草をかきわけて二十分ほど進んだ先に、涸《か》れてしまった小川の名残があった。かつてその中州であったと思われる盛りあがった土くれに腰かけて、眼鏡をかけた三つ編みの女子が鍵盤ハーモニカを弾いていた。このおどろおどろしくも美しい悪魔的な楽曲は、外国の古いロックやヘヴィ・メタルが好きな彼女の、おなじみのレパートリーのひとつだった。

「沙螺《さら》！」

声をかけると、彼女は鍵盤ハーモニカのパイプから口を離して、顔をほころばせた。

「美句ちゃん……！」

「いまの曲、何回きいても暗黒の音楽って感じで最高！　なんていうタイトルだっけ？」

「これはね『黒い安息日』っていって、ブラック・サバ——」

「そうそう、それそれ。安息日、安息日。それより、今日は家族会議じゃなかったの？」

沙螺はわたしの親友であるとともに、オカルトやホラーを愛好する仲間でもあった。もともと今日はふたりで屋根裏部屋を探索するつもりだったのだけれど、直前になって彼女に予定ができてしまったのだった。

「うん……でも、もうおわったから、ここに来てひとりで鍵盤ハーモニカ弾いてたんだ。連絡しようか悩んでたら、美句ちゃんのほうから《すごいの見つけたよ》ってメッセージが届いて……もしかして、お祖母ちゃんの遺した黒魔術の道具があったの？」

「ヒッヒッヒ」わたしは魔女のように笑った。「なんだと思う？」

「ええ〜!?　意地悪しないで教えてよ〜！」

沙螺は頬を紅潮させて、両手を上下にふった。わたしはたっぷり間を置いてから「たら〜ん！」と効果音を叫び、背中に隠していた羊皮紙の束を彼女の目の前に広げた。

「楽譜……？」

「そう……！　でも、ただの楽譜じゃない。悪魔を召喚する儀式のための楽譜だよ！」

「えええええ〜!?」

沙螺の驚く声が〈荒れ地〉にこだました。

「ほら見て。楽譜のいちばん上に『悪魔召喚《サモン・デーモン》』ってタイトルがあるでしょう？」わたしは沙螺の表情を確かめながら、血のような紅いインクで五線譜と五線譜のあいだに書かれた一節に指先を滑らせた。「こっちには《きたるべき》《紅薔薇色の王《ローズレッド・キング》》っていう歌詞もある」

「すごい！ だから召喚したら、もう絶対人類滅ぶよ！」

「うん！ 〈紅薔薇色の王〉って死と破壊を司《つかさど》る、地獄の司令官だよね⁉」

「わあ！ でも、どうしたら召喚できるのかな？」

「楽譜なんだから、これを演奏すればいいんでしょ。つまり、沙螺の出番ってわけ」

小学校の音楽の授業につかっていた鍵盤ハーモニカを沙螺がいまだに愛用しているのは、むかし彼女の家にあったピアノが家庭の事情で売られてしまったからだ。それまで彼女は、毎週先生を自宅に招いてピアノを習っていたし、児童向けのコンクールでたびたび入賞するほどの実力者だった。このまま埋もれさせるには惜《お》しい才能だと思っていたけれど、こんなところでわたしの役に立つなんて、運命以外のなにものでもない。

「というわけで、ちゃっちゃと弾いて、悪魔召喚しちゃってよ！」

「でも、歌詞もあるし……わたしパイプくわえてないといけないから歌えないよ？」

「わたしが適当に演奏にあわせて歌ってみるから」

「これ合唱譜だよ？」

合唱譜？ わたしは楽譜をあらためて見なおした。五線譜が何段にも重なっていることはわかっていたが、つまりこれはパートごとに分かれているからだったのか。てっきり、おなじ歌詞を何回もくりかえしながら進行する歌なのかと思っていた。

「ま、まあね。もちろん知ってたけどね。でもほら、わたしカラオケでメインのボーカルを歌いながら、コーラスも歌ったりできるし。いいから、とにかくやってみようよ」

「う、うん……じゃあ、頑張ってみるね」

沙螺がパイプに息を吹きこみ、鍵盤を器用に叩くと、先ほどの安息日がどうのこうのという曲をアップテンポにしたような、おどろおどろしい旋律が流れはじめた。わたしはひとつひとつの音に耳をすませて譜面を目で追ったが、かなり早い段階でいまどこを弾いているのかわからなくなってしまった。ばれないように適当にハミングしながら、沙螺が器用に譜面をめくるのを見ていると、あれよあれよという間に最後の一枚になった。わたしはあわてて、そこに書かれているしめくくりの歌詞を口ずさんだ。

はめつよ　はめつよ　きたるべき
そなたよ　そなたよ　紅薔薇色の王

曲がおわり、あたりに深い沈黙が降りた。風の音さえきこえなかった。

「おもしろい曲だったね」沙螺はうれしそうにいった。

「でも、なにも起きなかったね」

わたしはがっかりしていった。失敗するにしても、少しくらい地獄の扉がひらいて、悪魔が片腕だけでもこちらの世界に見せてくれるのではないかと期待していたからだ。

「はじめてだったし、もっと上手に演奏して歌も歌えれば、きっと〈紅薔薇色の王〉を召喚できるようになるよ」

「じゃあさ、明日から学校おわったら、毎日ふたりで練習しようよ。ここならだれにも邪魔されないし、合唱のパートのことならわたしに秘策《ひさく》があるからさ」

「わあ、さすが美句ちゃんだね……！」

「まあ、偉大なる魔女の孫娘だからね」

わたしは魔女のように、ヒッヒッヒと笑った。沙螺は眼鏡を直して、静かに微笑んだ。

「ねえ……美句ちゃんは、どうして人類を滅ぼしたいの？」

「そりゃあ、あれだよ。社会ってぜんぜんおもしろくないし、人類ってクソだから」

「……今日の家族会議でね、お母さんがいったの」沙螺は真剣な声でいった。「何か月かしたら、お父さんがおうちにもどってくるって。それで、またいっしょに暮らすんだって」

沙螺の父親は、彼女が小学生のころに家を出ていった。それこそが、ピアノを売ることになったり、レッスンをやめることになったりした原因——家庭の事情というやつだ。

「ふうん。じゃあ、よかったじゃん？」

「ううん。わたし、お父さんのことをきらいだもの。だから、もどる前に世界を滅ぼしたい」

「そうなんだ」

複雑だなあと、わたしは思った。要するに、社会はぜんぜんおもしろくなくて、人類はクソだということだろう。わたしはうつむいてしまった沙螺の肩に腕をまわした。

「まあ、ふたりで悪魔を呼んで、ささっと人類滅ぼしちゃおうよ」

「うん……滅ぼそうね！」

夕日が〈荒れ地〉を橙色に染めるなか、わたしたちはそれぞれの家路についた。夕食はハンバーグだった。いわゆる最後の晩餐になる可能性だってあるのだと思うとわくわくして、ご飯を二回おかわりした。

2

月曜日。わたしは「悪魔召喚」にそなえて気力の充実をはかるため、すべての授業を居眠りして過ごし、放課後になるや沙螺とふたりで〈荒れ地〉にむかった。

「ばっちり秘策を用意してきたよ」

わたしはスマートフォンをひらき、沙螺に多重録音アプリを見せた。無料のシンプルなアプリだが、計画に必要な機能がすべてそろっていることは、昨晩のうちに確認済みだ。

「これなら、録音した音源を重ねて再生することができる。つまり、わたしがひとりですべてのパートを歌っても、合唱が完成するってわけ」

「すごい、すごい！　これならふたりで〈紅薔薇色の王〉を召喚できるね！」

「うん！　頑張れば、今日じゅうには人類滅ぼせちゃうかな～？」

わたしたちはさっそく合唱の制作をはじめた。まず、沙螺に演奏してもらってひとつずつパートの旋律を覚え、それからわたしが歌って録音していく。歌詞をまちがえたり、音程がはずれてしまったらやりなおし。思っていたよりも大変な作業で、すべてのパートを録《と》りおえるころにはすっかりくたくたになっていた。

「で、できた！」

「やった、やったー！」

両手をふって喜ぶ沙螺に、わたしはびっくりした。ずいぶん元気がありあまっているように見えたからだ。もしかして、わたしより彼女のほうが体力があるのだろうか。おとなしくて引っこみ思案で、いつもわたしのうしろを金魚のフンのようについてくるくせに……。

「美句ちゃん、再生してみようよ！」

「う、うん……ようし、滅べ人類！」

再生ボタンを押すと、わたしの歌う四つのパートと沙螺の伴奏がひとつの音楽となって〈荒れ地〉に響いた。しかし、再生がおわっても、昨日と同様になにも起こらなかった。

「やっぱり、録音じゃだめなのかな？」

わたしはもう一度再生ボタンを押して、「悪魔召喚」の旋律に耳をかたむけた。

「わたしの伴奏のせいかも……」

「どうして？　沙螺の演奏は問題ないようにきこえるけど」

「じつはね……ところどころごまかして弾いているの。この鍵盤ハーモニカ、三十二鍵しかないし、和音にも制限があるから、楽譜どおりにできなくて……」

「うーん、そうなんだ」

わたしは頭をかかえた。わたしたちが自由につかえる楽器は、いまのところ沙螺の鍵盤ハーモニカしかない。音楽室や講堂のピアノが借りられればいいが、放課後は吹奏楽部や軽音楽部なんかが独占しているはずだ。それに録音が原因だった場合、生で合唱するには人数が足りない。わたしたちといっしょに「悪魔召喚」を歌ってくれそうな人間に、心当たりがなかった。

閉塞した状況を打開する、新たな秘策をひらめかなくてはならない――不意に声をかけられたのは、そう思った瞬間だった。

「おもしろい歌だね。少女たち」

ふりむくと、わたしたちとおなじ花京《かきょう》女学院中等部の制服を着た短髪の女子が、すぐうしろの岩場に立って、こちらを見おろしていた。

「あんたも少女だろ。ていうか、だれ？」

「わたしのことは律湖《りつこ》先輩と呼んでくれ。きみたち、一年生だろう？」

「その律湖先輩とやらが、わたしたちになんの用？」

わたしは警戒心を隠さずにいった。先輩だかなんだか知らないが、どうせわたしたちのことを馬鹿にしにきたのだ。

「下校していたら不思議な音楽がきこえてね。合唱部の部長として興味を引かれたというわけだよ。はじめて〈荒れ地〉に来てみたが、なかなかどうして、ここは宝の山らしい」

律湖先輩は岩場から飛び降り、つかつかと歩いてわたしの横を通りすぎた。そして、驚きで動けなくなっている沙螺のあごを、くいっと人さし指で押しあげた。

「すばらしい演奏の腕前だ」律湖先輩は目を細めた。「合唱部にはいる気はないか？　じつは合唱コンクールで地区予選を突破したんだが、全国大会を前に伴奏の子が転校してしまってね。きみさえよければ、わたしたちのためにピアノを弾いてほしいのだが」

「待った！」わたしはあわてて沙螺と律湖先輩のあいだに体を割りこませた。「彼女をスカウトするなら、わたしに許可をとってからにしてもらえる？」

「きみは彼女のマネージャーかなにかなのか？」

「まあ、そんなところね」

「では、あらためて……彼女を合唱部に誘いたいのだが、かまわないね？」

「いいえ。おことわりよ」わたしは魔女のようにヒッヒッヒと笑った。なにかと思えば合唱部の部長とは――秘策のほうから自分で歩いてやってきてくれたというわけだ。運命は、やはりわたしの味方らしい。「ただし、条件次第だけれど」

「条件とは？」

「合唱部には、わたしも入部させること。そして、合唱コンクールで歌う曲を、わたしに選ばせること。以上のふたつよ」

しばらくの沈黙ののち、律湖先輩は口を押さえて笑いはじめた。おかしくてしかたないといったようすだった。

「くっくっ……つくづくおもしろい少女だな。歌い方もずいぶん変わっているが、おまえみたいなやつがひとりくらいいても楽しそうだ。いいだろう、条件を呑んでやるよ」

え？　わたしの歌い方って変わっているのか？

「あ、あの……美句ちゃんの歌い方って、たしかにちょっとオジー・オズボーンっぽいところがあるけど、それってすごいことだし、独特な魅力があるから……」

え？　ちょっと沙螺、なにフォローしてるの？　ていうか、だれそれ？

「よし、決まり。ちょうど全国にむけて、自由曲をインパクトのあるものに変更しようかという話が出ているところだったからな。もしかして、おまえの希望はさっきの曲か？」

「えっ？　ああ、そ、そうよ。合唱部には『悪魔召喚』を完璧に歌ってもらう」

沙螺がうしろからわたしの腕をぎゅっと握った。わたしはふりむいて、不安そうにしている彼女に小さくうなずいた——大丈夫、本当に悪魔を召喚するための儀式であることは明かさない。律湖先輩や合唱部は、この歌を完成させるための、そして〈紅薔薇色の王〉に人類を滅ぼしてもらうための、あくまで道具にすぎないのだから。

「なるほど。『悪魔召喚』とは、おどろおどろしい魅力どおりのいいタイトルだ。先ほど耳にしたときもすばらしい曲だと思ったが、ますます気に入ったよ。では明日の放課後、音楽室に来てくれ。さっそく練習をはじめることにしよう」

「グッド！　取引成立ね、律湖先輩」わたしは親指を立てた。

「合唱部に入部したからには、律湖先輩ではなく律湖部長と呼んでもらう」

「グッド！　取引成立ね、律湖部長」わたしは親指を立てた。

「ああ、これからよろしく頼む」

めんどくさいやつ！　だが、せいぜい利用させてもらうとしよう。


火曜日。放課後の音楽室で、律湖部長はわたしと沙螺を合唱部の面々に紹介した。部員はわたしたちを含めて二十二名で、顧問の先生は病気のため一時休職中。活動の一切を二年生の律湖部長がとりしきっているのだという。

律湖部長が「自由曲は『悪魔召喚』に決まった」といって合唱譜のコピーを配ると、部員たちから「え、悪魔ってなに」「きも」「歌詞に百足《むかで》とか蜘蛛《くも》とか出てくるんですけど」「うわ、きも」といった声があがったが、反対するものはいなかった。どうやらみんな、律湖部長のいうことはきくらしい。支配が行き届いているようで、なによりのことだ。

ちなみに、わたしは知らなかったのだが、四部合唱には混声、男声のみ、女声のみの三種類があるらしい。「悪魔召喚」の合唱譜にはとくにパート表記がなかったから、どの四部合唱を意図してつくられたものかわからないのだそうだ。男声を必要とする場合、われわれ女子校の合唱部では楽譜どおりの歌唱ができないということになるのだが、律湖部長と沙螺が確認したところ「悪魔召喚」の音域は女声のみで問題ないということだった。

わたしが幸運に恵まれているのか、人類の命運が尽きているのか。というわけで、パートは高音からソプラノ1、ソプラノ2、アルト1、アルト2に分けられ、わたしはアルト1を歌うことになった。もちろん沙螺は伴奏。律湖部長は、ある種のイメージどおり指揮者だった。

練習は課題曲「アメイジング・グレイス」からはじめられた。この曲は、たしかキリスト教の賛美歌ではなかったろうか。おいおい。つぎに歌うのは「悪魔召喚」だぞ。わたしは闇の目的のためにあえて賛美歌を歌う悪魔崇拝者という立場だが、おまえらの世界観的にこの高低差は大丈夫なのか？　と思ったが、だれも気にしていないようだった。彼女たちにとっては、神も悪魔もアニメやゲームの題材にすぎないのだろう。そうやって信仰をないがしろにするから、滅びることになるのだ。神や悪魔は、フィクションの玩具《おもちゃ》じゃあないんです

よ……⁉

「アメイジング・グレイス」の楽譜をわたされた沙螺は、最初のパート練習から完璧な演奏をしてみせた。彼女の表情は、思いきりピアノを弾けることの喜びに満ちあふれていた。風に舞うように鍵盤を叩き、地を慈《いつく》しむようにペダルを踏む沙螺の姿に、合唱部員たちが感嘆のため息をつくのを、わたしはアルト1のグループ後方で腕組みをしながら見ていた。沙螺の才能が、みんなに認められるのがうれしかった。まあ、この機会をつくったのは、なにを隠そうこのわたしなのだがね。

そんなわたしのパート練習では、歌っているあいだじゅう、隣に立つおかっぱ頭の女子からおそろしいほど見ひらかれた目でにらまれつづけた。彼女のいだいている感情はよくわからなかったが、昨日、律湖部長と沙螺から歌い方が独特だといわれたことと関係があるのかもしれないと思うと、胸のあたりがちくちくした。（そんなことないよね……？）

そしていよいよ「悪魔召喚」の練習がはじまった。合唱部員たちはあいかわらず「きも」「うわ、きも」といった声を漏らしていたが、律湖部長が指揮棒をかざすとみんな黙って集中した。

「わたしがパートごとに歌ってみせるから、各自お手本にして覚えてください」

律湖部長の合図で、沙螺がソプラノ1の旋律を弾いた。沙螺の演奏も見事だったが、律湖部長の歌声もまた伸びやかですばらしかった。「悪魔召喚」のもつおどろおどろしい雰囲気が繊細かつ力強く表現されており、指揮者にしておくのはもったいないと思わせるほどだった。この瞬間、わたしの頭のなかに《全国制覇》の四文字が浮かびあがった。まあ、その前に人類は滅びてしまうわけだが。

律湖部長のお手本がおわり、わたしたちはパートごとにわかれておさらいをした。隣のおかっぱは、いまではわたしをにらむのをやめてうつむいていた。どうやら、わたしの歌にたいして特段の感情をもっていたわけではなく、腹痛か空腹だったらしい。水がなくても飲める下痢止めをポケットから出して、周囲に気づかれないようにそっと差しだしたが、小さく首をふって拒否された。ということは、おそらく空腹のほうなのだろう。

「よし。各パート、だいたいおさらいできたようだね。初回だし、音の強弱なんかは意識しなくていいから簡単にあわせてみて、今日の練習はおわりにしようか」

律湖部長の提案に、部員たちは「はい！」と声をそろえて答えた。メトロノームがわりにでもつかうのか、沙螺はスマートフォンをピアノの上に置いてから姿勢をととのえた。

「――それじゃあ、行くよ。いち、にい、さん、し」

まじない　まじない　おそるべき
あやしき　あやしき　魔法円

遠くで雷が鳴ったような気がして窓の外にちらりと目をやると、晴れていたはずの空に暗い雲が垂れこめはじめていた。突風が笛のような音をたてて通りすぎ、校庭の木々が恐怖におののくように揺れていた。これは兆候だ……！　やはり、録音ではない生の合唱によって「悪魔召喚」の儀式は達成されるにちがいない。

紅《くれない》の爪　あふれる死　くるりと廻る　蛇《へび》　百足《むかで》
野犬　蝙蝠《こうもり》　蜘蛛《くも》　蠍《さそり》　色とりどりの　毒　病気

〈紅薔薇色の王〉をこの世界に呼びだすには、正確な音程で歌えるようもう少し練習が必要かと思っていたが、もうこのまま人類が滅びるところまでいけるかもしれない。わたしと沙螺は目をあわせてうなずいた。雷鳴をともなう豪雨とともに停電が発生し、音と闇の混じりあった妖しい瘴気《しようき》が音楽室を満たした。

はめつよ　はめつよ　きたるべき
そなたよ　そなたよ　紅薔薇色の——

そのとき、音楽室の端のほうでばたんという大きな音がした。合唱がとまり、かわりにざわめきが広がった。停電はすぐに復旧し、ソプラノ1のパートリーダーをつとめる小柄な女子が床に倒れているのがわかった。律湖部長が駆け寄って抱きかかえると、パートリーダーはかすれた声で「すみません」といった。たいしたことはないらしいということがわかって、部員たちは安堵のため息を漏らした。

「貧血を起こしたようだな。わたしが保健室に連れていくから、みんなは解散してくれ」

こうして、合唱部での初回練習はおわった。ほとんどの部員たちが、頭をふったり目をこすったりしていた。沙螺とふたりで練習していたときとは明らかに異なる、ねっとりとした疲労感が心と体にまとわりついていた。「悪魔召喚」による負荷、あるいは代償なのかもしれない。

暴風雨や停電を気にすることなく歌いつづけていたのは、儀式による変性意識状態《トランス》が原因だろうか。しかし、そうだとするならば、ソプラノ1のパートリーダーが倒れたとたんにみんなが正気にもどったのはなぜだろう。計画を成功に導くには、このあたりをしっかり考えておく必要がある。

いつのまにか雨はやんで、青い空が顔をのぞかせていた。校庭から、突然の大雨でびしょ濡れになった運動部の女子たちが、文句をいってはしゃいでいる声がきこえた。

3

合唱部の活動は月曜日、火曜日、木曜日、金曜日の週四日。一か月後に国民学術芸術会館でおこなわれる新生日本女子中学校合唱コンクールの全国大会を目標に、課題曲である「アメイジング・グレイス」と自由曲である「悪魔召喚」の練習が併行して進められた。

二回目となる木曜日の練習では、ふたたび「悪魔召喚」を全体で歌ったが、初回のときのような豪雨や突風、停電は発生せず、妖しい瘴気が音楽室を満たすこともなければ、異様な疲労感を覚えることもなかった。おそらくこれは儀式が不成立であることを示すもので、つまり、生合唱だけが〈紅薔薇色の王〉を召喚する条件ではないということになる。可能性として考えられるのは、合唱者の人数である。

この日、ソプラノ1のパートリーダーは体調が回復しておらず、学校を休んでいた。合唱隊はフルメンバーなら各パート五人ずつの計二十名。この人数を下まわると儀式が成立しないのかもしれない。そういうことなら、初回練習のときに起こったことの辻褄《つじつま》もあう。要するに、パートリーダーの昏倒による人数条件不成立で「悪魔召喚」がキャンセルされ、変性意識状態が解除されたということになるのだ。

この推測が正しければ、ソリューションはいたってシンプルだ。パートリーダーの体調がもどって、また部活に出てくるのを待てばいいだけのことなのだから。ここまでの話をきかせると、沙螺は「なるほど！　さすが美句ちゃんだね！」といって、わたしを賞賛した。

しかし、現実はそう簡単にはいかなかった。三回めとなる金曜日の練習に、パートリーダーとは別の部員が病欠したのだ。儀式が成立しない場合であっても、「悪魔召喚」の歌唱には、ある程度の肉体的、精神的負荷がかかるのかもしれない。おそらく楽曲そのものがもつ魔力のようなものに、あてられてしまうのだろう。

そのようなわけで、病欠した部員が回復してもどってきたかと思えば、また別の部員が病欠するという状況が延々とくりかえされ、全員そろって合唱ができないまま日々は過ぎ、気づけば合唱コンクールまであと三日になっていた。

わたしは焦った。このまま儀式が完成せずに合唱コンクールがおわってしまったら、もう合唱部は「悪魔召喚」を歌わないかもしれない。律湖部長との取引は、あくまで合唱コンクールでの自由曲を「悪魔召喚」にするところまでなのだ。

焦っていたのは、律湖部長もおなじだった。なにしろ、全員で最後まであわせたことが一度もないのだ。これでは合唱コンクールで優秀な成績をおさめるなど、夢のまた夢。彼女は、わたしと沙螺がお昼休みに机をくっつけてお弁当を食べているところにあらわれて「今日の放課後に臨時練習をする」といった。

「水曜日は音楽室が空いてないいんじゃないの？　だからお休みなんでしょ？」

「そのとおり。しかし、だとすれば場所を変えて練習すればいいだけのことだ」

「でも、律湖部長」沙螺がいった。「音楽室以外でピアノがあるのは講堂だけだし、たしか今日は軽音楽部がつかってますよね。わたしたち、いったいどこで練習すれば……？」

「校庭で歌おう。今日は久しぶりに天候も安定しているようだし」

「はあ？」わたしは飲んでいた牛乳を、少量吹きこぼした。「絶対いやなんだけど！」

わたしは偉大なる魔女の孫娘であり「悪魔召喚」という楽曲に誇りをもっている。しかし、校庭で練習中の運動部や帰宅中の生徒たちに《色とりどりの毒 病気》などと歌っているところを見られることに耐えられる自信はなかった。確実に冷ややかな目で見られるし、馬鹿にされる。明日からどうやって通学すればいいのか、わからなくなってしまう。

もちろん、これらの悩みは〈紅薔薇色の王〉が人類を滅ぼしてくれればそれで解決するが、合唱部には病欠している部員がいまもひとりいるのだ。なんでも免疫力の低下からたちのわるい感染症にかかってしまい、合唱コンクールまでになんとか復帰できれば……という状況らしい。全員そろっていない以上、わたしに校庭で練習するメリットはなにひとつない。

しかし、そんなわたしの気持ちも知らず、沙螺は顔を輝かせていった。

「はい、律湖部長！　わたし、鍵盤ハーモニカもってきてるから、どこでも伴奏できます。放課後、美句ちゃんといっしょに練習に行きますね」

「ちょ、ちょっと沙螺……！」

わたしは律湖部長から見えないように両手の指で条件人数である4×5の数字を表現したのち、両腕でバッテンをつくって拒否する意向を沙螺に示したが無視された。

「よし決まり。校庭で待っているよ」

律湖部長はさわやかに笑って教室から出ていった。お弁当の玉子焼きを食べる沙螺の表情は明るかった。これまで沙螺は、いつもわたしのいうことだけをきいていたのに。沙螺の友だちは、わたししかいなかったのに。わたしだけの金魚のフンだったのに……。

目玉を蹴飛ばせ　首引きちぎれ
臓物《はらわた》の川を泳がせろ

鍵盤ハーモニカの伴奏に乗せて、わたしたちの合唱が放課後の校庭にこだました。思っていたとおり、練習中の運動部や下校中の生徒たちが、呆然《ぼうぜん》とした顔つきでこちらを見ていた。間奏中には「なにあれ」「サバトよ」などと耳打ちしあっている声もきこえた。歌いおわったら、きっと罵声《ばせい》を浴びせられるだろう。中世の魔女たちがそうされたように、石を投げられるかもしれない。

合唱コンクールの舞台のような虚構性のある特別な空間であれば「そういうものか」「む

しろ、おもしろい」などと受け入れられるようなことでも、放課後の校庭のような当たり前の日常のなかでは、異物、異端として嫌悪の対象になってしまう。だれかを裁きたいという生徒たちの欲望が頂点に達すれば、わたしたちは火あぶりにされる可能性だってある。わたしはそのことを、魔女狩りの歴史からよく知っている。

しかし、いまのところそのような危機感をいだいているのは、わたしだけのようだった。沙螺も、律湖部長も、ほかの合唱部員のみんなも、おどろおどろしい「悪魔召喚」の楽曲には、およそ似つかわしくないほど晴れやかな顔をしていた。ただの臨時練習であっても、みんなで合唱できることが幸福でたまらないといったようすだった。沙螺を含めて、最近の彼女たちは前にも増してそうなのだ。練習を重ねるなかで、絆《きずな》が深まっていっているのかもしれない。このあとに待っている運命も知らず、いったいどこまで呑気なのだろうか。

しかし、合唱がおわった瞬間に起こったことは、信じられないことだった。いつのまにか、わたしたちをぐるりとかこんで円になっていた運動部や下校中の生徒たちが、歓声とともに拍手をしたのだ。

「合唱部、すごいじゃないか！」

「なんだか怖い歌詞だったけど、引きこまれたよ！」

「合唱コンクール、応援してるよ！」

賛辞の声をあげる生徒たちに、律湖部長はヨーロッパの貴族のようなお辞儀で応えた。沙螺を含む合唱部員たちも、律湖部長につづくようにスカートの裾《すそ》をもち、軽く膝を曲げた。わたしは棒立ちのまま疎外感を覚えざるをえなかった。こいつらが「悪魔召喚」を歌うのはわたしの計画によるものなのに、なぜかわたしが置いていかれているような気がした。

動揺しているわたしの肩を、ひとりの合唱部員がつかんだ。初回の練習のときにわたしをおそろしいほど見ひらかれた目でにらみつけてきた、おかっぱ頭の女子だった。

「美句さん、よかったよ！」

「え？」

「わたし、正直いうと最初はあなたの歌い方が苦手だったの。だって、すごく独特だし……でも、いまはあなたの声が大好き。奇妙な迫力があって、心の深いところをえぐってくるような感触があるから」

やっぱり、わたしの歌い方って変だったのか？　でもこいつ、そんなわたしの歌い方が好きだといったのか？　混乱して、どう反応したらいいのかわからずにいると、周囲のざわめきが不意にやんだ。静まりかえった生徒たちのあいだを、まるで紅海《こうかい》をわたるモーセのように進んできたのは、禿鷲《はげわし》のような顔をした年老いた男と、針金のように細い長身の男――校長先生と教頭先生だった。

「律湖くん、いったいこれはなんの騒ぎかね？」校長先生はいった。

「合唱コンクールの練習ですが、なにか？」

「死があふれるだの毒だのなんだの、不適切な歌詞に苦情が数多く寄せられておるのだよ」

「はて？　みんな喜んでくれているように見受けられますが」

「おい、教頭。わしのいったことにまちがいはないな？」

「さ、左様でございます……」教頭先生は強風にあおられた電線のように震えながらいった。

「悪魔的で気味がわるい、虫酸《むしず》が走る、品がない、格調ある花京女学院にそぐわない、といった苦情が数多く寄せられております……校長ご自身のお口から」

「そのとおり！」校長先生は叫んだ。「こんな劣悪な楽曲で舞台に立つなど、わが校の恥！　合唱部はしばらくのあいだ活動停止とする！　合唱コンクールへの参加もなしだ！」

なんなんだ、このじじいは。こんな理不尽な理由で、〈紅薔薇色の王〉を召喚する機会を奪おうとするなんて……わたしは校長先生をにらみつけた。

「む？　そこにいるのは〈荒れ地〉の魔女の……なるほど、きさまが一枚嚙んでいたとはな。まったく、祖母が祖母なら孫娘も孫娘といったところか」

「校長先生、お祖母ちゃんを知っているの？」

「古くからこの町に住んでいる者なら、だれでも知っておるわ。野犬どもを連れてうろつきまわったり、わけのわからん水晶玉を売りつけたり。みんな迷惑しておったのだからな。きさまも同類だったというわけだ。けがらわしい、呪われた悪魔崇拝者の一族め！」

わたしは校長先生に敵意を感じながら、同時にわたしにむけられた《けがらわしい、呪われた悪魔崇拝者の一族》という言葉に満足感を覚えていた。偉大なる魔女の孫娘たる者、こうでなくてはならない。盛りあがってまいりました……わたしはなにかおそろしいことをいって、校長先生を恐怖のどん底に落としてやろうと思ったが、台詞《せりふ》を考えつくより早く律湖部長がさわやかに笑った。

「校長先生。先ほど恥とおっしゃいましたが、それはわたしたちの合唱が見むきもされずおわることです」

「なにがいいたい？」

「認めさせればよろしいのでしょう？　花京女学院中等部の合唱部が日本一であると。わたしたちは合唱コンクールでかならずや優勝してみせます。もしできなければ、そのときは活動停止にでも廃部にでも、なさりたいようになさればよろしい」

「ほほう。わたしにとっては目ざわりな合唱部を廃部にする、またとない機会だ。いいだろう。その言葉、忘れるなよ。せいぜい合唱コンクールで恥をかくがいい」

「校長室のコレクションに、優勝トロフィーをひとつくわえてごらんにいれますよ」

「ふん……」

校長先生と教頭先生は、生徒たちのあいだにできた道を、来たときとおなじように歩いて去っていった。律湖部長と合唱部員たちは、肩を寄せておたがいを励ましあっていた。沙螺もわたしのことなんてそっちのけで、みんなと「えい、えい、おー！」などと叫んでいた。

よくわからない状況になってしまったが、わたしにとって合唱部の存亡などどうでもいいことだった。「悪魔召喚」の儀式を完成させて、人類を滅ぼせればそれでいいのだから。

優勝するしかなくなった合唱部は、合唱コンクールまでの残り二日間、これまで以上に激しい練習をこなした。とくに最終日となる金曜日の放課後は、いつもより二時間も延長して、音程や声量のバランスを徹底的に確認した。練習の終了間際、病欠している子から律湖部長のスマートフォンへ、明日の本番には出演できそうだというメッセージが届いたときには、全員が飛びあがって喜んだ。

「これで計画どおり『悪魔召喚』の儀式を完成させられるね」

わたしと沙螺は月明かりを頼りに〈荒れ地〉を歩いていた。遅くなるときは〈荒れ地〉で近道せず、遠まわりでも住宅街のほうから帰るようにとお母さんからいわれていたけれど、そんなことまったく気にしなかった。わたしはだれよりも〈荒れ地〉の地理にくわしいから暗くても迷ったりしないし、なにより住宅街では味わえない夜の澄んだ空気が好きだった。

「うん、美句ちゃん……わたし、律湖部長や合唱部のためにも伴奏頑張るからね」

「律湖部長や合唱部のため？」

わたしは沙螺を二度見した。彼女がなにをいっているのかわからなかったからだ。

「休職中の顧問の先生、律湖部長のお母さんなんだって」

「えっ、そうなの？」

「うん。律湖部長のお母さんは、以前に校長先生の生徒にたいする暴言を教育委員会に報告したことがあって、それ以来、いやがらせを受けてるんだって。そのせいで鬱《うつ》状態になってしまって、それで休職してるの。校長先生が合唱部を目の敵《かたき》にしているのも、そのせい……だから、律湖部長はお母さんが休んでいるあいだ部を守らなきゃって、自分から指揮者を買って出たそうだよ。みんながひとつにまとまって、いい合唱ができているかぎり、そうそう廃部にはできないだろうからって。本当は歌を歌うのがとても好きな人なのに」

「ぜ、ぜんぜん知らなかった」

わたしは、まじでぜんぜん知らなかった。そういえば、前にパートのお手本を歌ってくれたときに、素敵な歌声だと思ったような気がするけれど、すっかり忘れてしまっていた。

「美句ちゃん、みんなと交流しないもんね。合唱部のグループ・チャットにも来ないし」

グループ・チャット？　そんなの誘われていないのだが……いや、だいぶ以前におかっぱがスマートフォンをもってきて、アプリがどうのこうのといっていたような気がする。めんどくさくてちゃんときいていなかったが、あれはグループ・チャットへのお誘いだったのだろうか。きっとそうにちがいない。そうでなかったら、悲しすぎるから……。

「――わたしね」沙蝶は言葉をつづけた。「美句ちゃんにいわれて合唱部にはいったし、最初はピアノが弾けて『悪魔召喚』の儀式もできるならいいかって思ってたんだけれど、いまはみんなと練習するのが楽しいんだ。律湖部長も、ほかのみんなも大好き。だから、頑張って合唱コンクールで優勝したいの……絶対に、廃部になんてさせたくないから」

「は？」わたしは思わずあきれた声を出してしまった。「頑張って合唱コンクールで優勝するっていうのはさ、全員そろって最高の合唱をするってことだよね。それって『悪魔召喚』の儀式が完成するってことじゃん。そうしたら〈紅薔薇色の王〉がやってきて人類は滅びるんだよ？　合唱部が廃部にならなかったとしても、みんな死ぬんだから意味なくない？」

「それはわかってるけど……でも、わたしはみんなと頑張りたいから」

「ふうん。まあ、頑張ってくれるんなら、どうでもいいけどね。わたしは人類が滅ぼせるなら、それでいいわけだし」

「どうして美句ちゃんは、人類を滅ぼしたいの？」

「前もいったじゃん。人類ってクソだし。社会ってぜんぜんおもしろくないから」

「それだけ？」

「それだけ」

「美句ちゃんって、ずっとそうだよね……いつもふざけてて、真剣じゃない。わたしの話だって、ちゃんときいてくれたことなんかない……」

そういうと、沙螺は立ちどまった。頬をつたう涙に、月の光が反射していた。

「……わたしはね、世界がどうしようもなくきらいだったの。どうしてわたしのお父さんは、わたしやお母さんに暴力をふるうんだろうって。どうしてほかの家みたいに、仲よしじゃないんだろうって……なにがいけなくて、わたしのうちだけそうなのかわからなかった。そういう世界に生まれてしまったんだって、そう考えてあきらめるしかなかった。

そうしたら、ある日、お父さんが出ていって……お母さんが朝から晩まで働かないといけなくなったり、ピアノを売らないといけなくなったりしたけれど……それでも、もう殴られることはないんだって安心してたのに……お母さんはお父さんとまたいっしょに暮らしたいって……あんなにひどい目にあってきたはずなのに……だからもう、こんな世界滅ぼすしかないんだって、そう思ったの」

「う、うん……だから滅ぼそうよ」

「でも、合唱部のみんなと出会って、いっしょに練習をして、いろんなことを話して……不幸なことをかかえているのはわたしだけじゃないってわかったの。だから、わたしは大好きなみんなと、最高の合唱をつくりあげたい。最後まで一生懸命やって、合唱コンクールで優勝したい……！」

「いや、だからさ……それはつまり、人類が滅ぶということであって」

「美句ちゃんにはわからないよ！」

沙螺がこんな風に大きな声で叫ぶのを、わたしははじめてきいた。

「……美句ちゃんが大事にしてる写真あるでしょ？　あれ『黒い安息日《ブラック・サバス》』だよ」

「……え？」

「ブラック・サバスっていうバンドの『黒い安息日《ブラック・サバス》』っていうアルバム。そのレコード・ジャケットを、タイトルとかの表記がはいらないように切り抜いたものが、あの写真の正体だよ。厚紙にプリントしてあるんだから、普通わかるよ。だけど、美句ちゃんがお祖母ちゃんだって信じていたから、かわいそうだしいわないでおいてあげていたの。それに美句ちゃん、声がボーカルのオジー・オズボーンに似てるから、余計に混乱するだろうと思って」

沙螺のいうとおり、完全に混乱してしまった。わたしがお祖母ちゃんだと思っていた人は、お祖母ちゃんではなかった。そして、わたしの声はオジー・オズボーンに似ている。

なにもいえないでいるわたしに、沙螺はひとこと「それじゃあ、会場で」とだけいい残して去っていった。追いかけようと思ったときには、彼女の姿は暗闇に溶けて消えていた。

4

新生日本女子中学校合唱コンクール、全国大会当日。わたしは小一時間ほど電車に揺られて、会場である国民学術芸術会館にやってきた。ほかの合唱部員たちはわたしより先に到着しており、集合場所で「きゃっきゃっ」と声をあげてはしゃいでいた。もしかしたら、グループ・チャットとやらで誘いあわせて、みんなでいっしょに来たのかもしれない。沙螺はわたしに目もくれず、律湖部長やパートリーダーたちと楽しそうにおしゃべりをしていた。

わたしたち花京女学院中等部の出番は十番目。午前の部の最後だった。気まずい雰囲気のまま、お昼休みを過ごさなくてもいいと思うと安心した。病欠していた子が復帰して、ついに合唱部は全員がそろった。正午をまわったころには、人類は滅んでいることだろう。

出番が来るまでのあいだ、出演者は学校ごとに客席にすわって、他校の合唱を見ながら待機する。ホールの客席は二階建てで、一階のうしろのほうには審査員や関係者の大人たちがすわっていた。あの憎たらしい校長先生と教頭先生が、その端のほうで悪そうな顔をしていた。おそらく「これであの忌々《いまいま》しい合唱部もおわりだな」「さ、左様でございますな、校長」などといって笑っているのだろう。

開会式がおわり、一番目の学校の合唱部が舞台にあがった。指揮者は舞台手前の指揮台に立ち、伴奏者は下手側のピアノにすわった。合唱隊はひな壇の上でパートごとにならんだ。まずは課題曲の「アメイジング・グレイス」、つづいてわたしの知らない自由曲が披露された。おそらく合唱前に司会者が曲名をいっていたのだろうが、わたしはすっかりうわの空だった。合唱もろくに耳にはいってこなかった。

それよりも昨日の夜、沙螺にいわれたことで頭のなかがいっぱいになっていた。お祖母ちゃんだと信じていた写真が、ブラック・サバスのファースト・アルバムのジャケットだったなんて。うしろに写っている建物が、わたしの家に似ているのがいけなかった。細部が異なるのはリフォームでもしたせいだろうと考えていたが、そもそもなんの関係もなかった。しかし、もっとショックだったのは、沙螺がそんなわたしの勘ちがいをかわいそうだと思って黙っていたことだった。わたしはずっと、沙螺のことをかわいい金魚のフンだと思っていた。しかし、本当は気をつかって相手をしてもらっていたのは、わたしのほうだった。もしかしたら、魔女だなんだと忌みきらわれる祖母をもつわたしに、なんらかの共感を覚えてくれていたのかもしれない。けれど、合唱部の人たちと仲よくなって、もうわたしなんて必要なくなったのだ。

それは仕方のないことなのかもしれない。わたしはいつだって相手より自分の話を優先していたから。人の話をちゃんときいて、自分にはなにもないことに気づいてしまうのがおそろしかったのだ。人類がクソで、社会がぜんぜんおもしろくないのとおなじように、わたしもクソで、わたしもぜんぜんおもしろくなかったのだ。

そう考えると、やはり人類を滅ぼす計画を進めてきてよかったように思えた。どちらにしても、みんな死んでしまえばいいのだ。そうなれば、おなじことだ。もういい。こんな世界なんて、おわってしまえばいい！

隣にすわっていたおかっぱに肩を叩かれてわれに返ると、八番目の学校が出番をおえたところだった。わたしたちの出番はつぎのつぎだから、いまのうちに客席から待機場所に移動しておかなくてはならないらしい。わたしはおかっぱのうしろについてホールから退出し、廊下を突きあたりまで進んだ。そこには、舞台袖につながる防音扉があった。

「九番目の学校がおわるまで、ここで待機」律湖部長がいった。「これがわたしたちの最後の活動になるかもしれないけれど、悔いが残らないように精いっぱいやろう」

「はい！」（わたし以外の）合唱部員たちが声をそろえて答えた。

律湖部長のいうとおり、最後の活動になることはまちがいない。おまえたちはなにも知らず、この世界を地獄に変える。いまのうちに、青春ごっこを楽しんでおくがいい。

「あの」沙螺が手をあげた。「わたし、結果がどうなろうと後悔はありません。みんなで必死に練習してきたから。でも、やっぱり優勝したいです……」

「たしかにそのとおりだね。やるからには、もちろん優勝を目指さないとね」

律湖部長の返事に、沙螺は激しく首をふった。

「ちがうんです……わたしと美句ちゃん、ずっと隠していたことがあるんです……わたしたちの自由曲『悪魔召喚』は本物の悪魔を呼ぶ合唱曲なんです……！」

「はあ!?　ちょっと沙螺……あんたなにいってんの!?」わたしは叫んだ。

よりによって、このタイミングで儀式のことをばらすなんて。わたしを捨てて、みんなと最高の合唱をつくりあげたいんじゃなかったの⁉「いったいなにがしたいのよ⁉」
しかし、沙螺はわたしではなく、律湖部長にむかって言葉をつづけた。
「わたしたちが『悪魔召喚』を歌いきったら〈紅薔薇色の王〉が降臨して、世界はおわって
しまうんです。だから、本当は合唱なんてやめたほうがいいんです。でも、わたし……それ
でも、みんなといっしょに最後まで歌いたかったんです。みんなといっしょに優勝したかっ
たんです……だから、いいだせなくて……」
大粒の涙を流してその場にくずおれた沙螺の背中を、律湖部長がそっと抱きしめた。
「なんとなくわかっていたよ。だけど、それでもいいさ。結果がどうなろうと後悔はない
——それは、わたしたちもおなじなんだ。みんな、それぞれに悩みをかかえて生きている。
それでも最高の仲間たちとともに、一生懸命練習してここまで来られた。それはこんな理不
尽な世界より、大切なことなんだ。人類がおわっても、わたしたちは負けない。最後まで力
を出しきって、かならず優勝しよう……なあ、みんな？」
「はい！」（わたし以外の）合唱部員たちが声をそろえて答えた。
「負けないもん……」沙螺が涙声でつぶやいた。「悪魔召喚《サモン・デーモン》、負けないもん……！」
律湖部長はうなずいて沙螺の言葉をくりかえした。ほかのみんなもそれにつづいた。
「悪魔召喚《サモン・デーモン》、負けないもん！」
「悪魔召喚《サモン・デーモン》、負けないもん！」

「悪魔召喚《サモン・デーモン》、負けないもん！」

　力強い標語が、待機場所にくりかえし響いた。おまけに円陣まで組んで「絶対優勝しようね！」「わたしたちの合唱で人類のフィナーレを飾ろうね！」などといいあいはじめた。一時はどうなることかと思ったが、こいつらが馬鹿でよかった！　わたしの計画を阻むものなどなにもない。わははは！　これで人類はおしまいだ！


「つづきまして、花京女学院中等部合唱部の登場です。課題曲『アメイジング・グレイス』、自由曲『悪魔召喚』。二曲つづけておききください」

　わたしたちは舞台袖から歩いていって、それぞれの配置についた。ひな壇からは客席がよく見えた。へらへらと笑っている顔もあれば、ぼんやりと退屈そうな顔もあった。みんな、それぞれに悩みをかかえて生きているなんて本当だろうか。だとしても、あと十分もすれば、そんなものはすべてどうでもよくなるわけだが。

　律湖部長が指揮棒をふるうと、沙螺の弾く「アメイジング・グレイス」の前奏が流れはじめた。わたしは深く息を吸いこんで、慎重に最初の一音を発声した。こうしてあらためて歌ってみると、とても美しい楽曲だということが、いまさらながらにわかった。わたしの歌い方は独特らしいから、あまり声を張るとわるい目立ち方をしてしまう。だから、ピアノやほかのパートに注意深く耳をかたむけて、音程や声量を調整するといい――練習のとき、律湖部長がそんなことをいっていた。課題曲について、わたしはそれほど練習熱心ではなかったから、自分がいわれたとおりにできているとは思えなかったが、隣のおかっぱにちらりと目をやると、彼女は歌いながら《いい感じだよ》とでもいいたげにうなずいた。

「アメイジング・グレイス」の合唱がおわり、律湖部長が指揮棒を高くかかげてわたしたちに笑いかけた。どこまでもさわやかな笑顔だった。人類が滅びるということが、わかっていないんじゃないだろうかと思った。同時に、わかっているからこその笑顔なのかもしれないとも思った。

静かに指揮棒が揺れて、妖しい旋律がホールに響いた。

合唱：花京女学院中等部合唱部

「悪魔召喚」

まじない　まじない　おそるべき
あやしき　あやしき　魔法円
はめつよ　はめつよ　きたるべき

そなたよ　そなたよ　紅薔薇色の王

（ラララララ）
（ラララ）

頭サビしか歌っていないのに、明らかな異変が起こりはじめた。建物の外から落雷の轟音《ごうおん》がつづけざまにきこえた。それらはまるで裏拍《うらはく》を刻むかのような絶妙のタイミングで鳴り、合唱を邪魔するどころか、むしろ盛りあげてくれているようにさえ思えた。落雷のたびにホールそのものが震えた。天井の照明は明滅をくりかえし、やがて火花とともに四散した。

しかし、舞台は暗闇に閉ざされなかった。舞台と客席のあいだに落ちた照明の破片が、激しく燃えさかる緑色の炎をあげたからだ。初回の練習で起きた異変とは、桁《けた》がちがっていた。おそらく、わたしたちの合唱の精度があがったせいだろう。これならば、〈紅薔薇色の王〉をきっと召喚できる。緑色の炎に照らされながら、わたしたちは恍惚《こうこつ》と歌いつづけた。

紅《くれない》の爪　あふれる死　くるりと廻る　蛇《へび》　百足《むかで》
野犬　蝙蝠《こうもり》　蜘蛛《くも》　蠍《さそり》　色とりどりの　毒　病気

目玉を蹴飛ばせ　首引きちぎれ
臓物《はらわた》の川を泳がせろ

混乱し、悲鳴をあげていた客席が、いつのまにか首を揺らしたり、足踏みをしたりして、リズムをとるようになっていた。ひとりの女子が立ちあがり、頭上に拳《こぶし》を突きあげると、その動きは波のように客席全体に広がっていった。なんだろう、この一体感。客席に応えるように声量をあげると、地割れのような震動とともにひな壇の背後から閃光が走った。
歌いながらふりむくと、紅い光がなにもない空間に巨大な魔法円を描いていた。その幾何《きか》学《がく》模様の中心から、瘴気とともに少しずつせり出してきたのは、紅色——いや、紅薔薇色の指先だった。いま、地獄の司令官がこの世界にあらわれつつあるのだ。わたしは正面をむいて、さらに声を張った。

花は萎《しお》れて　鳥は墜ち　髑髏《どくろ》がからから笑ってる
風にまたがり　月越えて　次元の果てからやってくる

客席から、うちの校長先生と教頭先生が「けしからん！　いますぐ合唱をやめろ、この悪魔崇拝者どもめ！」「こ、校長のおっしゃるとおりです！」などと叫びながら舞台にむかって駆けてくるのが見えた。この変性意識状態的な一体感のなかで自分を保っているのは、なかなかどうしておそるべき精神力といえるのかもしれない。
しかし、それは結局のところ彼らの死期を早めることにしかならなかった。わたしの頭の上を、紅薔薇色の巨大な腕が蛇のようにぬるりと伸びていった。その指先が校長先生と教頭先生の額をそっと撫でると、彼らはまたたく間に紅い炎につつまれ、つぎの瞬間には恐怖にすくみあがったポーズのまま、理科室にある模型のようなふたつの骸骨《がいこつ》になった。

ああ、輝く暗闇よ！　ああ、凍てつく焦熱よ！
ああ、愛する者たちよ！　ああ、破壊は救いなり！
悪魔召喚……フロム・ヘル！

すべての防音扉がひらいて、強風がホールのなかに吹きこんだ。落雷によって破壊された天井から、豪雨が降り注いだ。いまや〈紅薔薇色の王〉は、魔法円から胸のあたりまで姿をあらわしていた。その名前のとおり、肌も、瞳も、髪も、爪も、牙も、ねじれた角も、すべてが美しい紅薔薇色をしていた。王が合いの手《オブリガード》のように唸り声をあげると、魔法円の隙間から紫色の小悪魔《インプ》が大量に飛びだした。彼らは蝙蝠のような翼でそこらじゅうを舞いながら、ギターやラッパといった種々の楽器を情熱的に演奏した。

（ラララ）

（ラララ）

まじない　まじない　おそるべき

あやしき　あやしき　魔法円

〈紅薔薇色の王〉は両手を魔法円の縁にかけて力をこめた。残る肉体が、こちらの世界にずるりずるりと引きずりだされつつあった。人類の滅亡まで、あとほんの少しだった。律湖部長が泣いていた。隣のおかっぱも、ほかの合唱部員たちも泣いていた。わたしは列をはみだして、沙螺を見た。彼女はだれよりも、ぼろぼろと涙を流していた。みんな、本気で「悪魔召喚」を歌いきるつもりなのだ。彼女たちにとって合唱部の絆は、この理不尽な世界より大切なことなのだ――そう、彼女たちにとっては。

じゃあ、わたしは？　わたしはどうして世界を滅ぼしたいんだっけ？

はめつよ　はめつよ　きたるべき

そなたよ　そなたよ　紅薔薇色の――

5

「まあ、わたしにとっては合唱部なんて、べつにどうでもよかったし」

「それで歌うのをやめて、わたしのところに来てくれたの？」

わたしと沙螺は〈荒れ地〉のいつもの涸れた小川で、寝ころんで空をながめていた。合唱コンクールから、一か月がたとうとしていた。

「だって、沙螺。すごい泣いてたんだもん」

「美句ちゃんだって、泣いてたよ」

「そうだっけ？」

「そうだったよ」

わたしは「忘れちゃった」といって頭を掻《か》いた。本当は全部覚えていた。あのとき、鍵盤の前で大粒の涙を流していた沙螺の表情は、とてもとても苦しそうだった。だから、わたしはひな壇からおりて、ピアノのところまで走っていった。あんまり痛々しかったから、思わず彼女を抱きしめてしまった。わたしは気づいたのだ。わたしが人類を滅ぼそうとしたのは、そういって沙螺とはしゃいでいるのが、なにより楽しかったからなのだと。

そんなわけで、最後の一節を歌うどころではなかった。条件人数を満たさなくなった儀式はキャンセルされ、〈紅薔薇色の王〉は小悪魔たちとともに煙《けむり》のように消えてしまった。

「だってさあ、世界がクソだから滅ぼしちゃおうっていってたのに、それでクソな思いするんだったら、それって結局クソじゃん？　なんていうか、目の前の現実から逃げてるだけって感じじゃない？　わたしってそういうところ大人だからさあ」

わたしが笑うと、沙螺も笑った。あの日、合唱コンクールで起きたことは、世間的には局地的な暴風雨による被害だったとして片づけられた。記録用の映像も撮られていたのだが、カメラが落雷によって破壊された天井の下敷きになったことで、そのデータも消えてしまった。客席はもともと撮影禁止だったし、異変が起きてからはみんなずっと変性意識状態だったから、ほかに残った写真も動画もなかった。

校長先生と教頭先生の遺骨は、遺族が「火葬の手間が省けてよかった」などといいながらもち帰った。瓦礫《がれき》につぶされて粉々になっていたから、たぶん混ざりあっていたと思うが、細かいことはだれも気にしていないようだった。ああいう感じの人たちだったから、遺族からも好かれていなかったのかもしれない。ちょっと同情する。

そういうわけで〈紅薔薇色の王〉のことは、すべて集団幻覚ということになった。いくらなんでも無理があると思ったが、大人たちはいつだって魔法の世界を見ようとしないものだ。責任をとらされなかっただけ、幸運だったと思うことにしよう。

「ありがとう、美句ちゃん」

沙螺がこちらをじっと見つめていうので、わたしは顔をそらしてしまった。

「まあ、だからって人類のことを好きになったわけじゃないよ？　せっかく悪魔や魔法が実在するってわかったんだから、あれでおわりにするのはもったいないなって思っただけ。偉大なる魔女の孫娘としては、もっといろいろな儀式を覚えて、楽しまないとね」

「うん！」

沙螺はすっかり明るくなった。いろいろあって、もうお父さんがもどってくることはなくなったらしい。それに定期的にピアノを弾く機会ができたことが、やはりうれしいのだろう。いまでもトレードマークの鍵盤ハーモニカをもち歩いているけれど、ピアノの前にすわる沙螺の姿は、なんというか神聖だ。天使といってもいいかもしれない。悪魔崇拝者としては不適切な表現かもしれないけれど。

「やあ。少女たち」

見あげていた空の端から、律湖部長の顔がひょっこりとあらわれた。

「いい天気だし、せっかくだから臨時練習しないか？」

「いまから学校にもどるのめんどくさい」わたしはいった。

「ここで歌うんだよ。みんなも連れてきた」

律湖部長は親指でうしろをさし示した。見ると、合唱部員たちが手をふってこちらに歩いてくるところだった。やれやれ。〈荒れ地〉はわたしと沙螺だけの場所だったのに。

「伴奏も大丈夫です！」

沙螺が鍵盤ハーモニカの準備をしながらいった。

「さすが次期部長候補だ。次期パートリーダー候補もおなじくらい頑張ってほしいものだな。つぎのコンクールの準備もしないといけないんだから」

「わたしは合唱部のことなんて、べつにどうでもいいっていつもいってるじゃん」

わたしは立ちあがって、スカートについた土ぼこりを払った。

わたしたちは結局、合唱コンクールで優勝することはできなかった。小悪魔たちが弾いていたギターやラッパが伴奏のルールに反しているということで、失格になったのだ。しかし、独創的な合唱をつくりあげたとして、特別賞をもらうことはできた。校長先生も教頭先生もいないいま、そんなわたしたちを廃部にしようとする人たちはいない。

「で、なにを歌うの？」

わたしが質問すると、律湖部長と沙螺がふたりであれがいいんじゃないかとか、これがいいんじゃないかとか話しあいはじめた。あの日の破壊と混沌のなかで「悪魔召喚」の楽譜は燃えたり破れたりして、すべて失われた。オリジナルはもちろん、コピーの一枚も残っていない。こんなことなら、スマートフォンで写真でも撮っておくんだった。まあいい。世界には歌も魔法もまだまだあふれるほどあるはずなのだから。

わたしは沙螺の肩に腕をまわして、ヒッヒッヒと魔女のように笑った。

律湖部長に臨時練習でつかう楽曲の相談をされて、わたしはスマートフォンをひらいた。以前に音楽アプリにまとめておいた、みんなで歌えそうな合唱曲のプレイリストを見てもらおうと思ったのだ。ロックを解除して最初に表示されたのが例の音源ファイルだったので、あわてて表示をホーム画面に切り替えた。

「あっ、それ」

律湖部長がわたしのスマートフォンをのぞきこんで、ぼそりといった。

「なんですか……？」

「壁紙に設定してる写真、すごくかわいい黒猫じゃないか。沙螺ちゃんの飼い猫かい？」

「ああ、はい……野良猫だったんですけど、ごはんあげてるうちに居着いちゃって」

わたしは心臓が早鐘のように打つのを、笑顔でごまかした。律湖部長は美句ちゃんとちがって観察力がありそうだから、注意しなくてはならない。例の音源ファイルというのは、合唱コンクールの「悪魔召喚」を録音したもののことだ。

あの日、世界が滅んでもいいから、みんなと最高の合唱をつくりあげたいといったことに嘘はない。わたしはあのとき、本当に死んでしまってもいいと思っていた。ただ、その一方でこういうこと――つまり、美句ちゃんが土壇場で歌うのをやめて、儀式がキャンセルされるんじゃないかという気もしていた。美句ちゃんに、最後まで儀式をやりとげる勇気があるとは、信じられなかった。だから、念のためポケットにスマートフォンを入れて録音しておいたのだ。あとで、つかえるかもしれないから。

初回の練習のときも、わたしはこっそり合唱を録音していた。それは、家できぎかえすためだったのだけれど、おかげで「悪魔召喚」の儀式の発動条件と効果を知ることができた。守るべき条件はひとつ。《最低でも四つのパートに五人ずつ。合計二十人以上で歌唱すること》――これさえ満たしていれば、生合唱でなくてもかまわない。多重録音アプリで失敗したのは、単に人数の問題だったのだ。美句ちゃんはいろいろ考えていたようだけれど、対照実験的な思考がもう一歩だった。

そして《効果は合唱の精度と、進行度に応じて変化する》。ここでいう進行度というのは、端的にどこまで歌ったかということだ。高い精度で最後まで歌いきると〈紅薔薇色の王〉が完全顕現《けんげん》して（おそらく）世界がおわる。しかし、精度の低い途中までの歌唱であってもいくつかの効果を得ることはできる。それは豪雨であったり、停電であったり、体調不良であったりする。

わたしは家で初回練習の録音をききかえして、この〈中途の効果〉とでもいうべきものを理解していた。音源を再生しているあいだは豪雨が降るが、停止ボタンを押すとすぐにやんでしまう。再生と停止をリズミカルに押せば、豪雨もリズミカルに降ったりやんだりする。再生位置を調整して停電した箇所だけを鳴らしても、停電の効果を得ることができる。

パートリーダーが昏倒した箇所をきかせれば、相手の体調不良を誘発することさえ可能なのだ。耳栓《みみせん》をしておけば、自分自身に影響はない。一か月の練習期間のあいだ、廊下や通学路で、何人かの合唱部員にこっそり背後からきかせて試したのだからまちがいない。おかげで合唱コンクールまでのあいだ、儀式を不成立にしておくことができた。練習が楽しかったから、ぎりぎりまで世界をおわらせたくなかったのだ。

合唱の精度で効果が変わることが明確にわかったのは、合唱コンクールの本番だ。初回練習のときとは明らかに異なる、おそろしい現象がつぎつぎと起こった。それは、わたしたちの練習の賜物といっていいだろう。世界が滅びるにしても、その前の進行度でここまでの効果があるとは正直思っていなかった。

わたしは真夜中に人気《ひとけ》のない河川敷にお父さんを呼び出して、合唱コンクールの音源から、ある部分だけを再生してきかせた。魔法円から顕現した〈紅薔薇色の王〉の腕は、蛇のようにぬるりと伸びて、お父さんの額をその指先で撫でた。

遺留品は紅い炎が燃やしつくしてくれたし、残された骸骨はあまりに綺麗だったから、だれも本物だと思わなかった。風の噂では、どこかの中学校の先生が「こんな立派な骨格模型を捨てるなんてもったいない」といって、理科室にもち帰ったらしい。いつか人骨だとわかつたときには騒ぎになるだろうが、わたしのところに警察が来ることはないだろう。悪魔をつかった殺人を裁く法律はないし、〈紅薔薇色の王〉のことは、あくまで集団幻覚だったというのが世間の結論なのだから。

このことは、死ぬまでだれにもいうつもりはない。きっと美句ちゃんにも、わからないいまだろう。彼女は、いつまでたっても子供だから。子供であるかぎり、見えてこない現実の世界がある。わたしの黒い安息の日々を知るのは、わたしだけでいい。

美句ちゃんがわたしの肩に腕をまわして、ヒッヒッヒと魔女のように笑った。わたしは静かに微笑《ほほえ》みを返す。本当の魔女は、魔女のようには笑わないものだ。

西崎 憲

彼女の国会議事堂

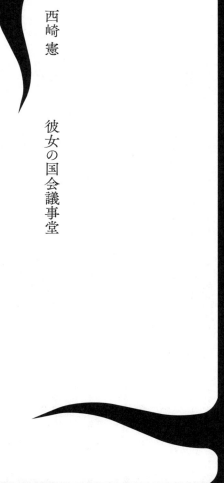

●『彼女の国会議事堂』西崎《にしざき》　憲《けん》

〈メロディアス〉をテーマに掲げた今回の《異形コレクション》。このあたりで、ミュージシャンにもご登場いただこう。西崎憲の多彩な肩書のひとつが作曲家。1985年からアイドルグループうしろゆびさされ組やおニャン子クラブなどに楽曲を提供。2016年にはフジロックフェスティバルにトラッシュキャン・シナトラズ（スコットランドのロックバンド）のサポートトランペット奏者として参加。音楽レーベル「dog and me records」の主宰者でもある。もちろん、西崎憲の文芸界における業績はさらに有名で、小説家としては、2002年『世界の果ての庭』で第14回日本ファンタジーノベル大賞を受賞。それ以前よりホラーの分野では、自ら持ち込んだ翻訳から『怪奇小説の世紀』全三巻（国書刊行会　1992〜'93）が生まれるなど、怪奇幻想小説を語るうえで欠かせない人材である。そして、近年では《ブンゲイファイトクラブ》を主宰。多くの作家を生みだした。

2024年の夏には、《ホラーカンファレンス》なるイベントを企画し、ホラーの作家・翻訳家・編集者と読者とのコンヴェンションを開催。この時も、西崎憲は自らキーボードを演奏し、読者も参加する時間を、ともに愉《たの》しんでくれた。

さて、本作。《異形コレクション》には久々の参加となるが、今回はなんと、これまでの幻想怪奇な西崎憲からは想像できないほどの斬新な分野に挑戦してくれている。それでも、この歌うような文章は、まぎれもなく西崎憲のメロディなのである。

清水《しみず》と桑原《くわばら》が顔をあわせるのは五年ぶりだ。だからどちらの心中にも懐《なつ》かしさはあったはずだが、もちろん状況が状況だったので、その種の感慨が発露することはなかった。

いまふたりは黒い大型の乗用車に乗り、どこかの地点を目指している。運転担当の者は急いでいるように見える。

ロボット工学の研究者である桑原のほうは、行く先がどこであるのかを知っている。一方の清水は自分がつれていかれようとしている場所について判断する材料をまだまったく持ちあわせていない。承知しているのはいま走っているのが吉祥寺《きちじょうじ》のあたりだということだけである。

自身がそのような拉致や誘拐めいた扱いを受ける理由についてはまったく心あたりがなかった。清水は国分寺《こくぶんじ》のコンビニエンスストアで働いている。日勤《にっきん》が終わるころに桑原がひとりの男とつれだって店にはいってきた。桑原が桑原であることはすぐにわかった。もちろん少なからぬ混乱が生じた。大学時代の同期生が前触れなく職場に現れるといった出来事はそうそうあるわけではないし、一緒にいる男の人体《にんてい》から醸《かも》しだされる異質さにも戸惑った。一般の人間ではないという強い印象。みえない刺青《いれずみ》が施《ほどこ》されているような。清水の口からでたのは応《おお》とも噫《ああ》ともつかない声で、自分がここで働いている事実を桑原が自明のこととしているらしいこと、明確な目的をもってやってきたらしいことがまた不思議だった。

桑原は一緒にきてくれるよう頼んだ。ただごとではない雰囲気であったし、その日はあがってから用事があるわけではなかった。状況を把握しないまま清水は従うことにした。すこし待ってくれ、着替える、といったが、急ぐので着替えはあとにしてくれ、服は手に持って、との返事がかえってきた。これはもしかして逮捕のようなものかと清水は考えた。桑原の仕事はいったいなんだったか、大学で研究をやっているとか聞いた気がするが、警察とか司法にも関係しているのか――清水は記憶をたぐった。そういえば隣にいる、冗談みたいに分厚い体のスーツの男は警察の人間にみえる。もしくはやくざか。

洗面所で手を洗いながら清水は自分が捕まるようなことをしたかどうか考えた。これまでの人生で人にいえないことはいろいろやった。小学生のころの女子トイレの覗《のぞ》きや万引きからはじまり、ドラッグや酔っぱらっての器物破損などが頭に浮かんできたが、どれもいまこんなふうに逮捕されるような罪には思えなかった。

ふたりが乗ってきたのは大きな黒い乗用車で、乗りこんで走りだしたときにはあまりに滑らかで静かでびっくりした。空が赤く染まりだしていた。揚げものをしたときにできた制服の油染みに目を落としながら清水はいった。

「どういう用事なんだ」

「ヒルコ退治だ」

「なんだヒルコって」

「人間型歌唱機械だ。大型の」

「なんだそれ」

わけがわからなかった。清水は段々腹がたってきた。こいつむかしからこうだったか、こういうふうに人をはぐらかして愉《たの》しむようなやつだったか。

「ああ、すまん。こういういいかたじゃわかるわけないな。こっちも混乱状態なんだ。ちょっと長い話になる」桑原は頬をわずかに緩《ゆる》めてそういった。なんでも弾けた桑原、工学部のちょっと変わった性格だが付きあいやすいキーボード、桑原のバンドは人気があった。

「おれがいまなにを研究しているか知らないよな」

「知らない」

「人工歌唱だ」

「そうか」

「歌唱用のソフトウェアはたくさんある。知ってるだろう?」

「知ってる、みんなくだらない」

桑原は笑みを浮かべた。

「おまえらしいな、そういういいかた。変わってない。けど、おまえが考えているようなものとはたぶんちょっとちがう。まあ聞いてくれ」

桑原はチャコールグレーのシートに背を預けて低い声で話しだした。

「人工歌唱の研究者は多くない。おれはその多くない者のなかではだいぶ優秀なほうだ。研究者で注目に値するとおれが思っているのは日本にはひとりしかいない。白石《しらいし》という男で、おれより二歳下だ。白石はおれと近いやりかたで研究を進めてた」

車の行く先同様、桑原の話もどこに向かうか見当がつかなかった。

「どういうやりかたなんだ」

「音声の合成ってのは簡単だ。研究の歴史も長いからなにをテーマにしても先行研究がある。おれと白石はまわりとちがうやりかたをしていた。音声を直接合成するのではなくまず音声を発する器官を組みたてるんだ。単純にいえば肺と声帯と口腔《こうこう》と舌と歯を造る。そしてその器官に歌わせる」

「まわりくどいな。なんで直接合成しないんだ」

「空気の振動が重要なんじゃないかと考えたんだよ。だから肺から空気が押しだされて声帯の伸縮で振動数や振幅が決定される過程を再現したかった」

「ずいぶんアナログなやりかただな」

桑原は低い声でいった。「デジタルをやっていくとな、問題はすべてアナログであることに気がつくんだよ」

その言葉には説得力がなくもなかった。

「おれと白石の出発点はかなり似ていたと思う。けど段々興味というかモティーフというかそういうものがちがってきた。結局白石は研究対象を変えた。そして環境も変えた。大学から民間に移った。菱川《ひしかわ》重工だ。白石はそこで兵器の開発に取りくみはじめた」

「歌唱機械から兵器って、ずいぶんちがった分野に移ったんだな」

「じつはそこまで遠くないんだよ。ふたつは基本的にはほぼ同じといっていい」

「でも、歌と兵器じゃないか。音楽と暴力ってのはちがうものだろう」

「ポストハードコアを歌っていた人間がそんなことというのか」

「おれはじっさいに暴力をふるったりすることは考えなかった。観念的なもんだ」

「音を兵器にするって考えかたは昔からあってな。ロシアもアメリカも第二次世界大戦のころから音響兵器の研究をしていた。いまも身近なところにある。エルラドって知ってるか。デモ制圧とかで使われる音波発生装置だ。特定の周波数の音を収束させて投射することができる。デモを解散させるくらいの用途だと威力は限定されるが、鼓膜《こまく》を破るくらいは簡単にできる。音波砲といっていいだろう。

白石が武器研究に向かったり菱川重工に移った理由は金だろう。民間の軍事関連の研究のほうがまちがいなく金ははいるから。

惜しいよ。白石が音楽中心の研究をしていたら相当なことができたはずだ。音楽の秘密に迫っていたかもしれない」

おまえはいま音楽の秘密に迫っているのかと清水は心のなかで考えたが、口にはださなかった。

「そして悪いことが起こった。白石は人間とのつきあいは苦手だったらしい。三十代も後半になって恋愛というものをした。白石ははじめての経験に夢中になった。相手は不実な人間だった。複数の恋人がいた。ひとりは白石の同僚だった。白石は自分が造った戦闘用の歌唱機械でその同僚を殺害した」

話が急に思いがけないほうに展開したので清水は驚いた。

「そんなことがあるんだな」

「あるらしいな」

「おまえ、結婚したのか」清水は尋ねた。

乗用車は吉祥寺のあたりを走っていた。夕方の街はいいものだった。夕方の街を眺めるときは清水はつねにそう思った。反射的にそう思う。理由はわからない。

「したよ。子供もいる」

「そうか、しかし歌唱機械で殺害したってのはどういうことなんだ。音楽用の機械ってロボットなのか？　どうやって人が殺せるんだ」

「白石が造った歌唱機械は機動力もあって接近戦もできる搭乗型人間型ロボットだ。もちろん特色は音を利用した武器で、それもどうも一種類ではないらしい。ひとつはまちがいなく音波砲、いや220デシベル以上の音波を発射できるだろうから衝撃波砲といったほうがいいかな。カルーソーが声でワイングラスを割ることができたってのは知ってるだろう？　共鳴させて。白石の歌唱機械は剛性のあるものならなんであれワイングラスのように破壊できる。白石の同僚は骨だけ粉々になっていた。それに」

　桑原が口をつぐんだので、清水が尋ねた。

「それに、なんだ？」

「もしかしたら。金属結合さえ無化することができるかもしれない。噂が正しければ」

「どういうことだ」

「金属製のものを分子レベルで破壊できるかもしれないいんだ」

「そんなことができるのか、科学は全然知らないが、とんでもない話に聞こえる」

「そうだな、とんでもない。そしてもしそれがほんとうなら兵器としての価値は測りがたい」

「信じられないな」

「音波でそんなことができるのか、おれにも信じられない。けどいまやっていることをみるとあながち出鱈目《でたらめ》でもなさそうなんだ」

「いまなにをやってるんだ?」

間をおいてから桑原はこたえた。

「白石の乗る歌唱機械は月島《つきしま》の格納施設で同僚をくらげみたいにしたあと外へでた。いま西に向かっている。公道上でパトカーを二台破壊した。パトカーの壊れかたはいままで誰もみたことがないようなものだった」

「どういう壊れかたなんだ」

「埃《ほこり》になったそうだ」

「そうか」

「映像でしかみていないからたしかなことはなにもいえないけどな」

「人間のほうはどうなったんだ。警官が乗ってたんだろう?」

「警官には怪我はなかった。埃のなかから自力で這いだしてきた。だからそのとき使ったのは音波砲ではない、白石は超低周波をインコヒーレント結合するような手段を発見したのかもしれない」

「どういう意味だ、それは」

「インコヒーレント結合はレーザーの強度を高める手段だ。同じような手段で超低周波の振《しん》幅《ぷく》を大きくした場合、どんなことが起こるかはまだ誰もしらないんだ。振幅の限界を超えたらどうなるか誰もしらない。だから白石の造ったヒルコになにができるかはまあ予測不能だ」

「白石はこれからどうするつもりなんだろう」

「なにもかも終わりにしたいと思っているかもしれない。絶望はしてるだろうな。人も殺してしまったし。自分の研究を自分とともに終わらせたいという気持ちもあるかもしれない」

はじめて運転席の男が口を開いた。家具がいきなり口をきいたようだった。

「逃走機は現在新橋《しんばし》を通過中です。警察車両が破壊されたことはテレビのニュースになっていて、緊急警報がまもなく発令されるようです。陸自との共同の対策本部が市《いち》ヶ谷《や》駐屯地内に設置されました。無線を流しておきます」

雨音のような無線のノイズが車内に響いた。清水は理由もなく懐かしい気持ちになった。ラジオを連想させるからだろうか。

車は坂を上っていた。空の赤が濃くなりはじめていた。

清水はあまり緊急性のないことを尋ねた。

「なんでヒルコって名前なんだ」

「日本の神話からとったんだろう。どうしてその名前なのかは知らない」

「あまり楽しいイメージの名前じゃないな」

「知ってるのか」

「国文だったからな。しかしなんで白石はヒルコを人間型にしたんだ。最近はロボットだらけだけど、どうしてみんな人間の形にこだわるんだろう」

「神は自分に似せて人間を創った。人間も自分に似せてロボットを創るんじゃないか」

「キリスト教の話だな、それは」

「逃走機は国道246を永田町《ながたちょう》方面に移動中」無線がいった。

桑原は男に尋ねた。

「白石は極端な政治思想の持ち主か?」

「調査のかぎりではそうではありません」男はこたえた。

「映画だと怪獣や巨大ロボットはたいてい国会議事堂に向かうな」

「周辺約一キロの通行規制完了。陸自の車両が二台破壊されました。一名死亡した模様。詳細は不明」

「いったいどうするつもりなんだろう。空を飛んだりはできないんだろう? だったらどこへもいけない。どこにも逃げられない」清水が尋ねた。

「逃げるつもりはないのかもしれない」

「そうなのか。じゃあ、自爆装置みたいなものがあるのか」

「ヒルコは最後に海に流されたな」

桑原のその言葉はどう解釈していいかわからなかった。

「ところで、桑原、基本的なことなんだけどきいていいか」清水はいまの自分の状況にかんする疑問を口にだそうとした。

「逃走機は永田町駅から国会議事堂方面に移動中。陸自東部方面隊は国会図書館前交差点で制圧行動を開始予定。映像もだしておきましょう」運転席の男がいった。

ダッシュボードのディスプレイが地図から永田町からの映像に切りかわった。清水ははじめてヒルコを目にした。

ヒルコの印象はすぐには言葉にならなかった。形容に用いるべき語はロボットでも怪獣でも巨人でもないような気がした。形はたしかにそういうものだった。厚みのある灰の色の胴体、盛りあがった背中、長い手足、三本の指、小さい頭部。しかし全体的に妙に実在感がなく、絵に描かれたもののようだった。あるいは山とか川とか木とか自然現象を目にしている印象があった。交差点の真ん中に立った姿は巨大だったし、それはどう考えても異様な光景であるはずだったのだが。

たたずむヒルコの周囲に無数の点が生じた。小型無人飛行機《ドローン》だった。たぶん百機以上。ヒルコの周囲でホヴァリングしていた。

「これより攻撃を加えます」無線がいった。

清水は小さなディスプレイに目をこらした。つぎの瞬間、映像が消えた。

ディスプレイはブルースクリーンに変わり、無線の音も途絶えた。

三分ほどすぎた。

「本部、どうした、なにがあったんだ」運転席の男が、丸い形のマイクをつかんで尋ねた。

映像が復活した。ヒルコはやはりたたずんでいた。しかしさっきの姿とはすこしちがって背中に一対の翼あるいは羽がみえた。それは光背《こうはい》のように広がっていて、よくみると蜂の巣を思わせる六角形がひしめいていた。

「ドローンが一機もみえない」

「全滅でしょうか」

「すごいもんだな」

優雅で複雑な動きで翼が畳まれていった。

「超低周波だけで説明がつくのか。剛性のあるものだけが破壊されているようにみえるが」

独り言のように桑原がつぶやいた。

何度か警官に停められながら清水と桑原の車は坂道を上っていった。ヒルコの通過の痕があちこちに刻まれていた。やがて国会議事堂がみえてきた。国会議事堂ってのは丘の上にあるんだなと清水は思った。本物をみるのははじめてだった。

そして国会議事堂の正門のあたりにそれは立っていた。さすがに間近でみると大きかった。

「大きいな」と清水は思わずそう口にした。

男が車を停めた。清水と桑原は車を降りた。

灰色の巨大な人間型ロボットが壊れた正門をまたぐように立って国会議事堂をみおろしていた。落日の茜《あかね》が背を照らしている。

自分のほうがみおろされる大きさであるにもかかわらず、ジオラマを眺めているような気になったたし、不意に日常もしくは現実の枝からもがれたような感覚も湧いた。

ヒルコは静止をつづけた。

「動かないな」清水がいった。

「ああ」

「あれの動力はなんなんだ」

「充電池だろうな」

「充電池ってのはどのくらいもつんだ」

「いま確認しているが、あの大きさだから長くはもたないだろう」

「ほっといても止まるってことか」

「予備の電池を調達するか充電しないかぎりは」

「充電される可能性はあるのか」

「月島の格納施設に充電設備があるが、そこまでもどることはさすがにできないだろう。たとえば電線から充電ができたりするかどうかはわからない。可能性はゼロではない」

「白石はどうするつもりなんだろう」清水はさきほどと同じような質問をした。上空には警察や空自のヘリコプターや情報収集用と思われるドローンが飛んでいて、それらの音は小さくなかったが、奇妙な静穏《せいおん》があたりを統《す》べているようにも思われた。

ヒルコの体の色に変化が生じた。灰色の表面に暗い色の波が走り、それから濃くなりはじめた。やがて三か所だけ残して全身が漆黒《しっこく》になった。その三か所は真っ白にみえた。右の上腕の白は手のひらの形をしていて、ふたつめは左の脇腹にあって、目のようにみえた。みっつめは頭部にあった。やや斜めになったそれは人間の小さな顔だった。

「なんだ、あれはどういうことなんだ」

「あれだけ大きいから意味がないような気もするが、ヒルコの体表はカムフラージュ対応らしいんだ。ある程度までは全体を好きな色や模様に変えられるらしい。さっきのはこのあたりの地面や建物の色にあわせてたみたいだな」

「あの顔は子供が出鱈目に貼ったシールみたいだな。顔はあれはもしかしたら恋人の顔か」

「わからない、そうなのかもしれない」

「白石はなんで人工歌唱の研究をやろうと思ったんだろう」

「音楽をやっていたのかもしれないな」桑原がいった。「思うんだが、白石がヒルコを造ったこともつまりは音楽なのかもしれない。白石がそう考えて研究をやっていたかどうかは知らないが。音波砲の周波数を決めることも超低周波を発生させることも考えようによっては作曲だ」

清水は黙って聞いていた。

「なんで国会議事堂までできたか、疑問なんだ。白石のなかに音楽っていう意識があるとすればなんとなくわかる気もする。古代から政《まつりごと》には歌舞音曲《かぶおんぎょく》がつきものだからな」

「なるほど、そうかもしれない。けどな」清水はさっきからいおうとしていたことを口にした。

「こういうことにおれがなにか関係あるのか？　なんでおれをここにつれてきたんだ。この件でおれがなにかできるのか？」

「おまえ、バンドもうやってないのか」

「やってないな。おまえはやってるのか」清水が逆にきいた。

「やってない。イーミュレイターは物置で眠ってる。基盤が湿気でやられてないといいが」

地面に振動があって、ヒルコが動きはじめたかと思ったが、そうではなかった。みたこともないほど巨大なトラックが坂の下からこちらに近づいてきていた。トラックではないな、トレーラーというべきか、と清水は思った。何台も連結していて、いったいどれだけ長いのか、最後尾はまだみえなかった。平たい荷台にはとてつもなく巨大なものが積まれていて、青いシートが全体を覆っていた。

「着いたな。筑波《つくば》からはさすがに時間がかかる」桑原がいった。

「なんだあれは、信じられないくらいでかい車だな。なにを運んでるんだ」

トレーラーの最後尾がようやく現れて、全体がブレーキの重いきしみとともにゆっくりと停止した。その横を清水たちが乗った車とよく似た黒い車が走ってきて三人の目の前で停まった。

背の高い女が降りてきた。こういう場には似つかわしくない色の淡い暖色のワンピースを着ていた。まっすぐこちらをみて歩いてくる。自信のある人間の歩きかた。桑原が進みでて、握手の手を差しだした。

その女は秋里《あきざと》と名乗った。清水が自分の名前をいうと秋里は笑みを浮かべて滑らかな声でいった。

「あなたがミディアムをやってくださるんですね」

清水は思わず桑原の顔をみた。

「清水、おまえはスサノヲに搭乗してもらう」桑原が真面目な声でいった。

「なんだ、スサノヲって？　ミディアムってなんだ？」

「すまんな、説明する。スサノヲはおれが開発した歌唱機械だ。まだ実験段階にあるんだがヒルコを制圧するために稼働させることにした。スサノヲは有機皮膚と群骨格という新しい構造をもったロボットだ。ヒルコの超低周波の影響を受けない。そしてヒルコとはべつのやりかたで超低周波を発生させることができる。たぶんそれでヒルコの翼の投射装置《ジェネレーター》を破壊できる」

「破壊する？　誰が破壊するんだ？　おれがか？　なんでだ？」

「おまえだったらできるからだよ」

「ちょっと待てよ、頭がおかしくなったのか？　なんでおれがそんなことをするんだ」

誰かの夢のなかにでも紛れこんでしまったか、と清水を考えた。

「ミディアムってのはなんだ」

「スサノヲには人間が必要なんだ。人間はジェネレーターであり、オシレーターでありかつランダマイザーだ。その役割を人間が担《にな》うことで最高の結果が得られる、ＡＩだけではだめなんだよ。人間がＡＩを強化《エンハンス》する。ミディアムってのは搭乗者のことだ」

秋里が指示して、シートを外していた。荷台のものが徐々に姿を現してきた。

なんといっていいのか獣皮《じゅうひ》とゼラチンの中間のような質感、暗い中間色、いちおう人間の形はしているようだった。しかし胴体は円筒に近く手足も短かく腕の太さがとにかく目立った。脚より太いのではないだろうか。あれでバランスがとれるのだろうか。それとも二足歩行ではないのか。藁色《わらいろ》の髪が顔に垂れていてふたつの目にはまぶたがなく、色は濃緑《のうりょく》だった。しかしそもそもあれは目の役割を備えたものなのだろうか。全体が濡れたように光っていた。けれど水で濡れているわけではないようだった。トレーラー何台かの上でそれは静かに横たわっていた。

「いったいなんのためにこれを造ったんだ。これも兵器なのか、おまえも結局兵器を造ったのか」

「いや、おれは平和が好きでね、人工歌唱の研究を進めるかたわら音響を利用した戦争機械に対抗できるものを造ってるんだ。どんな音響兵器でも無力化できるものを。それがこのスサノヲだ」

周囲にざわめきが起こった。ヒルコに動きがあったようだった。

「あそこにいるのといま戦えってことなのか、頭がおかしくなったのか。普通はそういうのは訓練とか必要だろう？」

「普通はな。けどいまは普通の状態じゃない」

「それにもしかしてものすごく危険なんだろう？　分子間の結合力を弱めるとかいってなかったか」

「危険がないというとだいぶ嘘になる。まあ、断ってもいい。けど操作というかリンクにかんしては心配しなくていい。おまえの体の動きはなにもしなくてもスサノヲに完全に再現できる。ただ基本的には秋里さんが手元で遠隔操作する。おまえは歌うだけだ。歌でヒルコの音波をねじふせる」

肉弾戦になる可能性については桑原は触れなかった。清水は歌もよかったが運動神経も並外れていた。

「おまえ、アニメの観すぎだよ」

「アニメだろうがなんだろうがやってもらわないと困るんだ。ヒルコが声をだすときに声をぶつける。そうするとヒルコの声の波形を干渉によって弱体化できる。そしてな、ヒルコの翼、あの膜の六角形のジェネレーターを破壊して欲しいんだ。スサノヲも剛性をもったものを破壊できるが、最大の力を発するのは接触時だ。スサノヲは格闘型歌唱機械なんだ。接近して膜をつかんで大きな声で歌え。その声を秋里がモジュレートする。おまえの声が超低周波の種子《たね》になるんだ」

秋里が手にした携帯端末を操作した。スサノヲの体が震え、すこし膨《ふく》らんだ。皮膚が明るい銀色に変わり、薄い朱色の線が毛細血管のように胸の中心から広がってゆく。指が動く。目が開く。秋里は笑みを浮かべて端末を人差し指で叩いた。

スサノヲが上体を起こす。風が巻きおこる。皮膚の内が光る。光る巨人。

「スサノヲが剛性の体を持たないことは最初から決定済みだった。化学的にはスサノヲは個体と液体の中間だし、骨は一辺が五センチほどの合金の立方体が群れたものだ。スサノヲの開発は体の素材の開発からはじまった。そしてスサノヲは全体が発声器官だ。長大な一本の声帯のようなものだ。体内にそれは畳まれて収まってる」

スサノヲの胸の一部が音もなくスライドして開いた。

「準備ができました」いつのまにか隣にいた秋里がいった。

清水が口を開くまではすこし間があった。

「おまえは自分で乗るつもりはないのか」

「おれじゃだめなんだよ」真面目な顔で桑原はいった。「おまえはいいヴォーカリストだった」

「待っていれば充電が切れるかもしれないんだろう？　さっきそういってたな」

「そうかもしれないが、そのまえに決定的にまずいなにかが生じる可能性がある」

「白石は音楽が好きなやつなのかもしれない。すくなくともおれは白石ってやつに個人的な恨みはない。ひどい女だったんだろう、きっと」清水がいった。

「それでもだ、このまま白石の好きなふうにさせることはできない」

「おれは武器を使ったり、自分が武器になったりはしない」

「清水、おれたちは若くてばかだったから音楽で世界を変えようと思ったな。おまえたしか歌で世界を変えようとしてたよな。いいほうに。おまえの声には不思議な非整数倍音がある。異常な周波数特性だよ。だから迎えにいったんだ。おまえ、自分が特別だっていってただろう。おれもそう思ってたよ。おれはいつも信じてた。おれだけはいつも信じてた。おまえ、バンドの歌を歌えよ。毎回最後にやってたやつを歌え。『存在サイクリング』だっけ、あの悪意の歌。どうしようもなくて酒の勢いで冗談みたいにバンドに入れてくれっていったとき、ハードコアにキーボードはいらないっていったよな。おれはおまえの歌が大好きだった。清水、おまえが負けるのはみたくない。これはおれのわがままだ。音楽の世界にもどれ」

いつのまにか空は凄いように晴れている。警官や自衛隊員は無言でつぎに起こることを待っている。車両から無線の音が流れでて、ドローンの破片が散らばる道路の上を漂う。ヒルコはなにかを感知したらしくゆっくりとこちらを向く。白い小さな顔もこちらを向く。背中がぞくりとする。

おれは誰の操り人形なのか、おれはなんの似姿《にすがた》なのか。正しいことをしようとしているのか確信はもてない。けれどほかの選択肢はないらしい。今夜のマイクはＳＭ58じゃない。目にみえないタイプだ。嘲笑《あざわら》うように月がみおろす。秋里が悪気のない魔物みたいな笑みを浮かべている。秋里の部下たちは搭乗を補助しようと待っている。清水はゆっくりとスサノヲに向かう。歌詞は思いだせるか、ドアじゃないところをあけろ　階段じゃないところを走ってのぼれ、川をつかんで山をあらえ、存在までひとっとび、そんな感じだ、さあ、ギグだ。楽しめ。

田中啓文

真夏の夜の夢

●『真夏の夜の夢』田中啓文《たなかひろふみ》

《異形コレクション》では、初期の時代から、読者に強烈な印象を焼き付けてきた田中啓文。濃厚でグロテスクなホラーが持ち味だが、田中啓文の才能はそれのみに留まらず、むしろホームグラウンドといえる奇想天外なSFや、関西を舞台とする軽妙洒脱《けいみようしやだつ》な時代小説、創作落語や児童文学と、まさに八面六臂《はちめんろっぴ》の活躍ぶりを続けている。その田中啓文のもうひとつの顔が、ジャズ音楽のただならぬ愛好者であることも、ファンであれば誰もが知る事実。自らもテナーサックスを演奏し、フリージャズの入門書『聴いたら危険！ ジャズ入門』（アスキー新書）という本まで上梓《じようし》しているほどである。そもそもの作家デビューの段階でも、のちに長篇デビュー作となる集英社のファンタジー系小説公募の佳作入選を果たしたのと同じ1993年に、なんとテナーサックス奏者を主人公にしたミステリ短篇「落下する緑」が鮎川哲也《あゆかわてつや》編の公募アンソロジー『本格推理2 奇想の冒険者たち』（光文社文庫）にも収録されていたほどである。

そんなジャズの申し子・田中啓文が、満を持して《異形コレクション》に寄せたメロディアスな大怪作。伝説のモキュメンタリー・ビデオを連想させるオープニングの舞台はジャズの聖地ニューオリンズ。南部ゴシックの匂いが濃厚にたちこめる物語は、二転三転、凄《すさ》まじいスィングとともに、あらゆる束縛を拒絶するフリージャズのように、想像を絶するパワーミュージックの極みを見せつけてくれる。これぞ、田中啓文。

どっ、どっ、どっ、どっ、どっ……。

低い太鼓の音が聞こえる。BGMなのか、それとも現場でこういう音が鳴っているのかはわからない。とにかく耳鳴りのようにずっとその音が響いていて、聴いていると苛立《いらだ》ってくる。どっ、どっ、どっ、どっ、どどどどどどど……。

「あー、あー、私の声が聞こえていますか。私はM大学報道研究科所属、二年生のアリス・クロウリーです。同じ大学のオカルト研究会のジョズとビリーと一緒に、ニューオリンズのベリーボンの森に来ています」

金髪の若い女がぎこちなく歩いている。ときおりカメラを振り向いてしゃべっては、またまえを向く。

「ベリーボンの森は、今から百年まえ、管楽器奏者のバディ・ベリーボンというひとが『クルクル』という悪魔と出会った、というエピソードで有名です。ベリーボンは、ニューオリンズでいちばんのコルネット奏者でした。自分の腕に飽き足らなかったベリーボンは、もっと上手く吹けるようになりたい、とこの森に棲む悪魔と契約を交わし、命と交換に演奏の技術を授かろうとしましたが、途中で怖くなって森を逃げ出しました」

私が知っている話とはちょっと違っている。

「悪魔との契約を反故《ほご》にした罰で、ベリーボンはまともな演奏ができなくなり、とうとう頭がおかしくなって、病院で首を吊った、と言われています。この森はその後、『ベリーボンの森』と呼ばれるようになり、入ると祟《たた》りがあるということで、だれも足を踏み入れなくなりました」

アリスは一旦足をとめると、こんな感じでいいか？　と言うようにカメラを見たが、ＯＫの合図があったらしく、また歩き出した。

「悪魔はそれからもずっとこの森に棲んでいるという噂があります。ベリーボンの亡霊が毎晩歩いてコルネットを吹いてるというひともいます。私たちが今日、ここに来たのはその噂の真偽を確かめるためです。正直、私はオカルトとか魔物とかにはなんの関心もないし、悪魔なんかいるはずがないと思っています。でも、もし本当に悪魔が出たら、と思って、こういうものを持ってきました。ママにもらったんです」

そう言ってアリスはくすくす笑いながら、大きなロザリオをカメラに見せた。

「私がこれを出したら、悪魔はきっと私を食べるのをあきらめて、ジョズとビリーを襲うと思うから、その隙《すき》に逃げるつもりです」

カメラを持っているらしい人物が、

「ぼくたちもお守りは持ってるよ。ロザリオじゃなくて、エルダーサインの入った護符だけどね」

「なにそれ？　効き目あるの？」

「そう言われてる」

「だったら教えてくれたらいいじゃない」

「自分だけ逃げようなんて思ってるやつに教えるわけないだろ。早く仕事して」

　アリスはロザリオをポケットにしまうと、

「この森では、この百年間にいろいろな事件が起こっています。一九四〇年には、子どもだけでキャンプをしようとした中学生七人が行方不明になりました。テントはぐちゃぐちゃに引き裂かれ、あたりには大量の血痕が残っていました。食料がなくなっていたことから、警察はクマの仕業《しわざ》だろうという見解で、ハンターたちとともにクマ狩りを行いましたが、クマなどの獣は発見できませんでした。残されていた獣糞《じゅうふん》は、分析の結果、馬のものだとわかりました。おそらく近くの牧場から逃げ出したものだと思われます。子どもたちの遺体が発見されていないので、変質者または悪魔崇拝者による犯行だという説も当時からあったようですが、結論は今も出ていません」

　アリスは咳《せ》き込むと、

「ああ……カンペ読んでたら気持ち悪くなってきちゃった。七人も子どもが死んでるってほんとなの？」

「ほんとさ。警察の調書も残ってるよ」

「えーと……一九五八年には、昆虫採集に来た学生三人と引率していた女性教師が行方不明になりました。教師は翌日、廃屋《はいおく》になった山小屋のなかで全裸で死んでいるのが見つかりました。内臓が食い荒らされた形跡があり、肉食動物の仕業と考えられましたが、周囲ではそのような生物は発見できませんでした。学生たちの消息は不明ですが、ちぎれた指が八本、草むらにばらまかれているのが見つかっており、四人のあいだになんらかのトラブルがあった可能性も否定できないと……もう、なにこれ！」

「なにが？」

「さっきからずーっと鳴ってるこの音よ。どっどっどっ……て太鼓みたいな音、聞こえてるでしょ」

「そんなの聞こえないよ。ビリー、おまえ、聞こえるか？」

「なにが」

「音だってさ」

「なんのこと？　冗談言ってないで仕事に集中しろよ」

「聞こえないわけないでしょ。このやかましい音が……どこかで道路工事でもやってんの？」

「いいから早く読めよ」

「わかってるわよ。一九七一年の夏、新婚旅行中のカップルが森で記念写真を撮影中に行方不明になりました。男性の下半身だけが沼地に半ば沈んだ状態で発見されましたが、上半身は見つかりませんでした。女性の消息は不明ですが、近くで人間のものではない巨大な足跡が発見され、カメラに残っていた写真を現像すると、毛むくじゃらのなにかが写っていた、という情報もあります。UMA《ユーマ》研究家のあいだでは凶暴なビッグフットの生息が噂されておりますが、なかには沼地に棲む特殊なサメの仕業という主張もあるとのこと。オカルト愛好団体は邪悪な浮遊霊の祟りだと考えており……あっ！」

アリスは尻餅《しりもち》をついた。なにかにつまずいたようだ。

「なにさ、これ！　だれがこんなところに石を……」

アリスは自分をつまずかせたものを見た。

「石じゃない。なんだろ、この……」

それは円筒状の空き缶のようなものだった。まわりに蠟《ろう》が塗られているようだ。拾おうとアリスが手を伸ばしたとき、

「ぎゃあああっ！」

男の声がして画像が乱れた。

「なんだ、こいつ！」

「ヤバい、逃げろ！」

「アリスは……」

「ほっとけ！」

映像と音声は途切れた。そして、すぐに若い男の顔が映った。あちこちに傷があり、血が流れている。左の眼窩《がんか》がえぐれており、そこから眼球が垂れ下がっている。

「ジョズだ。たいへんなことが起きた。信じられないかもしれないが、化けものが出た。やっぱりこの森には化けものがいたんだ。こんなとこ来なきゃよかった。ビリーがしつこく誘うから……とにかくアリスはそいつに食われた。どんなやつかって……？　えーと……身体が人間で頭が……そう、ロバなんだ！　ロバの化けものが……」

「ジョズ、来たぞ、来た、来たっ……あああ……逃げろ」

「ひいえええええっ」

「ロバだ……ロバが来たあっ」

◇

原初、この世には一種類の音楽しかなかった。それは、モノリス神による脳変態光線を受容して知能が高まった猿が発明したものだった。猿音楽は「猿楽」と呼ばれ、バッハを生み、ヘンデルを生み、ハイドンを生み、モーツァルトを生み、ベートーベンを生み……たちまち世界中にひろまった。世界中が同じ音列、同じリズム、同じ和声を使って同じような音楽を奏《かな》でていた。

しかし、あるとき猿楽とはべつの音楽が出現した。それは、外宇宙から地球にやってきた「ク……神」によってもたらされたもので、猿楽とは異質の音列、リズム、和声を内包していた。モノリス神はク……神の音楽を邪悪で呪わしきものと考え、それを排斥《はいせき》しようとした。モノリス神とク……神の戦いは長く続いたが、ついにク……神は敗北し、モノリス神によってある神殿に封じ込められた。その神殿の場所は、太平洋の底深くともアフリカの密林の奥とも言われている。しかし、偶然か必然か、その神殿を訪れる人間がときおり現れる。彼らはク……の音楽に接して、その異界の芸術に魅せられ、自分でも演奏してみようとするが、その音楽のあまりの異形さゆえに、周囲からは精神を病んでいるようにみなされ、自滅の道を歩む。その深淵をのぞき込んだものは少数であり、かくしてク……神の音楽は広まることはなかった。あのとき、アメリカ合衆国の片田舎で、バディ・ベリーボンという男があの森に入り、ク……神が「光あれ」というのを聴いたが、彼もまた同じ悲惨な末路をたどったのだ。邪神のしもべであるエジソンが「録音」という悪魔の技術を発明さえしなければ、おそらく世界は平穏なままだっただろう……今も。

◇

一九〇七年十一月一日のこと、ニューオーリンズの警察本部に、南方の沼沢地帯の住民たちから、常軌を逸した趣旨の出動依頼願いが届いた。（中略）悪鬼が跳梁《ちょうりょう》するとの噂で近づく者もない暗黒の森林内に、無気味な太鼓《トム・トム》の音が聞こえ、同時に、村の女子供の行方が判らなくなる事件が頻発し始めた。

（中略）赤い火の煌《きら》めきと低く響く太鼓の音とを目標に、ルグラース警部の一行は湿地の黒い泥濘《でいねい》を踏んで突き進んだ。（中略）怒り狂う野獣の咆哮《ほうこう》と放埒な夜宴の叫喚《きょうかん》とが悪魔的昂《こう》揚《よう》の域に達して、吼《ほ》えわめき、怒号し、地獄の深淵から吹きつける凶暴なあらしのように、夜の森を引き裂いて反響した。

（中略）異形の人間の群れが、輪形に並べた大かがり火をめぐって踊り狂っているのだ。

（中略）人間の言葉とも思えぬ文句を大声にわめき、跳びはねるような左廻りの輪舞を、いつ果てるともなく繰り返しているのである。

（中略）彼らの神々は、悠久《ゆうきゅう》の昔、人類誕生に先立って、大宇宙から若い地球の上に天降《あまくだ》ったもので、その名を《偉大なる古き神々》という。


H・P・ラヴクラフト「クトゥルフの呼び声」宇野利泰訳より

◇

密林と大河によってひとの目から隠され続けてきたその遺跡の封印が、ついに解かれることとなった。英国と日本の合同調査隊が発見したのだ。現地人を道案内兼スタッフとして雇おうとしたが、ほとんどが尻込みした。遺跡は人跡未踏の深い森のなかにあり、そこは太古の巨神の棲《す》み処《か》で、人間が迷い込むとその神に殺されてしまう、というのだ。調査隊は莫大な報酬を約束し、結局、欲に目のくらんだ男たちが参加することになった。

森の方角から奇妙な音楽が聞こえてくるときがあった。地響きにも似た低い律動のうえで壊れたオーボエを吹いているようなキイキイした騒音ではあったが、どことなく一定の秩序が感じられた。それを聴いた現地人たちは耳を塞いだ。あれは神の声で、聴くと吐き気がしたり、体調を崩すというのだ。隊員たちは迷信だと一笑に付した。風が洞窟や木のうろなどを吹き抜けるときに発する「唸り」だ、というわけだ。しかし、たしかに聴いているとだれもが不快な気分になり、熱を出して寝込んだものや無断で帰国してしまったものもいた。

調査は過酷を極め、多くの隊員が有毒生物や風土病などによって命を落とした。遺跡に到達できたのは現地のスタッフを入れて十二人だけだった。

その遺跡は、天然の大洞窟と巨大な石柱群によって構築されており、石柱はどれも緑色のぬらぬらした膿《うみ》のような粘液で覆われていた。粘液は柱の内部から滲《し》み出ているのだ。腐った魚のように生臭く、触ると皮膚がただれるので、皆は手袋を二重にした。石柱の組み合わせ方は人間の美意識に反したいびつなものだった。どうして倒れないのかわからないほど傾いていたり、細長い棒のうえに何百トンもあるだろう岩石が載っていたり……幾何学的にも物理学的にもありえないその光景は、重力の法則が働いていないように思えて、見ていると苛立ちが募《つの》ってくる。その苛立ちは、洞窟に入るといっそう倍増する。頭のなかに砂嵐のように強烈なノイズが常に響きわたっているのだ。それでも一行は頭痛や吐き気をこらえながら奥へと進んだ。

どこからか、低く重い太鼓の音のようなものが聞こえてくる。どっ、どっ、どどど、どどど、どっ、どどどど、どっ……。その律動は遺跡を揺らした。巨人がダンスを踊っているみたいだと隊員たちは軽口を叩いた。だが、一部の隊員にはその音はまるで聞こえず、からかわれていると思って怒り出すものもいた。

洞窟の最奥部には広場があり、そこに神殿があった。その荘厳さに探検隊は息を呑んだ。それはまさに「神殿」としか言いようのない建造物で、柱の一本一本にクラゲやナマコ、タコ、イカ、ウミウシ、イソギンチャク……といった海棲《かいせい》生物とおぼしき彫刻が施《ほどこ》されていた。なかには絶滅したアノマロカリスやウミサソリ、甲冑魚《かっちゅうぎょ》などの姿もあった。今にも動き出しそうなほどの生々しい出来映えで、これらを作った芸術家たちの並々ならぬ技量を感じさせた。それらの彫刻からも緑色の粘液がたえずじゅくじゅくと滴《したた》り落ちており、床に溜まって、沼のようになっていた。そこから褐色の瘴気《しょうき》が立ち上り、吸うと肺が焼けつくように痛むので、隊員たちはマスクをつけるしかなかった。

粘液の沼のなかに、それがあった。幅は十メートル以上もある螺旋状《らせんじょう》の平たい物体で、化けものじみたサイズのカタツムリの殻のようだった。色は青黒いが、ところどころが血のように赤く、表面は錆《さ》びたようにざらざらで、数センチのナメクジのような生物が無数にたかっていた。

「なんだ、こいつは……」

隊長が写真を撮りながら言った。隊員のひとりが、

「アンモナイトでしょうか」

「アンモナイトなら大きくてもせいぜい二メートルだ。こんな馬鹿でかい化石は見たことがない」

「しかし、これがアンモナイトだとすると、この遺跡は三億五千万年まえのものということになりますよ！」

「馬鹿な。この遺跡を建造した古代人が、それよりもずっと古い時代の化石を祀《まつ》ったんだろう。もちろん年代測定をすればわかることだが……」

そのとき、同行していた現地人たちが顔に恐怖を浮かべ、

「クルクル……神！」

そうつぶやいてその場にひざまずき、巨大なアンモナイトを伏し拝んだ。隊長はそのなかのひとりに、

「おい、これはなんなんだ？」

現地人は早口になにかを言った。隊長が、

「なんて言ったんだ？」

通訳担当の隊員が、

「これは……クルクルと巻いた神、神の楽器だ、と言ってます」

「楽器？　はははは……翻訳を間違ってるぞ。楽器のわけがないだろう」

通訳は現地人たちに厳しい口調で質問を浴びせ、現地人は口々になにかを答えた。

「いえ、たしかに楽器……神の楽器だ、と……」

「ふうん……古代人は化石化した巨大なアンモナイトを楽器として使っていたのかもしれんな」

通訳は目を輝かせてアンモナイトを見つめ、

「そうですね。牛の角や骨、法螺貝《ほらがい》などに息を吹き込んで楽器代わりにしていたとも言いますから。ああ……隊長……いい音ですね」

「なんのことだ？」

「この太鼓の音です。どっ、どっ、どっ、どどど、どっ、どどどど……」

通訳はうっとりとした表情で言った。

「そんなもの聞こえんぞ」

「どっ、どどど、どどどど、どどっ、どどっ、どどどどど……」

「しっかりしろ。おまえは外に出て待機していた方がいい」

「どっ、どっ、どどどどど、どどどどどどどどどどどどどどど……どどどどどどどどど」

隊長は男の両肩をつかんだが、彼は振り払って、

「隊長……この楽器……吹いてみてもいいですか」

「なにを言ってるんだ。こんなもの吹けるはずがないだろう」

「吹けますよ……吹けますとも。私はこう見えても、まえは国立交響楽団でオーボエを担当していたんです。吹ける……きっといい音が鳴らせると思います」

そう言いながらその隊員はアンモナイトに向かって数歩進んだ。

「おい……危ないぞ。足もとに気を付けろ！」

通訳はその声も耳に入らない様子で、そのまま緑色の粘液の沼にずぶずぶと足を踏み入れた。凄まじい瘴気が立ち上って彼を包んだ。靴やズボンのすそが酸に浸ったかのようにあっという間にぼろぼろになった。しかし、彼は粘液のなかにしゃがみ込むとアンモナイトの殻《かく》口《こう》の部分に顔を近づけた。

「なにをする！　やめろ！」

通訳は殻口のなかに頭部を差し込んだ。その瞬間、アンモナイトの大きな殻がぶるっと震えた。殻口から、ぶよぶよした半透明の触手が数百本飛び出した。片側に吸盤が並び、先端に鋭い鉤爪《かぎづめ》がついたその触手は通訳の頭を巻き取るようにして、内部に引きずり込んだ。隊員たちは呆然《ぼうぜん》としてその様を見つめるしかなかった。やがて、どっ、どっ、どどど、どどど、どどどどどどど……という律動が殻のなかから聞こえてきた。それは、巨大な殻に反響して神殿全体を揺るがす大音響になり、雷のように周囲を圧して轟《とどろ》き渡った。そのうえを、甲高《かんだか》い金属音が高らかに鳴り響く。現地人たちは立ち上がり、その音楽に合わせて踊り出した。

「やめろっ、踊るんじゃない！」

隊長の制止にもかかわらず、現地人たちは跳び、跳ね、廻り、しゃがみ、胸を叩き……奇妙な動きのダンスを続けている。やがて、その律動に合わせて、殻口から通訳のものとおぼしき腕や足、内臓などがつぎつぎと吐き出された。隊長は悲鳴を上げた。最後に、通訳の頭がごろごろと出てきたとき、隊長はハッと自分がしていることに気づいた。彼は……踊っていたのだ。彼だけではない。隊員たち全員が、低い太鼓のような律動に合わせて、全身を激しく動かしていた。彼らの顔には笑みがあった……。

どっ、どっ、どど……どど……どどどどどど……。

◇

驢馬《ろば》の頭をつけたボトムとロビン・グッドフェローが登場。

ボトム　わが凜々しさもシズビーよ、すべてそなたのものなるぞ。

クインス　きゃあ！　化物だあ！　出たぞ、おいみんな、逃げろ、早く逃げろ。助けてくれえ。

（中略）

ボトム　（中略）まあしかし世にも珍しいものを見ていたよなあ。あれはたしかに夢なんだろうが、さてどんな夢かは人間の知恵じゃ言えっこないよ。あの夢を説明しようなんてやつは人間じゃないぜ、頓馬な驢馬《ろば》だぜ。どうやらおれがその驢馬に――いやいや、人間にその先言うことはできんとも。（中略）題は「ボトムの夢」がいいや、なにしろこの夢はボトンと底が抜けてるから「底なしの夢」って副題をつけよう。

シェイクスピア「真夏の夜の夢」大場建治訳より

◇

私は、壊れかけたノートパソコンのキーボードをやたらと力を入れて叩いていた。力を入れても入れなくても同じなのだが、ガチガチガチガチとうるさく音を立てることで、気合いを入れて仕事をしている……ような気になるのだ。三十年まえに中古で買ったデスクは四つの脚のうち一本が曲がっていて、天板が少し傾いている。そこに大量の資料が積み上げられ、資料と資料の合間にはカップラーメンの空容器とお菓子の食べかすと缶ビールの空き缶と丸めたティッシュがこれまた大量に重なっている。背の高い本棚が部屋を取り囲んでいるのだが、そのまえに本とCDとレコードとDVDがうずたかく積まれており、本棚の本を取り出すことは不可能な状態だ。床を覆っているのはゴミなのかそうでないのか、私にもわからないものばかりだ。

そんななかで私はキーボードを叩いている。今書いているのは「一九〇〇年頃ニューオリンズにおいて発生した可能性のある『新音楽』について」という文章だ。締め切りはとうに過ぎている。しかし、進まない。アルコールで頭がぼうっとしているからだろうか。胃が流動食以外を受け付けなくなっているので、最近何日もなにも食べていない。冷蔵庫が壊れているので、生ぬるいビールとチューハイしか摂取していないのだ。キーボードのキーの合間に溜まった食べもののカスを口で吹き飛ばしながらキーを打つ。

書くべきことは決まっている。一九〇〇年前後におけるニューオリンズにおいて、現在我々が知っている音楽ではない「新音楽」が誕生していたのではないか、という仮説について検証するのが私に与えられたテーマだ。その音楽が誕生したのはバッハ以降のヨーロッパの古典音楽、現代音楽、各種の民族音楽、マーチ、フォスターらのパーラーソング、イギリスやアイルランド由来の民謡やバラッド、スペインのフラメンコやアルゼンチンのタンゴ……などが融合したもので必然的な産物だという考え方もあるようだが、私はそうは思わない。それらが溶け合っても、けっして「新しい」音楽にはならない。しかし、当時を知るものたちによる断片的な証言をつなぎ合わせると、たしかに新しい音楽の萌芽《ほうが》があったのでは……と考えざるをえない。

それはある日突然生まれたのだ。そこにはなにか巨大で超自然的な「力」が働いたのではないか、と私は考えている。そして、その未知の「力」を使うことで一瞬ではあるが「新音楽」を産んだ人物こそ、この文章の主人公たるキング・バディ・ベリーボンという天才コルネット吹きなのだ。ここではキングBと呼ぼう。私の関心は、ベリーボンが生み出した音楽がどのようなものだったのか、そして、それがなぜだれにも受け継がれることなく消滅してしまったのか、という二点だ。

三日まえに私は、「E・Z・ユカンノ」という人物からの小包を受け取った。小包には安酒の匂いが染《し》みついており、私はそれを懐かしく感じた。ユカンノは三十年ほどまえ、私が「新音楽」に関する取材のためニューオリンズに一カ月ほど滞在したときに知り合いになった老人だ。飲んだくれのコルネット吹きで、街の酒場の隅で、毎日朝から酒を飲んでいた。

身体中からアルコールの匂いが立ち上り、わけのわからないことをわめく。だれにも相手にされない。金がないので観光客に、

「酒をおごってくれたらラッパを聴かせてやる。観光客向けじゃない、これが本物のニューオリンズ流っていうラッパをな」

とせびる。客が寄り付かなくなるので店は嫌がり、追い出そうとするが、いつの間にか戻っている。たまに物好きが酒を飲ませても、コルネットは吹かない。約束が違うとなじると、

「おまえに聴かせてもわからない」

と言う。怒った相手にへし折られたせいで前歯はほとんど残っていない。ねぐらは酒場の裏にある物置小屋だ。夏も冬もひまわりの柄の開襟《かいきん》シャツを着ているが、あまりに汚れていて、ひまわりだかイソギンチャクだかわからない。ときどきストリートに楽器を持って立っているが、歯はないし、指も震えるので、演奏はできない。手拍子をしながら古い民謡を歌うだけだ。コルネットを手放さないのはえらい、と思っていたが、じつはあちこち穴が開いているガタガタの代《しろ》もので、楽器屋でも質屋でも相手にされない鉄屑なのだ。それでも私が彼に近づいたのは、キングBの話を聞きたかったからだ。ユカンノは昔、バディ・ベリーボンの楽隊にいたという。もちろん法螺だとはわかっていた。もし、彼がキングBの楽隊にいたなら、とうに百歳を超えているはずだ。嘘だとしても、なにかBについて知っているのではないかと思い、酒をおごったのだが、いくら飲ませてもユカンノはBについてなにも教え

てくれなかった。私がそれをなじると、

「わしがキングのことで真実を話しても、おまえはぜったい信用しない。だから言わない」

と言う。そのあとすぐにまた、

「キングのことを知りたいなら教えてやるぜ」

とすり寄ってくる。

「またタダ飲みじゃないだろうな」

そう釘を刺してから飲ませても、結局は飲んだくれて潰れてしまう。ほかの連中は皆、

「ユカンノは大ウソつきだ。法螺で世渡りしてるようなもんだ。ごまかされるんじゃないぞ」

と断言し、近づいてはいけないと私に忠告した。私も、そのとおりだと思い、ユカンノとは距離を置くことにした。

しかし、日本に帰国する前日、ユカンノは私に、

「よう、兄弟。コーンウイスキーを一本おごってくれたら、おまえの知りたいことを言おう」

と言った。会うのも最後だと思ったから、私は手切れ金のつもりで安いウイスキーのボトルを一本下ろした。老人はそれをまずそうに飲みながら、最初はぽつりぽつりと、そのうちに堰《せき》を切ったように話し始めた。

「わしはこの町《クレッセント・シティ》の生まれじゃない。ニュージャージーの出身だ。十三人兄弟の末っ子でな、育てられないっていうんでこの町の親類にもらわれてきたのさ。ここに来て、すぐにBが公園で大勢を集めてプレイしてるのを見ることができた。——Bはすごいプレイヤーだった。わしも小僧っ子ながらラッパ吹きだったが、あんなラッパは聴いたことがなかった。信じられないほどでかい音で、譜面を使わず、クラッシックでも宗教歌でもマーチでもワルツでもポルカでもバラッドでもなんでもござれだった。どんな腕自慢のプレイヤーも裸足で逃げ出すほどで、名実ともにキングだった」

「あんたは今、何歳なんだ？」

「わしか。わしは百十七歳だ」

私は冗談だと思って笑ったが、ユカンノは真顔で、

「本当だ。ガキの時分、マッキンリー大統領が暗殺されたというのを親父が興奮して話していたのを覚えているよ」

ユカンノによると、キング・バディ・ベリーボンは背の高い男で、どんな店でどんな編成で演奏してもいちばん目立っていた。音は当時のニューオリンズのトランペット〜コルネット吹きのなかでは図抜けて大きく、十マイル離れたところでも聞こえたという。ライヴの告知をしていなくても、

「子ども《チルドレン》たちを家から呼び出そうぜ」

とBが言って、外に向かって楽器を吹くと、聞きつけた連中が町中からやってきて、すぐにあたりはファンであふれたそうだ。どんな楽隊と対バンしてもBは相手をぶちのめした。客は興奮して、相手のリーダーは肩を落として酒をあおった。Bはニューオリンズの音楽シーンの頂点に立っていたのだ。

「でも、Bはそれで満足しなかった。もっともっとすごい音楽をやりたい、といつも言っていた……」

ユカンノは遠くを見るような目になった。

「わしはBに言った。『今のあんたでも十分すごいよ。これ以上求める必要はないんじゃないか』……けど、Bはかぶりを振って、『いいや、きっと俺が聴いたこともない、新しい音楽がどこかにあるはずだ。俺はそれをつかまえたいんだ』……わしが、そんな音楽はどこにあるんだ？　ヨーロッパの音楽学校か？　ときくと、Bは、たぶんあそこだ、とある森の名前を口にした……」

ユカンノは記憶をまさぐるようにして、

「Bが言った森には危険な連中が住んでるってことで、絶対に入ってはならん、とわしらはガキのころから親や年寄りたちにきつく言われていたところだ」

「危険な連中というと、たとえば暴力的なやつらのことか？」

私の念頭にあったのは、深い森や沼《スワンプ》を隠れ家にしている犯罪組織などだった。

「それもあるが、森には妙な噂があった。魔物が棲んでいる、とか、邪教の神がいる、とか……」

私は笑った。

「B級ホラー映画みたいだな。ニューオリンズはブードゥー信仰が盛んだから、ゾンビがいても不思議はない。邪教の神というのはブードゥーの神じゃないのか。ほら、黒猫の骨《ブラックキャットボーン》とか赤ん坊の墓の土とか呪いの人形とかマジカルオイルとか……」

「ブードゥー博物館の土産物売り場で売ってるやつか。そんなくだらないものじゃない。あの森で信仰されているのは、『クルクルの神』だ」

「頭がおかしくてクルクルパー……なのか？」

「おまえたち余所者《よそもの》はそう言って茶化すが、クルクルの神は螺旋状の姿をしているそうだ。だからクルクルなんだ」

「馬鹿げてる」

「クルクルはブードゥーなんかとは違う。ブードゥーは西アフリカで生まれて、ハイチに渡り、キリスト教と習合してニューオリンズに伝わった宗教だが、クルクルはもっともっと古い教えだ」

「聞いたことがないね」

「秘密の宗教だからだ。――クルクルは、今はもうない場所で生まれた宗教だ」

「今はもうない、とはどういうことだ」

「クルクルが生まれたのは、レ……レムイエとかなんとかいう大陸だ」

「レムリアか？」

「たぶんそれだろう。そのレムリアとかルルイエとかいうところに宇宙からクルクルの神が降臨して、土地の連中はみんな信者になった。しかし、その大陸は沈んでしまった。信者の子孫は今でも大陸が浮上するのを待っているとか聞いたぞ」

「ふーん……で、そのクルクルという神が森にいるのか？」

「クルクル自身がいるかどうかは知らん。けど、クルクルには眷属《けんぞく》がいる。コウモリの羽が生えた馬とか、牛ほどもあるナメクジとか、木から木へ飛び移るイカの群れとか、手のひらに目玉のある裸の男とか……」

「日本にもゲゲゲの鬼太郎ってのがいる。そいつの仲間にもそういう妖怪がうじゃうじゃいたよ。もっともテレビのマンガだけど……」

「昔、ライサンダーとハーミアという馬鹿ップルがその森に遊びにいって、ボトムとかいう身体が人間で頭がロバの化けものに食い殺されたそうだ。シェークスPとかいう劇作家が芝居にしたらしい」

　ロバの頭のボトム……それはシェイクスピアの「真夏の夜の夢」に出てくる職人で、森のなかで妖精のパックにロバの頭をかぶせられるんじゃなかったっけ……。だが、その森がある場所はギリシャのアテネのはずだ。

「その馬鹿ップル、ホラー映画なら冒頭で殺される役どころだな」

「とにかく、あの森にはなにかがいる。昔からの言い伝えは、でたらめのようで一片の真実が含まれてる。わしはそれを知ってる。わしだけじゃない。みんなも知っていた。だから近づかなかったんだ」

「でも、Bは近づいた」

「そうだ。あいつは怖いもの知らずだった。あいつにとっては音楽がすべてで、ほかのことはどうでもよかった。クソ真面目で、酒も麻薬も女も遠ざけて、ひたすら練習してた。Bはナンバーワンだった。しかし……いつのまにか若いやつらがのしてきていた。ヨーロッパで修業をした、むずかしい譜面を軽々こなす、どんな高い音もぴーぴー出せるやつらだ。フィーリングはかけらもないが、人気があった。Bは焦ったんだな。そんなときに、あいつにくだらんことを吹き込んだやつがいた。森のなかから凄い音楽が聞こえてくるときがある。だれも知らないような、低くて強烈なリズムが風に乗って流れてくるんだ。それを聴いたものは老若男女問わず踊り出さずにはいられない……とな。Bにそんなことを教えたのは、えーと……そう、ハーンだ。ラフカディオ・ハーンとかいうギリシャ人の新聞記者だ。あいつがいらないことをおためごかしに言ったがために、Bはあんなことになっちまったんだ……」

「ハーン？　『耳なし芳一《ほういち》』っていう琵琶法師《バンジョー弾き》が怨霊に襲われる話を書いた、あのハーンか？」

ハーンが日本に来たのは一八九〇年のことだから、ユカンノの思い違いではないか、と私は思った。

「そんなことは知らない。わしが知ってるハーンは貧乏な新聞記者だった」

すでにユカンノはウイスキーのボトルをほとんど空にしていた。私はほとんど飲んでいなかったので、彼ひとりで空けたのだ。仕方なく私はおかわりのボトルを注文した。

「キングの座を守るために、あいつは森に入った。わしはとめたが、Bはきかなかったんだ。クルクルの神にお願いして、新しい音楽の知恵を授けてもらう、とか言ってたな。おまえも一緒に来ないか、と誘われたが、わしは尻込みした。わしはもともと臆病でな、そんなおっかねえ神に会うぐらいなら、ウイスキーを飲んでた方がましだ。そして、Bは森へ入っていった」

ユカンノはそう言いながら二本目のウイスキーのキャップを開け、直接口をつけてぐびぐびと飲んだ。もう、私に飲ませる気はないらしい。

「それでBはどうなったんだ」

私が先をうながすと、

「森から帰ってきたとき、Bはすっかり変わっちまってた。ほんのひと晩のことなのに、髪の毛は真っ白になり、二十歳ぐらい老け込んで、杖を突かなきゃ歩けなくなってた。なにがあったんだ、とわしがきいても答えねえ。クルクルの神には会えたのか、新しい音楽は授かったのか、と言っても、ぶるぶる震えながら酒をがぶ飲みするだけだった。ときどき妙な呪文みてえなことを口にしていたな」

「どんな呪文だ」

「忘れちまったが……フンタグとかフングソとかいう『フ』のつく気持ちの悪い言葉だったな」

「フンコロガシか」

「そんなんじゃねえよ」

「バディは演奏したのか?」

「なにかショックを受けたらしくて、とてもまともに吹けるような状態じゃなかったけど、必死でラッパを吹こうとしていた。けど、まえのあのすばらしいBとはまるで違っていた。コルネットから出てくるのは、突拍子のないめちゃくちゃなサウンドだった。何千匹ものセミが一斉にがなり立ててるような……山から大きな岩がいくつも転げ落ちてるような……ガラスの板をナイフで引っ搔いてるような……猛獣と猛獣が吠え合っているような……そんな音だった。それまでのBは、どんな曲でも『使っちゃいけない音』のことはよく心得ていて、ぜったいにそういうトーンは吹かなかったもんだが、そのときのBは『使っちゃいけない音』ばかりをわざと吹くようになった。聴いてると頭がおかしくなるようなサウンドだが、

Bはそればっかり強調するんだ。どんなにスウィートな曲でもハッピーな曲でも、Bは汚い、間違った音を吹きまくって台無しにしちまう。でも、だれもそれを咎《とが》められなかった」

「みんなから嫌われただろう」

「そうだ。店での演奏はできなくなった。ちょっと吹くと、用心棒に叩きのめされて追い出されちまう。わしはなんのかんの言ってもBがまだ好きだったから、耳を塞ぎながらも一緒にいたよ。けど……不思議なことに、だんだんとBが吹いてるめちゃくちゃな音が心地よくなってくるんだ。ほれ……酒とかドラッグをやると、最初はキツいがそのうちにそれなしではいられなくなるだろ？　ああいう感じだ。わしの頭もBの感化でおかしくなったのかもしれん。とにかくBには仕事はもうなかった」

ユカンノは二本目も半分ぐらい飲んでしまった。

「そんなある日、とうとうとんでもないことが起きた。ストリートパレードの最中に、やつは『頭が割れる！』と叫んでラッパを地面に叩きつけ、『クルクルが呼んでる。クルクル……クルクル……』……そう言って空に向かって両手を回した。『クルクルの音楽が……世界を支配する……クルクルの音楽が……来る……来る……クルクルクルクル……』そして、その場にいた見物客に殴りかかった。警官が来て、Bは棍棒《こんぼう》でぼこぼこに叩きのめされ、ジャクソンにある精神病院に収容された。一九〇七年のことだった」

「…………」

「Bはそれから死ぬまでの二十四年間、病院の地下にある病室から一歩も出ることなく過ごした。埋められたのは無縁墓地だった。ひどいもんさ、一時はニューオリンズのヒーローだった男だってえのにな……」

ユカンノは悲しそうに笑った。

「最後に見舞いに行ったとき、やっこさんはわしに言った。おまえはだれだ、クルクルさまのお使いか、とな。わしがだれなのかもわからなくなってたんだ。クルクルなんか知らん、わたしはあんたのバンドにいたユカンノだ、忘れたのか、と言うと、思い出した、おまえは下手くそのユカンノだ、と抜かしやがる。『俺はあの森のなかでクルクルさまと出会って、完全に自由な音楽を手に入れた……すごい経験だった……でも、クルクルさまがいないとあんな演奏はできない。コルネットとかトランペットみたいなクソラッパじゃあ、あの音楽は表現できないんだ』……Bはそう叫んで、病室のコンクリートの壁を殴りつけた。何度も何度も。そのうち皮膚が破れて血が出てもやめなかった。『俺はクルクルさまの音楽を世界中に広めたい。だが、どうやったらいいのかわからないんだ。仲間が必要だ。この音楽を理解して、一緒にやってくれる仲間が……』わしは看護婦を呼んで、病院を出た。それがあいつに会った最後だったな……」

「キング・バディの録音は残ってないのか？」

ユカンノはしばらく下を向いて黙っていたが、

「あった」

「あったのか!」

「Bは毎日病室でラッパを吹き続けた。そして、ある日、担当医に頼んで機材を病室に持ち込ませ、自分の演奏を蠟管《ろうかん》レコードに録音させたんだ。精神病患者の研究のための資料として残す、ということで医者は録音を承知した。でも、その医者はなぜか頭がおかしくなり、自分が勤めていた病院に入院してしまった」

蠟管レコードというのは、円筒の表面に蠟を塗った最初期のレコードで、もともとは発明王トーマス・エジソンが発明し、グラハム・ベルらが改良して商品化したものだ。二十年ほどで円盤型のレコードに取って代わられた。

「Bが死んだあと、わしが病室で遺品を整理してると、その蠟管レコードが見つかった。わしは家に持ち帰ってそれを聴いてみた。とんでもない音楽だった。Bはとうとうつかんだんだな。自分のラッパで、その……クルクルさまの音楽を表現するやり方を。おそらくBはその録音をみんなに聴いてもらいたかったんだろうよ。だが……わしは怖かった。こんな音楽が世間に広まることが、だ。あまりにそれはこれまでの音楽とは違っていた。聴くものの頭をこじあけてぐいぐい入ってくるような、聴くと身体が勝手に動き出すような、どこか遠いよその星に連れていかれるような……そんな音楽だった。わしには理解できなかった。聴き終えると心臓がバクバクして、息ができなくなり、わしはベッドに倒れ込んだ。恐怖のあまり立ち上がることができなかった。だから、Bの気持ちに反することを知りながら、その音源をだれにも聴かせなかったんだ」

「もったいない……」

「今でも思うことがある。あのとき、わしがあの蠟管レコードをみんなに聴かせていたらどうなったか、とな。あの音楽が世界中に広まって、Bの後継者たちがそれを演奏し、大勢が楽しんでいるかもしれん。だが……わしはそうはしなかった。『新音楽』がどれぐらいの影響力を持っているのかわからなかったし、宇宙から来たような音楽を広めることが恐ろしかった。わしは……間違っていたのか……」

「今からでも遅くはないさ。その音楽を広めよう。あんたがラッパで吹けばいい」

「もう遅い。見てのとおり、わしはもうまともにラッパは吹けない。吹けたとしても、Bみたいにはとてもできん」

「そうかな……？　で、その蠟管レコードはどこにあるんだ」

ユカンノはかぶりを振り、

「ゴミ箱に捨てちまったよ。あんな汚らわしいものはこの世にあってはならん。あのおぞましい音楽は広めてはいけない。だれもあの森に近づいてはならんのだ……」

そう言って、二本目のウイスキーを飲み干した。

◇

私はユカンノからの小包を開封した。なかに入っていたのは、「ユカンノがミシシッピー州ジャクソンの精神病院でコロナ感染により亡くなった。百四十七歳だった。このVHSはエーリッヒ・ツァン・ユカンノの遺言によってあなたに贈られる」と書かれた手紙と一本のVHSのビデオテープだった。差出人の名前は、雨にでも当たったのか、滲《にじ》んで読めなかった。

(まさか……私と会ったとき、本当に百歳を超えていたなんて……)

現存までの世界最長命記録はたしか百二十二歳のはずだ。この手紙に書かれていることが本当なら、ユカンノはそれをはるかに上回っていたことになる……。

(バディ・ベリーボンもジャクソンの精神病院で死んだ。ユカンノも同じ病院に入院していたのか……？)

私は一瞬、バディ・ベリーボンとユカノンが同一人物だったのでは、と思った。いや……そんなはずはない。ビデオテープのラベルにはボールペンの細かい字で「2007.04.01 buddy berrybon project」と書かれていた。

私はビデオテープを再生しようとしたが、うちにあるビデオデッキは壊れている。放っておこうかと思ったのだが、やはり気になって、中古のデッキを購入した。再生すると、キシキシというノイズとともに歪《ゆが》んだ、粗《あら》い画像が映った。人間らしきものがふたりほど……それが縦になったり横になったりしている。そのうちに画面は落ち着いた。どうやら森のなからしい。真ん中に細い道があり、そこをふたりの人物が歩いている後ろ姿が捉えられている。この映像は、ふたりの後ろを歩く第三の人物が持つビデオカメラによるものだろう。音声もカメラ付属のマイクからの収音なので、ざっざっざっ……という足音と撮影者の息遣い、木々のざわめきなどが同じ音量で収録されている。

(もしかしたら、ここはベリーボンが分け入ったというあの森なのか……?)

私は画面に見入った。

◇

どっ、どっ、どっ、どっ、どっ……。

低い太鼓の音が聞こえる。BGMなのか、それとも現場でこういう音が鳴っているのかはわからない。とにかく耳鳴りのようにずっとその音が響いていて、聴いていると苛立ってくる。どっ、どっ、どっ、どどどどどどど……。

「あー、あー、私の声が聞こえていますか。私はM大学報道研究科所属、二年生のアリス・

クロウリーです。同じ大学のオカルト研究会のジョズとビリーと一緒に、ニューオリンズのベリーボンの森に来ています」

　金髪の若い女がぎこちなく歩いている。ときおりカメラを振り向いてしゃべっては、またまえを向く。私はじっと画面を凝視している。カメラがずっと揺れているので見ていると頭痛と吐き気が襲ってくるが、目はその女に釘付けになっている。

「ベリーボンの森は、今から百年まえ、管楽器奏者のバディ・ベリーボンというひとが『クルクル』という悪魔と出会った、というエピソードで有名です。ベリーボンは、ニューオリンズでいちばんのコルネット奏者でした……」

　アリスという女はやる気なさそうにしゃべり続ける。

「悪魔との契約を反故にした罰で、ベリーボンはまともな演奏ができなくなり、とうとう頭がおかしくなって、病院で首を吊った、と言われています。この森はその後、『ベリーボンの森』と呼ばれるようになり、入ると祟りがあるということで、だれも足を踏み入れなくなりました」

　そのうちにアリスは尻餅をつき、なにかを拾い上げた。それを見て私は愕然とした。円筒状の空き缶のようなもの……もしかしたら蠟管レコードではないのか……。よく見ようと私が画面に近づいたとき、悲鳴とともに画面が乱れた。そして、大怪我をしているらしい若い男の映像に切り替わった。彼は、ロバの化けものが出て、アリスがそいつに食われた、と繰り返す。そういえば、身体が人間で頭がロバの、ボトムという化けもののことをだれかが言ってたな。シェイクスピアの「真夏の夜の夢」に出てくるやつだ……その話、だれが言ってたんだっけ……。私がそんなことを思ったとき、

「ジョズ、来たぞ、来た、来たっ……あああ……逃げろ」

「ひいええええっ」

「ロバだ……ロバが来たあっ」

「悪魔だ……おおおおお、神よ……」

どどどどどど……という音が激しく鳴り響き、それが太鼓の音のようにもロバの蹄《ひづめ》の音のようにも聞こえた。つぎの瞬間、なにか黒い、毛むくじゃらなものが画面の左側の森のなかから飛び出し、若い男に横から襲いかかった。若者は倒れた。なにかは若者に馬乗りになって、金属製のもので彼の頭を滅多《めった》打《う》ちにしている。カメラは地面に落ちて、妙な角度で若者を映している。若者を殴っているのは、稚拙《ちせつ》な作りもののロバの頭をかぶった男だった。その服の柄……ひまわりの柄に見覚えがあった。

（ユカンノ……！）

ユカンノとおぼしき男は若者の頭を鉄屑のようなコルネットでさんざん殴りつけると、もうひとりの男に向かって走り出した。そこで映像は途切れていた。私はため息をついた。ユカンノもまた、「新音楽」に影響されて頭がおかしくなっていたのだろう。

（ニュージャージー州の森のなかには、ジャージーデビルといって、馬の頭にコウモリの羽をもったＵＭＡだか妖怪だかがいるというが……）

ユカンノがニュージャージーの出身だと言っていたのを私は思い出した。私はもう一度ビデオを見直す気にはなれなかった。ユカンノも死んだのだから、今さらこの映像が本物なのか、犯人はユカンノなのかを暴《あば》き立てても仕方がない。私は仕事に戻ることにした。資料を探そうとして本の山を崩したとき、その下からなにかが転がり出た。それは、空き缶のように円筒形をしており、表面に蠟が塗られていた。

（まさか……）

私は拾い上げた。なにか忌《い》まわしい気がその物体から身体に伝わってくる。こんなものがこの部屋にあるなんて……。ユカンノの小包に入っていたのだろうか、それともまえからあったのに気づかなかったのか……。私は、それがキング・バディ・ベリーボンの演奏が収録された蠟管レコードだと理由もなく確信していた。

（ユカンノは捨てたと言っていたが……これを再生することは許されるのだろうか……）

幸い、私の家には蠟管レコードを再生する装置などない。このまま放置してもいい。いや、踏みつぶして二度と使えないようにしてもいいのだ。そうだ、こんな忌まわしいものは滅ぼしてしまえ。私はその円筒を壁に投げつけた。しかし、円筒は壁に当たって私の手に跳ね返ってきた。私はその蠟管レコードをそっと撫でた。蠟の奥からなにかが伝わってくるのが感じられた。

（歴史をさかのぼって改変することは神にしか許されないのか……）

私は両手で円筒を回してみた。くるくると。くるくると。円筒の表面から音が聴こえてきた。これは幻聴なのか。力強いコルネットの音が聴こえる。それはたしかに私が聴いたことのない音楽だった。私は円筒を回す速度を速めた。くるくるくるくるくる……。音符が跳びはね、律動が地面を揺らし、濁った音が頭蓋を攪拌《かくはん》し、異常な和音が私を蜘蛛《くも》の巣のように捉えた。くるくる……くるくる……時間が正しい位置からむりやりはがされて、カーペットを巻くように巻き戻っていくのがわかった。くるくるくるくる……そうかクルクル神の力というのはこれだったのか……くるくるくるくるくるくるくるくる……。

（クルクルが……ルルイエの神殿で……夢を見ながら……待っている……）

私はその場に倒れ、気を失った……。

◇

私は目を覚ました。ひどい頭痛がする。どうやら飲み過ぎたようだ……。

（蠟管レコード……！）

私は起き上がり、まわりを見回したが、そこにはなにもなかった。ビデオテープも蠟管レコードも……いや、小包さえ見あたらない。

（えーと……蠟管レコードってそもそもなんだったかな……）

そんなもの聞いたことがない。私はため息をついた。

（夢、か……）

なにも起きていなかった。ＣＤやレコードのラックを見る。すべてはもとのままだった。そう……ジャズも、ブルースも、ゴスペルも、ソウルも、Ｒ＆Ｂも、ロックも、ファンクも、レゲエも、ヒップホップもなにもかも……。それらははじめからそこにあったのだ。この世に一種類の音楽しかない、などということはありえないではないか。私は苦笑した。なにもかも真夏の夜の夢だったのだ……。

◇

一九五八年七月、アメリカのロングアイランド州ニューポートで、音楽の祭典「第五回ニューポート・ジャズ・フェスティバル」が開催された。四日間にわたるこのフェスは大勢の観客を集めた。出演したのは、デキシーランドジャズのジャックＴやスウィングジャズのデューク・エリントンやベニー・グッドマン、ボーカルのアニタ・オデイやダイナ・ワシントン、モダンジャズのセロニアス・モンク、マイルス・デイビス、ジェリー・マリガン、チコ・ハミルトン、ジミー・ジュフリー、ジョージ・シアリングらで、オールドタイマーから先鋭的なミュージシャンまでじつに多種多様であった。ジャズ畑からだけではなく、ゴスペルのマヘリア・ジャクソン、Ｒ＆Ｂのビッグ・メイベル、ロックンロールのチャック・ベリーなども出演し、プログラムはさながら世界音楽博覧会のようだった。

出演者のひとりでニューオリンズから来たルイというトランペット奏者は自分の楽器でさんざん聴衆を興奮させたあとでマイクに近づき、こう言った。

「あたしはひとつ言いたいことがあるんだ。ときどきあたしのことを『ジャズのキング』だとか言ってくれるひとがいる。うれしいけど、ほんとはそうじゃない。そのことをあたしは知ってる。だれも口をつぐんで言わないならあたしが言おうと思ってね……。皆さんは、キング・バディ・ベリーボンのことを知ってるかね」

大群衆は静まり返り、ルイの言葉に聞き入っている。

「あたしがこうやって皆さんをラッパで喜ばせているのは、つまり、昔むかし、ニューオリンズでバディ・ベリーボンっていう男が演《や》ったことを真似してるんだ。バディさんは、本当の意味でのキングだった。フレディ・ケパードやジョー・オリヴァー、バンク・ジョンソン、それにあたしなんかはキングに仕える家臣のひとりってところさ。こういう演奏は、みんなキング・バディがはじめたんだ。あるときバディさんはそれまでの自分の演奏に飽き足らなくなり、もっとうえを目指そうとした。彼は禁断の森のなかに入っていき、それを探した。

そして、あたしたちがやってるコレを見つけたんだ」

ルイは下を向いて少し涙ぐんだあと、

「バディさんの音楽はガラリと変わっちまった。ところがそれを受け入れるひとは少なかった。わけのわからない珍奇な音楽ってことでさんざんけなされ、クラブからも追い出され、仕事はほとんどなくなった。けど、バディさんはなんとかラッパを吹き続けていたが、あるとき突然、頭がおかしくなり、ミシシッピー州ジャクソンの精神病院に入って、死んじまった。あたしがこんな晴れがましい舞台に立ってるっていうのにね……」

ルイはため息をつき、

「バディさんは触れてはいけないものに触れちまった。みんなはその音楽を毛嫌いした。よその星から来た邪悪で呪わしい音楽ってことで、『邪呪《じゃじゅ》』とか呼んで馬鹿にしたもんさ。ところが、エジソンってひとが録音したバディさんの演奏が残ってたんだ。それを聴いた連中が、よく聴いたらこいつはなかなかご機嫌だ、ってわけでだんだん広まっていったのさ。やめさせようとしてもその勢いはとまらなかった。ニューオリンズの片田舎からこの音楽はアメリカ中に広がり、そのうちに海を渡った。すごいもんさ！」

拍手が沸き起こった。

「今、ようやくバディさんが切り開いた新しい音楽がこうしてみんなに受け入れられるようになった。あたしは誇らしく思うよ。けど……どれもこれもバディさんがそもそものオリジナルなんだ。彼の手柄なんだ。ここでこうしてあたしたちがやってるジャズだのブルースだのロックンロールだの……といった音楽はこの世に存在しなかった。バディさんが森のなかでこいつを見つけたときにすべてが始まったんだね。あたしは、バディさんのことをまるでいなかったひとみたいに扱うのが我慢ならないから、ちょっとおしゃべりをさせてもらいました。ウィー・ダバシャバ・ドゥビダバシャバ・ウウウ・ザッパザサ・クルクル・グルグルルル・ルルイエ……オゥ・イエーッ！　それではつぎの曲、『森のなかのキング・ベリーボン』をどうぞ聴いてください……」

このフェスティバルの模様は、のちに「真夏の夜のジャズ」というドキュメンタリー映画になり、世界中で評判になった。

【異形コレクション&シリーズ関連書籍】

●《異形コレクション》シリーズ

廣済堂文庫　通巻

『ラヴ・フリーク』　I
『侵略!』　II
『変　身』　III
『悪魔の発明』　IV
『水　妖』　V
『屍者の行進』　VI
『チャイルド』　VII
『月の物語』　VIII
『グランドホテル』　IX
『時間怪談』　X
『トロピカル』　XI
『GOD』　XII
『俳　優』　XIII
『世紀末サーカス』　XIV
『宇宙生物ゾーン』　XV

光文社文庫　通巻

『帰　還』　XVI
『ロボットの夜』　XVII
『幽霊船』　XVIII
『夢　魔』　XIX
『玩具館』　XX
『マスカレード』　XXI
『恐怖症』　XXII
『キネマ・キネマ』　XXIII
『酒の夜語り』　XXIV
『獣　人』　XXV
『夏のグランドホテル』　XXVI
『教　室』　XXVII
『アジアン怪綺《ゴシック》』　XXVIII
『黒い遊園地』　XXIX
『蒐集家《コレクター》』　XXX

『妖　女』　XXXI
『魔地図』　XXXII
『オバケヤシキ』　XXXIII
『アート偏愛《フィリア》』　XXXIV
『闇電話』　XXXV
『進化論』　XXXVI
『伯爵の血族　紅ノ章』　XXXVII
『心霊理論』　XXXVIII
『ひとにぎりの異形』　XXXIX
『未来妖怪』　XL
『京都宵』　XLI
『幻想探偵』　XLII
『怪物團』　XLIII
『喜劇綺劇』　XLIV
『憑　依』　XLV
『Fの肖像』　XLVI
『江戸迷宮』　XLVII
『物語のルミナリエ』　XLVIII
『ダーク・ロマンス』　XLIX
『蠱惑の本』　L
『秘密』　LI
『狩りの季節』　LII
『ギフト』　LIII
『超常気象』　LIV
『ヴァケーション』　LV
『乗物綺談』　LVI
『屍者の凱旋』　LVII
『メロディアス』　LVIII

……以下、続刊予定……

●《異形コレクション傑作選》『涙の招待席』（光文社文庫）

●『異形コレクション讀本』（光文社文庫）
十周年を記念する特別篇
●《異形コレクション綺賓館》——古今の傑作と新作書下ろしの饗宴——
（光文社カッパ・ノベルス）
第1巻『十月のカーニヴァル』　第3巻『櫻憑き』
第2巻『雪女のキス』　第4巻『人魚の血』
●《異形ミュージアム》——テーマ別傑作アンソロジー——（徳間文庫）
第1巻『妖魔ケ刻——時間怪談傑作選』
第2巻『物語の魔の物語——メタ怪談傑作選』
●《タロット・ボックス》——タロットカード精華集——（角川ホラー文庫）
第1巻『塔の物語』　第2巻『魔術師』　第3巻『吊された男』
●『夢魔たちの宝箱　井上雅彦の異形対談』（メディアファクトリー）
異形コレクション参加作家20人との対談&座談会

光文社文庫

文庫書下ろし

メロディアス　異形《いぎょう》コレクションLⅧ

監　修　井《いの》　上《うえ》　雅《まさ》　彦《ひこ》

2024年12月20日　初版1刷発行

発行者　三　宅　貴　久
印　刷　堀　内　印　刷
製　本　ナショナル製本

発行所　株式会社　光　文　社
〒112-8011　東京都文京区音羽1-16-6
電話 (03)5395-8147　編　集　部
8116　書籍販売部
8125　制　作　部

ISBN978-4-334-10524-2　Printed in Japan

組版　萩原印刷